D1731171

Osman Aysu

Bir hadise var can ile canan arasında

Roman

Sayfa6

Sayfa6 Yayın No: 105

BİR HADİSE VAR CAN İLE CANAN ARASINDA
Osman Aysu

© 2014, **Sayfa6**

*Bu kitabın her türlü yayın hakları Fikir ve Sanat Eserleri Yasası gereğince
İnkılâp Kitabevi'ne aittir. Tüm hakları saklıdır. Tanıtım için yapılacak kısa alıntılar
dışında, yayıncının izni alınmaksızın, hiçbir şekilde kopyalanamaz,
çoğaltılamaz, yayımlanamaz ve dağıtılamaz.*

Yayıncı ve Matbaa Sertifika No: 10614

Editör: Ahmet Bozkurt
Yayıma hazırlayan: Burcu Bilir
Kapak tasarım: Seda Kaplan
Sayfa tasarım: Yasemin Çatal

14 15 16 17 7 6 5 4 3 2 1
İstanbul, 2014

ISBN: 978-975-10-34168

Baskı ve Cilt
İnkılâp Kitabevi Yayın Sanayi ve Ticaret AŞ
Çobançeşme Mah. Sanayi Cad. Altay Sk. No. 8
34196 Yenibosna – İstanbul
Tel : (0212) 496 11 11 (Pbx)
Faks : (0212) 496 11 12
e-posta: editor@sayfa6.com

Sayfa6 Yayınları, İnkılâp Kitabevi Yay. San. Tic. AŞ'nin tescilli markasıdır.
Çobançeşme Mah. Sanayi Cad. Altay Sk. No. 8 Yenibosna – İstanbul

MANDOLİN   **İNKILÂP**   **Sayfa6**
www.mandolin.com.tr   www.inkilap.com   www.sayfa6.com

Osman Aysu

1936'da İstanbul'da doğdu. Üç asırdan beri İstanbul'da yaşayan bir Osmanlı ailesine mensup olan yazar, ilk ve orta öğretimini bu şehirde tamamladıktan sonra İstanbul Üniversitesi Hukuk Fakültesi'nden mezun oldu. 1994 yılından bu yana kaleme aldığı polisiye ve gerilim romanlarıyla tanınıyor.

Sayfa6'nda *Aşk Oyunu...*

Birinci Bölüm

1

Beş yıldızlı otelin, seçkin müşterilerinin yemek yediği restoranına girdiğimizde Turgut çaktırmadan beni dürterek, "İşte, nihayetteki masada oturan adam," dediğinde neredeyse kalbim heyecandan duracak gibiydi. Yanlarına doğru ilerlemeye devam ettik. Heyecanımı bir türlü bastıramıyordum; ne de olsa bu meslek hayatımdaki ilk transferim olacaktı. Gerçi tirajı iyi olan bir gazetede çalışıyordum ama bir basın emekçisi olarak ayda iki bin üç yüz lira maaşla ancak borçlarımdan hangisini öbür aya sarkıtabilirim endişesinden rahat nefes bile alamadan sektörde beş yılım geçmişti. Haliyle böyle lüks ve şatafatlı yerlerde boy göstermek benim harcım değildi. Mekâna uyum sağlayamıyor ve ayaklarımın birbirine dolanmasından korkuyordum.

Aslında bu bir imtihandı benim için... Reşit Akyol, memleketin en çok satan gazetesinin sahibiydi ve onun gazetesinde çalışan arkadaşım Turgut vasıtasıyla benimle görüşmek istemişti. Görüşmenin amacı beni de kendi gazetesinin kadrosunda görmek isteğiydi. Bonkör bir patron olduğunu bütün basın camiası bilirdi.

Tökezlenmeden masaya kadar gittim.

Reşit Akyol altmış yaşları civarında, ak saçlı, gösterişli, şık giyinen, zarif bir adamdı. Tabii daha evvel görmüşlüğüm vardı ama ilk defa tanışacaktık. Kuşkusuz o evsafta biriyle aşık atacak halim yoktu, fakat eskimiş spor ceketimden, ütüsüz pantolonumdan, aylardır boya ve cila görmemiş ayakkabılarımdan bir an utanır gibi oldum.

Bizim meslekteki gençler, bir iki ufak başarıdan sonra kendilerini hep dev aynasında görürlerdi; maalesef ben de aynı dertten mustariptim, yıllarca bu meslekte dirsek çürütmüş pek çok gazeteciden daha üstün ve yetenekli görüyordum kendimi. Meslektaşlarını küçümseme huyu adeta içimize işlemiş bir virüstü. Eh, ben de şu son bir yıl içinde kaleme aldığım ve cidden başarılı olduğuna inandığım birkaç röportajla ismimi duyurmuştum. Bu başarıya kolay kolay bir başkasının erişemeyeceğini düşünüyordum.

Ancak masaya yaklaştığımda Reşit Bey'in yanında oturan genç hanımı fark edebildim. Keşke ona hiç rastlamasaydım, hiç görmeseydim... Zaten heyecandan duracak gibi atan kalbim büsbütün çarpmaya başladı. Elimde olmadan afallayarak durakladım bir an. O anki heyecanımı sanki kelimelerle açıklayamazdım. Sanırım, haklıydım da. Bütün ömrüm boyunca bu güzellikte bir kadınla hiç karşılaşmamıştım.

Kendimi zorladım, bakışlarımı Reşit Bey'e çevirdim. Meslek hayatımın dönüm noktasındaydım ve bu yemeğe transferim için çağrılmıştım. Daha ilk görüşmede kabalık ve saygısızlık etmek istemiyordum. Kim olduğunu bile bilmediğim bir kadının üzerinde bakışlarımı daha fazla tutamazdım. Ne var ki, orada asıl bulunuş sebebim bir anda beynimden uçup gitmiş gibiydi. Masanın önünde el sıkışırken o harika hanımın da bize tanıtılacağını ummuştum, ama Reşit Bey böyle bir şeye kalkışmadı. Ben put gibi kalırken, Turgut masadaki kıza gülümsemiş ve ben onu dahi becerememiştim.

Masadaki boş iskemlelerden birine iliştim.

Nefes almakta bile zorlanıyordum. Tecrübesiz, pısırık, sünepe bir gösteriş içinde olduğumun farkındaydım. Oysa gerçekte hiç de öyle biri sayılmazdım; gazetecilik mesleği insanı atılgan, cüretkâr, iş bilir kılardı. Hitabetim, natıkam da en az kalemim kadar güçlüydü ama şimdi o adam gitmiş yerine gerçek kimliğime hiç uygun düşmeyen biri gelmişti sanki.

Çok kısa bir an karşı çaprazımda oturan kıza kaçamak bir nazar attım. Eminim ki o an yüzüm kızarmış, utancım belli olmuştu. Cidden harika bir güzelliğe sahipti. Oturuyor olmasına rağmen uzun boylu olduğu belliydi. Biraz fazla dik duruyordu; sanki güç ve kudret timsali bir fiziğe sahip olduğunu herkese göstermek ister gibi. O da dikkatle beni süzüyordu. Bakışlarımı hemen kaçırmak zorunda kalmıştım.

Kimdi acaba?

Reşit Bey'in karısı olabilir miydi? İhtimal vermedim; aralarında çok yaş farkı vardı. Sekreteri, yardımcısı, muavini filan da olamazdı, zira o çok kısa bakışımda bile kızın giysilerinin Avrupa'daki butik mağazalardan seçildiğine yemin edebilirdim. Bizim sektörde çalışan hiç kimse, patronun özel sekreteri bile olsa, bu kadar şık ve pahalı elbiseler giyemezdi.

Belki sevgilisi, metresi filandı... Reşit Bey'in özel hayatı hakkında hiçbir bilgim yoktu. *Neden olmasın?* diye düşündüm; adam memleketin sayılı zenginlerinden biriydi, yaş farkı hiç önemli değildi, o kadar zengin biri de ancak böyleleriyle yaşamını sürdürürdü. Hiç de şaşılacak bir şey sayılmazdı.

İçimde bir burukluk hissettim, sonra kendimi toparlamaya çalışarak, *boş ver*, diye içimden söylendim. Heyecanım çok anlamsızdı. Yanındaki kadın benim yüzüme bile bakmazdı. Beğenimi de bu komik düşüncelerimi de hemen zihnimden uzaklaştırmalıydım.

Rahatlamış gibi bir *nefes aldım.*

11

Ama hiç de rahatlamış sayılmazdım. Yaşadığım ikinci hayal kırıklığı da Reşit Bey'den kaynaklandı. Ne yazık ki onu fazla tanımıyordum, konuşmaya başlayınca ciddi bir sukut-u hayale uğradım. Onu daha olgun, babacan, zenginliğini hazmetmiş biri olarak tahayyül etmiştim. Konuşma tarzı haricen görünen zarafetine hiç uygun düşmüyordu. Beni küçümser bir edası vardı. Filhakika o bir patrondu, her işi basite indirgemeye, karşısındakileri hafife almaya alışmış olabilirdi. Şaşırdığım hususlardan biri de transfer işini bizzat patronun yürütmesiydi. Bu, pek teamülden değildi, genelde gazete sahipleri, benim gibi sıradan sayılacak, henüz fazla şöhret olmamış biriyle bu işleri konuşmazdı. Emrinde böyle işleri yapacak bir yığın yetkili bulunurdu. Ayrıca buluşma mahalli de ilginçti; neden bizi gazeteye değil de, lüks bir otelin restoranına çağırmışlardı anlamamıştım.

Asıl konuya hâlâ girmemişti Reşit Bey. Gazetesinin genel idare konularından söz ediyordu. Gerçi onu dinliyordum ama beynimde yer eden soruların sayısı gittikçe artıyordu. Onlar bizi beklemeden yemek sipariş etmişler ve çoktan yemeğe başlamışlardı.

Paranın gücü bir kere daha benliğimi kavurdu. Onlar ıstakoz yiyorlardı, en pahalı deniz mahsullerinden biri... Gözüm gayriihtiyari Reşit Bey'in elindeki alete gitti. Istakozun sert kabuklarını kırmak için kullandığı alete... Doğrusu şimdiye kadar hiç ıstakoz yememiştim, kıt kanaat geçinen bir gazeteci için çok fazla pahalı bir şeydi. Haliyle o aletin nasıl kullanılacağı hakkında da bir fikrim yoktu. Garsonlar yanımıza geldiğinde Turgut'la ben mütevazı bir et yemeği siparişinde bulunduk. İçki teklifini ise geri çevirmiştik. Turgut belki patronu ile aynı masada içki içmeye çekinmişti. Ben ise yavaş yavaş transfer teklifini geri çevirmeyi düşünmeye başlamıştım. Böyle bir kararla yapılacak konuşmada içki içmenin bir mantığı olamazdı.

Belki hatalı düşünüyordum, belki de önüme çıkan iyi bir şansı geri tepmek üzereydim, kestiremiyordum ama içimde yeterince tanımadığım Reşit Bey'e karşı bir antipati doğmuştu. Daha ilk sohbette onu itici bulmuştum. Yanındaki güzel hanım ise hiç konuşmuyor, hâlâ dikkatle beni süzüyordu. Reşit Bey konuşmasını birden kesti ve yanındaki kadına dönerek, "Gerisi senin, Naz," dedi. "Teferruatı sen hallet."

Bir an apışarak ikisine de ayrı ayrı baktım. Ne demek oluyordu şimdi bu? Hiçbir şey anlamamıştım; teferruat dediği şey neydi? O güzel yaratık benimle ne konuşacaktı?

Adının Naz olduğunu öğrendiğim kadın ilk defa gülerek yüzüme baktı ve bana hitap etti. Sesi billur gibi alıcı, etkileyici ve berraktı. "Evet, Haldun Bey'le tanıştık. Fakat bu sadece bir tanışma yemeğiydi. Çalışma şartları şayet sizin için de uygunsa yarın saat onda büromda müzakere ederiz, öylesi daha uygun olur," demişti.

O zaman uyanır gibi oldum. Demek bu afet, gireceğim gazetenin sorumlu kişilerinden biriydi. Hakçası cevabım yarın olumsuz olacaktı, ama içimden bir his, boş ver diyordu, yarın dünyalar güzeli bu kadınla muhtemelen odasında baş başa bir sohbette bulunacaktık. Kesinlikle çocuksu bir duyguydu bu, ne var ki bu görüşme bana çok heyecan verici gelmişti.

"Tabii, nasıl münasip görüyorsanız," demekle yetinmiştim.

Turgut'la ben masadan onlardan önce kalktık. Restorandan çıktığımızda hemen Turgut'a yapıştım. Büyük bir merakla sordum.

"Bu, Naz denen kadın kim yahu? Nedir onun gazetedeki görevi?"

Turgut soruma inanamamış gibi hayretle yüzüme bakmıştı.

"Ciddi mi söylüyorsun? Sahiden onun kim olduğunu bilmiyor musun?" dedi.

"Bilmiyorum... Bilmem mi lazım?"

"E, pes yani Haldun! Sen ne biçim gazetecisin yahu?"

13

"Neden? Ne var bunda şaşılacak?"

"İnanmıyorum, dalga geçiyorsun benimle..."

"Vallahi dalga geçtiğim filan yok... Kim o?"

"Yahu, Naz Hanım, Reşit Bey'in tek evladıdır. Bizim gazete ondan sorulur. Gazetedeki tek otoritedir. Zaten seni asıl bizim bünyemize katmak isteyen de o. Bunu bilmiyor muydun?"

Şaşırmıştım.

Bir şey söyleyemedim.

Turgut devam etti. "Reşit Bey uzun zamandır gazeteye uğramıyor zaten. Öteki şirketlerinin başında. Gazetenin bütün idaresi Naz Hanım'da... Ama yarın dikkat et, çok otoriterdir. İnsanın hiç gözünün yaşına bakmadan harcayıverir karşısındakini. Onun gözüne girmek çok zordur. Bu işi nasıl becerdin bilmiyorum ama seninle görüşmek isteyen de asıl oydu."

Nedense yeniden heyecanlanmıştım.

Yarınki görüşmenin zevkini şimdiden hisseder gibi oluyordum.

૨♣

Sabaha kadar rahat uyuyamadım. İçimde garip bir heyecan vardı. Aldığım maaş hariç aslında çalıştığım gazeteden memnundum. Yavaş yavaş kendi gazetemde de sivrilmeye, aranmaya başlamıştım, her geçen gün itibarım artıyordu. Zaten özellikle yaptığım o röportajlarla dikkat çekmesem, transfer teklifini de alamazdım. Düşünmeye başlamıştım şimdi; şayet teklif edecekleri işin ücreti tatminkâr olursa, kabul etmemem için hiçbir neden olamazdı. Alt tarafı bütün gazetelerde sarf edeceğim mesai üç aşağı beş yukarı aynı olacaktı. Üstelik bu defa şahane güzel bir patroniçe tarafından ismen istenmiştim.

Tabii, Naz'ın güzelliği işin sadece hayal tarafıydı. Ayakları her zaman yere basan biriydim, saçma sapan, tutarsız hayallere

14

kapılacak biri değildim. Güzelliği sadece ruhuma hitap etmişti, onun tarafından takdir edilmek, gazetesinin kadrosuna beni de dahil etmek istemesi ayrıca gururumu okşamıştı. Benim için asıl önemli konu maaş meselesiydi. Şayet münasip bir ücret teklif ederlerse, kabul etmemem için bir neden yoktu.

Bir süre düşündüm; ne kadar ücret talep ettiğimi sorarsa, acaba ne diyeyim diye. Evet, sivrilmeye, adını duyurmaya başlayan bir gazeteciydim ama kuşkusuz köşe yazarları gibi ün sahibi biri değildim. Alt tarafı daha meslekteki altıncı senemdi. İşimin mutfağı sayılan polis muhabirliğinden başlamıştım. Çalışkanlığım göze batmış, üçüncü seneden sonra gazetede ilave işler de yapmaya başlamıştım.

Yarın sabah Naz'la konuşmak heyecan verici olacaktı.

Galiba beni asıl cezbeden de buydu. Mesela maaşıma bin liralık bir ilave olursa, işi kabul etmeli miydim? Karar veremedim. Belki de aptallık ediyordum... Patroniçe tarafından ismen seçilmiş biri durumundaydım. Daha yüksek bir ücret de pekâlâ talep edebilirdim.

Acaba mı? diye düşündüm sonra...

Ya kabul etmezse, o zaman ne yapardım? O gazetedeki ücret skalası hakkında bir fikrim yoktu, hatta bir ara akıl edip de Turgut'a sormadığım için hayıflandım. Oysa ondan bir bilgi alabilirdim. Yine de üç aşağı beş yukarı gazetelerin ücret politikaları birbirine yakın olurdu.

Kısacası huzursuzdum.

Aklımı kurcalayan bir husus da, kılık kıyafetimdi. Bizim gazetede çalışanlar genellikle kravat bile takmazlardı, ben de onlara dahildim. Gömlek, kazak, blucinle işe gittiğim çok olurdu. Ama yarın bir patroniçenin karşısına çıkacaktım. Gazeteci olduğum için bu işin usul ve adabını bilirdim, genelde gazete sahipleri işe aldıkları benim seviyemdeki genç ve tecrübesiz sayılacak biriyle karşılıklı konuşmazlardı. Naz Hanım bana bir rüchâniyyet tanımıştı. En azından düzgün bir kıyafetle çıkmalıydım karşısına. Eve gelince ilk işim tek olan beyaz gömleğimi aramak oldu. Kirli sepetinde buldum. Bursa'da yaşayan anam yanımda olsa, ne yapar ne eder, onu yarın sabaha kadar yıkayıp kurutup ütülerdi. Ama ben ev işlerinde hiç de başarılı değildim. Çaresiz açık mavi oksford gömleğimi aradım; neyse ki o temizdi. Tek takım elbisem vardı; onu da çok nadir giydiğimden pek eski görünümlü değildi. Ufak gardırobumdan çıkarıp bir göz attım. Giyilebilirdi... Kravat kullanma alışkanlığım zaten pek yoktu, o nedenle de dolapta ne mevcutsa onların arasında bir seçim yaptım. Hemen hemen hiç kullanmadığım Ferda'nın hediye ettiği lacivert örgü kravat gözüme çarptı. Kıyafetimi tamamlardı.

Kendi kendime gülümsedim.

Komik bir telaş içinde olduğumu kabul etmeliydim. Sanki yarın iş görüşmesine değil de kendimi beğendirmeye gidiyormuşum gibi bir his kapladı içimi. Kuşkusuz her işveren karşısına aldığı elemanın genel görünüşüne de dikkat ederdi. Ama benim huzursuzluğum bir gazeteci olarak beğenilmekten çok, Naz Hanım'ın ilgisini çekmekti...

Otuz yaşında ve oldukça yakışıklı bir gençtim ama yine de aklımdan geçenler bana komik geliyordu...

2

Naz Hanım'ın elli yaşlarında balıketindeki özel sekreteri önce beni tepeden tırnağa yadırgayarak süzdü. İlk izleniminin müspet olmadığını sezinlemiştim. Hiç aldırmadım. Patroniçe'nin özel sekreteri de mağrur, dünyaları ben yarattım havası içindeydi. Genelde böyle olurdu zaten; önemli mevkilerdeki insanların sekreterleri kendilerine fazla paye verirlerdi. Kadının şaşkınlığına aslında şaşmamam gerekirdi, ne de olsa ben de aynı işkolunda çalıştığım için çarkın nasıl döndüğünü az buçuk bilirdim. Gazete patronları benim gibi sıradan emekçilerle görüşmezlerdi, bu tür işler hep bölüm müdürlerinin sorumluluğunda olurdu.

Sonradan adının Gönül olduğunu öğreneceğim ve çok iyi anlaşacağım bu tombul teyze hâlâ beni süzmeye devam ediyordu. Sessizce kravatımdan daha bu sabah bir lostra salonuna girerek boyattığım ayakkabılarıma kadar beni uzun uzun inceledi. Ama bunu yaparken gayet profesyonelce işini yapmaya da devam ediyordu. Ağırdan almamış, hemen geldiğimi patronuna bildirmişti.

Yüzünde ilk defa bir tebessüm oluştu. "Hanımefendi, sizi bekliyorlar," dedi. Sonra önüme düşüp kısa ve dar bir koridordan geçerek büyük maun bir kapıyı tıklatıp açtı ve geçmeme izin verdi.

İçeriye girince elimde olmadan biraz afalladım.

Burası muhteşem bir ofisti. Bir iki defa çalıştığım gazetenin patronunun odasını da görmüştüm. Ama ikisi mukayese edilemezdi. Ne de olsa *Müsavat* memleketin tirajı en yüksek, geliri en

17

fazla, okur portföyü en geniş ve yılların deneyimine sahip gazetesiydi. Gerçi birkaç defa sahipleri el değiştirmişti ama bu gazetenin hep bir numara olmasını engellememişti. Zaten gazete binasına ilk girdiğiniz andan itibaren bu ihtişam ve güç hissediliyordu. Bir gökdelenin on beşinci katındaydım.

Oda, hangar gibi büyüktü. Bizim gazetede iki üç servis rahatlıkla bu alanda çalışabilirdi. Bütün duvarlar koyu renk ahşapla kaplanmıştı. Belli ki çok usta ve zevk sahibi bir içmimar tarafından dekore edilmişti. Naz'ın devasa masası tam karşımdaydı.

Sekreter arkamdan kapıyı kapatıp bizi yalnız bırakınca, Naz o mütehakkim sesiyle, "Hoş geldiniz, Haldun Bey," dedi. Eliyle masasının karşısındaki boş deri koltuklardan birini işaret etmişti. Hafifçe tebessüm edip, o sünepe halimle işaret ettiği koltuğa doğru yürüdüm.

Daha şimdiden elim ayağım titremeye başlamıştı. Hatta itiraf edeyim ki hafif bir pişmanlık duygusu bile içimi kaplamıştı. Kısa bir an, *buraya neden geldim sanki*, diye düşündüm. Sebebi basitti tabii, hangi gazeteci burada çalışmak istemezdi ki... Memleketin en çok okunan gazetesiydi. Meslekte ilerlemek istiyorsam, tercihim doğaldı. Ayrıca ismen çağrıldığıma göre daha yüksek bir ücret alacağım da kesindi. Ama bütün bunlara rağmen beni huzursuz kılan bir şey vardı içimde.

Sanırım o an anladım.

Karşımdaki büyüleyici kadından huylanıyordum. Patroniçe'-den...

Gazetecilerin genelde hayal dünyası geniş olurdu, yazmanın ön şartı gibi bir şeydi bu. Eli kalem tutanların çoğu bu engin dünyada çırpınıp dururlardı. Galiba beni buraya çeken asıl şey Naz Hanım'ın güzelliği olmuştu.

Fantastik bir hayaldi bu. Basın dünyasının en büyüklerinden birinin güzel kızı ve mesleğinin henüz ilk aşamalarında olan tecrübesiz bir gazeteci... Ne umuyordum ki? Dün gece de evimde bunu düşünmüş ve gülmüştüm. Hayatım boyunca böyle güzel bir kadınla karşılaşmamıştım ve daha ilk gördüğüm anda etkisinde kalmıştım. Komik bir durum olduğunun farkındaydım. Basiretli davranıp teklifin sadece reel olan yanıyla ilgilenmeliydim. Naz Hanım röportajlarımı beğenmiş ve beni kendi gazetesinin bünyesine almak istemişti. Gerçek buydu işte... Hayal kurmanın anlamı yoktu. Önereceği ücret işime gelirse teklifi hemen kabul etmeliydim; aslında başka çıkar yolum da yoktu zaten. Bir yığın borcum vardı ve kazandığım para yetmiyordu. Yeni patronumun güzelliği kesinlikle beni ilgilendirmezdi. İşe girsem bile muhtemelen onun yüzünü çoğu zaman göremeyecektim. Farklı dünyaların insanlarıydık. Haliyle benimle ilgilenmesi tamamen mesleki sahadaydı; onun dışında benim gibi bir meteliksizin yüzüne bile bakmazdı. Boşuna dememişlerdi, davulun sesi uzaktan hoş gelir.

Toparlanmaya çalıştım.

"Evet, hanımefendi... Sizi dinliyorum," dedim.

Bakışlarımı Naz'ın yüzüne çevirmiştim. O hayranlık duygusu yine içime çörekleniverdi birden. Ürktüm ve nasıl davranacağımı şaşırdım. Bir kadının güzelliğinden bu denli etkileneceğimi hiç sanmazdım. Toy bir çocuktum sanki. Ani bir çağrışımla ilkokul günlerim aklıma geldi. Aynı sınıfta okuduğum Selma aklıma geldi. İlk aşkımdı... Karşı cinse duyduğum, ruhumu titreten, ne olduğunu o güne kadar hiç bilmediğim, adeta ilahi aşk. Kıza meftun olmuştum. Şimdi ise aklımda sadece adı kalmıştı. Aslında pek güzel bir kız da değildi, ama ben aşkın anlamını ilk defa o sıralar öğreniyordum. Yıllar sonra onu Bursa'da görmüştüm, öğretmen olmuştu. İçimde sadece bir burukluk hissetmiştim.

İşin hazin yanı, bu konuda pek deneyimli sayılamayacağımdı. Tabiidir ki, hayatıma giren birkaç kadın olmuştu ama hiç birinde o çocukluk yıllarımın erişilmez saf ve duru heyecanını yaşamamıştım. Ta ki düne kadar... Naz'ın inanılmaz güzel çehresi beni çocukluğuma götürmüştü. Yaşım otuzu bulmuştu ama ben şimdi çocukluğumdaki o saf aşkın yürek çarpıntılarını duyumsuyordum, hem de korkarak. Kuşkusuz, Selma ile Naz arasında uzaktan yakından bir benzerlik yoktu. Selma da şimdi hemen hemen Naz'ın yaşlarında olmalıydı veya ondan birkaç yaş daha büyük. İkisi arasındaki tek müşterek nokta ruhumda yarattıkları fırtınaydı. İlkinde bir çocuktum, duygularım sadece platonikti ve aşkın en kutsal sayılacak romantizmiyle doluydu; şimdi ise karşı cinsin yarattığı bütün cinsellik fırtınasını ruhumda duyumsuyordum.

Naz'ın yüzüne bile doğru dürüst bakamıyordum. İçimdeki dengeleri altüst etmişti. Aslında biraz çekiniyordum da; böyle bir makamı işgal ettiğine göre zeki ve akıllı bir kadın olmalıydı, şayet aklımdan geçenleri anlıyorsa rezil olabilirdim. Ayrıca parlak bir geleceğe atılacak bütün adımlar da daha şimdiden sona erebilirdi. Kadının şimdiden beni odasından kovması mümkündü.

Birden kendimi boğulur gibi hissettim.

Yutkunup genzimi temizledim. "Sizi dinliyorum," demekle topu ona atmıştım. Fakat neden sonra fark ettim, o da konuşmadan beni inceliyordu.

Odadaki sessizlik dikkatimi çekti.

İlk sözü, "Bir çay veya kahve içer misiniz?" olmuştu.

Ne çay ne de kahve içecek halde değildim. Bu soru her halde bir nezaket cümlesi olmalıydı, odasına gelen misafirini ağırlamak babında... Umarım, neler hissettiğimin farkında değildi. Güçlükle sırıtmaya çalıştım. "Hayır, teşekkür ederim efendim," diyebildim.

İsrar etmedi.

Utangaç bir çocuk gibi yüzüne bakamıyordum, hem de şiddetle istememe rağmen. Oysa onun beni incelemesi devam ediyordu. Göz göze gelmememize rağmen bunu hissediyordum. Konuya girmek için daha ne bekliyordu acaba? Süklüm püklüm halimi seyirden hoşlanıyor muydu acaba? Öyle insanlar da tanımıştım; sahip oldukları otorite ve güçle karşısındaki insanı ezmekten zevk duyarlardı. Belki de Naz da öyle biriydi. Yavaş yavaş bunu düşünmeye başlamıştım. Doğrusu genç kadında da tam böyle bir hava vardı. Patroniçe olarak erişilmez maddi gücü ve fiziksel güzelliği... İnsanları bastırıp hâkimiyetleri altına almaları için mükemmel iki neden...

Pısırık görünebilirdim ama aslında hiç de öyle değildim. Bam telime basılırsa her an patlamaya hazır bir karakterim vardı ve Naz daha henüz beni tanımıyordu. *Yine de sabırlı ol Haldun*, diye içimden söylendim. Uzayan sessizlik asabımı bozuyordu ama bir süre daha buna katlanmak zorundaydım. Sonuçta huyunu suyunu henüz bilmediğim birinin karşısındaydım.

Birden koltuğunu itip ayağa kalktı.

Konuşmadan ağır adımlarla ofisinin bir duvarını baştan başa kaplayan cama doğru yürüdü. Önce ne olduğunu anlamadım. Sırtı bana dönük olduğu için hemen koltuğumda dönüp arkasından ona baktım. Beynim karıncalanır gibi oldu. Onu ilk defa ayakta ve yürürken görüyordum. Boy, pos, endam tek kelime ile harikaydı. En muhteşemi ise yürüyüşündeki ahenkti... Yürümenin bir kadına ne tür bir cinsellik kazandırdığını çoğu erkek anlamazdı. Ölçülü bir tahrik, baştan çıkarıcılık vardı Naz'ın yürüyüşünde. Ama asla basite kaçmıyordu. Dar siyah etekliği kalçalarının ritmine olağanüstü bir hava katıyordu. Açık füme rengi çoraplarının sardığı bacaklarının bu kadar mevzun ve biçimli olacağını düşünmemiştim. Sadece bu güzelliği seyretmek bile yeterliydi.

Kendimden utanmalıydım. İş görüşmesi için geldiğim burada aklımdan geçenler medeni ve kültürlü bir erkeğin ilk etapta düşünmemesi gereken şeylerdi. Ama haklı olduğumu kabulden kendimi alamadım; sonuçta bir erkektim ve yerimde kim olursa olsun, aynı duyguların esiri olabilirdi.

Sırtı bana dönük olarak konuşmaya başlamasa beynimdeki düşüncelerden kurtulmam mümkün olmayacaktı. Neyse ki kelimeler ağzından dökülmeye başlayınca kendime gelebildim.

"Haldun Bey, sizi istikbal vaat eden bir gazeteci olarak görüyorum. Gazetenizde peş peşe çıkan röportajlarınızı büyük bir beğeniyle okudum. O nedenle de sizi bizim camiada görmek istedim. Kısa bir araştırma yaptım. Haber dairesinde çalışan Turgut, sizin arkadaşınızmış, onun vasıtasıyla da dünkü ilk tanışma yemeğini ayarladım."

"Evet, efendim," diye mırıldanmıştım.

Naz hâlâ pencereden dışarıya bakarak konuşuyordu. "Kısacası sizi bundan sonra bizim gazetede görmek istiyorum," dedi.

"Kısmetse olur, efendim."

"Kısmetse mi?"

"Tabii, efendim. Yani şartlarda anlaşabilirsek neden olmasın."

Birden hızla bana döndü. Kocaman ve simsiyah iri gözlerinde müthiş bir öfke parıltısı gördüm. Ne olduğunu, neden öfkelendiğini birden anlayamamıştım. Tedirgin olarak yüzüne baktım. Yanlış bir şey söylediğimi sanmıyordum, Patroniçe neden öfkelenmişti acaba?

"Ben öyle kısmet filan gibi lafları anlamam. Seçtiğim bir elemanı kadromda görmek istiyorsam, o mutlaka benim olmalıdır."

İçimden gayriihtiyari, vay canına be, diye homurdandım. Bu ne küstahlıktı! Kendine mağazadan rastgele bir mal mı seçiyordu. Her şeyin bir adabı, yolu, yöntemi olmalıydı. Terbiyesizliğin dik âlâsıydı bu... Rezillik... Şımarıklık... Paranın verdiği küstahlık! Bakalım, ben senin şartlarını kabul edecek miydim?

Gerçi sakin bir kişiliğim vardı ama gururumu hiçbir zaman ayaklar altına aldırmazdım. Dik dik yüzüne baktım. Çok güzel ve etkileyici bir kadın olabilirdi ama personeli üzerinde böyle hâkimiyet kurmak isteyen bir patronla ne olursa olsun çalışamazdım. Sesimin tonu değişti birden. Aynı küstah edayla mukabelede bulundum.

"Ben de ancak aklımın yattığı yerde çalışırım. Baskıya hiç gelemem. Hele bir gazetede patronun emrinde, onun yalakası olarak çalışmayı aklımın köşesinden bile geçirmem."

Naz'ın aynı küstahlıkla karşılık vereceğini düşünmüştüm. Sanırım bu görüşme daha başlamadan sona erecekti. Koltuğu itip ayağa kalktım. Birden yüzündeki ifade değişiverdi.

"Ne oldu? Neden birden öfkelendiniz?" diye inanılmaz bir masumiyetle sordu. "Size ters gelen bir şey mi söyledim? Yalakalık da nereden çıktı şimdi? Hangi baskıdan bahsediyorsunuz?"

Sözünü yanlış mı anlamıştım yoksa... Bakışlarımı kaçırmadım. "'Ben istediğimi alırım,' dediniz. Şayet sizin istekleriniz, siyasi görüşleriniz yahut niyetleriniz doğrultusunda bir kalem arıyorsanız, o kişi ben olamam. Doğru olduğuna inandığım şeyleri yazarım daima."

Çok tatlı bir şekilde gülümsedi.

"Asla bunu demek istemedim. Hiddetlenmenizin sebebini şimdi anlıyorum. Ne münasebet, fikir ve düşünceye ben her zaman itibar ederim. Bizim gazetemizde kimseye böyle bir baskı uygulanmaz. Bunu bildiğinizi sanıyordum. En azından *Müsavat*'ın genel yayın politikası hakkında bilginiz olduğunu sanmıştım."

Birden utandım.

Sert çıkışımla kabalık etmiştim. Özür dilemek gereğini duydum. "Affedersiniz," diye fısıldadım. "Korkarım, sizi yanlış anladım."

Gülümsüyordu hâlâ. Ama parlak gözlerinde anlam veremediğim garip ışıltılar görüyordum. Yerine oturmadan bana bakmaya devam etti. Masasına yaklaşıp gergin ve düzgün kalçasını masanın kenarına yaslayarak kollarını göğsünde çaprazladı.

"Şimdi biraz da sözünü ettiğiniz şu şartlardan bahsedelim. İleri süreceğiniz özel bir şartınız mı var? Varsa hemen bilmek isterim."

Ne şartım olabilirdi ki? Tek sorunum alacağım ücretinin tayiniydi. Ne var ki Patroniçe ile pazarlık yapacak tıynette biri değildim; değil onunla, en ufak bir esnafla bile pazarlık edemezdim. "Hayır, bir şartım yok," diyebildim.

Birden yüzündeki o tebessüm kayboldu. "Öyleyse, geriye bir tek ücret meselesi kalıyor," dedi.

Doğruydu, en can alıcı nokta buydu. Evet, *Müsavat* büyük bir gazeteydi ama ille bu gazetede çalışacağım diye bir saplantım yoktu. Ana sorunum daha tatminkâr bir ücret almaktı. Aslında bütün gazeteler birbirlerinin uyguladıkları ücret politikasını bildiklerinden muhtemelen Naz çalıştığım gazetede ne kadar maaş aldığımdan haberdardı. Aldığım ücreti sorarsa, doğrusunu söylemeye karar verdim. Ama sormadı...

"Ne kadar istiyorsunuz?" dedi.

Böyle bir sual beklemiyordum. Bunun takdiri genel olarak gazeteye ait olurdu ve ben emsal elemanlarına mevcut skalaya göre ne ödüyorlarsa bana da onu verirlerdi. Kendimi dev aynasında görmemin anlamı yoktu. Hatta bin liralık bir artışa bile fittim. Yine biraz ezilip bozulmaya başladım. En hayati noktaya gelmiştik. Pazarlık yapamazdım ama belki o benimle pazarlığa kalkışabilirdi.

Düşündüm bir an; beni isteyen onlardı, ben bir transfer talebinde bulunmamıştım. Bunun anlamı daha yüksek bir bedel olmalıydı. Gerçi ben üç bin beş yüzü filan da kabul edecektim ama şayet Naz bir pazarlığa kalkışacaksa rakamı biraz daha yüksek tutabilirdim. Bırakayım, istediğim rakama o itiraz etsindi. Hafifçe ter basmıştı sırtımı. Hiç rahat değildim. Dünyanın her yanında emek sömürüsü yapılırdı ve kapital emeği harcardı. Bunu biliyordum ama yine de ağzımdan bir rakam çıkmıyordu.

Sorusunu yineledi. "Evet, ne kadar ücret talep ediyorsunuz?"

Yutkundum tekrar. Sonra kafadan attım. "Beş bin lira."
Naz dehşete düşmüş gibi yüzüme baktı. Galiba istediğimi çok fazla bulmuştu. Aynı anda da o lanet nedameti duydum. Çok garip bir histi bu, burada, onun gazetesinde çalışmak istiyordum. Bunu kendime bile açıklamak zordu, *Müsavat*'ta çalışmak gibi aşırı bir isteğim yoktu ama Naz'ın hâlâ adlandıramadığım cazibesi bir girdap gibi beni kendisine çekiyordu.

Korktum bir an. Olmaz, bu bizim ücret politikamıza uymaz derse, ne yapacaktım? İstediğim rakamı düşürmek ağırıma gidecekti.

"Beş bin lira mı?" diye sordu.

Bir daha yutkundum. Güçlükle, "Fazla mı buldunuz?" diye kekeledim. Cevap vermeden yürüyüp tam karşımdaki koltuğa oturdu, bacak bacak üstüne attı. Bir kere daha bakışlarımı kaçırmak zorunda kaldım, çünkü yüz ifademi, gözlerimdeki hayranlık belirtisini, o an neler hissettiğimi mutlaka anlayacaktı. Neredeyse yüreğim yerinden çıkacaktı. Hani beş bin liraya değil, bedavaya çalışacaksın dese, korkarım itirazsız kabul edecektim. Hayatım boyunca bir kadından böylesine etkilenmemiştim. Cinselliği zarafetle böylesine bağdaştıran birine rastlamamıştım çünkü.

"Hayır, beş bin lira olmaz," dedi.

Ücret almadan da çalışmaya razıyım diyemedim tabii. Bekledim sadece. Bakalım o ne takdir edecekti. Camın önündeki duruşunu, yürüyüşünü, kalçasını masaya dayayarak bana bakışını ve karşımda bacak bacak üstüne atarak oturuşunu gördükten sonra, hangi ücreti verirse versin kabule hazırdım artık. İnanılmaz bir büyüye kapılmıştım.

Biraz kendime de kızıyordum; ne olmuştu bana, anlamıyordum. Bu yaşadığımı bir başkası bana anlatsa, onunla epey alay ederdim herhalde. Böyle romantik saplanmalar bir asır önce yaşanırdı, o devir çoktan bitmişti. Kendimi enayi gibi hissediyordum.

Patroniçe düpedüz, beş bin lira olmaz demişti işte. Hem belki de aklımdan geçenleri okuyordu. "Sizin gibi yetenekli bir elaman o fiyata çalışamaz. Ben ayda on bin lira takdir etmiştim sizin için. Kabul ediyorsanız, hemen aşağıya personel dairesine telefon edip işe alındığınızı bildireceğim," dedi.

Kulaklarıma inanamamıştım. Bön bön yüzüne baktım ancak. Sanki bir rüya âlemindeydim...

3

Akşam eve dönerken şaşkınlığımı hâlâ üzerimden atamamıştım. Zevkten hop oturup hop kalkıyordum. Fazla içkiye düşkünlüğüm yoktu ama dönüşte büyük bir markete girip altı şişe bira, soğuk mezeler aldım. Bu başarıyı kutlamalıydım. Bunu evde tek başıma yapmayı tercih ettim. Yanımda kimseyi istemiyordum. Aldığım maaşın dört katını takdir etmişti güzel Patroniçem...

Onun hakkında yanılmıştım; demek emeği istismar eden, bizleri somüren bir patron değil, aksine emeğin karşılığını fazlasıyla ödeyen biriydi. Önerdiği rakam aklımın köşesinden bile geçmezdi. Az bir artışa bile razıydım; ne de olsa *Müsavat* gibi bir gazetede çalışmanın itibar ve avantajı da cabasıydı. Yerimde duramıyordum.

Eve döner dönmez Turgut'a telefon edip işe alındığımı söyledim. Ama ücret konusunda bir açıklama yapmadım. Ne de olsa artık aynı çatı altında çalışacaktık ve emindim ki Turgut'un maaşı bana takdir edilenden çok daha düşüktü. Gerçi iyi arkadaştık ama bizim meslekte bu tür çekememezlik ve kıskançlıklar çok yaşanırdı. Turgut bana teklif edilen ücreti sormayacak kadar olgun bir çocuktu, ama kazara sorarsa, bir şekilde geçiştirmeye karar vermiştim.

Nitekim sormadı, ama bu haberi içkili bir yerde kutlamalıyız dedi. Haklıydı da, *Müsavat*'a girmeye onun tavassutuyla ulaşmıştım. Tamam dedim, ilk maaşı alır almaz istediğin yere gider

27

kafaları çekeriz diye garanti verdim. Sevindi, şakalaştık ve telefonu kapattım. Aslında bu güzel haberi Bursa'ya telefon edip anneme de ulaştırmak istiyordum ama nedense içimden bir his, acele etme diyordu...

Benim gibi içkiye fazla alışık olmayanları sevinç veya keder anlarında alkol çabuk etkilerdi. Daha ikinci şişeyi bitirdiğimde havaya girmiştim. Sarhoş sayılmazdım, lakin gevşemiş, her şey toz pembe görünmeye başlamıştı. Kuşkusuz bu halimin tek nedeni hiç ummadığım ücret artışı değildi.

Asıl sebep Naz'dı...

Üçüncü şişeyi bitirdiğimde beynim ilk tehlike sinyallerini vermeye başladı. Aşırı neşem yavaş yavaş yerini durgunluğa bırakmaya başlıyordu. Naz'ın hayalini bir türlü beynimden silip atamıyordum. Böyle devam ederse bir facia ile karşı karşıya kalacağım su götürmez bir hakikatti. Ben kimdim ki öyle bir kadına ilgi duyacaktım...

Sonra düşünmeye başladım. *Hislerim, bir aşk mıydı? Hadi canım sende*, diye mırıldandım içimden. İlk görüşte aşk denen şey sadece bir masaldı. İnsan hiç tanımadığı bir kadını bir kerecik görmekle nasıl âşık olurdu. Benim indimde aşk, çok daha komplike bir şeydi; bir çok niteliğin, saymakla tükenmeyecek hasletlerin birleşmesiydi ancak. Saygı, takdir, sevgi, incelik, duygusallık filan gibi şeylerin bir araya gelmesi. Oysa Patroniçe'yi iki gün içinde, toplasam iki saatten az görmüştüm.

Güldüm... Bu, aşk filan değildi. Belki biraz kaba kaçacaktı ama olsa olsa şehevi bir bunalımdı. Bunu inkâr edemezdim; o kadar cinsi cazibesi fazlaydı ki heyecanımı anlayacak diye konuşurken zaman zaman yüzüne bakmaktan bile çekinmiştim. Her erkeğin başına gelebilirdi bu, bazen sokakta rastladığımız bir kadına da şiddetle arzu duyabilirdik, erkeğin doğasında olan bir şeydi. Muntazam bacakları aklıma geldi. Karşımda bacak bacak üstüne atarak oturuşunu anımsadım. Uzun boyu, incecik beli, kalçaları insanın aklını başından alacak kadar nefisti. Yüzünün hatları da çok güzeldi ama gözlerini, burnunu, ağzını şimdi hayalimde tam canlandıramıyordum. Neden diye biraz şaşırdım. Sonra yeni bir gülme krizi tuttu beni, sebebi çok açıktı; utancımdan kızın yüzüne bile doğru dürüst bakamadığımı anımsadım. Dördüncü şişeyi bitirdiğimde ise daha farklı şeyler beynime üşüşmeye başladı. Naz neden beni tercih edip gazetesinin kadrosuna almıştı acaba? Yeteneğimden mi? Belki... Olabilirdi... Kalemi güçlü bir yazar sayılırdım. Yaptığım röportajların oldukça ilgi çektiğini, beğenildiğini biliyordum ama tek sebep bu muydu? Patroniçe'nin gazetesinde de benim vasıflarıma sahip, hatta benden daha iyi olanları da vardı? O halde Naz, niye beni de kadroya dahil etmişti, hem de yüksek bir ücretle...

Kafam biraz karışır gibi oldu. Alkol de bunu artırıyordu. Hiç de yabana atılır bir soru değildi. Israrla hem de hiç tereddüt etmeden beni kabul etmişti. Beynimde bu soruya uygun bir cevap aradım fakat bulamadım. Sebebi ne olabilirdi ki? Herhalde yakışıklılığım için seçmemişti.

Çok gülünç olurdu bu...

Aslında oldukça yakışıklı bir gençtim. Çalıştığım gazetedeki kızların çoğundan arkadaşlık teklifleri alırdım, hatta bir seferinde evli olan bir kadın bile benimle olmak için can atmıştı. Ama çoğunu geri çevirmiştim, bu devirde bir kızla flört etmek, bir yemeğe ya da bir yere içki içmeye gitmek bile para meselesiydi. Oysa ben bütün gayretlerime rağmen ayın sonunu zor getiriyordum. Anacığıma maddi katkıda bulunmam gerekirken çoğu ayın sonunda o bana para yollardı.

Ama Naz bana istisnai bir muamele yapmıştı.

Daha sonra öğrenecektim, şimdiye kadar Patroniçe işe aldığı hiçbir elemanını odasına çağırıp özel görüşme yapmamıştı. Ne yazık ki bu gerçeği biradan sarhoş olduğum o gece bilmiyordum. Ama bana farklı muamele yaptığını sezgilerimle çıkarıyordum. Benimki sadece alkol sarhoşluğu değildi galiba, asıl aşk sarhoşu olmuştum ve kendi kendimi aldatmaya çalışıyordum, ben bu kıza âşık değilim diye. Sanki tek sıkıntım ona duyduğum cinsel heyecandı... Oysa biraları yuvarlamaya başladığımdan beri sadece onu düşünüyordum... Önümüzdeki hafta başı yeni gazetemde işe başlayacaktım. Patroniçem öyle uygun görmüştü...

🙠

Pazartesiyi iple çektim.

Aradaki günleri nasıl geçirdiğimi bir Allah bilir, bir de ben... Hiçbir yerde duramıyordum. Eski patronum ayrılığımı anlayışla karşılamıştı ve beni tutmak için özel bir girişimde de bulunmamıştı. Aslında bu durum yeniden beni düşünmeye sevk etmişti. Eski gazetemin sahibi de meslekte senelerini harcamış, kurt biriydi. Şayet gerçekten o kadar yetenekli olsam, beni tutmak için çaba harcaması gerekmez miydi?

Bu düşünce beni yeniden huylandırdı.

Acaba Naz neden beni ısrarla gazetesine transfere kalkışmıştı? Bu soru yavaş yavaş beni rahatsız etmeye başlamıştı.

Nihayet pazartesi geldi çattı. O sabah erkenden uyandım İtina ile tıraş oldum, temiz gömlek spor bir ceket ve havalı bir kravat takarak yeni iş yerime yollandım.

Asıl amacım Naz'ı yeniden görebilmek, onun bulunduğu yerlerin havasını içime sindirebilmekti. Yeni işyeri şartlarım, tanımadığım bir yığın müşterek çalışacağım simalar, hiç umurumda değildi. Nasıl olsa onlara uyum sağlardım, alt tarafı sadece gazete değiştiriyordum, yapacağımız iş hep aynıydı. Benim heyecanım ise Naz'ı görmekti.

Ama keyfiyetin öyle olmadığını daha ilk günden anladım. Patroniçe'nin yanına çıkmak veya onu gökdelen içinde görmek adeta imkânsız gibi bir şeydi. Son üst katlar sadece gazete müdürlerine ve şirketin idare meclisi üyelerine tahsis edilmişti, tabii bir de onların sekreterlerine. O katlara bizim gibi personel öyle elini kolunu sallaya sallaya çıkamıyordu. *Müsavat* ne de olsa memleketin en büyük gazetesiydi. Havası, kuralları farklıydı. Doğrusu oldukça bozulmuştum. Buradaki düzenin de son çalıştığım gazetede olduğu gibi sanmak gafletinde bulunmuştum. Aradan bir hafta geçmişti ve ben Naz'ın yüzünü bir kerecik olsun görmemiştim. Patroniçe mesai saatleri içinde de şirket binasında hiç dolaşmıyordu.

Hoşuma giden tek şey, daha işe başladığım ilk gün muhasebeden telefonla arayarak beni aşağıya çağırmaları oldu. Muhasebeye indim, müdür beni karşılayarak, "Naz Hanım'ın emri," dedi, "size avans olarak beş bin lira ödemem söylendi."

Afalladım...

Böyle bir şey hiç beklemiyordum, ayrıca bu yolda bir talebim de olmamıştı...

🌢

Ben hâlâ hayaller içindeydim, aldığım avansla birkaç borcumu kapatacağıma, olmayacak işlere kalkıştım. Nasıl olsa bundan böyle istikrarlı şekilde bol para geçecekti elime; her ay on bin lira tasavvur bile edemediğim bir ücretti, borçlarımı sıraya koyup ödeyebilirdim. Artık geleceğe daha güvenli bakıyordum. Bundan böyle anama da her ay ufak katkılarım olabilirdi.

Önce kılık kıyafetime biraz özen göstermeye karar verdim. Bir alışveriş merkezine gidip giysiler aldım kendime. İki yeni ceket, üç pantolon, bir iki gömlek ve kravatlar. Bir de ayakkabı almıştım.

31

Alışveriş merkezinden çıkarken beş bin liramı tüketmiştim. Buna Sultanahmet'te dilenip, Ayasofya'da dağıtmak denirdi. Biliyordum ama beynimde hep Naz'a afili görünmek sevdası vardı. Bir hafta içinde yeni mesai arkadaşlarımla kaynaşacağımı sanmıştım. Bulunduğum ortama çabuk ve kolay uyum sağlayan bir mizacım vardı fakat hafta sonuna geldiğimizde çevremdekilerin nedense bana pek yakın olmadıklarını, soğuk ve mesafeli davrandıklarını gördüm. Önce buna hiçbir anlam verememiştim ama daha sonra nedenini anladım. Daha şimdiden kıskançlık tohumu serpilmişti aramıza. Beni patroniçenin imtiyazlı elemanı olarak görüyorlardı. Sanki aralarına sokulmuş bir casus gibiydim, herkes bana kuşkuyla bakıyordu. Tabii, başka bir gazeteden transferimin bizzat Naz tarafından yapıldığı haberi çok kısa sürede yayılmıştı.

Önceleri pek umursamadım, böyle şeyler her müessesede olurdu; bir tür çekememezlik, haset duyma gibiydi. *Zaman içinde alışırlar, gerçek karakterimi ve insancıl yanımı anladıkça bana yakınlaşırlar,* diye düşünmüştüm. Velakin öyle olmadı. Gelişen olaylar bana olan husumet ve soğukluğu daha da artırdı. Bunun tek istisnası Turgut'tu. Ne de olsa onunla eski dosttuk ve kişiliğimi yeterince tanırdı. Ama servislerimiz farklı olduğundan bina içinde yeterince görüşemiyorduk. Günler hızla geçiyordu ve ben Naz'ı göremiyordum. Bu durumdan oldukça tedirgindim. Her sabah işe gelirken belki bugün karşılaşırız diye heyecan yaşıyordum ama beklediğim karşılaşma bir türlü vuku bulmuyordu.

Bir gün gazetedeki öğle yemeğinde yine Turgut'la karşı karşıyaydım. Turgut sitem etti. "Yahu ne zaman işe girişini ıslatacağız?" diye sordu. Gerçekten ona bir vaadim vardı. "Ne zaman istersen," dedim. "Bu akşam bana uyar, Beyoğlu'na gidip kafa çekelim."

"Tamam," dedim. İş çıkışı birlikte Beyoğlu'na gidecektik...

Turgut, Çiçek Pasajı'nı çok severdi. Eh, cüzdanımıza da uygun bir yer sayılırdı. Uygun bir yer bulup oturduk. O rakıyı tercih etti, ben ise alkolle pek başım hoş olmadığından yine bira içmeyi münasip bulmuştum. Kendisine bir kere daha teşekkür ettim. "Boş versene," dedi. "Biz eski arkadaşız, lafı mı olur."

Önce ona gazetedeki arkadaşların bana karşı takındıkları olumsuz tavırdan söz ettim. "Aldırma," dedi. "Alışırsın... Daha doğrusu onlar seni kabul etmek zorunda kalırlar. Ne de olsa sen Patroniçe'nin seçtiği bir elemansın."

Gayriihtiyari gözlerinin içine baktım. Yoksa Turgut da mı beni çekemeyenlerin içine dahildi. Buna ihtimal veremezdim. Endişemi anlamış gibi bir kahkaha koyuverdi.

"Daha neler, ulan! Yoksa benden de mi şüpheleniyorsun?"

"Hayır, ama..." diye kekeledim.

"Bak, Haldun," dedi. "Naz Hanım gazetenin başına geçtiği günden beri ilk defa bir elemanı kendi arzusuyla şirkete aldı. İşittiğim kadarıyla seni çok iyi bir maaşa da bağlamış. Böyle şeyler camiada çabuk duyulur ve hemen dedikodular ayyuka çıkar. Torpilli olduğun veya patronun adamı olduğun rivayetleri ortalıkta kol gezmeye başlar. Kimse senin yeteneklerini düşünüp takdir etmez. Sen her şeye boş ver ve işine bak."

Dostça bir tavsiyeydi ama beni düşünmeye sevk etti.

"Yahu, Turgut," diye mırıldandım. "Bunu ben de çok düşündüm. Bu kadın beni niye apar topar transfer etti, anlamadım. Dediğin gibi aklımın ucundan bile geçmeyen bir ücret takdir etti. Sen benim dostumsun, gerçeği senden saklayamam. Tamam, fena bir gazeteci sayılmam, son zamanlarda epey başarılarım da oldu ama Patroniçe'nin bu denli ilgisini çekecek kadar da önemli değilim. Hâlâ geçerli bir neden bulamıyorum."

Gülümsedi Turgut.

"Patroniçe'yi hafife alma sakın. Amerika'da gazetecilik eğitimi görmüştür. Zehir gibi bir kadındır. İstikbal vaat eden bir gazetecinin kokusunu çok iyi alır. Muhakkak seni seçmesinin sebebi de budur. Aksi olsa, varit olsa, Reşit Bey hiç kızını gazetenin başına geçirip *Müsavat*'ı ona emanet eder miydi? Artık Reşit Bey gazeteye bile uğramıyor, bütün sorumluluk Naz Hanım'da. Müsterih ol, mutlaka Patroniçe sende bir ışık görmüştür. Ayrıca kendini de bu kadar hafife alma."

Benim durumumdan ziyade Naz mevzunun açılması beni heyecanlandırmıştı.

"Desene, işinin ehli," diye mırıldandım.

"Hiç şüphen olmasın. Ondan Korkunç Patroniçe diye bahsederler."

"Kim bahseder?"

"Bütün gazete personeli..."

"Haksızlık ediyorlar. Hiç de öyle biri değil."

"Pek de yalan sayılmaz. Çok acımasızdır. Asla hata kabul etmez. Bağışlamaz da. Hatayı yakalarsa ertesi gün pasaportunu eline verir."

"Yok yahu! Sahi mi söylüyorsun?"

"İnan bana ve çok dikkatli ol."

Naz'ın bu kadar acımasız olacağına ihtimal veremezdim. O güzelliğin içinde her zaman anlayışlı, merhametli ve değerleri takdir eden bir kalbe sahip olduğunu hayal ediyordum. Bir ara ağzımdan, "Ne kadar da güzel bir kadın," lafı kaçıvermişti. Gerçekti kuşkusuz. Hemen söylediğime pişman oldum; Turgut'un yanlış bir yoruma kalkışmasından endişelendim. Neyse ki içimde esen fırtınaları anlamamıştı henüz.

"Orası öyle," diye mırıldandı. "Ama o güzelliğe aldanmamalı. Yüreği taş gibidir."

Şaşırmış gibi arkadaşımı süzdüm. "Nereden biliyorsun?"

"Yahu, üç senedir başımızda. Ben bilmeyim de kim bilsin? Kendini beğenmiş, ukala, şımarık, kendisini dev aynasında gören kadının tekidir. Gazetede herkes ondan korkar. Ona rastlayan yolunu değiştirir."

"Allah Allah," dedim. "Bana hiç de öyle görünmedi. Bekâr, değil mi?"

Turgut gülümsedi. "Bekâr olmasına bekâr da Allah Naci Koyuncu'nun yardımcısı olsun," diye fısıldadı sanki birisi duyacakmış gibi.

İrkilmiştim. Naci Koyuncu'yu tanıyordum tabii. Memleketin en büyük holdinglerinden birinin genç oğluydu. Babası ölünce holdingin başına geçecek veliaht statüsündeydi.

"Naz Hanım'ın ne ilgisi var Naci Koyuncu'yla?" diye sordum.

Arkadaşım garipseyerek yüzüme baktı. "Sen ne biçim gazetecisin yahu? Boyalı basını hiç takip etmez misin? Sosyete dedikodularını okumaz mısın?"

"Boş ver," dedim. "Zaman israfı… Kimin eli kimin cebinde, kim kimi yatağa atacak veya şu barın çıkışında filan kişi falan feşmekânla görülmüş gibi paparazzi haberleri beni hiç ırgalamaz. Okuyup da ne olacak? Beni hiç ilgilendirmiyor."

"Yanılıyorsun, dostum."

"Nedenmiş o?"

"Boyalı basın, dünyanın her tarafında geçerlidir. Siyasetten, ekonomiden, geçim sıkıntısından boğulan insanların kaçış yoludur o haberler. Streslerini atıp, gergin tansiyonlarını düşürürler. Kendilerini o haberlere konu olan insanlarla aynı ortamda hissederler."

"Saçma… Baştan aşağı mantık hatası… Her neyse, sen şu Naci Koyuncu'dan bahsetsene."

"Ha, o mu? Yahu nasıl duymadın. Naz Hanım'ın onunla evleneceği rivayeti çok yaygın," dedi Turgut. "Yakında nişanlanacaklarmış."

Hafifçe titredim.

"Sahi mi? Gerçekten Naci Koyuncu'yla nişanlanıyor mu?" diye kekeledim.

Turgut saf saf başını salladı. "Niye şaşırdın ki? Para parayı çeker dostum... Kiminle evlenecekti ki? Basın dünyasının kralının kızı, sanayi dünyasının kralının veliahdı ile evlenecek tabii... Çok doğal değil mi?"

"Bilmem," diye homurdandım. "Doğal mı?"

"Gayet tabii... Aksini düşünmek abes..."

Bir anda bütün keyfim kaçmıştı. Aptalın tekiydim ben! Turgut yerden göğe kadar haklıydı. Ne umuyordum ki? Koca Patroniçe maiyetinde çalışan kıçı kırık, sünepe bir gazeteciye mi âşık olacaktı. Kargalar bile gülerdi bu tasavvuruma... Lakin kalbime hükmedemiyordum; sanki ruhuma bir bıçak saplanmış gibi acı çekmeye başladım.

Turgut bendeki bu ani değişimi hissetmemeliydi. Biramdan bir yudum alıp bakışlarımı yeniden ona çevirdiğimde şaşkın nazarlarını yakaladım.

"Ne o?" dedi. "Bu habere sarsılmış gibisin."

Hemen itiraza yeltendim. "Daha da neler! Bana ne Naz Hanım'ın evliliğinden... İstediğiyle evlenir, yahu... Beni ne ilgilendirir."

"Öyle söyleme..."

Yeniden baktım yüzüne. "Neden? Ne demek istiyorsun?"

Turgut gülmeye başladı. "Ben buna Naz Sendromu diyorum da ondan."

"Ne demek o?"

"Anlamazsın... Daha bizde yenisin de ondan. Zamanla sen de öğrenirsin..."

"Neyi yahu?"

"Gazetede çalışan erkeklerin yüzde doksanı Naz'a âşıktır. İçin için o aşkı yaşarlar. Ama kimse alenen bunu açıklayamaz tabii. Eh, kabul et ki kız çok güzel, ayrıca müthiş dişi bir yanı var. Daha ilk gören kıza yanıp tutuşmaya başlıyor. Ayrıca milyarder, çok büyük bir serveti var ve daha henüz yirmi yedi yaşında... Kim âşık olmaz ki?"

"Hani çok gaddar, acımasız, kendini beğenmişin tekidir diyordun. Değişti mi şimdi fikrin?"

"Yok canım! O yanları da öyledir. Ama hakçası çok da güzel kadın, kimse inkâr edemez."

Omuzlarım çökmüş, durgunlaşmıştım.

Turgut alay eder gibi sordu. "Yahu Haldun, yoksa sende mi kıza âşık oldun? Nedir bu halin? Karadeniz'de gemileri batmış kişilere döndün."

"Yok be, Turgut," dedim. Başka ne diyebilirdim ki? "Ne münasebet... Sadece insanın isyan edeceği geliyor."

"Neye isyan edeceği geliyor?"

"Bu duruma... Hani armudun iyisini ayılar yer derler. Tam ona uygun bir misal..."

"Anlayamadım... Yani burada ayı, Naci Koyuncu mu oluyor?"

"Ha şunu bileydin... Bir iki defa gazetecilere beyanat verirken dinlemiştim kendisini. Bana sorarsan hödüğün teki... Kesinlikle bizim Patroniçe'ye koca olacak vasıfta biri değil."

Turgut tekrar güldü. "Dalga mı geçiyorsun? Herif Türkiye'yi satın alacak güçte yahu! Hangi kadın teper bu zenginliği..."

Susmak zorunda kaldım. Turgut yine haklıydı.

Bu dünyada her şeyin sonu paraya dayanıyordu galiba...

4

Aradan on gün daha geçti. Çevremdeki iş arkadaşlarımın olumsuz davranışlarına rağmen yeni işime uyum sağlamıştım. Hâlâ bana Patroniçe'nin has adamı diye bakıyorlar, samimileşmekten, yakınlaşmaktan kaçınıyorlardı. Yalnız burada dikkatimi çeken bir husus vardı; eski çalıştığım gazeteye kıyasen *Müsavat* çok daha geniş ve büyük kapasitesine rağmen burada yaptığım iş çok daha azdı. Bunu daha birinci haftanın sonunda fark etmiştim. Günlük iş taksimatını yapan servis müdürüm hep bana kolay ve basit işler tevdi ediyordu.

Biraz huylanmaya başlamıştım. Gün içinde bir sürü boş saatim oluyordu. Nedenini pek anlamıyordum; beni dışlamak mı istiyorlardı yoksa kolluyorlar mıydı? Bir gazetede patronun adamı diye ünlenmek hiç de hoş değildi. Sıkılmaya başlamıştım. Daha da kötüsü mesleki yeteneklerimi gösterecek fırsatlar elime geçmiyordu. Genelde mesleğini seven, çalışkan bir elemandım ama burada körleniyordum. Hem de çevremdekilere kıyasen aldığım yüksek ücrete rağmen. Ne zaman bir işi almaya kalkışsam, servis müdürü o vakayı başka birine veriyordu.

Naz'ı da hiç göremiyordum.

İşe başlayalı neredeyse on beş gün olmuştu, sadece bir kere Patroniçe'yi işe geldiği sırada arabasından çıkarken görmüştüm ve çok hayret etmiştim. Arabasını bir şoför kullanıyordu ama hemen şoförün yanı başında izbandut gibi bir adam daha vardı.

Çalıştığım servisin penceresinden bakıyordum. Önde oturan o iriyarı adamın koruması olduğunu neden sonra anlamıştım. Böyle ünlü kişiler yanlarında korumaları olmadan dolaşmıyorlardı. Aslında şaşırmamam gerekirdi, bunu olağan kabul etmeliydim. Aslında heyecanlanmam gerekirdi, onu on beş günden sonra ilk defa görüyordum, ama içimde sadece bir burukluk hissettim. Turgut'tan evleneceğini öğrendiğimden sonra ayaklarım yere ermişti galiba. Kendi kendime bu garip hayranlıktan bir an önce vazgeçmem gerektiğini telkine uğraşmıştım. Ben kimdim, Patroniçe kimdi? Böyle bir sevdayı hayal etmek bile saçmaydı. En iyisi kendime acilen bir kız arkadaş bulmaktı. Onunla oyalanır, Naz hayalinden sıyrılırdım. Ama olmamıştı, o sıralar yalnızdım. İşin aslı galiba yeni biriyle arkadaşlığa girmeyi içim istemiyordu.

Aradan bir süre daha geçti. Bir gün masamda oyalanırken birden telefonum çaldı. Reseptörü kaldırıp, "Alo," dedim. Arayan Patroniçe'nin sekreteri Gönül Hanım'dı. Bir an nutkum tutulur gibi oldu, böyle bir telefonu hiç beklemiyordum. Heyecandan sapsarı kesildim. Neyse ki o an beni izleyen kimse yoktu civarımda.

Tombul sekreter, "Haldun Bey, hanımefendi sizi çağırıyorlar. Hemen yukarıya gelin," dedi.

"Tabii, hemen geliyorum," diyebildim.

Ama heyecandan elim ayağım birbirine dolanmaya başlamıştı. Patroniçe, acaba niye beni çağırıyordu? Bir şikâyet mi vardı yoksa? Hakçası geldiğimden beri boş boş oturuyordum yerimde. Hiçbir patron böylesine iyi ücret verdiği bir elemanının işe yaramadan oturmasını müspet karşılayamazdı. Yoksa bana da mı pasaportumu verecek diye korktum. Ama bu kadar da çabuk işten atmazdı beni, daha bir ayımı bile tam doldurmamıştım.

Ceketimin önünü ilikleyip masamdan kalktım. Ürkek adımlarla asansör kabinlerinin olduğu yere gittim. Yukarıya çıkarken yüreğim yerinden fırlayacak gibi atıyordu. Merakım son haddini bulmuştu. Diğer yandan da içimde tatlı bir ürperti hissediyordum. Nihayet Naz'ı görecek, neticesi ne olursa olsun onunla konuşmak imkânına kavuşacaktım.

Daha asansördeyken anlamıştım; evlenme arifesinde olması, zenginliği, sürdürdüğü debdebeli hayat filan hepsi laftı. İnsan kalbine hükmedemiyordu. Biliyordum tabii, bu aptalca bir sevdaydı, bir tür tutku, fiziki veya manevi, adı ne olursa olsun ama onu aklımdan çıkaramıyordum. Ona erişmek tamamen bir hayal de olsa, bunu önlemek elimde değildi. Patroniçe'nin katına çıktığımda doğruca Gönül Hanım'ın odasına yürüdüm. Aslında Reşit Bey bu gökdeleni yaptırırken bu katı sadece kendisine tahsis etmişti. O sırada bundan haberim yoktu, tabii kimse de bana söylememişti. Asansörden inince o izbandut kılıklı korumayı gördüm. Dekor olarak kullanılan asansör çıkışındaki holün etrafına serpiştirilmiş tropikal süs bitkilerinin arasındaki bir koltukta tek başına oturuyordu. Bir an adamla göz göze geldim. Beni pek umursamadı, sadece şöyle bir süzdü. Fakat o bakışından bile geleceğimden haberi olduğunu sezinledim. Yanılmıyorsam bu katta sadece üç kişi vardı; Patroniçem, Gönül Hanım ve bu insan azmanı... Gayriihtiyari, *vay be*, diye homurdandım içimden. Bu şaşaya hayran kalmamak elde değildi.

Sekreterin odasına yürürken bir yandan da içimdeki yangını analiz etmeye çalışıyordum. Bu platonik bir sevda olmalıydı. Hani ilkokulda yaşadığımız ilk aşk, ortaokulda hocaya duyulan sevda gibi gerçek aşkla ilgisi olmayan fakat içimizdeki sevgi tohumlarını yeşerip şekillendiği türden bir şey olmalıydı. Naz da, benim için öyle bir şeydi. Asla erişemeyeceğim ama içimden bir türlü söküp atamayacağım bir duygu. Filhakika ben artık otuz yaşındaydım ve bu tür duygulardan tamamen sıyrılmış olmalıydım ama sorun galiba ruh yapımdaydı. Sanırım ben romantik bir tiptim. Bunu şimdiye kadar hiç düşünmediğimi de o zaman hissettim. Bu yaşımda,

Naz'a tüm imkânsızlığına rağmen âşık olabiliyor ve onu aklımdan çıkaramıyorsam, başka nasıl açıklanabilirdi durumum. Gönül Hanım'ın odasına girdiğimde yüreğim sanki duracaktı. Tombul sekreter bile heyecanımı hemen anlamış olmalıydı. Yüzümü şöyle bir inceledi. Ben de merakla ona baktım. Genellikle sekreterler bir elemanın patronun yanına neden çağrıldığını bilirlerdi. Acaba kötü bir haber mi alacaktım? Ama Gönül Hanım'ın yüzü sanki taştan bir duvardı. Onun ifadesinden hiçbir şey çıkaramamıştım. Sadece, "Benimle gelin," dedi. Ara koridoru geçip Naz'ın odasına vardık. Sekreter kapıyı tıklatıp içerden gelecek emri bekledi.

Heyecandan, Patroniçe'nin sesini duyamamıştım ama Gönül Hanım kapıyı açıp bana yol verdi. Daha şimdiden dizlerim titriyordu. Naz bütün ihtişamıyla karşımdaydı. İlk laf olarak sekreterine dönüp, benim fikrimi bile almadan, "Bize iki kahve getirin, Gönül Hanım," demişti.

Süklüm püklüm içeriye bir iki adım attım.

İçimden lanetler okuyordum; bu kadının karşısında bir türlü gerçek kimliğime kavuşamıyor, girgin, hareketli, her zamanki gibi neşeli, atılgan ve cüretkâr olamıyordum. Oysa ben öyle biriydim.

"Lütfen, oturun Haldun Bey," dedi Naz.

Sesi yine otoriter, makamına yakışır bir edadaydı. Masasının önündeki koltuklardan birine iliştim. Kalp çarpıntım hâlâ normale dönmemişti. İşime son verdiğini mi söyleyecekti acaba? Tedirgindim. Konuşmasını bekledim. Belki de servislerde ispiyoncuları vardı ve yeterince çalışmayanları Patroniçe'ye rapor ediyorlardı. Böyle bir gerekçeyle çağırdı ise isyana hazırdım. Bağlı olduğum müdür bana doğru düzgün iş bile vermiyordu.

Koltuğunda hafifçe yaylandı, sonra gülümsedi. "Yeni işinize alıştınız mı, Haldun Bey?" diye sordu. Yüzündeki ifadeyi görünce biraz rahatlamıştım, bu işime son verecek birinin takındığı tavırlar değildi. Ayrıca çok komik de olmaz mıydı, daha bir ayını doldurmamış bir elemanı hangi nedenle anlaşmasını fesih ederdiniz? Fakat nim tertip şikâyette bulunmanın tam sırasıydı.

"Alışmasına alıştım ama bana serviste yeterince iş verilmediğini düşünüyorum," dedim.

Sanki bu şikâyetim üzerine dudaklarında belli belirsiz bir tebessüm oluşmuştu fakat tam emin olamadım, belki yanılıyordum. Hiç bozuntuya vermedi.

"Belki müdürünüz size bir alıştırma devresi uyguluyordur," diye karşılık verdi. Hiç de tatminkâr bir karşılık değildi bu. Ben işe yeni alınmış bir acemi değildim, bu meslekte beş yıllık tecrübem vardı ve başarım nedeniyle transfer edilmiştim. Neye alışacaktım ki? Üç aşağı beş yukarı bütün gazetelerdeki çalışma yöntemleri aynı olurdu. Yine de ses çıkarmadım...

"Şimdi sizi buraya çağırış sebebime gelelim," dedi.

"Buyurun efendim, sizi dinliyorum," diye mırıldandım.

"Başarılı röportajlar yaptığınızı biliyorum, okurların büyük ilgi gösterdiğini de."

"Teşekkür ederim, efendim."

"Şimdi sizden bir röportaj istiyorum."

"Tabii, efendim."

Biraz yadırgamıştım; genellikle bu tür teklifler yazıişleri müdürlerinden gelirdi, kuşkusuz şart da değildi, gazete patronunun da bu minvalde bir istekte bulunması normal karşılanabilirdi. Naz birkaç saniye sessiz kalarak yüzüme baktı.

Nazarları öylesine etkileyici ve gözleri de öylesine güzeldi ki yine yüzümde hayranlık ifadesi oluşmasın diye kendimi zorladım. Sessizlik birkaç saniye daha uzayınca dayanamayıp sordum.

"Kiminle röportaj yapmamı istiyorsunuz, hanımefendi?"

Birden cevap verdi: "Naci Koyuncu'yla."

Doğrusu çok şaşırmıştım... Hiç beklemediğim bir kişiydi bu...

Patroniçe'nin sözlüsü, nişanlanacağı insan... Aklıma ilk gelen şey, bunun bir tür reklam olduğuydu. Naz herhalde müstakbel kocasını okurlara daha iyi tanıtmak sevdasındaydı. Öyle ya, *Müsavat* gibi çok satan bir gazetede başarılı bir kalemden çıkma röportaj veliahdı daha da popüler kılardı. Ama hemen akabinde aklıma bir soru takıldı; buna gerek var mıydı? Zaten Naci Koyuncu yeterince tanılan biriydi. Galiba elimde olmadan yüzümün ifadesi değişmiş olmalıydı ki Naz sordu.

"Yadırgadınız mı? Yoksa bu seçimimi beğenmediniz mi? Pek hoşunuza gitmemiş gibi görüyorum sizi."

Önce sesimi çıkaramadım, sonuçta bu gazete sahibinin arzusuydu, ne diyebilirdim ki. Naci Koyuncu ile yakınlıkları da kuşkusuz beni ilgilendirmezdi. Omuzlarımı silktim. "Bu konuda fikir serdetmem uygun düşmez. Siz böyle uygun görüyorsanız, benim açımdan mesele yok," dedim. Daha başka ne diyebilirdim ki.

Uzun uzun yüzüme baktı. Sonra yumuşacık bir sesle mırıldandı. "Çekinmeyin, söyleyin. Sizin de fikirlerinizi açıklamanız doğal hakkınız. Sonuçta bu röportajı siz yapacaksınız."

Birden cesaretlendim...

Nasıl oldu bilmiyorum ama daha sonraları şaşacağım bir pervasızlıkla fikrimi açıkladım. "Naci Koyuncu ile nişanlanacağınızı işittim; acaba bu okur kitlemiz nezdinde bir reklam havası yaratmaz mı acaba?" diye mırıldandım.

Hafifçe gülümsedi. "Haklısınız," dedi. "Ama size böyle bir vazife vermemin de sebebi bu."

Pek bir şey anlamamıştım. Sanki bir açıklama, daha fazla izahat bekler gibi yüzüne çevrildi nazarlarım. "Ne demek istediğinizi anlayamadım, efendim," dedim.

Yerinden kalktı, pencerenin önüne doğru yürüdü. Anlaşılan bunu sık sık yapıyordu; özellikle kendini zor durumda hissettiği anlarda başvurduğu zaman kazanma yöntemi gibi bir şeydi. Sırtı bana dönük konuşmaya devam etti. "Röportajın nasıl bir hava yaratacağı hiç önemli değil. Ben kesinlikle bu röportajın yapılmasını ve gazetemde neşrini istiyorum."

Bu kadar açık bir istek karşısında ne diyebilirdim ki? Ne fikrimin, ne de olumsuz kanaat izharımın hiçbir anlamı kalmamıştı. Daha fazla konuşmam manasızdı. "Öyleyse, tamam," dedim.

"Ne zaman isterseniz kendisiyle irtibat kurarım."

Tek kelimeyle, "Hayır," dedi.

Yine hayretle yüzüne baktım. Aklından ne geçtiğini anlamıyordum.

"Röportaj isteğini Naci Bey'e ben ileteceğim."

"Olur. Siz ne zaman uygun görürseniz... Ben hazırım, efendim."

"Hazır olduğunuzu hiç sanmıyorum, Haldun Bey."

Yine afallamıştım. Naz bilmece gibi konuşuyordu. Galiba dilinin altında bir şey vardı ama şimdilik bunu bana açıklamıyordu galiba.

"Neden hazır olduğumu düşünmüyorsunuz?"

Yakıcı kara gözlerini alaycı bir edayla yüzüme çevirdi. Bu defa o yumuşak ses tonu kaybolmuş, içimi ürperten buz gibi bir edayla mırıldanmıştı. "Çünkü bu seferki röportajı birlikte yapacağız, Haldun Bey."

"Birlikte mi?"

"Evet, birlikte..."

Yine bir şey anlamamıştım. Saf saf sordum. "Yani röportaj yapmaya birlikte mi gideceğiz?"

Biraz öfkelenerek bakmıştı yüzüme. "Tabii ki öyle değil... Görüşmeye siz gideceksiniz."

Başımı salladım. "Ha, galiba anladım. Soruları birlikte hazırlayacağız. Bir tür otokontrol, onu demek istiyorsunuz, değil mi? Size yakınlığı nedeniyle her tür sorunun kendisine yöneltilmesini istemiyorsunuz."

Gözlerindeki öfkeli ifade daha da artmıştı şimdi.

"Hayır, tam öyle de sayılmaz. Hazırladığım bazı soruların Naci Bey'e kesinlikle sorulmasını istiyorum."

"Olabilir tabii," diye fısıldadım.

Odasındaki ilk görüşmemizde olduğu gibi yine yaklaşıp karşımdaki koltuğa oturdu, bacak bacak üstüne attı. Onun konuşma tarzını ve asıl vurgulamak istediği noktada nasıl bir taktik kullandığını anlamaya başlamıştım artık. Bu davranışları rutindi adeta. Asıl can alıcı noktayı şimdi ortaya atacağını sezinliyordum. Merakla bekledim. Aynen düşündüğüm gibi oldu. Ama kabul etmek gerekirdi ki Naz'ın insanları etkilemek hususunda olağanüstü bir gücü vardı. Karşısında büyülenmiş gibiydim. Avını yutmaya hazırlanan bir yılanın karşısındaki şaşkın fare gibi.

"Yalnız, Naci Bey'in bazı cevaplarını onun verdiği şekilde değil, benim istediğim biçimde kaleme alacaksınız. Bu husus çok önemli, anlıyor musunuz?"

Bunu kesinlikle yapamazdım. Hem meslek etiğine aykırıydı hem de cevaplarını değiştirmem, adamın söylemediği şeyleri kaleme almam, ilerde dava konusu bile olurdu.

"Fakat nasıl olur, hanımefendi... Bu meslek kurallarına aykırıdır. Yapamam bunu..."

Bacak bacak üstüne attığı ayağını sallamaya başlamıştı. Şimdi vücut dili konuşuyordu. Sanırım itirazıma Patroniçe fena halde sinirlenmişti. Benim mesleğin etik değerlerine gösterdiğim hassasiyet hiç umurunda değildi. Birden dudaklarından gururumu perişan eden kelimeler döküldü.

"Sizi niçin bu gazeteye aldığımı sanıyorsunuz? Röportaj konusunda başarılısınız, yoksa sizin vasıflarınıza sahip bir yığın elemanım var gazetede. Onlardan herhangi birine de bu işi yapmasını emrederdim."

Birden tepem atmıştı. *Vay lanet kadın,* diye homurdandım

içimden. Hâlâ neyin peşinde olduğunu bilmiyordum ama artık beni bir planının enstrümanı olarak işe aldığını kavramıştım. Kısacası beni kullanacaktı; hem de muhtemelen kötü bir emelini gerçekleştirmek için. Rezaletti bu... Beş yıllık gazetecilik serüvenimde doğru bildiğim hususlardan hiç ayrılmamış, kimseye taviz vermemiştim. Onun etkisi altında kaldığım doğruydu, güzelliğine hayrandım, sanırım o da bunun farkındaydı, belki de daha ilk günden beri ve şimdi beni kötü bir emeline alet edecekti. Bana ücret olarak takdir ettiği on bin liranın anlamı da belli olmuştu. Kısacası beni satın almaya kalkışmıştı.

Yerimden fırladım.

Odayı terk edecektim, hatta gerekirse gazeteyi de... Bir gazetecinin başarısı, dürüstlüğü, objektifliği, ancak inandığı idealleri savunması ve yazmasıyla kaimdi. Aksini düşünemezdim bile. Oysa Naz Hanım beni tuzağa düşürmüş, maddi sıkıntıda olduğumu anlayarak adeta bana rüşvet vermişti.

Gitmek üzere olduğumu anladı.

Sert bir sesle, "Oturun yerinize," dedi.

Hiç oralı olmadım. "Beni yapamayacağım bir şeye icbar edemezsiniz," diye gürledim. "Bu röportajda pislik sezinliyorum. Ben yokum. Birazdan istifa dilekçemi personel dairesine sunarım."

Alttan almayacaktım. Naz haysiyetimle oynamıştı. Ne sanıyordu beni?

"Size, yerinize oturun dedim!" diye gürledi yeniden.

Beynimde bitmişti bu iş. Hiç de göründüğüm kadar pasif ve pısırık biri olmadığımı tam kanıtlayacak zamandı. Yeri geldiğinde ne kadar kararlı ve onurlu biri olduğumu anlayacaktı. Başka tek kelime etmeden kapıya doğru yürüdüm. Görüşmemiz gayet kısa sürmüş, sekreter Gönül daha kahvelerimizi bile getirmemişti.

Beni durduramayacağını anlamıştı. Arkamdan seslendi. "Aylığınızı yirmi bin liraya çıkarırsam, bu konuyu yeniden düşünür müsünüz?"

Kulaklarıma inanamadım. Bu kadın galiba beni hiç anlamamıştı.

Öfkeyle dönüp yüzüne baktım. "Siz beni ne sandınız? Parayla kişiliğimi satın alacağınızı mı? Bana para vererek her istediğinizi yaptıracağınızı mı?"

Hızla yanıma yaklaştı. İki elini omuzlarıma yaslayıp gözbebeklerimin derinliklerine baktı. O enfes siyah gözlerde şimdi hüzün ve anlamadığım bir melal vardı. "Beni dinlemek zorundasınız, Haldun Bey. Durum hiç de sandığınız gibi değil. Ben sizin haysiyetli bir gazeteci olduğunuzu biliyorum. Sizi daha önceden epey araştırdım. Yanılıyorsunuz, çok zor durumdayım ve şu an bana yardım edecek tek kişi olarak sizi görüyorum." Afallamıştım yeniden. Bu konuşma tarzı Patroniçe'ye hiç uygun değildi. Bir yerde hata mı yapıyordum, yahut meseleyi tam kavramadan peşin hüküm mü veriyordum. Belki de yeniden zaaf gösteriyordum, erkeğin her zaman güzel kadına gösterdiği zaafı... Omuzlarıma değen elleri sanki vücuduma elektrik akımı veriyordu. Çarpılıyordum...

Titredim. O şahane yüzdeki benden yardım isteyen bakışları yakaladım. Naz bana yalan söyleyecek değildi ya, buna hiç mecburiyeti yoktu. Ayrıca haysiyetli bir gazeteci olduğumu şimdi söylemişti. Zor durumda olduğunu da itiraf etmişti. Bu denli fevri, öfkeli davranmamın ne anlamı vardı, önce onu bir defa dinlemem, sıkıntısının ne olduğunu anlamam icap etmez miydi?

Geri döndüm...

Düpedüz teslimiyetti bu. Ona yardım etmek zorundaydım. Elimden gelen her şeyi... Başka türlü davranamazdım. Ruhum eziliyordu ama çaresizdim. O buğulu bakışlar hâlâ gözlerimin içindeydi. Benim için bir ilaheydi Naz, isteğini geri çeviremezdim.

Yenilmiştim...

Âdem'le Havva'dan bu yana süre gelen kaçınılmaz mücadele... Âdem her zaman yenilecekti; kesin anlamıştım bunu. Bu kez de yasak elmayı sunmak vazifesi korkarım bana düşüyordu...

47

O an tek isteğim omuzlarıma dayadığı ellerini bedenimden çekmemesiydi. Daha da iyisini yaptı; rahatlamış, hizaya geldiğimi anlamıştı, sevinerek koluma girdi, beni az önce kalktığım koltuğa doğru yürüttü. O zarif ve narin vücudunu bedenime yaslamıştı. Bir an kolumun göğsünün yumuşaklığına değdiğini hissettim. Çok kısa bir an... O an bende film koptu. Mukavemetimin son tükendiği zamandı o.

Belki cinsellik nöbeti... Ya da arzu krizi... Adını koyamazdım ama her erkeğin o kısacık dokunuşa erişmek için çok şeyler vereceğine yüzde yüz emindim. Koca gazetede acaba bu şansa erişmiş kaç erkeği düşünebilirdim... Hiç kimseyi...

Bu kısacık temas, bir tesadüf, kazara olan bir dokunuş muydu? Belki, aksini iddia edemezdim ama kesinlikle beni ikna etmek için verilmiş bir rüşvet değildi. Naz asla o tıynette bir kadın olamazdı.

Oturdum koltuğa.

Aynı anda da bu mücadeleyi kaybettiğimi anladım. Artık onun esiriydim. Kulu, kölesi... Belki bu hikâyemi okuyanlar gösterdiğim zaaf için bana gülebilirler, hatta alay bile edebilirler. Artık dünyada böyle erkek var mı diyebilirler. Ufacık bir temasın erkeği vurgun yemiş hale sokmasına bir anlam veremeyebilirler...

Ama ben onların ne düşündüğüne hiç aldırmıyorum, çünkü bunu yaşayan benim ve benim duygularım önemli. İsteyen istediğini düşünebilirdi...

5

Akşam eve döndüğümde bir rüyadaydım sanki. Bugün gazetede öyle şeyler yaşamıştım ki bana hayal gibi geliyordu ve bir değerlendirme yapmam için olayları sıraya koyup hepsini ayrı ayrı düşünmem ve bir senteze varmam Icap edecekti. Ama ilk söylemem gereken şey sevinçten uçtuğumdu, neredeyse kanatlanmıştım, tüm dünyalar benim olmuştu.

Gazeteye girdiğimden beri Naz'la bir defa karşılaşmıştım ama pir karşılaşmıştım. Aramızda güçlü, sımsıcak bir bağ oluşmuştu. Bir anda Patroniçcmin sırdaşı olmuştum. Kendimi, onu koruyacak, himaye edecek, güçlü kılıcıyla düşmanlarına savaş açacak bir ortaçağ şövalyesi gibi hissediyordum. Kılıcım da kalemim olacaktı. Tam benim gibi romantiğe has bir düşünce...

Ne mi yapacaktım?

İşte, komik olanı buydu; zira ne yapacağımı henüz bilmiyordum. Gönlümün kraliçesi benden yardım istemişti, hem de maiyetindeki bunca gazeteciyi bir kalemde silerek sadece benden... Daha başka ne niyaz edebilirdim Tanrı'dan. Beni seçmişti. Mutluluktan uçuyordum. Hepsi o kadar da değildi tabii, bana piyango isabet etmişti. En büyük ikramiye... Naz ne istediğini bana söyleyince az kaldı küçük dilimi yutacaktım. O an nasıl baygınlık geçirmediğime hâlâ şaşıyordum.

O röportajı yapmak, rahat hazırlanmak için bir hafta Naz evinde çalışmamı istemişti benden. Hazırlığımın her safhasında

Naz da yanı başımda olacaktı. Yazacağım her satırı, her kelimeyi önceden o da görmek istiyordu. Kör bir göz isterdi, ama Tanrı bana iki göz ihsan etmişti. Beynim uğulduyordu; ilahemle onun evinde bir hafta geçirecektim, birlikte çalışacaktık. Evet, zevkten uçuyordum ama gecenin ilerleyen saatlerinde keyfimi kaçıran bazı sorular beynimde yer etmeye başladı...

Oldukça garipti; meslek hayatımda hiç böyle bir şey ne yaşamıştım ne de görmüştüm. Alt tarafı bu bir röportaj, belki iki güç gün sürecek bir yazı dizisiydi. Naz için çok önemli de olabilirdi, yazacağım her satır için önceden onun onayını almak mecburiyetini de getirebilirdi, ama bunu neden onun evinde yapacağımızı anlamamıştım. Tabii aptallık edip bu teklife itiraza hiç yanaşmamıştım, onunla aynı çatı altında çalışmak, mümkün olduğunca baş başa olmak benim için çok heyecan vericiydi ama hiç de şart değildi. Yazacaklarımı çok merak ediyorsa, beni her gün gazetedeki odasına çağırıp yazdığım metinleri inceleyip onaylar veya itirazlarını bildirirdi. Aynı çatı altında olmamız normal miydi?

Hani aramızda sosyal bir eşitlik, bağ ya da gelir yakınlığı olsa bunu Naz'ın bir fantezisi, macera hevesi filan diye de değerlendirebilirdim, fakat o da yoktu. Ayrıca bu röportaj, hayatını ilerde birleştireceği adamla yapılacaktı. Gecenin ilerleyen saatlerinde Naz'ın teklifi gözüme biraz tuhaf görünmeye başladı. Ama kıza zaafım vardı, artık kendimi kandırmamın da anlamı yoktu, ben ona âşıktım. Boş ver diye söylendim sonunda; her şey olacağına varırdı. Fazla düşünmemin bir yararı yoktu. Onunla evinde geçecek saatler beni çılgına çeviriyordu. Böyle bir çalışmayı aklımın köşesinden bile geçiremezdim. Onun evinde yaşayacak, aynı havayı teneffüs edecek, aynı çatı altında uyuyacaktık. Daha ne isteyebilirdim ki...

O gece erkenden uyumak istedim.

Yarın sabah benim için çok değişik bir hayat başlayacaktı...

Yarın gazeteye gitmeyecektim, Naz bir araç gönderip beni evimden aldıracaktı. Kandilli'de bir yalıda oturduğunu biliyordum. Kısacası üç dört gün bu yalıda misafir olacaktım. Bana bir rüya gibi geliyordu o üç dört gün.

O gece nasıl uyuyabildiğime hâlâ şaşarım...

≫≈

Ertesi sabah daha gün ağarmadan uyanmıştım. Ufak bir bavula orada ihtiyacım olacak giysilerimi, tıraş takımlarımı ve bilgisayarımı tıktım. Çocuk gibi heyecanlıydım. Özel aracının gelip beni almasını beklemeye başladım. Oturduğum evin penceresinden devamlı sokağı gözlüyordum. Daha şimdiden yüreğim güm güm atıyordu.

Tam bana bildirdiği saatte telefonum çaldı. Arayan şoförüydü. Kapıya geldiğini söylüyordu. Pencereden bir daha baktım; işyerine geldiği Jeep'i göndereceğini sanmıştım ama aşağıda siyah bir Audi duruyordu. Hızla kapımı kilitleyip merdivenlerden indim. Şoför arabadan fırlayıp bavulumu aldı ve bagaja yerleştirdi. Somurtuk, lanet yüzlü bir adamdı. Yol boyunca benle tek kelime konuşmamıştı. Doğrusu pek umurumda da değildi, zira kendimi yeterince havalarda hissediyordum. Eh, kolay değildi, basın dünyasının en büyük patroniçesinin sarayına gidiyordum; kaç kişiye müyesser olmuştu bu davet... Naz'la geçirilecek günler...

Ne yazık ki erkekler hep böyle saf ve şaşkın olurlardı. Kendimi sanki sevgilisinin yalısına davetli bir âşık gibi hissediyordum. Oysa acı gerçek bundan çok farklıydı. Oraya henüz bilmediğim bir nedenle emeği sömürülmek için çağrılmış işçi durumundaydım. İyi kötü bunu sezinliyordum da, fakat beynimin öbür yanı kendimi hayali bir aşk prensi gibi görmemi istiyordu. Aslında tam bir zavallıydım, düşündüklerimi aklımdan geçirmek bile nasıl bir hayalperest olduğumun nişanesiydi sanırım.

Gerçekle hayal arasında bocalamam asıl yalıya varınca doruğa çıktı. Ne bileyim, yalı deyince Boğaz'ın sahillerini süsleyen, Osmanlı'dan kalma, bakımlı ve sonradan onarılmış da olsa ahşap bir bina karşıma çıkacak sanmıştım. Oysa hiç de düşündüğüm gibi değildi, iki katlı, son derece modern, Boğaz kıyılarının genel inşa şartlarına uymayan ufak bir saray yavrusuyla karşılaşmıştım. İçimden, *vay be!* demekten kendimi alamamıştım. Meğer insanlar ne kâşanelerde oturuyorlarmış da haberim yokmuş. Yine de fazla şaşmadım; Naz böyle bir yerde oturmayacaktı da nerede oturacaktı. Onun gibi muhteşem bir yaratığa azdı bile.

Binanın muhteşem bir bahçesi vardı. Bakımlı ve intizamlı... Sağ tarafta sanırım yalıda çalışan personele ayrılmış bir müştemilat, sol tarafta da Naz'ın araçlarına tahsis edilmiş kapalı bir garaj mevcuttu. Şoför arabayı bahçeye sokunca o garajın önüne kadar sürmüştü aracı. Adamın kapıyı açmasını beklemedim hemen indim. Daha önce de dediğim gibi şoförden hiç hoşlanmamıştım, içimden bir his, *sen misafirsin, hem de Patroniçe'nin misafiri, bırak gereken hürmet ve ihtimamı göstersin, kapıyı açmasını bekle,* diyordu. Ama sonra bunun bir hazımsızlık, bir tür aşağılık kompleksi olduğuna karar verdim; alt tarafı şoför de benim gibi bir çalışan statüsündeydi, ona mı hava atacaktım. Sadece bavulumu giriş kapısına kadar taşımasına izin verdim.

Fakat asıl ilgimi çeken şey yalının korunmasıydı. Bahçede üç iriyarı adam dolaşıyordu. Birini hemen tanıdım, bu her gün Naz'la işe gelen gorildi. O da beni tanımış olmalıydı, göz göze geldiğimizde beni süzdü ama selam bile vermedi.

İçimden, *küstah!* diye homurdandım.

İnsan hiç olmazsa basit bir tebessüm ederdi. Beni tanıyordu ama hiç oralı olmamıştı. Ayrıca bahçede iki iri kurt köpeği vardı. Beni görür görmez yabancı olduğum için hırlamaya başlamışlardı. Neyse ki bağlıydılar...

Kapıyı prostelalı bir hizmetçi açtı. Geleceğimi herhalde biliyordu. Tebessüm ederek, "Lütfen, beni takip edin," dedi. Peşine takılıp yürüdüm. Bu arada da gördüğüm ihtişamın dehşetine kapılmış gibiydim. Bu tür yerleri ancak filmlerde görmüştüm ama gerçek yaşamda ilk defa rastlıyordum. Hizmetçi beni denize nazır odalardan birine almıştı. Devasa büyük bir yerdi, odadan ziyade kütüphane demek daha doğru olurdu. Bütün duvarlarda tavana kadar yükselen ahşap raflar ciltli kitaplarla doluydu. Ama beni asıl şaşırtan şey yerdeki antika Acem halısı üzerine sere serpe oturmuş Naz'ı görmek oldu.

Onu böyle ilk defa görüyordum.

Sırtında daima Paris'in, Milano'nun seçme mağazalarından alınmış, hepsi marka olan şık giysiler içinde görmeye alışmıştım. Hepsi istisnasız ünlü butiklerden seçilmiş harika kıyafetlerdi. Oysa şimdi spor bir eşofman vardı sırtında. Belki o da yabancı malıydı ama hayretimden pek fark edemedim. Yüzünde hiç makyaj yoktu, uzun, parlak siyah saçları dağınık olarak omuzlarına dökülmüştü. Halının üzerinde bağdaş kurmuş, yere veya dizlerinin üzerine saçılmış bir sürü dosyayı karıştırıyordu. Beni gördüğüne pek aldırmamış gibi, "Günaydın, Haldun Bey... Gelin, gelin," dedi.

Nasıl davranacağımı şaşırdım.

Gelin, gelin demişti ama nereye çağırıyordu beni? Yanına, halının üzerine oturmaya mı? Bir an kararsız kaldım. Aslında cin gibi zeki bir kadındı; mutlaka yaşadığım tereddüdü anlamış olmalıydı ama hiç oralı görünmüyordu. Bana yer de göstermemişti. Hatta fazla yüzüme de bakmamıştı, sanki bütün dikkati önüne serdiği dosyalara çevrilmiş gibiydi.

Çaresiz halının ucunda durup, ayakta dikildim.

Yine yüzüme bakmadan, "Dün geceden beri yazacağınız yazı konusunda yararlanabileceğiniz bazı belgeleri tasnif etmeye çalışıyorum," demişti. Sadece tebessüm etmekle yetinmiştim. Ama

53

gülümsememin bir nedeni de onun görmeye hiç alışık olmadığım bu masum ve çocuksu haliydi. Cidden yadırgamıştım, çünkü benim indimde Naz her zaman mağrur, sert, otoriter ve çevresine hükmeden biriydi. Oysa şimdi rahat, sevimli, neşe dolu, hatta şakacı bir genç kız halindeydi. Eşofmanının fermuarı göğüs altına gelecek tarzda açıktı. İçine beyaz, buruşuk bir tişört giymişti. Daha da ilginci, daha ilk bakışta sutyen takmadığını anlamıştım. Ona rağmen göğüslerinin diriliği hemen belli oluyordu. Hayrettir, fakat bu kadın her haliyle ve her zaman güzeldi... Belki de bu sabah yataktan kalktıktan sonra aynanın bile karşısına geçememiş, çocuksu heyecanıyla bana göstereceği dosyaları ayıklamaya başlamıştı. Zaten gerçek güzelin kendisine özen göstermesine ne gerek vardı ki, o her zaman güzelliğini gösterirdi.

Evet, bu sabah onu hiç ummadığım bir halde bulmuştum fakat galiba gazetedeki şık giyimli, makyajlı halinden böylesi daha etkileyiciydi. Hafifçe gülümsediğimi ona belli etmek istemedim; kendisine yakışan öyle masum ve çocuksu bir hali vardı ki şaşmamak elde değildi.

Çaktırmadan incelemeye devam ettim. Ayaklarında kısa konçlu beyaz yün çoraplar vardı ama ne spor ayakkabı ne de terlik kullanmıyordu. İşyerinde her zaman kendine özen gösteren Naz'a kıyasen, bu çocuksu kızı daha fazla beğenmiştim. Ayrıca araya mesafe koyan, otoriter kadından bu kızda eser bile yoktu. Evinin çarpıcı ihtişamı olmasa, onu sıradan, benim seviyemde herhangi bir kız arkadaşım gibi görebilirdim.

Yerden kalkmadı ama kucağındaki dosyaları yere bırakıp varlığıma aldırmadan sanki bu büyük mekânda tek başınaymış gibi esneyip gerindi. Gazetede olsa, çalışanlarının yanında asla bu tabii refleksi sergilemezdi. Evindeki doğallığı çok daha büyüledi beni. Yaramaz görünümlü, sevimli, cana yakın bir kız olmuştu şimdi.

Şaşkın şaşkın, onun görmeye hiç alışık olmadığım bu yeni kimliğini incelerken, "Kahvaltı ettiniz mi, Haldun Bey?" diye sordu.

O an kulağımı tırmalayan, ters gelen tek şey, kullandığı cümlede bana "siz" diye hitap etmesiydi. Kendimi öyle bir ortamda hissetmiştim ki "sen" dese sanki her şey daha normal görünecekti gözüme. Aramızdaki mesafe duvarlarının yıkılacağını sanmıştım. Neyse ki birden toparlandım. Kuşkusuz evinde, beni eşofmanla karşıladı diye, eski arkadaşmışız gibi beni kabulünü bekleyemezdim. Bendeki bir algılama hatası olmalıydı...

Ama şaşırmaya devam edecektim...

Hadi, beni eşofmanla karşılamasını ev haline, rahatlığına verebilirdim ama hâlâ halının üzerinden kalkmamış, elimi bile sıkmamış, öylece yerde oturmaya devam ediyordu. Bense karşısında ayakta dikili, öylece kalmıştım. Rahatlıkla bağdaş kurduğu bacaklarını birden önüme doğru uzattı. "Öf, çok yoruldum," diye söylendi.

Halini yadırgamaya devam ediyordum. Hani bilmesem, bu Naz değil, herhalde ona çok benzeyen farklı mizaçlı, ikizi filan derdim. Karşılaştığım kızın, tanıdığım Patroniçe ile uzaktan yakından ilgisi yoktu. Gazetedeki Patroniçe'nin böyle laubali davranışlarını hayal bile edemezdim. Daha da garibi gülümseyerek yüzüme bakıyordu. Hani bu halimi çok mu yadırgadın, diye soracakmış gibi. Tabii, öyle bir şey sormadı, sadece, "Çalışmaya başlamadan önce birer çay içelim mi?" dedi.

"Olabilir," diye karşılık verdim.

Gerçekten aptallaşmış haldeydim. Naz'ın bilmediğim bu yeni çehresi beni fazlasıyla etkilemişti; içimde dayanılmaz bir isteğin güçlendiğini hissediyordum. Hemen o an yere çöküp, kızı kollarımın arasına almak, doyasıya o nefis dudaklarından öpmek arzusuna kapıldım. Engellenemez bir arzuydu... Şakaklarımdaki damarlarım atmaya başlamıştı. Kendimi zor tutuyordum. Öylesine

55

rahattı ki, uzattığı bacaklarını bu defa göğsüne doğru çekmiş, kollarıyla da bacaklarını sarmıştı.

Rahatlıkla iddiaya girebilirdim, o an beni etkilediğinin, içimde arzu fırtınaları yarattığının farkındaydı. Bunu gözlerindeki şeytani parıltılardan anlıyordum. Şayet erkek aptal değilse, artık bu kadarını hissederdi. Lakin beynim duracak gibiydi, zira bu imkânsız gibi bir şeydi... Muhtemelen içimi kavuran aşk ateşi, beynimi dumura uğratmış, olmayacak tasavvurları hayal etmeme neden oluyordu. Çok tedbirli davranmalıydım, aksi halde rezil olabilirdim. Ne de olsa, toplumun böyle kaymak tabaksında yaşayan insanlarla ünsiyetim yoktu, onların ilişkilerini, davranış özelliklerini, rahatlıklarını kavramaktan bile âcizdim. Kaş yapayım derken, göz çıkarabilirdim.

Sakin ol, Haldun, diye kendime telkinde bulundum. Bekle bakalım biraz daha, sonu neye varacak, diye söylendim içimden. Ha, durumdan şikâyetçi miydim? Hayır, kesinlikle değildim. Naz'ın bu yeni hali beni mest etmişti; kendime daha yakın buluyor, cesaretleniyordum.

Kalkmıyordu kız oturduğu halının üzerinden.

Bir ara sol yanına istiflediği dört beş dosyayı işaret ederek, "Önce bunları okumanızı istiyorum," dedi. "Burada bazı ön bilgiler var. Bazı cümlelerin altlarını çizdim. Onları iyice beyninize yerleştirmenizi istiyorum. Naci Koyuncu ile röportaja gitmeden önce hepsini hafızanıza nakşetmelisiniz."

"Tabii, efendim," diye mırıldandım.

"Ne dikilip duruyorsunuz karşımda, otursanıza yere. Birlikte incelemeliyiz bu dosyaları."

İçimden, ya sabır çektim... Az ilerde muazzam bir maun çalışma masası vardı ama biz yerde, halı üzerinde mi bu dosyaları okuyacaktık?

Çaresiz yere, halının üzerine çöktüm ben de. Karşı karşıyaydık...

"Öyle değil, yanıma otur ki birlikte okuyabilelim," diye söylendi. Yeniden kalkıp yanına oturdum. Kuşkusuz beden teması olmasın diye araya bir mesafe koymuştum. Ama sanki onun hiç umurunda değildi. Bazı dosyaları durdukları yerden almaya çalışırken zaman zaman kolu bedenime veya dizime sürtünüyordu fakat hiç aldırdığı yoktu. Kuşkusuz bu ufak tefek temaslar o anın kaçınılmaz detayları gibiydi. Başka biri olsa aklımdan en ufak bir kuşku geçmezdi ama benim tanıdığım Patroniçe asla böyle şeylere cevaz vermeyen bir kişilikti. Ayrıca o an halının üzerinde ne sıfatla bulunursak bulunalım, ikimiz de genç insanlardık ve bu tür dokunuşların cinsel duyguları çağrıştıracak temasları olduğunu idrak etmeliydik.

İtiraf edeyim ki benim içim eriyor, her dokunuşunda benliğimi kavuran bir alev dalgasının ruhuma yayıldığını duyumsuyordum. Belki medeni bir düşünce değildi, eğitimsiz bir erkeğin hayvani içgüdülerinin tahriki de denilebilirdi ama şu da bir gerçekti ki, ben bu kızı seviyor ve arzu ediyordum. Yine de kendimden utandım. Yeniden bir dosyaya doğru uzandığında hafifçe kendimi geri çektim. Zira bu heyecan kasırgası devam ederse bir gaf yapmam kaçınılmaz olacaktı. O ise hiçbir şeyin farkında değildi, çizdiği yerleri yüksek sesle okuyor, ilgimi nerelere teksif etmem gerektiğini vurgulamaya çalışıyordu.

İster istemez bir an düşündüm. Acaba o bu dokunuşların farkında değil miydi? Yoksa bunları yan yana oturmanın doğal sonucu olarak mı görüyordu? Olamaz diye hükme vardım. Genellikle kadın kısmı bu konuda daha hassas olur, özellikle bu tür temaslardan kaçınırlardı. Onun da hissetmemesi imkânsızdı... Ya da çok iyi niyetliydi; benim aklıma üşüşen şeytani duyguların farkında bile değildi...

Ama öyle bir an yaşadık ki artık ne düşüneceğimi bile şaşırdım. Kucağımda tuttuğum bir dosyayı incelerken birden elini uzatıp, "Bakın Haldun bey, şu cümle çok önemli," diyerek işaret etti. O an ellerimiz birbirine değdi. Sıcacık tenin teması beynime kadar uzandı. Normal olarak ikimizden birinin elini uzaklaştırması gerekirdi. Ben bunu yapamadım, elimi kaçıramadım; daha doğrusu elimi çekmek istemedim. O elektriklenmeyi o an onun da yaşaması gerekirdi. O çeksin diye bekledim fakat çekmiyordu, hiç oralı değildi. Aynı heyecanla izahat vermeye devam ediyordu. Aklım iyice karıştı. Durumu fark etmemesi olanaksız geliyordu bana. Belki ufak bir temastı ama hâlâ devam ediyordu ve eminim ki alı al, moru mor kesilmiştim o an. Allah'tan yüzüme değil, heyecanla dosyaya bakıyordu. Sonunda ben pes edip elimi hafifçe kaçırdım, mümkün olduğunca tabii görünmeye çalışarak...

Zaten o da halının üstünden kalkarak hizmetçiyi çağırmaya gitmişti.

Çay içecektik...

༚

Bu yeni Naz'ı hiç tanımıyordum. Bildiğim Patroniçe değildi. Daha mütevazı, kibirsiz, daha çocuksu, daha rahat bir tipi sergiliyordu. Ama gerçeği hangisiydi acaba? Bu sabah rastladığım genç kız mı, yoksa gazeteden tanıdığım ağır başlı, otoriter, herkese mesafeli duran, mağrur kadın mı? Belki her ikisiydi; işyerinde makamına uygun davranışlar sergiliyor, o ağır yükün altından ancak o sert profille kurtuluyor, ama kendi dünyasına çekilince de böyle çocuklaşıyordu.

Emin olamadım.

Zira ben de, onun iş dünyasının bir parçasıydım ve benim yanımda da o vakur, ağır, etkili görünümünü sürdürmesi gerekmez miydi? Bana ne denli güvenebilirdi ki birbirimizi doğru dürüst tanımıyorduk. O ciddi havasından uzaklaşmaması gerekmez miydi?

Aynı odada dosyaları yerlerde bırakmış, karşılıklı koltuklara oturmuş çaylarımızı içiyorduk. Ama sanki karşımda Patroniçe yok, şımarık bir genç kız vardı. Her an biraz daha hayrete düşüyordum. Koltuktaki oturuşu bile bir gazete patronuna yakışır tarzda değildi, bırakın patronu, insan bir misafirin karşısında bile böyle oturmazdı. Bir bacağını koltuğun el dayayacak kısmından aşağıya sarkıtmış hafif hafif boşlukta ayağını sallıyor, bir yandan da çayını yudumluyordu.

Gözleri ışıl ışıl parlıyor, arada sırada omuzlarına düşen gür siyah saçlarını şuh bir eda ile sallayarak arkasına atıyordu. Sözde o sırada sohbet ediyorduk, ama gerçekte o konuşuyor bense aval aval onu dinliyordum. Konuşacak veya sözlerine yerinde cevaplar verecek halde değildim. Tam bir serseme dönmüştüm.

O güne kadar bu mükemmeliyette bir kadın görmediğim muhakkaktı. Sanki farklı kişilikler tek bir bedende toplanmış gibiydi. Her ikisinde de bir sürü farklı nitelikler sıralayabilirdim ama müşterek olan tek yan cinsel cazibeydi. Nasıl davranırsa davransın, o davranış biçimi Naz'a yakışıyor ve karşısındaki erkeği tahrike yetiyordu. Patroniçe kimliğindeyken bazen bunu bir duruş, bir gülümseyiş, ahenkli ve fakat kibar bir jestle sergilerken, şimdi evinde gayet rahat, çocuksu, hatta acemice teşhir ediyordu. Değişmeyen tek şey ona duyulan hayranlıktı.

Acaba ben mi sırılsıklam âşık olmuş ve her yaptığını böyle kabulleniyordum? İşin içinden pek çıkamadım. Yalnız, kalkan gibi kullandığım utanç duvarını biraz yıkmıştım; yüzüne beğeni ile bakmaya başlamıştım artık. Galiba bu cesareti biraz da onun gösterdiği yakınlıkta bulmuştum.

Ama tam o anda beklemediğim bir gelişme oldu. Boşlukta salladığı ayağını birden çorabının üstünden kaşımaya başladı önce. Bu sabah rahat hareketlerine öylesine alıştırmıştı ki beni, bunu da tabii karşılamıştım. Sonra kaşımasını hızlandırdı. Yüzüme bakmadan, "Kurdeşen mi oldum nedir, amma kaşınıyor ayağım," diye söylendi.

Aklıma hiç kötü bir şey gelmedi. Olur ya, herkesin bir yeri kaşınabilirdi, bunda olmayacak bir şey yoktu. Sadece bir toplumda bunu göstere göstere yapmak hoş bir şey değildi. Fakat Naz birden çorabını ayağından çıkarıp attı ve çıplak tenini kaşımaya başladı.

Ayağını ilk defa böyle çıplak görüyordum, gözlerim gayriihtiyari o çıplak ayağa kaydı. Her erkeğin kadın bedeninde tahrik olduğu uzuvlar bulunur ve ben de bakımlı, güzel bir kadın ayağından son derece etkilenirdim. Gözlerimi ayağından alamadım. Bu zaafımı bildiğine inansam, kasten yapıyor diyebilirdim, ama Naz'ın bunu bilmesi mümkün değildi.

Bir süre kaşıdı. Sonra yüzünü ekşiterek, "Öf, acıdı," diye söylendi. "Ellerimin tırnakları uzun ya, cildimi çabuk tahriş etti. Hizmetçiyi çağırıp ona mı kaşıtsam acaba?"

Gözlerim irileşti.

Böyle şey söylenir miydi? Ne demekti bu? Hem de yabancı bir erkeğe... Hani utanmasa sen kaşır mısın diyecekti...

Yutkundum...

Kaşırdım tabii, hem de seve seve... İçim giderek... Büyük bir zevkle... Ayağının kızaran cildine bir daha baktım. Bakışlarımı kaçıramadım. Ayakları biraz büyüktü ama harikaydı. Daha dokunmadan ne denli yumuşak olduğunu hissediyordum. Ojeli parmaklarının yapısı da nefisti. İmkânım olsa, o an yerimden fırlayıp, avuçlarımın içine alarak dudaklarıma götürmek, kaşınan yeri yüzlerce kere öpmek iştiyakıyla yanıp tutuştum.

Tabii, bunların hiçbirini yapamadım, ama o da çorabını yeniden giymedi. Çıplak ayağını hâlâ koltuğun kenarından usul usul sallıyordu. Belki de buraya gelmekle hata etmiştim; bu tempoyla birkaç gün burada baş başa kalırsak, korkarım benim sonum gelecekti. Buna daha ne kadar dayanabilirdim, mutlaka çileden çıkacak, uygunsuz bir davranışta bulunacaktım.

Az sonra aklıma başka bir şey takıldı. Yoksa Naz bu davranışları bilinçli olarak mı sergiliyordu? Yani beni tahrik etmek için... Bu düşünce ilk bakışta insana komik geliyordu, Naz gibi bir kadının işi gücü yoktu da benim gibi birine mi bu davranışları sergileyecekti? Gerçekten anlamsızdı, benimki tam bir safsataydı. Elini sallasa, ellisi gelirdi koşarak yanına. Benim gibi zibidi bir gazeteciye niye yakınlık duyacaktı ki? Hani ben de yakışıklı bir genç sayılırdım ama çevresinde film artisti gibi parlak bir yığın erkek ona kur yapmak, yaklaşmak için can atıyorlardı mutlaka. İşi gücü yoktu da, bula bula benim gibi emrinde çalışan bir garibanı mı seçecekti.

Öyleyse, neydi bu yaptıkları?

Sabah sabah halının üzerinde oturmalar, sonra beni de yanına çağırması, belli belirsiz fiziki temaslar, şimdi de yanımda çıplak ayağını kaşıması, aklımın gittiğini anlamasına rağmen hiç oralı olmaması makul ve onun gibi ciddi bir işkadınından beklenecek hareketler miydi? Bir tuhaflık vardı bu işte. Aklım iyice karışmıştı ama yorum yapamıyordum.

Sonra, "Öf, sıkıldım," diyerek öbür ayağındaki yün çorabı da çıkarıp fırlattı. "Oh be! Dünya varmış, rahatladım."

Böyle dedi ama bir yandan da göz ucuyla ayaklarına bakıp bakmadığımı inceliyordu.

Artık hiç şüphem kalmamıştı, bu benim tanıdığım Patroniçe değildi. Ama amacını hâlâ kavramış değildim. Neyin peşindeydi bu kız? Beni neden etkilemeye çalışıyordu. Beğeni, cinsel istek, hoşlanma filan hepsi hikâyeydi; Naz yapısındaki bir kadın benim gibi birine yüz vermezdi, bundan kesin emindim.

O zaman geriye tek bir neden kalıyordu: Menfaat...

Evet, Patroniçe'nin benden bir çıkarı olmalıydı, ama ne? Bu çıkar ne olabilirdi? Kafayı işletmeye çalıştım, bu da oldukça komikti, onun gibi güçlü bir kadının benden elde edeceği ne menfaati olabilirdi ki?

61

Neden sonra uyanır gibi oldum. Akla yatkın tek bir sebep bulunabilirdi, o da bana yaptırmak istediği röportaj... *Müsavat* gazetesine başarılı röportajlar yaptığım için alınmıştım. Bana söylenen asıl sebep buydu. Bu röportajın altında mutlaka bir bit yeniği olmalıydı. Patroniçe evleneceği adamla yapılacak bir dizi yazı serisi için beni seçmişti. Mutlaka güttüğü bir amaç vardı ve bu gaye için beni kullanacaktı. Birden gazetedeki odasında yaptığım itiraz ve aniden hiddetlenmesi aklıma geldi. Beni elden kaçırmamak için hemen yelkenleri suya indirmişti. Bu da anlamlıydı... Bir şeyler dönüyordu ama sezememiştim henüz.

Muhtemelen bu cinsel gösteriler de itirazımı kırmak için sus payıydı. Beni iyice avucunun içine almak sevdasındaydı. Böyle düşündüm ama az sonra fikri de saçma buldum. Gazetesinde çalışan öyle usta yazarlar vardı ki pek çoğuna böyle taviz vermeden dilediğini yazdırabilirdi, bana asla ihtiyacı yoktu.

"Haldun Bey birden daldınız, konuşmuyorsunuz. Bir şey mi oldu?" diye sordu.

Silkinip, kendime gelmeye çalıştım. Daha ne olacaktı ki? Düşüncelerimle boğuşmaya çalışıyordum. "Hayır, hanımefendi... Yok bir şey... Sizi dinliyorum," diye kekeledim.

Manidar bir şekilde gülümsüyordu. Sanki o gülüşünde, tamam zokayı yedin, artık tamamen avucumun içindesin der gibi bir hava vardı. Haklıydı da, gerçekten zokayı yemiştim. Hem öylesine yemiştim ki zoka ruhumun en derinliklerine saplanmıştı. Usta bir balıkçı bile o zokayı ruhumu paralamadan çıkaramazdı.

"Bir çay daha ister misiniz?" dedi.

"Lütfen," demek zorunda kaldım.

İlk servisi hizmetçi yapmıştı. Gümüş tepsi içindeki porselen takımlar masanın üzerinde duruyordu. Naz çıplak ayaklarıyla koltuğundan kalktı, elimdeki fincanı alarak salına salına masaya doğru yürüdü. Kendimi tutamadım, başımı çevirip arkasından baktım.

Başım cidden dertteydi, bu güzellik beni yaralayacaktı. Durum hiç hoşuma gitmiyordu. Korkmaya başladım. Naz tam bir kasırgaydı, önüne çıkan her şeyi silip süpüren, yok eden bir afet... Kendimi aldatmanın anlamı yoktu; onu arzuluyordum, hem de şiddetle ama bu asla gerçekleşmeyecek bir hayaldi.

Fincanıma çay doldurup geri döndü. Elime tutuştururken parmaklarımız yeniden birbirine değdi. Belki günahını alıyordum, belki beynim hep fesat şeyleri çağrıştırıyordu fakat o değişlerde bile sanki kasten yapılmış bir yan vardı.

Delirebilirdim...

Allahım, bu kadının amacı neydi? Yoksa beni gerçekten çıldırtmak mı istiyordu? Artık konuşamıyordum da, o süklüm püklüm pısırık halim baskın çıkmıştı.

Muzaffer bir eda ile güldü.

"Öğleden sonra çalışmaya başlayabiliriz. Fatma'yı çağırayım, çayınız bitince size kalacağınız odayı göstersin," dedi.

Başımı sallamakla yetindim... Gözlerim hâlâ çıplak ayaklarındaydı...

6

Hizmetçi Fatma beni üst katta kalacağım odaya götürdü. Ne de olsa, orta hallinin bile altında bir memur ailesinin çocuğuydum. Kandilli'de muhteşem bir yalının denize nazır odasında ağırlanacağım aklımın köşesinden dahi geçmezdi. Hizmetkârlar daha önceden bavulumu odaya taşımışlardı. Fatma'ya teşekkür ettim. Kadıncağız, öğle yemeğinin yarımda yenileceğini söyledi bana. Gülümsedim kadına, "Saat tam yarımda aşağıda olurum," dedim.

Beynimdeki soru işaretlerine rağmen mutlu bir heyecan içindeydim. Önce ilerleyip pencerenin tül perdelerini açarak önümdeki Boğaz'ın akıntılı sularına baktım. Naz ne kadar güzel bir yerde yaşıyordu. Para, pul, servet, ihtişam, konfor, hizmetkârlar, kısacası rahat yaşamanın bütün nimetlerine sahipti. Kaç kadına nasip olurdu bu imkân? Benimki kıskançlık veya haset gibi bir duygu değildi; onu öylesine güzel buluyordum ki zaten bu debdebeye sahip olmasa üzülürdüm.

Yatak odamda bir de ufak banyo vardı. Aynada kendimi inceledim; sakalım çabuk uzar, öğleden sonra yüzüm gölgelenirdi. Dikkatle yanaklarımı inceledim, sabah Naz'ı göreceğim diye evimde öyle bir tıraş olmuşum ki yüzüm bile gölgelenmemişti henüz. Sadece uzun saçlarımı şöyle bir düzelttim. Aynadaki aksime dikkatle baktım. Eh, ben de yakışıklı sayılırdım doğrusu, kendimi beğendim ve bu bana moral verdi. Sonra da bencilce yorumlara kalkıştım; aşağıdaki çalışma odasındaki geçirdiğimiz saatleri düşündüm. Galiba onun yanına ben de hoş duruyor, yakışıyordum. Doğrusu evleneceği adamdan çok daha havalı sayılırdım. Naci Koyuncu'nun uçağı, Bendley marka arabası olabilirdi ama yatakta, Naz'ın yanında ondan çok daha güçlü olduğuma inanıyordum. Sonra bu mukayesenin ne kadar komik olduğunu idrak ederek güldüm. İki üç gün sonra şehir içindeki kiralık, fakir apartman daireme dönmek zorundaydım. Rüya sona erecek, acı gerçekle o zaman karşılaşacaktım. Boş ver, diye mırıldandım; bunları düşünmek bile abesle iştigaldi. Yapılacak tek şey, buradaki günlerimi en iyi şekilde geçirmek, rüya sona erinceye kadar zevkine varmaktı. Daha ne isteyebilirdim ki şansım, Naz'la baş başa yaşamak şansını vermişti bana ve bunu değerlendirmek zorundaydım. Naz'ın beni buraya çağırışındaki gerçek sebebi de umursamıyordum artık, ne olursa olsundu, önemli olan bir daha asla elime geçmeyecek bu fırsatı en iyi şekilde kullanmaktı.

Kararım beni biraz rahatlattı.

Bavulumu açıp getirdiğim gömlekleri ve elbiseleri gardıroptaki askılara takıp yerleştirdim. Tıraş takımlarımı banyoya koydum. Başka da yapacak bir şey yoktu zaten. Bileğimdeki saate göz attım, daha yemek vaktine bir saatten fazla zaman vardı. Boş boş odanın içinde dolaştım, yatak şiltesinin elastikiyetini ellerimle bastırarak kontrol ettim. Son derece yumuşaktı. Hayal gücüm yeniden faaliyete geçmişti, elimde olmadan o yatakta Naz'la nasıl sevişeceğini düşünmeye başladım. Bir ara nefesim kesilir gibi oldu. Hayali bile dünyalara değerdi.

Zihnimde, sabah sırtında gördüğüm gri eşofmanıyla yatağın kenarına oturttum. Yün çopralarını ayaklarından çıkardım, avuçlarımın içine alıp okşayıp öptüm. Sonra fermuarı açıp eşofmanın üstünü odanın bir köşesine fırlattım. Hiç sesini çıkarmadan kendisini soymamı bekliyordu keyifle. Buruşuk beyaz tişörtü de başından çekip aldım. Sabahleyin sutyen kullanmadığını anlamıştım; çıplak memeleri bütün haşmetiyle gözlerimin önündeydi artık. Hem sıkıp okşuyor hem de pervasızca meme başlarını yalıyordum. Hayalim daha cüretkâr sahnelere doğru çekiyordu beni. Kendimi frenlemeliydim, silkindim, soluklandım. Yaptığım anlamsızdı ama zihnime hükmedemiyordum. Aslında bir an evvel yemek saatinin gelmesini ve onu yeniden görmeyi istiyordum. Tam aşk ateşiyle yanan bir mecnun gibi... Görecektim de, ama o an aşağıda bir sürprizle karşılaşacağımdan hiç haberim yoktu...

ﷺ

Tam yarıma beş kala odamdan çıktım, dünyalar güzeli sevgilimi bekletemezdim, zaten bekletme ne kelimeydi, onu yeniden görmek için can atıyordum. Aradan daha bir saat bile geçmemişti ki onu özlediğimi, yeniden görme arzusuyla yanıp tutuştuğumu hissediyordum. Aynı çatı altında onsuz dakikalar bile geçmiyordu. Basamakları indim, aşağıdaki geniş holde siyah giysiler giymiş bir uşak beni karşıladı. Belli belirsiz tebessüm etti, "Sizi yemek odasına götüreyim, efendim," dedi. Yalıda ne çok hizmetkâr vardı, tek başına yaşayan bir kadına bu kadar insanın hizmet etmesini yadırgamıştım. Ama zenginlik böyle bir şeydi herhalde, mantığımın kolay kabul edemeyeceği bir israf tarzı. Lakin o sırada zihnimi bunlarla meşgul edecek halde değildim, tek isteğim gri eşofmanı içindeki o tatlı, yaramaz, dünyalar güzeli kızı görmekti. Acaba ayaklarına yün çoraplarını giymiş miydi, merak ediyordum...

Uşağın peşine takılıp yemek odasına gittim. Naz henüz gelmemişti. Etrafıma bakındım, hayrete düşmemek elde değildi; binayı inşa eden mimar her şeyin ölçüsünü kaçırmıştı herhalde. En kabadayısı on kişinin yemek yiyeceği bir oda düşünmüştüm ama yanılmışım, burada elli kişiyi bile ağırlamak mümkündü. Ortadaki upuzun masaya hayretle baktım. Neredeyse şaşkınlıktan dudaklarım uçuklayacaktı. Müze gibi antika eşyalarla dolu bir yerdi burası. Kendimi İstanbul'da, Boğaz'daki bir yalıda değil, bir an için, ancak filmlerde gördüğüm İngiliz landlortlarının devasa şatolarında gibi hissettim. Uşak bana masaya kadar refakat etmişti. Dikkatimi çekti, filmlerde görmeye alışık olduğum dekorlardan tek farkı, muazzam uzunluktaki masanın sadece bir ucuna yerleştirilmiş iki Amerikan servisiydi. Naz'la baş başa yemek yiyecektim. Keyfime payan yoktu, zevkle sırıttım. Bütün servis takımları pırıl pırıldı. Dedim ya, sanki bir rüyadaydım. Uyanmayı hiç istemeyeceğim bir rüyada...

Siyah elbiseli uşak, "Hanımefendi tam yarımda burada olurlar, efendim," dedi.

İçimden gülümsedim; hanımefendi ancak gazetede olurdu, Naz orada gerçek bir Patroniçe'ydi ama kendi evinde haşarı bir genç kız. Haliyle yalının personeli benim yanımda ona, "Hanımefendi," diye hitap edecekti ama o benim için şu an ele avuca sığmayan, bedenini bana sürtmekten kaçınmayan, delişmen bir yaratıktı. Bir an önce yemek salonuna inmesini, ruhumdaki alevi körüklemesini bekliyordum. Yerimde duramaz hale gelmiştim. Utanmasam iskemleden kalkıp odanın kapısının önünde onu bekleyecektim. Belki de az önce indiğim basamaklardan hoplaya zıplaya, çocuksu bir heyecanla gelecek, içeriye dalacaktı.

Saat tam yarımda Naz kapıda göründü.

Fakat bakar bakmaz anlamıştım. Gelen Patroniçe'ydi...

Afalladım bir an. Ne olduğunu anlamadım. Gri eşofmanlı kız yoktu. Karşımda koyu renk iki parçalı giysisi içinde, asık yüzlü, mağrur, etrafını küçümseyen kadın vardı. Patroniçe geri dönmüştü.

Çekinerek yüzüne baktım.

Değişimi anlamamak olanaksızdı. Meselenin sırrı sırtındaki

kıyafetlerde değildi tabii. Yemek odasına girdiğinden beri suratıma dahi bakmamıştı. O çocuksu gülümsemesinden yeller esiyordu, soğuk ve ilgisizdi, evinde bir misafiri olduğunu unutmuş gibiydi.

Onu Patroniçe haliyle görünce ister istemez ayağa kalktım iskemlemi itip. Soğuk bir sesle, "Oturun, Haldun Bey," dedi sadece. Sonra aynı ses tonuyla, "Acil bir işim çıktı, hemen gazeteye gitmek zorundayım. Kaçta döneceğimi bilemem. Siz yemekten sonra çalışma odamda o dosyalardaki incelemelerinize başlayabilirsiniz. Hepsini ayrı ayrı okumanızı, notlar çıkarmanızı istiyorum. Ben dönünceye kadar odanıza çekilmeyin. Kaçta gelirsem geleyim, bugünkü mesainizi sizinle tartışmak istiyorum. İyice anladınız mı?"

Sanki küçük bir çocuğa emirler veriyordu. Bu otoriter halinden hiç hoşlanmıyordum. İnsan, hiç olmazsa evinde ağırladığı bir misafirine daha yumuşak ses tonuyla hitap ederdi. Gerçi ben de onun maiyetinde çalışan bir memurdum ama beni evinde çalıştıracak kadar imtiyaz tanımıştı. Biraz gücenmiştim ama belli etmemeye çalıştım. Hatta biraz da memnun oldum desem, yalan sayılmazdı, zira Naz daldığım anlamsız rüyadan silkinmeme neden olmuştu. *Vazgeçmelisin bu hayalden*, diye mırıldandım içimden. Sonra da ona dönüp, "Tabii, efendim. Dönüşünüzü beklerim," diyebildim.

Naz yemek odasına girer girmez hizmetçilerden biri yemek servisine başlamıştı. Arada sırada çaktırmadan sevgilimin yüzüne kaçamak nazarlarla bakıyordum. Benimle hiç konuşmuyor, sadece sakin bir şekilde yemeğini yiyordu. Yemek boyunca tek kelime çıkmadı ağzından. Ben de bir şey sormaya cesaret edemedim.

Yemek bittiğinde sadece, "Afiyet olsun," diyerek masadan kalktı. Unutulmuş bir insan gibiydim ya da odadaki herhangi bir eşya misaliydim. Orada var mıyım, yok muyum belli değildi.

Kabalıktı bu yaptığı, ama gücün, insanları küçümsemenin de tipik bir örneğiydi de.

Arkasından kalakaldım...

Öfke yavaş yavaş içimi sarıyordu. Tamam, onun bir memuruydum ama bu durum bana kaba davranma hakkını ona vermezdi. Ayrıca bu işe ben talip olmamıştım, o seçmişti beni ve daha nazik davranmak zorundaydı. İçime sindiremiyordum davranışını. *Yeter be*, diye homurdandım, hatta sesim de ağzımdan biraz yüksek çıkmıştı. Allah'tan servis yapan hizmetkâr da onun peşinden gittiğinden yemek odasında yalnızdım ve ağzımdan çıkan öfkeli hırıltıyı kimse duymamıştı. Lakin iflah olmaz aptalın tekiydim; Naz gidince yeniden düşünmeye başladım. Belki de çok önemli bir şey olmuştu; kabul etmeliydim ki büyük başların dertleri de büyük olurdu. Ne yaşadığını bilemezdim. Bu kadar çabuk öfkelenmem, kendimi hakarete uğramış saymam gereksizdi. Ayrıca ben onun indinde ne idim ki, sadece yazı yeteneğine güvendiği bir elemanı, hepsi o kadarla sınırlıydı.

Saçmalama, dedim kendi kendime. *Sabırlı ol ve bekle.* Zaten başka ne yapabilirdim ki? Hele bir dönsün, kabalığa devam ederse, o zaman tavır takınırsın diye kendimi avuttum...

Bütün öğleden sonrasını Naz'ın muhteşem çalışma odasında ayırdığı dosyaları inceleyerek geçirdim. Dosyaların hemen hemen hepsi Naci Koyuncu'nun hayat hikâyesi, başarıları, babasının yolundan nasıl gittiği, Koyuncu Holding'in yükselmesindeki payı ile ilgiliydi. Ünlü biri ile röportaj yapmanın inceliklerini bildiğimden, aslında o dosyalarda alakamı çekecek tek bir satır dahi bulamamıştım. Naz'ın bunları neden sakladığını da pek anlamadım, dosyalardaki tüm bilgiler sıradandı. Aralarında başka gazeteci arkadaşların yaptığı röportajların da kupürleri saklanmıştı ama bana göre hiçbiri başarılı sayılmazdı. Okur, daha çok o güne kadar bilmediği, hiç işitmediği şeyleri öğrenmekten zevk alırdı.

69

Sıkıldım.

Dosyaların hepsini üst üste yığıp topladım. Bunların hiçbiri işime yaramazdı. Şayet Naz ses getirecek, gazetenin tirajını artıracak bir yazı serisi istiyorsa, bunu bana bırakmalıydı, bana karışmamalıydı. Tabii, hiç not filan almamıştım. Akşam geldiğinde çalışmadığımı görüp belki bana bozulabilirdi ama onunla açık açık konuşmak tasavvurundaydım. Ya yeteneğimi kabul edip yazacağım konularda beni serbest bırakacaktı ya da beni bu işten affedecekti.

Kararımın birtakım riskleri de beraberinde getirdiğini biliyordum; beni işe alan oydu ve sanırım özellikle bu röportaj için beni seçmişti, onun istediği doğrultunun dışına çıkmam, Naz'ı kızdırıp sinirlendirebilirdi. Bu tür insanlar verdikleri emirlerin aynen uygulanmasını isterlerdi ama ben o kadar kişiliksiz biri değildim, bu benim ihtisas sahamdı ve benim yeteneğime saygı göstermeliydi.

Yine de akşam kızılca kıyamet kopacağını biliyordum...

Naz, akşam yedi oldu, sekiz oldu yalıya dönmedi. Müthiş sıkılmıştım. İsteği üzerine çalışma odasından çıkmamıştım, her an gelebilir diye beklemeye devam ediyordum. Saat sekizde kapı vurulup, hizmetkârlardan biri eşikte göründü.

"Yemeğiniz hazır, efendim," dedi.

Heyecanla, "Hanımefendi yemeğe gelmeyecek mi?" diye sordum.

"Telefon etti, gelemeyeceğini söyledi."

Daha fazla beklememin manası kalmamıştı. Yemek salonuna geçip akşam yemeğini tek başıma yedim. Aslında öğle yemeğinden hiç farkı yoktu; o yemekte baş başa kalmıştık ama tek kelime konuşmamıştık. Şimdi de değişen bir şey yoktu. Sadece Naz'ın muhteşem görüntüsünü seyredemiyordum.

İçimdeki burukluk artmıştı.

Hayrettir, daha ilk gününde onun yokluğu içimi kavuruyordu.

Oysa her taraf onun kokusu, onun havası içindeydi. Burası onun eviydi, utanmasam burnumda devamlı onun parfümünü duyduğumu itiraf edecektim. Bunun hazin bir gidişat olduğunu çoktan anlamıştım, ama deli gönlümü bir türlü uslandırıp, terbiye edemiyordum. İki üç gün sonra ne olacaktı sanki; kös kös, önüme baka baka bu evden çıkıp gidecek, onun kahredici özlemiyle baş başa kalacak, rutin hayatıma dönecektim. Aptallık yaptığımı, bir an önce bu çılgın sevdadan kurtulmam gerektiğini çok iyi biliyordum fakat becerecek iradeyi gösteremiyordum.

Yemekten sonra yine çalışma odasına döndüm.

O odaya kapatılmış biri gibi hissediyordum kendimi. Naz, bekle demişti... Bekledim. On oldu, on bir oldu Naz ortalarda yoktu. Oturmaktan uyuşmuştum artık. Uykum da gelmişti. Hiç olmazsa yatak odama çekilip uyuyabilirdim ama Naz'ın "bekle" emri vardı. Devamlı söylenip duruyordum. Önce ceketimi çıkardım, sonra kravatımı gevşettim, gömleğimin yaka düğmesini çözdüm.

Uyku iyice bastırmıştı. Geniş kanepeye uzanıp ayaklarımı uzattım. Az sonra derin bir uykuya dalmıştım...

&

Çalışma odasının kapısının gürültüyle açılmasıyla uyandım. Naz gelmişti. Gözlerimi ovuşturarak yerimden doğrulurken saatime bir göz attım, bire yirmi vardı. Naz şaşırmış gibi bana seslendi. "Gecenin bu saatinde ne işiniz var burada? Siz hâlâ yatmadınız mı?"

"Sizi beklememi söylemiştiniz."

"Canım, makul bir saate kadar tabii. Vakit gece yarısını geçiyor."

"Önemli değil, zaten ben de uyuyakalmışım," dedim.

Herhalde yeni gelmiş olmalıydı. Uyku sersemi, esnememi engellemek için elimle ağzımı örtmeye çalışırken Patroniçe'ye baktım. Birden bütün uyku sersemliğim dağılıverdi, Naz çalışma odasına sırtında atlas gibi parlak bir kumaştan yapılmış sabahlığıyla girmişti. Çıplak ayaklarında uzun topuklu terlikler vardı. Kısacası üzerinde yatak kıyafeti bulunuyordu; üstelik sabahlığının önündeki kuşağı da iyi bağlamadığından içindeki geceliği de görünüyordu. Bir an ne yapacağımı şaşırdım. Velev ki onun evinde bile olsa iki yabancı sayılırdık ve ben sadece onun gazetesinde çalışan bir elemanıydım; bu kılıkta konuşmaya devam etmemiz kesinlikle ayıp olurdu. Ona bakmamaya çalıştım. En münasibi yatak odama çıkmaktı, yarın sabah konuşabilirdik.

"İyi geceler, efendim," dedim. "Fırsatınız olursa yarın sabah konuşuruz."

"Durun bir dakika... Nereye gidiyorsunuz? Madem uyanıksınız, yazdıklarınızı tartışabiliriz."

"Bu saatte mi, efendim?"

"Neden olmasın? Ben notlarınızı okumak için aşağıya indim. Anlaşılan siz de beni beklerken epey uyumuşsunuz."

Hayret! Kıyafetini hiç umursadığı yoktu...

Bu ne biçim işti... Onun adına ben kızarmıştım. Bizim toplum böyle şeyleri pek kaldırmazdı. Zaten onu beklerken düşünüp durmuştum, şayet gazetede onun yalısında iki üç gece kaldığım işitilirse, kim bilir ne dedikodular yayılacaktı. Fakat Naz hiç iplemiyordu. Umurunda bile değildi. Böyle şeyler pek gizlenmezdi, önünde sonunda duyulurdu. Öyle muhafazakâr yapılı bir insan değildim ama içinde bulunduğumuz durumun örf ve âdetlere de pek uygun düşmediğinin farkındaydım.

Nihayet yutkunarak mırıldandım. Hâlâ onu zor duruma düşürmemek için kendisine bakmamakta ısrar ediyordum. "Okunacak bir şey yok, efendim. Zira herhangi bir not çıkarmadım bana verdiğiniz dosyalardan."

Kısa bir sessizlik oldu. Ardından Naz'ın buz gibi soğuk sesini işittim.

"Ne? Hiçbir şey yazmadınız mı?"

"Yazmadım..."

"Ne demek oluyor şimdi bu? Bütün gün sırtüstü yatıp uyudunuz mu? Yoksa Boğaz manzarası mı seyrettiniz pencereden?"

Tam Patroniçe'ye uygun konuşma tarzıydı bu. Küstah ve aşağılayıcı... Ona verilecek cevabı bilirdim ama terbiyemi bozmadım. "Hayır," dedim. "Bütün gün o dosyaları okudum ama içinde benim için değer taşıyan veya bana yarayacak tek bir cümleye bile rastlamadım."

Patroniçe fena halde sinirlenmiş olmalıydı. Hızlı adımlarla ta önüme kadar geldi. Burnundan soluyor gibiydi. "Haldun Bey, yüzüme bakın," diye gürledi. Eh, günah benden gitmişti, kılığından o utanmıyorsa, ben mi çekinecektim. Ağır ağır başımı kaldırıp, simsiyah gözlerinin içine baktım.

Bu kaçınılmaz akıbetti galiba... Kimse öfke saçan o harika gözlere uzun uzun bakamazdı. Sinirim, öfkem, kızgınlığım bir anda geçivermişti. Öylesine etkiliydi ki mıhlanıp kalmıştım. O an aklımdan geçen tek şey, birden beline sarılıp, burnuma kadar gelen tatlı rayihasını içime çekerek kollarımın arasına almak ve hafif etli dudaklarını acıtıncaya kadar öpmekti.

Yapamazdım tabii...

Önce yanağıma bir tokat patlatır sonra da bahçede bekleşen koruma gorilleriyle beni sokağa attırırdı. Gazetedeki işim de o anda biterdi. Son bir gayret, "Evet, efendim, yüzünüze bakıyorum," dedim. Sanırım o da şaşırmış, bu cevabımı biraz küstahça bulmuştu. Sesini çıkarmadan gözlerimin derinliklerine bakmaya devam etti.

Sonra hiç ummadığım bir şey oldu.

"Neden bir şeyler yazmadınız?" dedi. Ama ben artık bu sesi de tanıyordum; Patroniçe'ninki değildi, iddiaya girebilirdim ki bu ses, sabah tanıdığım gri eşofmanlı, delişmen, sıcak, yaramaz kızın sesiydi. Yumuşacık, sevgi ve anlayış dolu, insana cesaret ve yaklaşma arzusu veren o tatlı kıza aitti.

Neredeyse hayretten dilimi yutacaktım. İnanılır gibi değildi. Naz adeta çifte kimlikliydi. Bu kadar çabuk farklı karakterlere nasıl erişebiliyor, aklım almıyordu.

"Size söyledim," diye mırıldandım. "O bilgiler işime yaramaz. Halkın çok daha ilgisini çekecek bambaşka bir yazı dizisi hazırlamalıyız."

Önce cevap vermedi, düşünür gibi yaptı, sonra başını onaylarmış gibi salladı. "Öyle ya," diye fısıldadı. "Bu röportaj çok farklı olmalı, ses getirmeli. Galiba haklısınız."

Rahat bir nefes aldım.

Kolumdan tutup çekiştirdi. "Gelin, gelin Haldun Bey... Şu kanepeye oturalım da, aklınızdakileri birer birer anlatın bana."

Herhalde, hayır diyecek halim yoktu. Üstelik o gerçek sevimli kız havasındayken... Ayrıca sırtındaki giysiler de içimin gıcıklanmasına neden oluyordu. Kanepeye yan yana oturunca, bacak bacak üstüne attı, ipek gibi yumuşak kaygan kumaş dizlerine kadar açılmış, nefis biçimli düzgün bacaklarını ortaya çıkarmıştı.

Eminim yerimde başka bir erkek olsa, buna düpedüz tahrik ve baştan çıkarma derdi. Ama ben diyemiyordum... Zira hareketlerinde öyle bir yumuşaklık ve tabii bir hava vardı ki sabahlığının eteklerinin kayması sanki son derece doğal ve masumaneydi. Tüm iradeemi zorlamama rağmen bakışlarımı harika biçimli bacaklarından kaçıramadım.

Ve utanan bendim... Yanaklarımın alev alev kızardığını duyumsuyordum. Bu arada Naz durmaksızın konuşuyor, bir şeyler anlatıyordu, lakin tahammül hududumun sonuna gelmiştim sanırım, çünkü anlattıklarını hiç duymuyordum. Bilmiyordum, belki günahını almıştım, zira bir ara uzanıp eliyle kayan sabahlığının eteğini çekti ve bacaklarını örttü.

Bir an elinden oyuncağı alınmış çocuğa dönmüştüm. Yutkunup kaldım. Yeniden toparlanmaya çalıştım. "Söylesene, önerin nedir?" dediğini hayal meyal anlar gibi oldum. Bir şeyler söylemek, yaşadığım fırtınayı belli etmeden geçiştirmek zorundaydım. "Daha bir plan yapmadım," diye fısıldadım.

"Yaa!" diye esef eder gibi mırıldandı. Sabahki genç kız konuşmaya devam ediyordu. Gerçekten ne zor anlar yaşadığımı, heyecandan nefesim kesilmek üzere olduğunu anlamıyor muydu yok sa? Buna ihtimal veremezdim. Her kadın bu kadarını hissederdi.

Bacaklarını örtmüştü ama bana kalırsa Naz'ın tahrik taarruzu devam ediyordu. Aynı anda bacak bacak üstüne attığı ayağındaki uzun topuklu terliği hafifçe tabanından kaymış, yumuşak topuğu ortaya çıkmıştı. Gözlerim bu defa da topuğuna kaydı. İnce derili, hafifçe pembeleşmiş bir topuktu bu. Sanırım bütün gece kapalı bir iskarpin giymenin sonucu olmalıydı.

Artık şüphem kalmamıştı.

Bu kadın düpedüz, beni tahrike çalışıyordu. Nedenini bilmiyordum; aslında öğrenmek niyetinde de değildim, önemli olan o anı yaşamak ve bana lütfettiği bu imkânlardan azami istifadeye kalkışmaktı. Birden içimi müthiş bir cesaretin peyderpey doldurduğunu hissettim. O duvarı artık yıkabilirdim. Birden patladım.

"Ne kadar güzel topuklarınız var," dedim. "İnsanın eğilip öpeceği geliyor."

Odada müthiş bir sessizlik oldu. Naz birden yerinden fırladı. Şaşkın şaşkın yüzüme bakıyordu. Sonra o şaşkınlığın yerini müthiş bir öfke aldı.

"Siz ne dediniz?" diye bağırdı. Sesinin gücü öyle kuvvetli çıkmıştı ki bahçedeki korumaların bile duymasından korktum. Hiddetinden titriyordu.

"Yanlış mı işittim acaba? Topuğumu öpmekten mi bahsediyorsunuz?"

Yanılmış mıydım yoksa? Niyeti benimle oynaşmak ise bu öfke nedendi. İçime dolan o cesaretin bir anda silinip yok olduğunu duyumsadım. Rezil olmuş, kendimi küçük düşürmüştüm. Bütün bu davranışları onun doğal halleriyse, hakikaten büyük kabalık yapmış olurdum.

"Şey... Affedersiniz," diye kekelemek zorunda kaldım. Söyleyecek başka bir şey bulamıyordum. Naz ise öfkesini yenemiyordu. Büyük bir hayal kırıklığına uğramış gibi titremeye devam etti. O an onun yine Patroniçe'ye dönüştüğünü görüyordum, gazetede kök söktüren kadından hiç farkı yoktu. Bu durumda asla beni yalısında barındırmazdı, haklıydı da. Herhalde şimdi adamlarını çağırıp, "Çıkarın bu herifi evimden," diye emir verecekti.

Çoktan pişman olmuştum.

Hizmetkârlarına seslenmesini bekliyordum...

Ama Naz hiç ummadığım bir şeyi yaptı. "Derhal, odanıza çıkın!" diye bağırdı...

İkinci Bölüm

1

Sabaha kadar uyuyamadım. Kullandığım o cüretkâr cümleden sonra Naz'a rezil olmuştum, şimdi bin pişmandım. Bütün gece yatağın içinde dönüp durdum. Bu kadını seviyordum, duyduğum hissin adına ne denirse densin, aşk bu olmalıydı herhalde. Duygularım rüzgârgülü gibi bir o yana bir bu yana gidiyor, irademe hâkim olamıyor, karşısında eziliyordum. Çaresizlik canıma tak demişti, lakin çıkış yolu bulamıyordum ve Naz'ın esiri olmuştum. Çok farklı dünyaların insanları olduğumuz açıktı. Ona asla aşkımı ifade edemezdim. Bu durumda yapmam gereken şey önce yalıdan ayrılmak, sonra da gazetedeki işimden istifa etmekti. Bu şartlar altında başka yapacağım şey yoktu.

Devamlı horlanıyor, küçük görülüyordum. Birazcık gururum varsa, derhal onun yanından ayrılmalıydım, bu şartlar altında onunla çalışmaya devam etmek inciticiydi. Zaten en başından beri onu sevmek, âşık olmak çok yanlıştı. Hatayı en başında yapmıştım ama gönül ferman dinlemiyordu...

Sonra yatağın içinde irademle boğuşurken aklıma bir şey takıldı; acaba Naz dün gece beni neden kovmamıştı? Bu işi gazetede yapmış olsam, herhalde ilk işi beni sepetlemek olurdu, belki de en alt kata kadar kovalardı. Kimse Patroniçe'ye duygularını böyle küstahça açıklayamazdı. Oysa ben bu haltı, daha da kötüsü evinde yemiştim. Gorillerinin koluma girip beni sokağa atmaları gerekmez miydi? Naz ise sadece, "Odanıza gidin," demekle yetinmişti...

Ne anlama geliyordu bu? Yani beni kovmayacak mıydı? Aklım pek yatmadı bu işe... Artık onunla çalışamazdım. Yüzüne dahi bakamayacak hale gelmiştim. Patroniçe bu küstahlığımdan sonra asla beni bağışlamazdı, kesin emindim. Hatta dün geceden kovması gerekirdi.

Acaba ben mi meseleyi gözümde büyütüyordum? O ettiğim laf, gerçekten küstahlık mıydı? Hiç de değildi aslında; alt tarafı bir erkektim ve güzelliğinin tesirinde kalmıştım. Belki pek çok kadın ağzımdan dökülen o cümleyi iltifat sayardı. Ne yapayım, pembeleşmiş topukları o kadar güzel ve tahrik ediciydi ki kendimi tutamamıştım. Bunun bu denli büyütülecek yanı olmamalıydı. Ayrıca bütün suç da benim sayılmazdı; bir kadının gecenin ilerleyen saatinde yeterince tanımadığı bir erkeğin yanına gelip bacağını, çıplak ayaklarını göstermesi doğru mu sayılırdı? Kadın erkek ilişkilerinde de birtakım kısıtlayıcı kurallar geçerli değil miydi? Dünyanın neresinde yaşanırsa yaşansın o sahne genel örf ve ahlak kurallarına pek uygun sayılmazdı.

Belki bir hata yapmıştım ama bütünüyle de bana yüklenemezdi; hiç mi kusuru yoktu onun?

Kafam iyiden iyiye karışmaya başlamıştı. Bir karar veremiyordum.

Belki en iyisi sabah olur olmaz, onunla karşılaşmadan, bavulumu toplayıp yalıdan ayrılmaktı. Bu iş yürümeyecekti... Ayan beyan ortadaydı; Naz'ın bu çekiciliği varken, dün geceki vartayı atlatsam bile ilerde yine buna benzer olaylar vuku bulacaktı. En iyisi kaçmaktı...

Doğrusunun bu olduğunu biliyordum, ama karar ve irade sorunuydu meselem ve ben o cesareti gösteremiyor, Naz'dan uzaklaşamıyordum.

Beklemeye karar verdim.

Bakalım sabah bana nasıl davranacaktı...

Tıraş olurken aynadaki görüntümü inceledim. Uykusuzluktan süzülmüş, gözleri kanlanmış sapsarı bir surattı. Muhtemelen yalıdaki ilk ve son tıraşımı oluyordum. Patroniçe kesinlikle beni burada barındırmazdı. Yine de anlayışlı davranmış sayılırdı; en azından kovulma işini gece yarısı yapmamış, o saatte beni kapının önüne koymamıştı. Muhtemeldir ki birazdan aşağıya indiğimde yanıma yaklaşacak hizmetkârlardan biri, işime son verildiğini ve yalıyı terk etmemi söyleyecekti.

Bir daha Naz'ı göreceğimi hiç sanmıyordum.

Giyindim, sırtıma oduncu tipi, yün bir gömlek giydim, ağır ağır merdivenden indim. Kalbim yine deli gibi çarpıyordu. Kahvaltı yapacağım odaya doğru yürürken kadın hizmetkârlardan biriyle karşılaştım, sevimli bir şekilde gülümsedi bana. "Günaydın, efendim," demişti. Herhalde bu kadına kovulacağımdan bahsetmemiş olmalıydılar.

Kekeleyerek, "Hanımefendi neredeler?" diye sordum.

O çoktan gitti, cevabını alacağımı sanıyordum ama hizmetçi gülümsedi yine. "Kahvaltı ediyorlar. Her sabah saat tam sekizde masaya otururlar," demişti.

Demek daha gitmemişti. Kuşkusuz bugün de evde kalıp benimle çalışmayacaktı, bu husus kesindi. Dün geceki olaydan sonra Naz asla yüzüme bakmazdı. Dizlerim titremeye başladı. Hatta bir ara kahvaltı odasına girmemeyi bile düşündüm, dün gece gözlerinde yakaladığım o müthiş öfkeyi anımsadım. Bana hakaret dahi edebilirdi.

Lakin içimdeki şeytan baskın çıktı. *İnceldiği yerden kopsun*, dedim. Ölüm yoktu ya sonunda. Artık her sonuca razıydım. Odaya girdim. Tek başına kahvaltısını ediyordu. Ayak seslerimi duymuştu, fakat başını kaldırıp bana bakmadı. Masaya bir göz attım, tam karşısına benim için de kahvaltı servisi konmuştu. Yüreğim sevinçle çarpmaya başladı. Galiba kovulmuyordum.

Bütün cesaretimi toplayarak, "Günaydın, efendim," diyebildim. "Efendim" kelimesini hassaten vurgulayarak söylemiş, aramıza mesafe koymayı, saygımı bundan böyle ihlal etmeyeceğimi belirtmek istemiştim. Kurt gibi zekiydi, ne demek istediğimi mutlaka anlamıştı. Yine de soğuk bir sesle, "Günaydın, Haldun Bey," dedi.

Harika! En azından beni sepetlemiyordu evinden. Çocuk gibi sevinmiştim. Tam karşısındaki iskemleye otururken, "Affedersiniz, kahvaltıya geciktim," diye fısıldamıştım.

"Bir daha tekerrür etmesin," dedi.

Bu cümleyle kahvaltıya gecikmeden ziyada, dün geceki münasebetsizliği tekrarlamamı ima ettiği hükmüne varmıştım. "Bir daha kesinlikle olmaz, efendim," diyiverdim.

Sesini çıkarmadı. Kahvaltısına devam etti. Yine soğuk ve mesafeli davranıyordu ama umurumda değildi artık; anlamıştım, yalıda kalıyordum. Rahatlamıştım, lakin şimdi de kendime kızmaya başlamıştım. Otuz yaşındaydım, fakat belli ki kadın psikolojisinden, kadın ruhundan hiçbir şey anlamıyordum. Dün gece üzüntüden gözüme uyku girmemişti, hatta bir ara gece yarısı bile korumalarının odama girip beni evden atacaklarını dahi düşünmüştüm, çünkü çok kızdırmıştım güzeller güzeli sevgilimi. Oysa onun umurunda bile değildi, sanki ne dün geceki o kelimeler benim ağzımdan çıkmıştı ne de o hiddetlenmişti.

Demek o öfkesi numaraydı...

İster istemez böyle değerlendiriyordum durumu. Benim tanıdığım Patroniçe'nin daha o an beni yanından kovması gerekmez miydi? Ya ben onu yeterince tanımıyordum ya da gösterdiği hiddet yalandı. Sanırım işin gerçeği benim kadınları tanımamam, bu konuda yeterince tecrübe sahibi olmamamdı. Geçmişime şöyle bir göz attım, şimdiye kadar kaç kadınla ciddi flörtüm, aşk yaşamım ya da beraberliğim olmuştu ki...

İnanılmayacak kadar azdı.

Çevremdeki erkek arkadaşlarım daha mektep yıllarında, bıyıkları terlemeye başladığı zamanlardan beri kızların peşinde koşmaya başlamışlardı. Ben ise hep ya derslerimle ya da işimle haşir neşir olmuştum daima. Çapkınlık, yaramazlık biraz da para ve imkân meselesiydi ve ben o şartlara hiç sahip olamamıştım.

Sonra bula bula memleketin en zengin üç beş kadınından birine âşık olmuştum. İyi ki çevremde kimse bilmiyordu bu durumu, vallahi ağızlarıyla değil başka yerleriyle gülerlerdi halime. Aşk konusundaki acemilik çekilecek acıların en kötüsüydü. Elimden bir şey gelmiyor, yüreğimdeki sıkıntıyı dindiremiyordum. Birbirini nakzeden ruh hallerine düşüyordum; bazen ufacık, başkalarına göre anlamsız bir jest, bana dünyaları bağışlıyor, heyecan ve zevkten kendimden geçiyor, bazen de yaptığım ya da hesaplamadan ağzımdan çıkan bir sözle dünyalar başıma yıkılıyordu.

Çayımdan bir yudum aldım.

Sevinçten yüreğim pır pır atıyordu. Çaktırmadan Naz'a baktım. Allah'tan benimle ilgilendiği yoktu. Giyiminden anlamıştım, işe gitmeyecekti bugün. Gazeteye gittiği zamanlar daima koyu renkli döpiyesler, tayyörler veya pantolon giyiyordu. Bu sabah ise üzerine bir etek ve önden düğmeli bir penye giymişti. Yalının içi öyle sıcak oluyordu ki mevsime uygun bir kazak bile giymemişti. Tabii bu tespitlerim kısa süreli bir bakış içinde olmuştu. Artık onu uzun uzun seyretme şansım yoktu. İkinci bir kere çapkın nazarlarımı yakalarsa bu defa beni kesin kovardı...

Lakin insan mantığı bir tuhaftı... Ya da benim abuk subuk düşüncelerim... Emin olamadım...

Bu sabahki yumuşamasını düşündüm yine. Acaba dün gece söylediklerimden hoşlanmış da olabilir miydi? *Neden olmasın?* diye geçirdim aklımdan. Kadınların iltifatlardan hoşlandıklarını işitmiştim hep. Dün gece ağzımdan kaçan cümle de samimi bir itiraftı; gerçekten de topuğu inanılmaz derecede hoş görünüyordu. Ne kötülük vardı bunda? Söyleyivermiştim birden... Naz ayağa kalktı, kapıya doğru yürüdü. Arkasından bakıyordum. Tam çıkarken, yine sert bir edayla, "Kahvaltınızı bitirince doğru çalışma odasına gelin," dedi ve çıkıp gitti. *Vay canına!* diye mırıldandım içimden ama emredici tavrından değil, eteğinin kısalığındandı. Dün geceki olaydan sonra nasıl bu kadar kısa bir etekle yanıma gelirdi, anlamamıştım. Ağzımdaki lokma gırtlağımda kalmıştı. Mini eteği normalden de kısaydı. Onu gazetedeki giyiminden tanımasam, belki bu kadar şaşırmazdım. Ayrıca bir insan evinde dilediğini giyebilirdi, bu da normaldi, lakin dün gece aramızda geçenlerden sonra, nasıl bu denli tahrik edici bir etekle yanıma gelirdi.

Yok, diye mırıldandım. Bu işte çözemediğim bir yan vardı. Naz bilinçli olarak beni tahrike çalışıyordu...

۽

Çalışma odasına girdiğimde Naz masaya yakın koltuklardan birinde oturuyordu. Ona bakmamaya gayret ederek dosyaların durduğu masaya doğru yürüdüm. Nazarlarımı ona çevirmeden, "Hanımefendi şu röportaj işini hâlâ benim yürütmemi istiyorsanız, önce esasları hakkında bir uzlaşmaya varalım. Dün gece de size hazırlayacağım dizinin böyle yürümeyeceğini açıklamaya çalışmıştım," dedim.

Önce sesi çıkmadı. Düşündü bir an. Sonra, "Pekâlâ, sizi dinliyorum," dedi. "Neymiş şu sözünü ettiğiniz esaslar, anlatın bakalım."

Hâlâ yüzüne bakmıyordum. Odada olmayan biriyle konuşur gibi devam ettim. "Öncelikle, Sayın Naci Koyuncu ile yüz yüze bir mülakat yapıp seçeceğim sualleri ona yöneltmem lazım. Başarı elde etmek için o soruları benim seçmem de şart. Velakin özellikle sizin de sorulmasını istediğiniz bir sual varsa, röportajın genel havasını bozmadan o suali de sorularımın içine katabilirim."

"Ya... Demek benim sorulmasını istediğim sualin röportajınızın genel havasını bozmaması şart, öyle mi dediniz?"

Kendimden emin bir şekilde, "Evet," diye fısıldadım.

"Kabul etmezsem ne olacak?"

"Sanırım o zaman, kendinize bu işi yüklenecek yeni bir muhabir aramak zorunda kalacaksınız."

Bu lafı ettim ama yaptığım gafı da o an anladım. Patroniçe'ye rest çekmiştim. Bu kadınla konuşmayı asla beceremiyordum. Ben kim, Patroniçe'ye şart sürmek kimdi? Dilediği elemanına bu işi yaptırabilirdi, laf mıydı yani bu söylediğim... Kendimi ne sanıyordum? Nim tertip bu sahada bir ünüm var sayılırdı, ama bu işi benden de iyi yapanlar bulunurdu elbet.

Romantik bir budalaydım. Bundan hiç kuşkum kalmamıştı. Bu kadının karşısında tutuluyor, ne diyeceğimi bilemiyor, sonra da karşısında zor duruma düşüyordum. Hadi öyleyse, sana güle güle, başkasını bulurum derse ne yapacaktım. Yine dövünmeye, kara kara düşünmeye başlamayacak mıydım? Ardından da bin kere pişman olacaktım.

Ama laf ağzımdan çıkmıştı bir kere, geri alamazdım.

Bekledim...

Susmuş, düşünüyordu Naz... Bu kadar düşüneceğini de tahmin etmemiştim doğrusu. Üstelik bu kez sinirlenip, köpürmemişti de...

Aradan birkaç saniye daha geçti. Hâlâ ses yoktu Naz'da. Zorlanarak bakışlarımı Patroniçe'ye çevirdim. "Eşyalarımı toplamaya başlayım mı, efendim?" diye mırıldandım.

Hayret, gülüyordu. "Otur, oturduğun yerde," diye söylendi...

૱

İçimi ılık ılık bir sevinç dalgası kaplamıştı. Sevincimin bir yığın nedeni vardı. Bir defa bana gülmüştü; bunun anlamı aramızdaki buzların eridiğiydi. Aksi halde Naz asla bana bu sıcak tebessümü ile bakmazdı. İkinci olarak, *otur oturduğun yerde* derken aramızdaki resmiyet perdesini oldukça aralamış oluyordu. Daha sıcak, daha samimi, hatta Naz için laubalilik raddesinde kabul edilecek bir ifadeydi bu. Hiçbir çalışanına böyle hitap ettiğini düşünemezdim. En önemlisi ise benle ilk defa "sen" sigasıyla konuşmasıydı. "Siz" lafını kaldırmıştı...

"Sen, domuzun tekisin," dedi. "Beni ikna ettin."

Oysa hiçbir şey yapmamış sayılırdım. Densizce meydan okumam hariç... Yine aptallaşmıştım. Bu kadın herhalde sert, otoriter, isteklerini zorla kabul ettiren erkeklerden hoşlanıyordu. Bana da aynı taktiği uygulamış ama sökmediğini anlayınca pes etmiş olmalıydı. Halbuki yapımda hiç sertlik olmayan bir adamdım, prensiplerim ve inançlarım zarar görmediği sürece fikirlere itiraz bile etmezdim.

İkinci cümlesi ise şahsıma yöneltilmiş bir onur, mutlak iltifat gibi geldi bana. İçimin eridiğini hissettim. Âşık olduğum kadın, bana "domuz" diyerek adeta kompliman yapmıştı, beni payelendirdiğini düşünüyordum.

Önce gülümsedim. Fakat hemen sonra yüzüme ciddi bir hava vermeye çalıştım. Duyduğum sevinci sadece içimde yaşamalıydım. Şimdilik en münasibi oydu. Kaleyi içerden fethettiğimi düşünüyordum, asla aceleye gelmezdi. Beklemeli, sabırlı olmalıydım. Zaman lehimde gelişecekti. İnanıyordum, bu defa meslek hayatımın en başarılı röportajını yapacak, Naz'ın benimle gururlanmasını sağlayacaktım.

"Peki, ilk etapta ne yapacağız?" diye sordu.

Bilgiç bir edayla, "Naci Bey'e telefon edip yapacağımı röportaj için randevu talep edeceğim," diye mırıldandım.

Yeniden güldü. "Bunun o kadar kolay olacağını mı sanıyorsun?"

"Nasıl yani?"

"Naci gazetecilerden pek hoşlanmaz. Dosyaları inceleseydin görürdün."

"Ne demek bu?"

"Hepsi eski tarihli. Son zamanlarda hiçbir gazeteciyle görüşmüyor, tabii mecbur olmadıkça."

"Ben gereken onayı alırım," dedim.

"Hiç sanmıyorum."

Durakladım bir an. Gerçekten isteğimi geri çevirir miydi? Naz mutlaka bir şey biliyordu ki böyle söylüyordu. "Olsun," dedim. "Bir defa denerim."

"Dur," diye fısıldadı. "En iyisi ben deneyim. Beni kıramaz. Biliyorsun, değil mi? Yakın bir tarihte onunla nişanlanacağım."

İçimdeki o sevinç dalgası bir anda gölgelendi. Ne yazık ki bu gerçeği biliyordum. Keyfimin kaçtığını belli etmemeye çalıştım. "Evet, duydum," diye mırıldandım.

"Kimden duydun?"

İsim vermemeye özen gösterdim. Kendimi sıkarak gülümsemeye çalıştım. "Unuttun mu, ben gazeteciyim, böyle şeyler basında çabuk duyulur."

Fazla üstelemedi. Telefonuna uzandı. "En iyisi onu şimdi aramam. İşine gitmiştir çoktan."

Merakla beklemeye başladım. Bakalım, nişanlanacağı adamla nasıl konuşacaktı. Mutlaka samimiyetlerinin derecesini, yakınlıklarını hitabından anlayacaktım. İçimdeki burukluk artıyordu, hele aramızdaki buz dağlarını tam yıkmaya çalıştığımız şu dakikalarda. Aslında bu bana tatlı bir rüyadan uyanış gibi geldi. Naz bana ne kadar sevimli davransa da gerçek işte bu buzdağının arkasındaydı. Sustum, beklemeye başladım.

Hatta bir an düşündüm; sonuçta onlar iki sevgiliydi, konuşmaları sırasında mükâlemeye kulak misafiri olmam doğru değildi. En iyisi yalnız bırakmamdı. Masanın başındaki koltuktan kalkmaya davrandım. Naz amacımı hemen anlamıştı tabii, hiç beklemediğim bir şey yaptı, eliyle oturmamı işaret etti. Yadırgadım, lakin hemen koltuğa çöktüm yeniden. Çünkü konuşmalarını dinlemeye can atıyordum.

Numarayı tuşlarken bana da, "Bekle," dedi. "Bir randevu koparırsak, sana da uygun mu değil mi anlarız."

Makul geldi bana da. Ama sonra jeton düştü beynimde. Bana uygun olup olmadığı tasavvur edilebilir miydi? Sonuçta ben bir gazeteciydim ve Naci Koyuncu'nun vereceği randevu tarih ve saatini kabul etmek zorundaydım, başka şansım olabilir miydi? Öyleyse Naz neden benim de konuşmaya şahit olmamı istemişti acaba?

Kendisine âşık olduğumu nereden bilebilir ki? diye düşündüm. Bu olasılığı aklının köşesinden bile geçirmezdi. O nedenle de sevgilisiyle konuşurken yanında durmamda bir mahzur görmemişti herhalde. Yüreğimin dağlandığını duyumsuyordum fakat çaresiz koltuğuma oturdum.

"Sevgilim, günaydın," demişti ilk cümle olarak Naz.

Ne şanslı bir adamcı şu Naci Koyuncu...

Gönlümün sultanı ona "sevgilim" diye hitap ediyordu. Adamın fiziği gözlerimin önünde canlandı aniden. Bana göre çok itici bir adamdı. Kısa boylu, hafif toplu, yakışıklılıktan hiç nasibini alamamış, bütün imkânlarına karşın, kaba saba biri. Gerçi benimki biraz peşin hüküm oluyordu, aslında adamı fazla tanıyor sayılmazdım, fiziki görünüşüne bakıp hüküm vermek yanlıştı. Yüzünde gülücükler oluşmaya başlamıştı Sultanımın. Biraz daha kısık sesle konuşmaya başlamıştı sadece. Naci denen şanslı adam herhalde güzel şeyler söylüyor olmalıydı ki Naz benim odadaki varlığımı unutmuş, yine alıştığı şekilde iki bacağını da kaldırarak oturduğu koltuğun kol dayayacak yerinin üstünden aşağıya sarkıtmıştı.

Kıskançlık damarlarım kabardı.

Dayanılır gibi değildi. Zaten kısacık olan mini eteğinin kumaşı şimdi iyice aşağıya kaymış, o mevzun bacaklar tamamıyla ortaya çıkmıştı. Nefesim kesilir gibi oldu.

Bu kadarı fazlaydı artık. Kendini bilen bir kadın asla böyle davranmazdı. Bir yandan "sevgilim" diye hitap ettiği adamla konuşuyor, diğer yandan da yabancı sayılacak bir adamın yanında edebe, örfe, geleneklere aykırı bir şekilde çıplaklığını teşhirde sakınca görmüyordu.

Öfkelenmeye başladım. Her şeyden önce, ayıptı bu yaptığı. Hatta rezillikti... Artık konuşmasını filan dinleyemiyordum, sinirlerim gerilmişti. İşte, o an aklıma başka bir şey geldi. Yoksa Naz bir sapık mıydı? Erkeklere kendilerini teşhirden hoşlanan hasta ruhlu kadınlar olduğunu işitmiştim, acaba Naz da böyle psikolojik sorunları olan biri olabilir miydi?

Önce insanın aklına imkânsız gibi geliyordu ama olabilirdi. Normal zamanlarında mazbut, ölçülü, ağırbaşlı iken, krize girdiklerinde pervasızca soyunan ve çıplak bedenlerini teşhirden zevk duyan, bu yolla tatmine ulaşan insanların varlığını duymuştum. Sanırım Naz da onlardan biriydi. En iyisi bakışlarımı ondan kaçırmaktı. Çıplaklığına aldırmadığımı görürse, belki bundan vazgeçerdi. Erkeklerde de vardı bu illet, teşhircilik bir hastalıktı... Ama insan o güzel bacaklara bakmaktan kaçamıyordu. Gözlerimi başka bir yöne çevirmeye çalıştım, beceremedim. Hiç abartmıyordum; hayatımda bu kadar ölçülü, düzgün, diri ve insanın içini hoplatan bacaklara rastlamamıştım. Telefon konuşması uzayınca hafif hafif salladığı ayağından terlik de düşmüştü şimdi... Dün gece aynen tekrarlanıyordu.

Sonra neler olacağını da tahmin edebiliyordum artık. Yeniden maraza çıkaracak, beni tahkire kalkışacak, ileri geri laflar söyleyecekti. Tam emin değildim ama bu tür psikolojik nöbetlerin sonunda hasta olan kişi karşısındakini azarlayıp, hakaret ederek de rahatlayabilirdi. Belki tatminin değişik bir versiyonuydu bu. Alt tarafı ben bir doktor değildim...

Kendimi zorladım ve telefon konuşması bitinceye kadar bu muhteşem görüntüye bakmamak üzere hareket eden koltuğumda döndüm. Şimdi arkamdaki kitaplarla dolu rafları seyrediyordum.

Beynim uğulduyordu.

Birden, "Yaşasın, bu iş oldu... Hallettim. Randevuyu aldım," diye bağırdı.

O zaman yavaş yavaş koltuğumda döndüm ve Naz'a baktım. Pozisyonunu değiştirmiş, telefonu kapatınca da bacaklarını yere indirmiş, terliğini de ayağına geçirmişti.

Donuk ve sararmış yüzümü görünce irkildi.

Gayet saf bir şekilde sordu: "Nedir bu halin? Yoksa randevu kopardığıma sevinmedin mi?"

"Sevindim, tabii," diye fısıldadım.

"Eee? Nedir öyleyse bu surat?"

"Seninle yeniden münakaşa etmek istemiyorum."

"Münakaşa mı? Neden münakaşa edeceğiz ki?" Tüm cesaretimi toplayarak mırıldandım. Bu işkenceye daha fazla devam edemeyecektim. "Şu güzel ve dayanılmaz bacaklarına baktığım için," dedim.

Sanki neyi kastettiğimi anlamamış gibi bir an durakladı. Sonra, "Sen de bakmayıver canım," diye gülümsedi...

2

rabayı gazetenin şoförü kullanıyordu. Naz emrime gazetenin arabalarından birini tahsis etmişti. Gelip beni Kandilli'deki yalıdan almış, röportajı yapacağım Maslak yolundaki Koyuncu Holding binasına götürüyordu. Arabanın arka koltuğunda düşüncelere dalmıştım. Berbat bir haldeydim. Sanki şiddetli bir girdaba kapılmış, dönüp duruyordum. Bu girdaptan kurtuluş yoktu. Beni felakete sürüklediği kesindi. Ben artık hapı yutmuş bir adam sayılırdım. Mesleğimin en güzel yanı, işimi yaparken duyduğum haz ve mutluluk olurdu. Her anından huzur duyar, işime şevkle sarılırdım, zaten bu istek ve heyecan da başarıyı getiren en büyük amildi.

Oysa bu sabah büyük bir isteksizlikle gidiyordum Naci Koyuncu'yla görüşmeye. Daha adamı yeterince tanımadan antipati duyuyordum. Antipati kelimesi bile yetersizdi, adeta nefret ediyordum Naci Koyuncu'dan. Adamın karşısına "şartlanmış" olarak çıkacaktım ki bu da objektif kalmamı ve tarafsız bir yazıyı kaleme almamı engelleyecekti.

Tabii, asıl önemli sıkıntım yine Naz'dı.

Dün gece çalışma odasında olanları da değerlendirmekte sıkıntı çekiyordum. Kısacası Naz'ı hiç anlamıyordum; neyin peşindeydi? Bana karşı davranışları o kadar tutarsızdı ki anlamak mümkün değildi. O ağırbaşlı, ciddi Patroniçe an geliyor birden kayboluyor, yerini fettan, baştan çıkarıcı, delişmen bir kadın alıyordu. Haliyle ben de ne yapacağımı şaşırıyordum. Mesela dün gece, "öyleyse sen de bacaklarıma bakma," demesini nasıl yorumlayabilirdim. Gülüyor, adeta bacaklarına içim giderek bakmamdan zevk alıyordu. Bir ara bunun teşhir illeti filan olduğunu düşünmüştüm, ama şimdi aynı kanaatte değildim. Kesinlikle psikolojik sorunları olan biri değildi. Bunu kasten yapıyordu; beni çileden çıkarmak, inletmek, kahretmek için... Ama neden? İşte, asıl sorun buydu... Bunu yapması için mantıklı tek bir sebep bulamıyordum. Yaşlarımızın yakın olması dışında başka hiçbir müşterek yanımız yoktu. Kesinlikle benle oynaşmak isteyecek kadar hafif meşrepli biri de değildi. Hem böyle bir amacı olsa, dilediğini seçebilirdi. Her halde benim gibi sıradan bır genci değil... Onun ilgisini çekecek hiçbir vasfa sahip değildim. Parasız, çulsuz, emrinde çalışan bir gazeteciydim, Naz bana mı bakacaktı.

Lakin hâlâ bu işte bir bit yeniği olduğunu düşünüyordum. Araba Maslak'a doğru yol alırken aklım hâlâ bu konudaydı. Beni evinde misafir ediyordu. Sanırım bu şerefe nail olmuş gazetedeki tek elemandım. Tüm gazete çalışanları Kandilli'de bir yalısı olduğunu biliyorlardı ama iddiaya vardım ki hiçbiri bahçe kapısından içeriye bile adımlarını atmamıştı. Oysa ben Naz'ın mahremiyetine girmiştim. Bunun bir nedeni olmalıydı...

Zorda kalan insanlar, durumu nalıncı keseri gibi hep lehlerinde yontmak isterlerdi; şimdi ben de aynı şeyi yapmaya kalkışıyordum. Arabanın içinde ruhumu bir alev kapladı, daha doğrusu hiç eksik olmayan o ateş, vücudumun en ücra köşelerine kadar yayıldı. İmkânsız gibi görünüyordu ama Naz bana âşık olabilir miydi? Hayali bile beni eritmeye yeterliydi.

Olmayacak bir duaya amin demek gibi bir şeydi bu, ama inanmayı çok istiyordum...

Ses kayıt cihazını Naci Koyuncu'nun masasının üstüne yerleştirip ayarını yaptım. Bugünkü sorularımı dün gece ayarlamıştım. Hepsi aklımdaydı. Yine de zihnimi tam anlamıyla sorularıma teksif edemiyordum. Gergin ve sinirliydim.

Gözlerim hep adamın üzerindeydi. Aslında benim için yeni bir çehre değildi, memlekette yaşayan tüm insanlar gibi bu yüzü önceden de tanıyordum. Olsa olsa şimdi daha yakından tanımak, bazı özelliklerini görmek şansım olacaktı. Bugünkü ilk sorular ısınma turu niteliğindeydi, basit, cevaplandırılması kolay, rahat şeylerdi. Naz, ilk gün soracağım soruları okurken hiçbir itirazda bulunmamış, hepsini onaylamıştı. Bu görüşmeler üç gün sürecekti. Fakat hemen anlamıştım, Naz'ın arabuluculuğu olmasa, Naci Koyuncu kesinlikle görüşme teklifimi kabul etmeyecekti. Nedenini bilmiyordum; adam basına karşı soğuk ve tavırlıydı. Oysa bazı önemli kişiler, reklam amacıyla daima basına karşı anlayışlı ve hoşgörülü olurlar, bu tür fırsatları hiç kaçırmazlardı. Yalan da sayılmazdı; memleketin en yüksek tirajlı gazetesinde üç dört gün gündemde kalacak, binlerce insan onu daha yakından tanıyacaktı. Bundan daha iyi reklam olur muydu?

Ama Naci Koyuncu bana karşı gayet soğuk davranıyordu. Röportaj teklifini zorla kabul etmiş, nişanlanacağı kızın hatırı için katlanıyormuş gibi havalardaydı. Kaba ve nadan olacağını sanmıştım ama kesinlikle değildi. Davranışlarındaki soğukluğu inkâr edecek değildim, ama nazik bir insana benziyordu. İlk yarım saatte en ufak kaba bir jestine rastlamamıştım. Ayrıca oldukça zeki bir adam intibaı yaratmıştı bende ki bu da çok normaldi. Aksi halde böyle bir holdingin yönetimini babasından kolay kolay devralamazdı. Kuşkusuz maiyetinde bu işlerin son derece ehli, hepsi kendi dalında uzman bir sürü üst düzey idareci çalıştırıyordu, ama onların koordinasyonu bile maharet isterdi.

İlk gün gayet olumlu geçmiş sayılırdı.

Ta ki ses alma cihazını kapatıp ara verinceye kadar. İkram ettiği çayı yudumlayıp gitmeye hazırlanırken, birden beklemediğim bir olay gelişti. Naci Koyuncu kibar bir edayla, "Acaba bu üç günlük görüşmeyi, biraz daha kısaltamayız mı?" diye sordu.

"Mümkün," diye mırıldandım. "Olabilir."

"Dün saat ikide, Naz Hanım beni telefonla aradı ve üç gün sürecek bir röportaj isteğini iletti. O sırada önemli bir toplantı anındaydım, neden üç gün süreceğini soramadım ve olur dedim. Ama gördüğüm kadarıyla bunu yarın bitirebiliriz, değil mi?"

Adamın cümlelerinde bana ters gelen bir şey yakalamıştım ve hemen dikkatimi çekmişti. Aklım yine karışır gibi olmuştu. Naci Koyuncu, Naz'ın saat ikide telefon ettiğini söylemişti, oysa o telefonun edildiği saatte ben Naz'ın yanındaydım ve kahvaltıdan yeni kalkmıştık, saat dokuz bile değildi. Birden ilgim arttı. Acaba Naci Koyuncu saat konusunda yanılıyor muydu? Bunu anlamalıydım.

"Şey..." diye fısıldadım. "Tabii, bu istek bizim patrondan çıktı. Takdir edersiniz..."

"Gayet tabii," demişti. "Dedim ya, aradığında öğleden sonra toplantıdaydım, rahat konuşma imkânım olmadı o vasatta."

"Anlıyorum, efendim."

Asıl anlamadığım husus, Naz'ın yaptığı oyundu. Demek dün sabah çalışma odasında, benim yanımda yaptığı konuşma nişanlanacağı adamla değildi. Tüylerim diken diken oldu... Ne anlama geliyordu bu? Hesaba göre Naci Koyuncu'yu gerçekte o telefondan dört beş saat sonra aramıştı...,

Peki, o konuştuğu kimdi?

Sevgilim, diye başlamıştı söze. Ayrıca yüzündeki o baygın ifade, saç uçlarıyla oynaması, gözlerindeki mutluluk ışıltıları... Hayatında gizlediği başka biri daha mı vardı?

Holdinge geldiğimiz arabayla yalıya dönerken, aklımda sadece bu yeni sorun vardı. Birden Naz'dan sıtkımın sıyrıldığını hissettim. Zaten bu kızda bir gariplik vardı. Benim ahlak ve değer ölçülerime hiç uymuyordu; isterse dünyanın en güzel kadını olsundu, birden öfkelendim. *Canı cehenneme*, diye söylendim içimden. Hani, kendimi son anda tutamasam, bağırarak ifade edecektim içimdeki kızgınlığı. Şoföre de rezil olacaktım. Hiddetimi yenemiyordum.

Ama son anda bir şeyi daha fark ettim. Nasıl olurdu, konuştuğu kişiye Naci diye hitap ediyor, röportajdan dem vuruyordu. Herhalde Naci isimli iki sevgilisi olamazdı. Yoksa telefon saatinde Koyuncu mu hata ediyordu? Yanılmış olabilir miydi? Hiç sanmıyordum, adam toplantı anında olduğunu ve saati gayet iyi hatırlıyordu.

O halde neydi bu? Nasıl bir açıklaması olurdu?

Birden kafama hücum eden kanın ağır ağır aşağılara indiğini, yüreğimde tatlı ürpertiler yaratmaya başladığını duyumsadım. Bu bir oyundu ve o oyunun hedefi bendim. Bunu açıklamak zor ve inanılmaz gibi görünüyordu ama beni çılgınca bir mutluluğa götürüyordu.

Sanırım öyle bir telefon konuşması hiç olmamıştı. Muhtemelen Naz benim yanımda rastgele bir numara çevirmişti ya da hiç çevirmemişti. Zaten karşı taraftan gelen sesleri doğal olarak duyamazdım. Hatırladığım kadarıyla o an sevgilimi kıskanıyordum, telefonu sessiz almışsa ne işitebilirdim ki? Amacı belliydi, beni kışkırtmak, tahrik etmek, çileden çıkarmak...

Ama neden?

Asıl sorun buydu. Neden böyle şeyler yapmak gereğini duyuyordu? Yoksa benden hoşlanıyor muydu? O hareketleri, bir gece önce yatak kıyafetleriyle karşıma çıkması, dün sabah sere serpe bacaklarını göstermesi, cesaretlenmem, duygularımı açıklamam için miydi? Çekingen ve ürkek olduğumu anlamıştı muhakkak, muhtemelen beni açılmaya teşvik ediyordu. Aklıma başka bir olasılık gelmiyordu...

Lakin böyle şeyler ancak Yeşilçam filmlerinde ya da ucuz aşk romanlarında olurdu, gerçek hayatta böyle şeyler yaşanmazdı. Bunu idrak edecek kadar bilinçliydim. Basın kralının kızı, bizim Patroniçe, bir ay öncesine kadar ayda iki bin beş yüz liraya talim eden memuruna mı âşık olacaktı. Aslında bunları bin defa düşünmüştüm, yine de beynimde tekrarlayıp duruyordum. İş olacağına varırdı, sonunda aynı temponun devamına karar verdim. Zaten benim bir şey yaptığım yoktu, her eylem Naz'dan geliyordu. Bekleyecektim, fakat o telefon oyununu da açıklamaya, yüzüne vurmaya niyetim yoktu. İnandığımı, yuttuğumu sansındı...

Yalıya geldik nihayet. Bir koşu çalışma odasına gittim. Naz yoktu, hizmetçilere Naz Hanım nerede diye sordum, gazeteye gitti dediler. İçimde bir boşluk hissettim, ona o kadar alışmıştım ki yokluğu adeta beni sarsmıştı.

Bu da komikti...

Bir iki gün sonra gerçek hayatlarımıza dönecektik.

৵

Naz akşam yedi buçuk sularında döndü yalıya. Her zamanki gibi koyu renk, ciddi elbiseler içindeydi ve çok yorgun görünüyordu. Şimdiye kadar onu hiç böyle yorgun görmemiştim.

"Bugün çok yorulmuşa benziyorsun," dedim.

"Gerçekten öyleyim," dedi güçbela.

Senli benli konuşmaya hâlâ alışamamıştım, zaman zaman yadırgıyordum. Özellikle yanımızda hizmetçilerden biri olduğu zamanlarda hep içimden "siz" diye hitap etmek geliyordu ama onun hiç umursadığı yoktu.

95

"Neyse, birazdan masajcım gelecek, o beni rahatlatır," dedi. Eyvah! Yeni bir gösteri sergileyecekti anlaşılan... Çıplak vücudu ile bir masanın üzerine yatacak ve mutlaka o anı bana seyrettirecekti. Sevinmem mi gerek yoksa üzülmem mi kestiremedim. Bu işin sonu nereye varacaktı, anlamıyordum. Uyguladığı oyunlar devam edeceğe benziyordu. Yine kızardım, boğazımı adete bir yumruk tıkadı.

Güçlükle, "Evet, iyi olur," diye fısıldadım.

Fakat bu sefer bu oyuna gelmeyecektim. Yanına çağırırsa bir fırsatını bulup gitmeyecek, atlatacaktım. Numaralarına yeterince maruz kalmıştım; heyecanlanıp tam ona yaklaşmaya kalkıştığım zaman beni tersliyordu. Aynı anda bir şey daha dikkatimi çekmişti; o kadar önemsediği röportaj işinden geldiği andan beri merak edip tek bir şey sormamıştı. Bu da normal sayılmazdı. Oysa soracağı bir yığın sual olması gerekmez miydi?

Bu sefer ben akıllı bir taktiğe başvurdum. Ona karşı kendi silahlarımı kullanacaktım. "Tamam," dedim. "Sen masajını yaptır, yemekte görüşürüz."

Birden irkildi. Sertçe sordu. "Bir yere mi gidiyorsun?"

"Evet... Sokağa çıkıp biraz hava alacağım."

"Bu saatte mi?"

"Hı hıh... Biraz başım ağrıyor da."

Hemen hamlesini yaptı. "Dur gitme, gelen kadın başına da masaj yapabilir. Ağrını gideriı, elleri çok mahirdir," dedi.

Alaycı bir şekilde gülümsedim. "Yapma, Naz... Ben öyle masajlarla büyümüş sosyetik biri değilim. Masaj benim neyime... Ya temiz hava alırım ya da bir aspirin içerim. Güldürme beni."

Galiba taktiğimi hissetmişti.

Bir şey demedi ama bozularak süzdü beni...

Yemeğe oturduğumuzda suratı yine biraz asıktı. Tekerine çomak sokmuştum ve bir şeyleri artık sezinlediğimi çakmıştı. Sözde bana ilgisiz davranıyordu ama birtakım hinlikler peşinde olduğunu tahmin ediyordum. Hafif müstehzi bir şekilde sordum. "Masaj yorgunluğuna iyi geldi mi?" "Gelmedi ki kadın. Bunlar böyledir zaten, biraz iltifat görünce şımarırlar, ne olduklarını hemen unuturlar. Yarın ilk işim başka birini bulmak olacak."

Kaşlarımı kaldırdım, bu kinayenin altında bana da bir taş mı vardı acaba... Kıssadan hisse mi çıkarmalıydım... *Biraz iltifat görünce şımarırlar, ne olduklarını unuturlar* cümlesinde bana yönelik bir ima mı vardı. Hiç oralı olmadım. Sinsi sinsi taktiğimi sürdürdüm.

"İlk röportajın sonuçlarını hiç sormayacak mısın?" dedim.

"Gerek yok, neticeyi biliyorum. Öğleden sonra Naci'yle beraberdim."

Şaşırmış gibi davrandım. "Öyle mi? Ah ne güzel! Patron olmanın avantajları işte... Zamanınızı dilediğiniz gibi geçirme şansı... Bizim gibi emekçilere müyesser olmayacak bir şans."

Hafifçe gülümsemiştim de.

Bu defa yüzüme daha öfkeli baktığını yakaladım. "Kıskanıyor musun?"

"Ne münasebet, Naz," dedim. "İkiniz de büyük patronlarsınız... Bu şans size ait olmayacak da kime nasip olacak?"

Dalga geçip geçmediğimi henüz kesin anlamamıştı. Konuyu değiştirmek ister gibi söylendi.

"Bu akşam çok yorgunum, yemekten sonra erken yatmak istiyorum. Bu akşam birlikte çalışmasak olur mu?"

"Tabii, Naz... Neden olmasın... Zaten yarın soracağım soruların çoğunu kafamda hazırladım bile. Sen erkenden yat."

Rahatlığıma, ilgisiz davranışlarıma sinirleniyordu. Tabii, bir de gece boyunca ona hayran hayran bakmamama... Alıştırmıştım kızı. Oteldeki yemekte ilk gördüğüm andan beri, ona öylesine meftun nazarlarla bakıyordum ki o bakışların kalmaması Naz'ı şaşırtmıştı.

Sanki telaşlanmıştı. "Sen ne yapacaksın?" diye sordu.

"Herhalde, ben de erken yatarım. Malum yarın iş günü. Görevliyim."

Öfkesi belli etmemeye çalışmasına rağmen artıyordu. Homurdandı. "Tavuk gibi bu kadar erken mi?"

"Yok canım... İznin olursa kütüphanenden bir kitap seçer, yatak odamda biraz okurum."

Gergin bir şekilde masadan kalktı. "Yemeğini bitirince salona gel, birer kahve içeriz, bu arada sana da bazı sorular sorarım."

"Sorular mı? Ne hakkında?"

"Ne hakkında olacak canım, tabii ki bugünün izlenimleri hakkında."

Gülmemek için kendimi zorladım. Taktiğim tutmuş, ilgisiz tavırlarım sevgilimi çileden çıkarmıştı. Eh, bu kadarı da hakkımdı sanırım. Onu her görüşümde yaklaşamamak, o güzelliğe dokunamamak, kollarımın arasına alıp doyasıya öpememek ruhumu incitiyordu. Ayrıca bu mücadeleyi o başlatmıştı. Ben hayal gücü bu kadar zengin biri değildim, sınırlarımı da bilirdim. Beni yalısına çağırıp uyguladığı işkencelere başlamasaydı, kalbimde platonik bir aşkla hep ona bağlı kalacaktım. Hep hayallerimde kalan bir aşkla onu sevmeye devam edecektim. Ama o bir anda ruhumdaki platonik sevgiyi cismanileştirip, bedensel arzulara döküvermişti.

Arkasına bakmadan yemek odasından çıkıp salona geçti.

❧

Bu defa salonda kahvelerimizi içiyorduk. Bir ara yüzünde gerçekten yorgun bir ifade yakalar gibi oldum, boş bulunup sordum:

"Cidden yorgun musun?"

"Cidden de ne demek? Sana yalan mı söyleyeceğim."

"Estağfurullah... Onu demek istemedim."

"Eee, ne demek istedin peki?"

"Şey... yani..." cümlemin sonunu getiremedim tabii. O anlamamış gibi homurdandı. "Bugün bir sergiye davetliydim. Maalesef iki saat ayakta kaldım. Sonra Şişli'de iki randevum vardı. Daha sonra da Naci'yle buluştum. Kısacası popom yer görmedi."

Bir kere daha irkildim. Naz'ın ağzından ilk defa argo bir kelime çıkıyordu; yumuşatılmış olsa bile böyle kelimeler kullanmazdı. Ayrıca pek inandırıcı da gelmedi bana, zikrettiği yorgunluk sebepleri... Yirmi yedi yaşındaki bir kız bu saydığı sebeplerle yorulmazdı.

Ardından hemen ilave etti. "Şu masajcı karı gelip bacaklarımı ovsaydı, şimdi yorgunluğu duymazdım." Yine basit bir kelime... Karı demişti...

Lambalar çaktı beynimde... Yorgunluk bahaneydi... Yeni şovunun malzemesi...

Bacaklarını bana ovdurmak istiyordu. İçimden, *yağma yok*, diye geçirdim. Bu oyuna izin vermeyecektim. Niyeti yine beni kahretmekti. Emindim, birazdan yumuşak bir sesle, "Sen biraz ovar mısın?" diye soracaktı. Sırıttım içimden, şemsiye artık ters dönmüştü, bu şova izin vermeyecektim.

Devamlı gözlerimin içine bakıyordu. Bu defa ummadığım bir yerden saldırdı. "Sözlümü nasıl buldun, çok hoş biri, değil mi?"

Takınacağım tavrı sezinlemişti galiba. Taktik değiştiriyordu... Bu sorunun altında hinlik olmalıydı, niyeti beni kızdırmak, damarıma basmaktı. Evleneceği adam hakkında fikrimi sorması çok abesti... Yutmadım yeni manevrasını.

"Çok beğendim. Harika bir insan... Dört dörtlük."

O da yemedi benim numaramı. Uzun uzun süzdü beni.

"Sahi mi?"

"Fikrimi soruyorsan, tam sana göre... Mükemmel bir çift olacaksınız," dedim.

"Bunu duyduğuma sevindim. Zira senin tespitlerine güvenim var."

Aman Allahım nasıl da yalan söylüyordu. Sanki kırk yıllık tanışıktık, beni çok iyi tanıyor da tecrübelerime güveniyor havası içindeydi. Bakalım, sonu nereye varacaktı. Eğlenme sırası artık bana geçmişti, şimdi ben onun damarına basacaktım. Belki yapacağım yeni bir hatanın eşiğindeydim fakat Naz'ı tanıdığımdan beri incinen gururum isyan ediyordu.

"Evet, tam sana uygun biri," diye devam ettim.

"Biraz boyu kısa değil mi? Yan yanayken onun yanında çok uzun kalıyorum."

"Boş versene boyunu... Önemli olan servetleriniz. Boşuna dememişler, para parayı çeker diye. Bence cuk oturmuşsunuz."

Alay ettiğimi kesin anlamıştı, fakat hâlâ bozuntuya vermiyordu.

"Orası öyle," diye mırıldandı. "Ama bir izdivaçta aşkta olmalı."

"Ona âşıksın ya... Dün sabahki telefon konuşmanıza istemeyerek şahit oldum. Sevgilim derken gözlerin ışıldıyordu. Gözlerindeki o parlaklık bence aşkın delilidir."

Yüzü birden gölgelendi. Merak ettim, acaba dünkü uydurma telefon konuşmasını anladığımı fark etmiş miydi? Ama çabuk toparlandı.

"Evet," diye fısıldadı. "Galiba ona âşığım."

Üsteledim. "Ne demek galiba? Sözlüne âşık olup olmadığını bilmiyor musun?"

İlk defa yüzünde hafif bir hüznün belirtilerini yakalar gibi oldum. Naz belki iyi rol yapabilirdi ama bu kez çehresi sararır gibi olmuştu ve bunu saklamayı beceremedi. Birden ayağa fırladı. Sanki söylediği yorgunluktan eser kalmamıştı. "Her neyse," diye homurdandı. "Yarın kahvaltıda görüşürüz." "Tabii, Naz... İyi geceler," dedim arkasından. Kapıyı kapatıp çıkmıştı. Salonda boş kahve fincanlarıyla baş başa kaldım. Onu görmeyince sanki hayat duruyordu benim için. Aslında acınacak halde olan bendim. Neler yaşadığımın farkında değildim. Bir iki gün sonra her şey bitecek ve sadece yaşadığım bu rüya ve hayallerimle baş başa kalacaktım. İşte, gerçek buydu. Ama bir kör gibi bunları idrak edemiyor, inanılmaz bir oyunun aktörü olarak sevdiğim kadının yalısında rol yapıyordum.

Salondan çıkınca ruhumdaki alevin yeniden körüklendiğini ve yalnızlığımı duyumsadım.

3

Gece ilginç olaylar cereyan etti. Yatak odama çekilmiştim ama hiç uykum yoktu. O hengâme sırasında yanıma kitap almayı da unutmuştum. Aşağıya inmeye üşendim. Zaten kendimi avutmaya, yaşadıklarımı eğlenceye vurmak istiyordum fakat yaşadıklarımın hiç de hoş olmadığının, önünde sonunda bunun ceremesini çekeceğimin de farkındaydım.

Tam o sırada ilk olay patlak verdi. Telefonum çaldı. Arayan Turgut'tu. "Ne haber, Turgut," dedim. "Asıl haber sende, geçmiş olsun, hastaymışsın ha."

Afalladım önce. Hasta filan değildim, hastalığımı da nereden çıkarmıştı. Tam "yoo" demeye hazırlanıyordum ki uyandım birden. Hemen toparladım. İki gündür gazeteye gitmiyordum ya...

"Kimden duydun hasta olduğumu?"

"Gazetedeki arkadaşlardan... Grip oldu dediler. Ateşin var mı?"

"Yok, canım, üşütmüşüm biraz. Hepsi o kadar... Bir iki güne kadar toparlanırım.

Hemen çakmıştım meseleyi. Bu Naz'ın numarası olmalıydı. Turp gibi sıhhatliydim ama gazetedekiler benim hasta olduğumu sanıyorlardı. Bu şayia nasıl çıkabilirdi; ancak birinin bildirmesiyle, bu da ancak Patroniçe olabilirdi. Yokluğuma bir kılıf ayarlamak zorundaydı. Herhalde gazetede son üç dört günümü onun evinde yan gelerek geçirdiğimi, zaman zaman oynaştığımızı söyleyemezdi, bir yalan uydurmak zorundaydı.

İçimden gülümsedim.

Turgut inanmıştı hastalığıma, tekrar geçmiş olsun dedi, kapattı telefonu. O zaman yeniden düşünmeye başladım. En başından beri sezinlediğim gibi garip bir şeyler dönüyordu ama ne olduğunu henüz çözebilmiş değildim. Bu röportaj işinde anlamadığım bir sır vardı. Gazete patronu elemanlarından birine emir verir, bir dizi hazırlamasını isteyebilirdi. Ama o röportajın hazırlanması için gazetecinin patronunun evinde kalması, birlikte çalışmaya kalkışmaları hiç de doğal değildi. Kanımca terslik bu noktada başlıyordu. Naz'ın bana ilgi duyması, seviyormuş gibi jestlerde bulunması, sadece benim beynimin yarattığı bir fanteziydi. Ben ona âşıktım ve onun da beni sevdiğini düşünmem yalnızca bunu istememden, hayal etmemden kaynaklanıyordu. Daha da kötüsü, Naz gizli bir emele ulaşmak için bana ufak tefek cinsel yaklaşımlarda bulunuyor, kendisine iyice bağlanmamı sağlamaya gayret ediyordu.

Bu düşünce içimi ürpertti...

İlk bakışta imkânsız gibi geliyordu fakat başka hiçbir açıklaması olamazdı. Koca Patroniçe bana âşık olacak değildi ya... O halde amacı neydi? Bunu daha önce de düşünmüş, kaç kere kendime sormuştum. Ama bu fantastik hayal hoşuma gittiğinden üzerinde fazla durmamış, gittiği yere kadar gitsin diye oyalanmıştım. Lakin şimdi huylanmaya başlamıştım artık. Zira Naz etrafa da yalan söylemeye, uydurma haberler yaymaya başlamıştı, mesela hasta olmam gibi.

Telefonu kapatıp cebime koyduktan sonra ağır ağır odamın penceresine doğru yürüdüm. Nefis Boğaz manzarasına bakıp düşüncelere daldım. Harika bir kış mehtabı vardı dışarıda.

Ayın on dördü olmalıydı. Her taraf pırıl pırıldı. Doğma büyüme İstanbul çocuğu değildim, üstelik memleketten dışarıya adım bile atmamıştım, yine de dünyada bu şehirden daha efsunlu bir kent olmadığını düşünürdüm.

İşte o gecenin ikinci olayı tam o sırada vuku buldu. Mehtap o kadar büyüleyiciydi ki dolunayı daha iyi seyretmek için odanın ışığını söndürdüm ve yeniden camın kenarına geldim. Hayran hayran ay ışığının denizdeki yansımalarını seyrediyordum. Camın önünde ne kadar durduğumun farkında değildim. Birden yalının otuz metreye yakın sahiline bir motorun yaklaştığını gördüm. Önce pek aldırmadım. Ama sonra bahçede bir karaltı belirdi ve hızla yanaşan motora doğru ilerledi.

Yine önemsememiştim. Yalının gece gündüz nasıl korunduğunu biliyordum. Benim gördüğüm en az çam yarması gibi üç goril vardı, iki kurt köpeği hariç. Herhalde korumalardan biri yaklaşan motoru görmüş ve uzaklaşması için oraya gitmiş olmalıydı. Ama aynı anda bahçede gelen motora doğru yürüyen bir karaltı daha fark ettim. Uzun boylu, ince yapılı biriydi bu. Muhtemelen bir kadın...

O zaman dikkat kesildim. Yürüyüşünden tanımıştım, Naz'dı o gölge... Merakım arttı. Odamın ışığı sönük olduğundan pencereme baksalar bile beni göremezlerdi ama insiyaki bir tedbirle hemen ince tül perdenin arkasına kaydım. Bunun esrarengiz bir ziyaret olduğu hissi içime doğmuştu. İlk bakışta bunun nesi garip denilebilirdi; bir yalıya motorla tanıdık biri gelemez miydi? Ama mevsim denizden gelmeye pek müsait değildi. Ayrıca aklıma başka bir kuşku daha saplandı birden. Mesela Naz, bu gece yorgunluğunu bahane edip erkenden odasına çekilmişti; yoksa bu ziyaretten haberim olmamasını mı istemişti?

Acaba yalıya kim gelmişti? Naci Koyuncu olabilir miydi?

Ama, hayır, diye mırıldandım içimden. Bu ufak bir motordu. Naci Koyuncu'nun teknesi olamazdı. Uçağı olan bir adamın herhalde deniz aracı da devasa olurdu. Motorla gelen adam, yalının sahiline atlamıştı ama eve gelmiyor, hemen orada Naz'la bir şeyler konuşuyorlardı. O zaman uyandım, gelen misafir değil, bir ulaktı. Sanırım Naz'a bir mesaj getirmişti. Nitekim iki üç dakikalık bir konuşmanın ardından adam tekrar motora atladı ve yalının sahilinden uzaklaşmaya başladı. Naz da hızlı adımlarla eve dönüyordu şimdi. Yanındaki koruması ise daha bir süre rıhtımda kaldı ve motorun gidişini izledi.

Belki olayın büyütülecek bir yanı yoktu, ben abartıyordum. Ama aşırı hassas olan önsezilerim birtakım esrarengiz olayların döndüğünü bana söylüyordu. Adam bir misafir değildi, çünkü eve girmemişti, geriye sadece adamın bir haber getirdiği veya bir şey bıraktığı olasılığı kalıyordu. Haber de zayıf ihtimaldi, telefon, elektronik haberleşme olanakları varken gecenin bu saatinde yalıya neden motorla gelecekti. Evet, diye söylendim içimden. Biri Naz'a ufak bir paket bırakmış olmalıydı. Ama ışıldayan mehtaba rağmen ne olduğunu görememiştim...

Omuz silktim. Sonuçta beni ilgilendirmezdi, çok yakın bir tarihte buradan çekip gidecektim, bu mehtaplı gecenin anısı da unutulacaktı. Boşuna kafa patlatmama, meseleyi anlamaya çalışmanın manası yoktu. Pencerenin önünden çekildim. Dolunaya duyarlılığım da kayboldu sanki, romantik ruhumu coşturan ay ışığı üzerimdeki etkisini yitirmiş gibiydi. Bilinçsizce Naz'a öfkeleniyordum, nereden çatmıştım bu sevdaya, âşık olunacak başka kız yokmuş gibi kaderim karşıma erişemeyeceğim bir kızı çıkarmıştı.

Hışımla gidip kendimi yatağa attım.

Bu illetten kendimi kurtarmalıydım. Sonu yoktu bu sevdanın. Boşuna acı çekmem de çok anlamsızdı. Ama o gecenin en büyük olayının birkaç saat sonra patlak vereceğini nasıl bilebilirdim. Kaçta uykuya daldığımı hatırlamıyordum, üstümdeki giysilerle sızmıştım.

Neden sonra bir elin omzumu dürtmesiyle uyandım...

᠔

Gözlerimi açtığımda karşımda Naz'ı gördüm. Lamba yanmıyordu fakat dolunayın parlak ışığı odayı kapladığından başucumdaki Naz'ı hemen fark ettim.

İlk lafı, "Sus... Sakın konuşma," demek oldu.

"Neler oluyor, Naz? Gecenin bu saatinde ne işin var yatak odamda?" diye fısıldadım.

"Hemen konuşmamız lazım."

"Saatten haberin var mı?"

"Evet, bir buçuk..."

Meraklanmıştım tabii. Gecenin bu vakti Naz'ı endişelendiren bir şey olmuştu muhakkak. Oda yine de karanlık sayılırdı. Başucumdaki lambayı açmak üzere kolumu uzatırken, bileğimden yakaladı.

"Hayır, ışığı yakma..."

"Neden?"

"Yüzümü görmeni istemiyorum, utanıyorum," dedi.

O zaman durumu kavradım. Bu Naz'ın yeni bir şovu olmalıydı. Yatak odama kadar geldiğine göre anlaşılan bu gösteri biraz uzun boylu ve cüretkâr olacaktı. Normalde isteklerine rıza gösterip, itiraz etmemeliydim. Fakat nedense benim için ümitsiz olan bu çekişmelerden yorulmuştum artık, daha fazla kaldıramayacaktım bu yükü. Ona aldırmadım ve lambanın butonuna bastım.

İnce bir ışık huzmesi yatağı aydınlattı. Yanılmamıştım tabii, yatağımın kenarına oturmuş olan Naz'ın üzerinde bu sefer sabahlık da yoktu. Sadece kısa kollu penye bir pijama üstü vardı. Altı çıplaktı. Daracık siyah külotunu bile görmüştüm. Bu kez ciddi olarak tepem atmıştı. Yatağın içinde doğrulup oturdum. Sert bir sesle, "Yeter artık, Naz," dedim. "Bu komediye bir son verelim. Daha fazla sürdüremeyeceğim."

Başını salladı. "Haklısın... Zaten ben de bunun için geldim."

Hayret, sonunda komediyi kabule yanaşıyordu. Artık olan olmuştu, patronum da olsa hesap sorma hakkım doğmuştu. Ayrıca daha ilk başta utandığını da itiraf etmişti.

"Neden?" diye inledim adeta. "Neden bana bu gaddar oyunu reva gördün? Ne istedin benden?"

Yüzü utançtan kızarmıştı.

"Bana âşık oldun, değil mi?"

"Bunu şimdiye kadar hissetmedin mi? Hem de körkütük âşık oldum, deliler gibi sevdalandım sana. Otel restoranında karşılaştığımız andan itibaren."

"Biliyorum," diye fısıldadı.

"Biliyor musun?"

"Biliyorum tabii, beni aptal mı sandın? Üzülmemin sebebi de bu zaten. Seni kullandım. Bana duyduğun derin sevgiden istifadeye kalkıştım."

Şaşırmıştım biraz. Gece lambasının hafif ışığında hayretle yüzüne baktım. "Kullandın mı?" diye kekeledim. "Nasıl kullandın yani? Her şeye rağmen aramızda kötü bir şey geçmedi ki..."

Başını salladı olumsuzca. "Hiçbir şey anlamıyorsun. Sen benim için bir hiçtin, değersiz, önemsiz, sıradan bir gazeteci. Tek bir yeteneğin vardı, iyi röportaj yapıyordun. İşte bu yüzden seni gazeteme aldım. Ama asıl amacım çok farklıydı. İstediğimi elde etmek için seni canavarın ağzına yem olarak atacaktım."

Hâlâ pek bir şey anlamamıştım. Canavarın ağzı dediği de neydi? Konuşmasını bekledim.

Kısa bir süre durakladı. Sonra hızlı hızlı devam etti. "Şu röportaj işi var ya, aslında tamamen benim kurduğum bir tuzak..."

Safça sordum. "Bana karşı mı?" diye sordum.

Acır gibi yüzüme baktı. "Aman Allahım! Haldun sen ne kadar safsın! Ne ilgisi var seninle? Sen o olayda sadece benim istediklerimi yerine getirecek bir maşaydın."

Bu itirafa şaşmamam gerekirdi. Zira yalıya geldiğimden beri bundan şüpheleniyordum. Kendimi tutmaya çalıştım, en azından sonuna kadar onu dinlemeliydim. "Devam et," dedim.

"Hedefim Naci'ydi... Naci Koyuncu..."

"Yani sevgilin mi?"

"Ne sevgilisi? Ondan nefret ediyorum. Hayatta tahammül edemediğim tek insan o."

Yine yalan söylüyordu galiba. Yeniden kuşkuya düştüm. Bu akşamki kurnazca davranışlarım karşısında daha akıllı ve ikna edici bir buluşla karşıma gelmiş olması mümkündü. Sanırım şovuna devam ediyordu; böyle düşünmeme neden olacak bir şey de bu geceki kıyafetiydi. Sırtına sabahlığını bile giymeden yatak odama girmişti. Akıl var, mantık vardı; topuğunun güzelliğinden söz ederken öfkeden kuduran kadın, yaptıklarına pişman olduğunu açıklamak için yanıma bu kadar çıplak gelir miydi? Üstelik kendisini ne kadar arzuladığımı bilirken...

Artık tuzağa düşmeyecektim. Kafam yeniden çalışmaya başlamıştı. "Çok yazık. Demek evleneceğin adamı sevmiyorsun, öyle mi?" dedim.

Gözlerimin içine baktı. "Evlenmek mi? Allah yazdıysa bozsun."

Sırıttım. "Dur, henüz anlamış değilim. Beni nasıl kullanacaktın?"

"İzin ver sana anlatayım."

Alaycı halimi bozmadım. "Zaten yanıma geliş sebebin de bu değil mi?" dedim.

Başını tasdik edercesine salladı. "Evet."

"Ve bu kıyafet de... Yataktan fırladığın gibi, öyle mi?"

Damarına bastığımı anlıyordu ama yüzündeki pişmanlık ifadesi kaybolmamıştı. "Aklından neler geçirdiğini biliyorum ama saatlerce yatağın içinde düşünüp durdum, bir türlü gerçekleri sana açıklamaya karar veremedim, uzun süre nefsimle mücadele ettim. Sonra da fikrimden caymamak için kılığıma kıyafetime aldırış etmeden odana koştum."

Yataktan kalktım. Ona müstehzi bir edayla bakmaya devam ediyordum. Yatağa uzanıp uykuya daldığım için giysilerim hâlâ üzerimdeydi. Sadece sırtımdan çıkarıp koltuğun üstüne bıraktığım ceketimi alarak kalçalarını örtmesi için ona uzattım. "Al bunu," dedim. "Kalçalarını ört."

Hiç sesini çıkarmadan ceketimi aldı ve çıplaklığını kapatmaya çalıştı. "Hadi bakalım, anlat şimdi, neler oluyor?" diye mırıldandım. İliştiği yatağın kenarından kalkmamıştı. Bir süre dalgınlaştı, gözlerini cama çevirip daha hâlâ tepedeki mehtabın odaya süzülen ışıklarına baktı.

"İki sene önceydi," diye başladı mazinin yıkıcı anılarını yeniden yaşıyormuş gibi boğuk bir sesle. "Annemle babam, Naci'yle evlenmem isteklerini bana ilettiler. Daha yirmi beş yaşındaydım ve evlenmeyi aklımın köşesinden bile geçirmiyordum. Amerika'daki tahsilimi tamamlamış dönmüştüm. Tek emelim babamın kurduğu gazeteyi ondan devralmak ve daha da büyütmekti. Boston'daki üniversitede de bunun eğitimini almıştım. Önce itiraz ettim ve evliliğe henüz hazır olmadığımı söyledim. Hayatı gönlümce yaşamak istiyordum. Evlilik için yaşım genç sayılırdı. Yeni ve taze bir kandım, beynim modern ve ileri gazeteciliğin her türlü teknik bilgileriyle doluydu. Bütün enerjimi işime vermeye hazırdım. Oysa evlenirsem, çoluk çocuğa karışmak kaçınılmazdı. Ayrıca evleneceğim adam iş hayatına atılmamı da istemeyebilirdi."

Kısa bir nefes aldı. Onun sözünü kesmeden dinliyordum. Naz devam etti.

"Annemle babam Naci'yle evlenmem konusunda direttiler, özellikle de babam. O tarihlerde Naci'nin yüzünü bile görmemiştim henüz. Ben de ısrarla evlenmeyeceğimi söyledim. Bu evliliğe

109

asıl sıcak bakan babamdı. Amaç parasaldı tabii, gaye iki büyük sermayenin izdivacıydı. Onlar böyle bir mantığın temsilcileriydiler. Mutluluğum kimsenin umurunda değildi. İsyan ettim. Annem biraz üzüldü ama babamı yumuşatmak mümkün olmuyordu. Sonunda bir davette beni Naci ile karşılaştırdılar, böylece tanıştık. Bana müthiş itici bir tip gelmişti, asla uyuşamazdım onunla."

"Ama o seni görür görmez âşık oldu, değil mi?" diye sordum.

O gece Naz'ın yüzünde ilk defa garip bir tebessüm oluşmuştu. İrkildim, merakla gözlerinin içine baktım, aksi bir cevabı mantığım kabul edemezdi.

"Yanılıyorsun," dedi. "Beğendi tabii, fakat asla âşık olmadı bana."

"Ama bu imkânsız," diye sesim yükseldi. "Sana âşık olmayacak bir adam tasavvur edemem."

"Yine yanılıyorsun..."

"Fakat nasıl olur? Olanaksız bu. Senden mükemmeli olamaz ki..."

Saflığıma ve samimiyetime bakıp tekrar gülümsedi. "Belki haklısın ama Naci bir başka kadına âşık..."

"Ne?" diye ağzımdan bir hayret ifadesi fırladı birden. "Başka birine mi âşık?"

"Evet..."

"Bunu sana kendisi mi söyledi?"

"Hayır... Asla böyle bir şeyden bahsetmedi,"

"Dur biraz," diye müdahale ettim. Aklım karışmıştı. "Yani senle evlenmeyi kabul etti mi, bir başkasını sevmesine rağmen."

"Hâlâ anlamıyorsun, değil mi? Bu kaçınılmaz bir evlilik. Aslında evlenenler Koyuncu ailesinin servetiyle babamın serveti. Evlenecek insanların kişilikleri, istekleri, sevgileri önemli değil. Sermaye dünyasında evlilikler böyle yürür."

Bu işitmediğim bir şey değildi ama bir uygulamasına bizzat

şahit oluyordum. İçim burkuldu. Bu defa iyi anlamıştım, Naz oyun oynamıyordu karşımda, son derece ciddiydi. Fazla söyleyecek bir şey bulamadım, "Devam et, lütfen," diye fısıldadım.

"Kenan Koyuncu da, yani Naci'nin babası bu evliliği istiyordu. Yaklaşık iki sene önce evlenmemiz kararlaştırıldı, söz kesildi. Benim muhalefetim devam ediyordu ama yapabileceğim bir şey yoktu. İşte tam o sırada babam kalp krizi geçirdi. Ağır bir enfarktüs... Hatırlıyor musun?"

Gazeteye yeni yeni ısındığım yıllardı fakat hatırlamıştım. Başımı salladım.

Naz devam etti. "O sıralar zaten gazetede çalışmaya başlamıştım, babamın kalp krizinden sonra yönetimi tek başına ele aldım. Babam evde dinleniyor, gazeteye bile uğrayamıyordu, evlilik meselesi geçici olarak askıya alınmıştı. Amerika'da öğrendiğim yenilikleri, bazı radikal kararlarla uygulamaya soktum. Gazetenin tirajı üç ay içinde tahminimden de fazla arttı. Babam evde çok memnundu ve benimle gurur duyuyordu. Sonra gazetenin yönetimini tamamen bana bıraktı."

"Böylece sen de Patroniçe oldun, ha?" dedim.

Gülümsedi. "Gazetede bana öyle diyorlar, değil mi?"

"Evet... Sonra olaylar nasıl gelişti peki?"

"Babam iyileşti ve daha ziyade başka şirketlerinin yönetimiyle uğraşmaya başladı. Gazeteye hiç karışmıyordu, onu bütünüyle bana bırakmıştı. Evlilik konusunu elimden geldiğince ertelemeye çalışıyordum. Zaman hızla akıp geçti. Ama Koyuncu ailesi altı ay kadar önce konuyu yeniden gündeme getirdi, mesele alevlendi. Naci'nin babası bir an önce bu meseleyi neticeye bağlamak istiyordu."

Naz'a baktım. Yüzü birden gerildi, gözlerinde endişe belirtileri oluştu. Oturduğu yatağın kenarından kalktı. Tabii kalçalarına örttüğü ceketimde yere kaydı. Ceketin düştüğünün farkında bile

111

değildi. Ağır ağır camın kenarına gidip alnını dayadı. Dalgın gözlerle mehtabı seyre başladı.

Bir an nefesim kesilir gibi oldu. O soğuk kış mehtabını, ben de onun çıplaklığını seyrediyordum. Onu ilk defa bu kadar çıplak görüyordum. Bakışlarımı başka bir yöne çeviremedim. Uzun bacaklar, külotunun arkasında beliren tam kıvamındaki kalçalar, salınarak yürüyüş ve pencerenin önünde ayakta dururken oluşturduğu manzara... Sonuçta onu arzulayan bir erkektim, daha ne kadar dayanabilirdim? Hızla yanına gidip onu kollarımın arasına alıp, sevip okşamak isteği bütün benliğimi kaplamıştı.

Böyle bir şeye kalkışsam, acaba Naz ne yapardı? Gerçekten de görünüşü tahrik ediciydi ama ruh dünyasının o an sevişmeye, bana karşılık vermeye müsait olduğunu hiç sanmıyordum. Naz'ın o an ki baştan çıkarıcı hareketleri tamamen, insiyaki ve doğaldı. Elinde olmayan bir şeydi, doğasının gereği... Tanrı'nın ihsanı... Beline sarılsam, nefis kalçalarını okşamaya başlasam, belki de bana çok şiddetli bir tepki verebilirdi. Çünkü endişeyle kaplı ruh durumu buna hiç uygun değildi.

Dalgın nazarlarla mehtabı seyretmeye devam ediyordu. "Devam et, Naz," dedim tekrar.

Başını bana çevirmeden konuştu. "Üç ay kadar önce tanımadığım bir kişiden ilginç bir telefon geldi. Bana çok hayati bir bilgi verdi, daha doğrusu bir ihbarda bulundu."

"Ne ihbarı?"

Yüzünü göremiyordum Naz'ın, hâlâ pencereden dışarıya bakıyordu ama hafifçe gülümsediğini hissettim. Muzaffer ve sonuca gidecek kozu yakalamış bir insanın kararlılığıyla...

"Meğer Naci'nin evlilik dışı bir çocuğu varmış..."

Şaşkınlıktan, "Ne!" diye bağırmıştım. Böyle bir şeyi aklımın köşesinden bile geçirmemiştim. "Sahi mi, gerçek mi bu?" diye söylendim.

"Evet, gerçek. Çocuğu tanıma suretiyle kabul etmiş ve nüfusuna geçirmiş."

Öğrendiğim haberi içime sindirmeye çalıştım. "Mükemmel öyleyse. Bu izdivacı reddetmen için çok yeterli bir sebep."

Naz'ın sesi daha dikleşmiş ve sertleşmişti. "Gizlice adam tutup araştırdım. Şirketinde çalıştırdığı sekreterlerinden birinden peydahlamış. Kadın için Naci bulunmaz bir av tabii. Mecbur kalıp kendisiyle evleneceğini düşünmüş olmalı, yani böyle kadınların klasik tuzaklarından biri. Ama Naci evlenmemiş, piçini nüfusuna kaydettirmiş, paralar verip, kadına bir ev almış, olayı kapatmış."

Hemen sordum. "Ailen bu olayı öğrendi mi?"

Naz başını pencereden çevirip yüzüme baktı. "Evet, öğrendi. Yaptığım araştırmaları onlara anlattım, hem de her şeyi."

"Öyleyse, tamam," dedim. "Herhalde öyle biriyle seni evlendirme konusunda artık ısrar etmeyeceklerdir, değil mi?"

Acı acı gülümsedi. "Yine yanıldın," dedi. "Babam onunla evlenmemde ısrarcı..."

"Pes, yani... Bu kadarı da olmaz artık. Bu tıynetteki bir adamla seni nasıl evlendirebilirler."

"Haklısın. Ama babam bana ne dedi, biliyor musun?"

Merakla gözlerinin içine baktım.

"Bu olayı hiç duymamış gibi davranacaksın, asla su yüzüne çıkmamalı, dedi."

Çok şaşırmıştım. Bunu havsalam almıyordu. Bir baba sırf sermayelerin birleşmesi için, biricik kızını nasıl olur da böyle kişiliksiz bir herife verebilirdi. Kekeledim, "Sana makul bir gerekçe gösterdi mi?" diye sordum.

"Sözde gösterdi..."

"Ne dedi, peki..."

"Her genç erkek, hayatında böyle bir hata yapabilir, fazla büyütme, dedi."

İnanamıyordum, söyleyecek bir şey bulamadım. "Çocuk olayını öğrendiğini Koyuncu ailesi biliyor mu?" diye sordum.

"Bilmiyor tabii. Böyle bir rezaletin öğrenilmesi en büyük korkuları... Ailenin itibarının bir anda mahvolacağının farkındalar. Sır gibi saklıyorlar. Özellikle benimle Naci'nin evlenmesi ihtimali ortaya çıktıktan sonra..."

Birden aklıma geldi. "Sana o ihbar telefonunu kim etti?"

"Bilmiyorum. Adını vermedi."

"Arayan bir kadın mıydı?"

"Hayır, erkek."

"Ama o kadın ettirmiş olabilir, değil mi?"

"Mümkündür. Ben de öyle düşündüm zaten. Adam çok ince detaylar hakkında dahi açıklamalar yapmıştı."

"Çok şaşırmış olmalısın," dedim.

Naz, "Şaşırmaktan çok, öğrendiklerime sevindim. Zira bu evliliğe engel olmak için elime çok esaslı bir neden geçmişti," diye karşılık verdi.

"Nasıl? Ailen bu duruma aldırmamış."

"Şeklen öyle... Tarafların bunu bilmesi neticeyi değiştirmeyecekti. Ama toplum bunu öğrenirse, o zaman her şey değişebilirdi. Unutma, bizim gibi insanlar her zaman sosyal hayatın içinde yer alan, göz önünde bulunan, davranışlarına dikkat etmek zorunda olan kimseleriz. Bu rivayet şüyu bulursa, evlilik yatardı. Her iki aile de itibarlarına zarar gelmemesi için rahatlıkla vazgeçebilirlerdi."

Beynimde ışıklar birden yanıp sönmeye başlamıştı. Galiba şimdi her şeyi anlıyordum. Naz'ın neden beni işe aldığını, neden bu röportajı yaptırmak istediğini ve nasıl bir sonuca ulaşmak istediğini.

Ben sadece Naz'ın amacına hizmet edecek bir maşa olacaktım. Hepsi o kadar... Patroniçe beni dilediği gibi yönlendirecekti.

Röportaj programını neden birlikte yapmak istediğini, hangi soruları yöneltmem gerektiğine karışması bu yüzdendi.

"Şimdi anlıyorum, beni neden bu işe karıştırdığını," diye mırıldandım. "Yarınki röportajda Naci Koyuncu'ya çocuğuyla ilgili sorular sormamı istiyordun, değil mi? Asıl amacın buydu... Bu nedenle, benim gibi bir gazeteciyi seçtin, şöhret basamaklarına yeni yeni tırmanan birini. Güzelliğinle beni çok etkilediğini de biliyordun. Ne istersen yapacağımdan emindin."

Naz başını önüne eğdi. "Doğru," dedi. "Bütün söylediklerin doğru..."

"Ama bu hiç de ahlaki bir davranış değil, Naz," diye bağırdım.

"Onu da biliyorum... Zaten bu gece odana gelişimin nedenini hâlâ anlamadın mı? Senden özür dilemek istiyorum. Bunu yapmaya hakkım yoktu. Senin gibi dürüst ve saf birini bu işe karıştırmamalıydım. Beni affet."

Birden donakaldım.

Patroniçe af diliyordu benden. Yaptığı haksızlığı anlamıştı...

4

"**S**enden tekrar özür dilerim, Haldun," dedi. "Böyle olmasını istemezdim."

Düşündüm bir an. Ben de istemezdim tabii. Deli gibi âşık olduğum, her an düşündüğüm, yanımdan ayrılır ayrılmaz onun sevgisiyle tutuştuğum, sadece onun hayaliyle yaşadığım bir sevgiliden ayrılmayı nasıl isteyebilirdim. Ama Naz'ı anlıyordum; bu ilişkiyi sürdürme şansım kalmamıştı artık, noktayı koyacaktık. İçime buruk bir acı çöktü. Aslına bakılırsa ortada bir ilişki filan da yoktu; sadece hafızamdan kolay kolay silinmeyecek yaşamdan enstantaneler vardı. Bölük pörçük, kolay kolay unutulmayacak sahneler. Çoğu da cinsellikle ilgiliydi... Bir daha kesinlikle yaşayamayacağıma inandığım anlar. Böyle bir güzelliği bir daha bulmam mümkün değildi.

Artık sormama bile gerek kalmamıştı. Naz'daki vicdan azabı ve sorumluluk duygusu baskın çıkmış ve beni emellerine alet etmekten pişman olmuştu. Röportaj işi yatmış, yarım kalmıştı. Herhalde yarın sabah yalıdan ayrılmak zorundaydım. Belki de gazetedeki işimden de. Naz'ın haline ve geleceğine ait çok önemli bir sırrı öğrenmiştim, herhalde hiçbir patron böyle özel bir sırra vakıf kişiyi yanında barındırmazdı. Naz kişiliğimi biraz anladıysa onun bu sırrını da asla ifşa etmeyeceğimi takdir edecekti mutlaka.

Üzüntüyle başımı salladım.

"Anlıyorum, Naz," diye fısıldadım. "Sen hiç üzülme. Özür dilemene de gerek yok. Her şey olması icap ettiği şekilde gelişecek."

Sevgili Patroniçemin gözleri mutlulukla ışıldadı. Devam ettim: "Bilmeni isterim ki hayatımın en mutlu, en heyecanlı ve en duygulu iki gününü bu yalıda, senin yanında geçirdim. Rüya gibi bir zamandı benim için. Asla unutmayacağım ve bugünlerin anılarını sonsuza kadar da muhafaza edeceğim."

"Teşekkür ederim, Haldun."

"Yarın da ilk işim gazeteye gidip yazılı istifa dilekçemi bırakmak olacak. Hiç endişe etme."

Naz'ın gülen yüzü birden gölgelendi. "Ne dedin, istifa dilekçesi mi?"

"Evet, Naz... Herhalde bundan sonra yanında çalışmamı istemezsin, değil mi?"

"Neler saçmalıyorsun sen... Sana en ihtiyaç duyduğum anda beni terk mi edeceksin?"

Aptal aptal yüzüne baktım. "Şey..." diye kekeledim. "Bana bu sırrını açıkladıktan sonra belki yanında çalışmamı istemezsin, diye düşünmüştüm."

"Şapşal!" diye söylendi. "Nedenmiş o? Neden istemeyecekmişim? Sana güvenmesem bu gece yanına gelip açıklar mıydım bütün bunları?"

İçimi yeniden dalga dalga gelen sevinç kapladı. "Gerçekten yanında kalmamı istiyor musun? Buna inanayım mı?"

Tatlı bir kahkaha attı.

"Sen hakikaten romantik bir budalasın. Senin gibisini hiç görmedim. Sanki kazara on sekizinci yüzyıldan zamanımıza ışınlanmış bir adamsın. Bu saflığınla nasıl gazeteci olmuşsun anlamıyorum. Herhalde bu da Allah vergisi olmalı. Kalemin öyle güçlü ki seni seçmeden evvel gazeteden de yaptığın bütün röportajları buldurup okumuştum. Hepsini bizim gazetenin arşivinden çıkarttım. Tek kelimeyle mükemmeldiler."

Alay mı yoksa iltifat mı ediyordu anlayamadım.

"Şapşalım," diye homurdandı yine. "Sen olmazsan, bu badirenin içinden nasıl sıyrılırım ben? Elimdeki tek güç sensin. Bu işi ancak senin gayretinle çözebilirim. Lakin vicdanım rahat etmedi, sana her şeyi anlatmak istedim. Senin de onayını almak zorundaydım. Aksi halde seni kötüye kullanmış olurdum. Tabii bu hususta vereceğin karara da ihtiyacım var. O röportajı yapmak İstemiyorsan yine de saygı duyarım."

"Sen istedikten sonra, her şeyi yapmaya hazırım. Hatta canımı bile veririm," dedim.

Tatlı tatlı yüzüme baktı. "Bana âşıksın, değil mi?" diye sordu. Bu suale ilk defa muhatap oluyordum. Çok dikkatli olmalıydım; evet her halimden, davranışımdan ona körkütük âşık olduğum belliydi, lakin Naz'ın sağı solu belli olmazdı. Hemen bir şey söyleyemedim, hafifçe titredim.

"Bilmiyorum," diye kekeledim.

"Hadi numara yapma, itiraf et. Patroniçeme âşık oldum, de. Bekliyorum."

"Şey... Galiba öyle... Yani seni seviyorum."

"Bu yetmez... Beni deli gibi sevdiğini söyleyeceksin."

Süngüm düşmüştü. Daha ne isteyebilirdim ki... Ben gerçekten şapşalın biriydim, çok daha önce söylemem gerekenleri o adeta kerpetenle ağzımdan alıyordu.

"Naz... Naz..." diye inledim. "Evet, seni çılgınca seviyorum."

"Tamam, şimdi oldu," diye fısıldadı.

Kendime lanetler okumaya hazırlanıyordum. Ne pısırık herifin tekiydim. Onunla beraber olduğum anlarda, kadın erkek ilişkisindeki aktiviteyi hiç ben yürütememiştim. Her zaman o baskın çıkmıştı. Belki işverenim olduğu için karşısında bir ezikliğe uğramıştım, kazancım bile onun iki dudağı arasındaydı. Böyle bir vasatta karşımdaki kadına ne ölçüde açılabilirdim ki.

Diğer yandan sevinçten uçuyordum, iyi veya kötü aramızdaki

en büyük engel aşılmış, ona sırılsıklam âşık olduğum ortaya çıkmıştı. Bundan sonra ne mi olurdu? Meselenin o yanı bence hâlâ karanlıktı. Şu an onun işine yarayan, onun için çalışan biriydim, şu malum röportaj işi sona erince neler değişirdi, şimdiden kestiremiyordum. Ama önemli olan bu andı. Durumu kavramaya çalıştım. Soğuk kış gecesinde dışarıda harika bir mehtap vardı, buna karşın içinde bulunduğumuz oda sıcacıktı ve ben arzudan kıvranıyordum.

Son konuşmalar cesaretimi artırmıştı. Artık harekete geçmek zamanıydı. Bu aktiviteyi şimdi de gösteremezsem bir daha asla yapamazdım. Naz hemen yanı başımdaydı ve benim başım dönmeye başlamıştı. Gözlerimi biraz aşağıya kaydırınca siyah külotu dahil bütün çıplaklığını görebiliyordum.

Heyhat!

Harekete geçen yine ilk o oldu. Benden önce davrandı. Çok içten gülümsedi bana...

"Biliyor musun?" dedi. "Bütün kızların âşık olabileceği birisin. Romantik, duygusal, kibar, ölçülü ve her daim nazik..."

"Öyle miyim?" diyebildim.

"Şimdi sana bir mükâfat vereceğim ve bunu hayatın boyunca unutamayacaksın."

Kollarını uzattı, ensemde birleştirdi. "Sen de belime sarıl," dedi. İsteğini hemen yerine getirdim. Beli incecikti. Sonra uzanıp dudaklarımdan öpmeye başladı. Ama kısa ve hemen çekildiği bir öpücük değildi bu. Uzun uzun sürdü. Kâh o benim dudaklarımı emiyordu kâh ben onunkini. Ateşli ve yakıcı bir yaklaşımdı. İçimde bir şeylerin eridiğini, arzu ateşinin hızla damarlarıma yayıldığını hissediyordum.

Beline sarılı ellerim biraz daha aşağıya gitti, siyah külotun örtemediği yuvarlak hatlı çıplaklığı kavrayıp sıkıca kendime çektim. Yavaş yavaş arzu dozu artıyordu. Alt tarafımdaki sertleşmeyi hissedince hafifçe beni kendisinden uzaklaştırdı.

"Sanırım bu kadarı yeter. Daha fazlası olamaz. Beni anlıyorsun, değil mi?"

Ellerimi kalçalarından çekmiştim ama ondan kopmak istemiyordum bir türlü. Uzanıp dudaklarıma son bir kelebek öpücüğü kondurdu. Sevgiyle gülümsedi, "Hepsi bu kadar," dedi. "Bununla yetinmek zorundasın." Kelimeler boğazımda düğümleniyordu. Konuşamadım. Söylediği gibi bu anı gerçekten de hayatım boyunca unutamayacaktım sanırım. Naz yalnızca göründüğü gibi değil, fiiliyatta da eşsiz bir yaratıktı; bana verdiği haz eşsizdi.

Sırtımı okşayıp kapıya yürüdü. "Şimdi uyumaya bak, dinlen iyice. Yarın sabah röportaja gitmeden önce seninle önemli bir konuşma yapıp, bilgiler vereceğim. Benim geleceğim de senin yarınki başarına bağlı," diye fısıldadı...

Odada yalnız kalmıştım.

Mutluluk denen şey bu olmalıydı herhalde. Kendimi zilzurna sarhoş hissediyordum. Işığı söndürüp yatağa girdim ama uyumam mümkün değildi...

&

Ertesi sabah kahvaltı için aşağıya indiğimde karşımda dün gereki Naz değil, Patroniçe vardı. Ama artık ikisine de alışmıştım; hatta bu durum hoşuma gidiyordu, aynı bedende iki ayrı kişilik görmek çok az insana nasip olurdu. Patroniçe'nin taş gibi soğuk, mağrur, mesafeli görünümünün altında civelek, şuh, kışkırtıcı bir kadının varlığını bilmek çok eğlenceliydi.

Büyük bir anlayış göstererek dün gece yatak odamda hiçbir şey yaşanmamış gibi davrandım, hatta imalı bir bakış bile atmadım o güzel gözlerine. Kahvaltıdan sonra çalışma odasına geçip yarım saat kadar verdiği bilgileri dikkatle dinledim. En ufak bir ayrıntıyı atlamamak için de ufak notlar tuttum, isim, mahal ve bazı kişilerin adlarını beynime kazıdım. Artık Naci Koyuncu'nun karşısına çıkabilirdim. Bugün büyük olaylar olacağı kesindi. Emindim ki adamın tutumu bana karşı birden değişecekti. Ayrıca bu kadar önemli sırrını açıklayacağım için bana baskı veya şiddete başvurması da mümkündü. Riski göze almıştım tabii, nadiren de olsa bizim meslekte kaçınılmaz hallerden biriydi bu. Doğabilecek tehditlere hiç aldırmıyordum. Sevgilimin başındaki dertten kurtulması için her şeyi yapabilirdim. Naz'la yalıdan ayrı ayrı çıkacaktık. Önce o gidiyordu. Gazeteden bana tahsis ettiği şoför birazdan gelip beni alacaktı. Odadan çıkarken son defa yanıma yaklaşıp yüzüme baktı. "Geleceğim ve saadetim bugünkü başarına bağlı, Haldun," diye fısıldadı. O an karşımda Patroniçe maskesi altında çaresiz Naz'ın bakışlarını yakalamıştım...

Naci Koyuncu'nun karşısındaki rahat ve geniş deri koltuğa oturken doğrusu ben de heyecanlıydım bu sefer. Koyuncu dünkü rahatlığı içindeydi ama ilerleyen saatlerde bu rahatlığın devam edeceğinden şüpheliydim doğrusu. Basınla bu tür görüşmelerden pek hoşlanmadığını ve bu nedenle bugün röportajı bitirmek istediğini, bu görüşmeyi de sırf Naz için kabul ettiğini ilk başta ifade etmişti.

İlk bir iki sualim ileriye dönük ticari yatırımlarıyla ilgiliydi. Rahatlıkla açıklamalar yaptı. Artık esas konuya girmenin zamanı gelmişti. "Şimdi biraz da özel yaşamınızla ilgili birkaç soru yöneltmek istiyorum," deyince, hafif gerildiğini hissettim. Hemen itiraza yeltendi.

"Bakın, ben insanların özel hayatlarının sadece kendilerine ait olduğuna inanırım. Bunu toplumla paylaşmanın hiçbir anlamı olamaz," diye mırıldandı.

121

Hemen cevabı yetiştirdim. "Çok haklısınız, ama siz sıradan biri değil, tüm memleketin tanıdığı önemli bir insansınız. Halk sizinle ilgili her şeyi bilmek istiyor. Sabah kahvaltısında ne yediğinizden tutun da, kravatlarınızı hangi mağazalardan seçtiğinize kadar... Umarım, anlayış gösterirsiniz."

Pek hoşlanmadı ama fazla itiraza da kalkışmadı. "Pekâlâ, başlayın bakalım," dedi.

"İşittiğim bilgilere göre bizim gazetenin patronu Naz Hanım'la yakında nişanlanıyor muşsunuz, doğru mu?"

Zoraki bir tebessüm oluştu yüzünde.

"Kimden öğrendiniz bunu? Yoksa Naz Hanım'dan mı?"

Ben de gülümsedim, "Naz Hanım'dan değil tabii... Bizim patronun bu konularda gayet ağzı sıkıdır, ayrıca yanında çalışanlarla şahsi meselelerini asla konuşmaz. Ama biz gazetecilerin kulakları deliktir, her şeyi çabuk duyarız."

"Evet," diye devam etti. "Böyle bir tasavvurumuz var."

Artık bombayı patlatmanın tam sırası gelmişti. Yüzüme ciddi bir ifade vermeye çalışarak tehlikeli soruya kapı açtım.

"Bu konuda Naz Hanım'ın geçmişinizdeki vakaya bir itirazı olmadı mı?" dedim.

Naci Koyuncu'nun yüzü birden bembeyaz kesildi. "Hangi vakadan söz ediyorsunuz? Geçmişimde ne olabilir ki?"

"Eski sekreteriniz Emel Hanım'la olan ilişkiniz ve ondan doğan çocuğunuzu kastettim, küçük Mehmet Koyuncu"yu..."

Muhatabım birden yerinden fırlamıştı.

"Ne demek oluyor bu? Kim uyduruyor bu yalanı?" diye bağırdı. Gözleri irileşmiş, öfkeden sarsılmaya başlamıştı.

Hiç istifimi bozmadım. "Yalan mı, yani bu iddiayı kabul etmiyor musunuz?"

"Tabii ki yalan... Böyle bir suali bana nasıl sorabilirsiniz? Üstelik siz evleneceğim hanımın gazetesinden birisiniz, sizin amacınız ne?"

Yine alınmamış gibi davrandım. "Beyefendi, ben bir gazeteciyim ve sadece doğruları yazmakla mükellefim. Şayet bu iddia gerçeği aksettirmiyorsa, kuşkusuz tekzip hakkınız var."

"Ağzınızdan çıkan laflara dikkat edin... Yoksa sizi o gazeteden kovdururum."

"Kim kovacak beni? Bu iddia hakikat ise Naz Hanım beni kovmaz, muhtemelen maaşıma zam yapar. Ama yalan ise size gerek kalmadan o kovar zaten."

Dikkatle yüzüme bakmaya başladı. Ani öfkesini kontrol etmeyi başarmıştı. İlk günkü sıradan sorulardan sonra bu sabah can alıcı bir noktadan hücuma geçeceğimi hiç hesaplamamıştı tabii. Eminim, o an bu sorunun arkasında Naz'ın parmağı olup olmadığını düşünmekle meşguldü.

"Çizmeyi aştınız," dedi. "Görüşme bitti. Derhal odamı terk edin."

"Nasıl isterseniz? Bana göre hava hoş. Ben öğreneceğimi öğrendim. Zaten bu son sorumdu, cevabı da aldığımı sanıyorum."

Dişlerinin arasından homurdandı. "Sakın unutmayın, bu röportaj yayımlanırsa avukatlarım gazeteniz aleyhine büyük tazminat davaları açacaktır."

Gülümsedim. "Bu Naz Hanım'ın sorunu... Beni ilgilendirmez. Basın derse, basarız. Fakat okurun çok ilgisini çekeceğinden eminim. Okur, ünlü kişilerin özel hayatlarındaki karanlık noktaların ifşasına bayılır. Röportajın çok ses getireceğine inanıyorum."

Yanıma yaklaştı. Öfkesi yeniden alevleniyordu. "Beni tehdit mi ediyorsunuz? Yoksa korkutmaya mı çalışıyorsunuz?" diye söylendi.

"Ne münasebet! Sadece görevimi yerine getirmeye çalışıyorum."

"Buna, düpedüz şantaj derler."

O anda ses kayıt cihazım hâlâ açıktı ve Nuri Koyuncu sinirden her söylediğinin kaydedildiğini unutmuştu. "Bunu burnunuzdan fitil fitil getireceğim," diye bağırdı.

Soğukkanlı bir şekilde gülümsedim. "Asıl şimdi siz beni tehdit ediyorsunuz."

"Defol!"

Hızla kayıt cihazını cebime indirdim, odayı terk etmeye hazırlandım. Hâlâ uyanmamıştı Naci Koyuncu. İşim bitmiş sayılırdı. Tam kapıya yaklaşırken, "Hem kim bilir?" diye mırıldandım. "Belki röportajımı küçük Mehmet'in annesi Emel Hanım'ın kucağında çekilmiş fotoğrafları da süsler."

Bu tamamıyla blöftü. Yaşadığı paniği arttırmak için uydurduğum bir yalan. Gerçekte böyle bir fotoğraf yoktu tabii. Ama blöfüm etkisini hemen gösterdi. Elimi tam kapının tokmağına attığım sırada arkamdan seslendi.

"Durun!"

Ağır ağır dönüp yüzüne baktım hafif alaycı bir edayla. "Sanırım konuşacak bir şeyimiz kalmadı artık," diye mırıldandım.

Hızla yanıma geldi. Kolumdan tuttu. "Olabilir," diye fısıldadı. "Daha konuşacak çok şeyimiz olabilir. Acele etmeyin."

Yalımı inmiş, tehditkâr davranışları yok olmuştu. Uğradığı paniğin devam ettiği belliydi. Şimdi beyninde olaya bir çözüm yolu aradığı belliydi. Kuşkusuz bunlar zeki insanlardı ama bu mukadder an gelip çattığında, uygulayacakları bir savunma planının olmamasına şaşmıştım. Beti benzi hâlâ kül gibiydi. Sonra kendini sıkarak, "Belki bir çözüm yolu buluruz," diye fısıldadı.

"Nasıl bir çözüm yolu?"

"Mesela banka hesabınıza hemen yüz bin lira yatırılmasına ne dersiniz?"

"Yani bana rüşvet mi teklif ediyorsunuz?"

"Rüşvet mi? Ben böyle kırıcı ve sert kelimeleri tercih etmem. Onun yerine gayret ve çalışmalarınızın karşılığı desek nasıl olur."

"Hayır," dedim gülümseyerek.

Hiç tereddüt etmeden, "Öyleyse iki yüz bin," dedi.

"Beni satın almaya mı çalışıyorsunuz?"

İlgisiz görünmeye çalışarak omuz silkti. "Her insanın bir bedeli vardır. Ben bir tüccarım ve bu bedeli tayinde de başarılıyımdır."

Ses kayıt cihazım o an cebimdeydi ama hâlâ açıktı. Ne var ki konuşmaları net kaydettiğinden kuşkuluydum. En büyük isteğim bu konuşmaları akşam Naz'a dinletmekti. "Yanılıyorsunuz. Beni satın alamazsınız," dedim.

Rakamı artırmadı. Sadece yüzüme kötü kötü baktı. "Hata ediyorsun, dostum. Zira bu mesele burada bitmeyecek," diye homurdandı.

Kapıyı açıp odadan çıktım...

&

Naz'ın tahsis ettiği arabayla yalıya dönerken zevkten dört köşeydim. Sevdiğim kadını istemediği bir evlilikten kurtarmış sayılırdım artık. Başarım mutlaktı; Naci Koyuncu inkâra, rüşvete en sonunda da tehdide başvurmuştu. Hiçbirine aldırmıyordum, sonuç benim için önemliydi ve o sonucu da elde etmiştim. Yol boyunca Naz'ın başarıma nasıl sevineceğini hayal edip durdum.

Lakin yalıya yaklaşırken bu rüyanın da sona ermek üzere olduğunu hatırladım. Belki de yalıdaki son gecemdi bu, öyle ya artık orada kalmam için sebep kalmamıştı. Yarın süklüm püklüm mütevazı apartman daireme dönmek zorunda kalacaktım. Rahatlık, lüks, debdebe umurumda değildi, ama Naz'dan ayrılmak bana çok koyacaktı. Yalıda topu topu üç gece geçirmiştim, fakat devamlı Naz'la bir arada olmak, aynı koridor üzerindeki odalarda uyumak, sabah, akşam veya günün herhangi bir saatinde beraber olmak, aynı çatı altında bulunmak müthiş güzel olan bir şeydi. Bu üç günü onunla paylaşmış, Naz'la yaşamanın ne mutluluk verici bir şey olduğunu anlamıştım.

Ama bu bir rüyaydı ve her rüya gibi bitmek zorundaydı. Onunla öyle tatlı anılarım olmuştu ki şimdi bir film şeridi gibi gözümün önünde canlanıyordu. Geldiğim ilk sabah çalışma odasındaki eşofmanlı halini hatırladım. Gerçek ve çocuksu sevgilimi ilk defa o zaman görmüştüm. Gazetedeki Patroniçe halinden çok uzaktı. Sevimli, yaramaz, haşarı bir genç kızdı sanki. Halının üstünde yan yana oturup dosyaları incelediğimiz anı anımsadım. Sahne bir flash-back gibi canlandı gözümde. Ara sıra ellerimiz birbirine değiyor veya vücudumuz dokunuyordu. Her seferinde cinsel bir heyecanla kıpırdıyordum. Pervasızca rahat oturuşları, bacaklarını koltuktan aşırıp teşhir etmesi, o nefis ayaklarını göstermesi paha biçilmez anlardı...

Bitmişti, ama...

Rüyanın sonuna gelmiştim. Bundan sonra ne olacağını kestiremiyordum. Emindim, Naz bir kalemde beni silip atmazdı. Onun indinde daima güvenilir, sadık bir elemanı olarak kalacaktım. Gazetede de bundan sonra istikbalim olacaktı. Beni kollayıp gözeteceğine inanıyordum. Ama hepsi o kadardı, daha fazlasını hayal etmek safsata olurdu. Artık gerçeklerle yüz yüze gelmeye hazırlanmalıydım.

Cebimden telefonumu çıkarıp Naz'ı aradım. Şu anda gazetede olmalıydı. İnşallah bir toplantıda değildi, çünkü vereceğim haberi dört göz beklediğine emindim.

"Merhaba Naz," dedim. "Müsait misin?"

Heyecanla konuştu. "Evet, evet... Anlat, ne oldu?"

"Başardım... Her şey umduğumdan da iyi geçti. İnkârdan tehdide kadar her şeyi yaşadım."

"Harika... Bravo... Bereceğine emindim zaten."

"Akşam eve döndüğünde sana her şeyi teferruatıyla anlatacağım."

"Ben yalıdayım zaten. Dönüşünü bekliyorum," dedi.

Telefonu kapattım. Evde oluşuna da sevindim. Hiç olmazsa yalıdaki son günümde onu biraz daha fazla görebilecektim.

≈

Beni kapıda karşıladı ve koluma girerek salona götürdü. Naz'ı hiç o kadar neşeli görmemiştim, sevinçten uçuyordu adeta. Salonun kapısını kapatıp yalnız kaldığımızda yanağıma bir teşekkür öpücüğü kondurdu. Herhalde Naz'dan alacağım son öpücük bu olmalıydı, yüreğimin hafifçe burulduğunu hissettim. Dönerken de hep bunu düşünmüştüm, inanılmaz maceranın sonuna gelmiştim artık; anlamsız hayallere kapılmanın manası yoktu, sesimdeki titremeyi saklamaya çalışarak Naci Koyuncu ile olan görüşmelerin hepsini naklettim. Daha sonra cebimden kayıt cihazını da çıkararak konuşmaları ona dinlettim.

"Şahane olmuş," dedi. "Şimdi bunları yazıya dökmelisin."

Biraz tereddütle sordum. "Gazetede bunun neşri hususunda kararlı mısın?"

Şaşırarak beni süzdü. "Ne demek o? Bütün gayretimiz gerçeği itiraf etmesi değil miydi?"

"Evet, ama bu ailenle aranın açılmasına neden olabilir."

"Yine yanılıyorsun, Haldun. Babam, Koyuncu sermayesiyle aile bağları kurulmasını istiyordu, fakat bundan böyle ortaya çıkan durum, şimdi kendi itibarını da zedeleyeceği için bu izdivaca sıcak bakmayacaktır. Toplum nazarında kötü duruma düşer."

"Naci Koyuncu'nun, gazeteyi dava etme ihtimali de var," dedim.

"Palavra... Sadece bir tehdit o... Asla dava açamaz. Zira elimde çok güçlü kanıtlar var. Rezil olur ve bütün kirli çamaşırları ortaya çıkar."

Naz haklı olabilirdi. Zaten bundan fazlası beni ilgilendirmezdi.

127

Sonuçta bu onun karar vereceği bir husustu. "Eh," diye mırıldandım. "Ben artık evime dönebilirim. İstediğin röportajı herhalde evimde kaleme almak daha uygun olur."

Nasıl istersen, diyeceğini sanmıştım. Gözlerinin içine baktım. O ise kaşlarını çatarak sadece, "Hayır," dedi. Sesinin tonu dikleşmiş gibi geldi bana. "Fakat burada daha fazla kalmam münasip olur mu? Anlarsın ya... yani..."

"Neyi anlarım?"

"Demek istiyorum ki..."

Sesi daha da hırçınlaştı. "Sıkıldın mı? Gitmek mi istiyorsun buradan?"

"Ne münasebet, Naz... Senin yanında ne kadar..." Cümlemin sonunu getiremedim. İtiraf etmek, seninle burada sonsuza kadar kalabilirim, çünkü çok mutluyum demek geçti içimden. Fakat bu son derece manasız bir şey olacaktı. Sustum hemen.

Sinirli sinirli ayağını sallamaya başlamıştı. Bu durumun ne ifade ettiğini öğrenmiştim artık. Ardından hararetli bir çatışma patlak verebilirdi.

"Yoksa sevdiğin bir kız var da, onu mu özledin?" diye sordu.

Çok komikti bu sual... Çok da yersiz...

Kendine deli gibi âşık olduğumu bal gibi biliyordu. Neye soruyordu öyleyse, hayatımda kimsenin olmadığını, sadece onu sevdiğimi mi bilmek istiyordu. Kısacası benden itiraf mı bekliyordu. *Buna gerek var mı?* diye düşündüm. Şimdiye kadar davranışlarımla ona âşık olduğumu göstermiştim zaten, ayrıca bunu kelimelere dökmek oldukça sakıncalıydı. Naz'ı bilemem ama Patroniçe devreye girerse rahatlıkla beni tersleyebilirdi de. Patroniçe'nin hiç sağı solu belli olmazdı, gururumu incitecek şekilde, sen nasıl olur da benim içtimai mevkiimdeki bir kadını sevebilir ve bunu utanmadan yüzüme karşı söyleyebilirsin diyebilirdi. Böyle bir çıkışı her şeyi berbat eder, yaşanmış güzel anılarımı da mahvedebilirdi. İşte, o an aklıma dâhiyane bir fikir geldi. Denemeye karar verdim birden.

"Olamaz mı, Naz?" diye fısıldadım.

Sevgilimin yüzü bir an karıştı, şaşkın şaşkın yüzüme baktı. Böyle bir cevap beklemediğini hemen anladım. Durgunlaştı, kendini toparlamaya çalıştı.

"Öyle biri mi var?"

"Normal değil mi, Naz? Ben de birini sevemez miyim?" Enikonu bozulmuştu. Sanki böyle bir vakıayı kabul edemeyecek gibiydi. "Olabilir tabii, neden olmasın. Sonuçla sen de bir insansın, birini sevebilirsin," diye homurdandı.

Neredeyse sevimcimden sıçrayacaktım yerimden. Düpedüz kıskanmıştı. İnsan ancak sevdiği birini kıskanırdı. Bunun anlamı da Naz'ın beni sevdiğiydi. İnanamıyordum, galiba ben gerçekten körün tekiydim. Basit bir hakikati fark edemeyecek kadar kör ve anlayışsızdım. Patroniçe gibi bir kadın, tamamen şahsi bir meselesi nedeniyle, beni evine çağırıp orada kalmama izin veriyor, yakınlaşmama ses çıkarmıyor, cinsel fanteziler yaşatıyor, benimle öpüşüyor ve ben hâlâ buna bir anlam veremiyordum. Bu körlük değil de, neydi?

Kalbim duracaktı.

Yine, "Hayır," dedi gergin sesiyle.

Boş bulundum, anlamadım önce... "Neye hayır diyorsun, birini sevebileceğime mi?" dedim.

"Yok, canım. Kimi seversen sev... Beni ilgilendirmez o husus."

Ses tonu yine hırçın ve kızgındı. Burukluk da devam ediyordu.

"Fakat o röportajı yazıp bitirinceye kadar burada kalmak zorundasın. Bunu kafana yerleştir. Sevgilimi özledim diye çekip gidemezsin. Ben senin patronunum ve böyle emrediyorum."

Naz içimde esen mutluluk rüzgârını hiç anlamıyordu o an.

Oysa yerlerde sevinçten taklalar atmak, ona sarılıp dün geceki gibi dakikalarca dudaklarından öpmek istiyordum. Sevinçten kalbim durabilirdi.

Hafifçe başımı eğdim. "Patroniçem öyle emrediyorsa, boynum kıldan incedir. Emrine itiraz edecek değilim ya. Emrini yerine getirinceye kadar sevdiğim kızı görmeyebilirim," dedim. Yine kısa bir tereddüt geçirdi. Yoksa alay mı ediyorum, diye yüzüme baktı ters ters. Sonra yerinden kalkıp salondan çıktı. Utanmasam o an ağlayacaktım. Galiba Naz beni seviyordu...

❧

O akşam yemeğe inmedi. Tek başıma yemek yedim. Böyle bir hareketini beklemiyordum, bana servis yapan hizmetkâra, "Hanımefendi neden yemeğe inmedi, yoksa rahatsız mı?" diye sordum. Aklımca hayatımda bir kadın var, diye sinirlenip beni protesto ettiğini düşünmüş, kıs kıs gülüyordum.

"Rahatsız olduğunu da nereden çıkardınız, Haldun Bey," diye mırıldandı. "Yoksa size söylemedi mi?"

"Neyi?"

"Bu akşam arkadaşıyla yemeğe gitti. Bilmiyor muydunuz?"

Afallama sırası bana gelmişti. "Hangi arkadaşı?" diye sordum.

"Yalçın Bey'le. Onu tanımaz mısınız, çok ünlü biridir."

Biraz bozulmuştum tabii. "Tanımam mı lazım?" diye mırıldandım.

Utanmış gibi "Affedersiniz," dedi. "Malum ya siz gazetecesiniz, öyle medyatik kişileri tanıyacağınızı düşünmüştüm de."

"Medyatik mi?" diye homurdandım.

"Öyle sayılmaz mı? Hani, televizyon dizisi Yaralı Kuşlar'ın başaktörü Yalçın Kural... Onunla çıktı yemeğe..."

Bir an öfkeden kuduracak gibi oldum. Tanımaz olur muyum,

tabii ki tanıyordum Yalçın Kural'ı. Ama salak kadın, önce sadece Yalçın demişti. Sarı çizmeli Mehmet Ağa... Bu ülkede binlerce Yalçın isimli erkek vardı, nereden bilebilirdim o Yalçın'ın aktör Yalçın Kural olduğunu... Çok yakışıklı bir herifti... Ayrıca kasıntı mı, kasıntı... Hiç hoşlanmazdım öyle tiplerden. Her gün gazete ilavelerinde boy boy resimleri çıkan, her gün adı bir skandala karışan tiplerden biri... Kim bilir bu herifin de ne çok sabıkası vardı. Naz da bula bula hep acayip insanları seçiyordu... Naci çok zengindi, hadi onu anlayabilirdim, çünkü çok tipsizdi, ama Yalçın denen herif tam bir hergeleydi... İştahım kaçmıştı. Yemeğe devam edemedim. Oysa bu gece Naz'la zaferimizi kutlayacağımızı, masada karşılıklı şarap içeceğimizi ummuştum. Oysa şu an Naz, kim bilir hangi lüks restoranda o hergele ile kırıştırıyordu. O tip herifler kesinlikle tek durmazlardı.

Sinirlerim iyice gerildi.

Ne umuyordum ki, Naz'ın bana âşık olmasını mı? Cidden şapşalın tekiydim, romantik bir budala. Hayal âleminde yüzen bir enayi... Benimki sadece bir rüyaydı. Şimdi de karşıma Yalçın Kural çıkmıştı; son derece yakışıklı, bütün televizyon dünyasının taptığı, ünlü bir isim. Hadi, Naci Koyuncu itici ve sekreterinden çocuk peydahlamış biriydi, tüm servetine rağmen Naz ondan hoşlanmayabilirdi ama Yalçın denen herifle asla aşık atamazdım. Memleketteki kızların yarısı kesin ona âşıktı.

Sonra daha da kötüsünü düşündüm; Naz'ın neden Naci Koyuncu'dan kurtulmaya çalıştığını şimdi anlamaya başlıyordum. Galiba adamın piçi bahaneydi, Naz aslında o artist bozuntusunu seviyordu ve sırf Naci'den kurtulmak için çocuğunu ayrılık vesilesi olarak yaratmıştı. Bana, seni kullandığım için üzgünüm, demesi de bundandı.

Yemek masasından kalktım, doğru odama çekildim. Naz meselesi artık bitmişti benim için. Onu tamamen unutmalı, beynimden silip atmalıydım. Gerçeği kabul etmeliydim, bu sevda en başından sakattı, yaşanmaması gerekirdi. Buna bir iş kazası demeliydim. Bütün aptallık bendeydi. Ne yazık ki yirmi birinci yüzyılda nesli tükenmiş romantik bir dinazordum ben. Kendimi gülünç hale sokmuştum, kim bilir Naz arkamdan nasıl kıs kıs gülüyordu. *Lanet olsun*, diye homurdandım. Cehenneme kadar yolu vardı. O röportajı da kaleme almayacaktım; isterse beni kovabilirdi. Arkadaşım Turgut'a da söylenmeye başladım, beni Naz'la o tanıştırmıştı. Başıma bunların geleceğini bilsem asla gitmezdim oteldeki o yemeğe...

Hırsımı hâlâ yenemiyordum. Hatta bir ara bavulumu toplayıp sabahı beklemeden hemen yalıyı terk etmek geçti aklımdan. Güçlükle tuttum kendimi. Yoo, bu kadar basit olamazdı, onun karşısına geçip, bir iki laf söylemeli, içimi boşaltmalıydım. Sabah kahvaltısında her şeyi bitirecektim. Gazetesinden de istifa etmeye karar vermiştim, nasıl olsa aç kalmaz, başka bir gazetede iş bulurdum.

5

Ertesi sabah uyandığımda öfkem aynı şiddetiyle devam ediyordu. İntikam ateşi beni körüklemeye başlamıştı. İçimden kıs kıs gülmeye başladım. Az sonra kahvaltıda röportaj metnini kaleme almayacağımı söylediğim zaman Naz'ın uğrayacağı paniği düşünüp kıs kıs gülmeye başlamıştım. Tasarladığı plan suya düşecekti. Bir daha kimseye o röportajı yaptıramazdı; o istese bile Naci Koyuncu asla yanaşmazdı.

Zevkle sırıttım. Yalıdaki son duşumu aldım, itina ile tıraş oldum. Giyindim, dolaptaki eşyalarımı toplayıp bavuluma yerleştirdim. Az sonra içimdeki öfkeyi Naz'ın yüzüne vurup basıp gidecektim. Artık hiçbir şey umurumda değildi. Aramızdaki bağ inceldiği yerden kopacaktı, ama içimdeki zehri mutlaka akıtmalıydım.

Sekize beş kala kahvaltı odasına indim.

Onu bulacağımı sanıyordum, fakat iskemlesi yine boştu. Bütün hevesim kursağımda kaldı birden, yoksa dün gece yalıya dönmemiş miydi? Bana servise koşan hizmetkâra sordum. "Naz Hanım dün gece gelmedi mi?"

Yalıya dönmediyse hiç şaşmayacaktım; kim bilir o aktör bozuntusuyla nerede sabahlamıştı, şimdi de derin bir uykuda olmalıydı gizli aşk yuvalarında.

Hizmetçi, "Döndüler, Haldun Bey," dedi. "Ama saat üç buçuk civarında... Herhalde o yüzden henüz kalkamadılar."

Suratım asıldı. Ne yapacağıma karar veremedim. Önümde iki

133

alternatif vardı, ya tek kelime etmeden bavulumu alıp gitmek ya da biraz daha sabır gösterip aşağıya inmesini beklemekti. İkinci şıkkı tercih ettim. Bütün öfkemi boşaltmadan gitmek istemiyordum. Güçbela birkaç lokma bir şeyler atıştırıp çalışma odasına yollandım. Sofrada bekleyemezdim. Masanın başına geçip oturdum. Bakalım Patroniçe ne zaman aşağıya teşrif edeceklerdi. Öfke yeniden benliğimi sarıyordu. Adeta yerimde duramıyordum. Gözüm iki de bir bileğimdeki saate kayıyordu. Sekiz buçuk oldu, Naz'dan ses seda yoktu. Dokuz oldu yine görünmedi. İçimden, tabii, diye homurdanmaya başladım, Allah bilir, dün gece ne kadar yorulmuştu. Saat ona doğru masadan kalktım, artık beklemeyecektim. Hırs ve öfkemi biraz daha frenlemeyi becermiştim. Ona hakaret etsem ne değişecekti, sadece kendimi tatmin etmiş olacaktım. Değmezdi...

Tam masadan kalktığım anda kapı açıldı ve Naz içeri girdi. Yüzü mahmur ve solgundu; gece boyunca sevişmenin ya da fazla içkinin yorgunluğunun izleri vardı çehresinde.

"Günaydın, Haldun," diye mırıldandı.

Masanın başında ayakta durarak, hiç karşılık vermeden onu süzdüm. Yüzümdeki kızgınlığı anlamaması imkânsızdı. Benden hiç ses çıkmayınca tekrar söylendi.

"Günaydın dedim, duymadın mı?"

"Duydum."

"Ama karşılık vermedin."

"Bitti," dedim.

"Ne bitti?"

Buz gibi soğuk bir tebessümle baktım yüzüne. "Gidiyorum."

Hiç oralı olmadı. "Güle güle... Allah selamet versin," dedi.

Başımı dik tutarak, hiç yüzüne bakmadan kapıya doğru yürüdüm. Ne oldu, neden gidiyorsun filan diye tek kelime sormamış, gururum daha da incinmişti. Bu kadar hissiz ve bencil olduğunu düşünememiştim. Tam kapının yanına vardığımda, "Dur!" diye bağırdı.

Dönüp tiksintiyle yüzüne baktım. "Ne var?"

"Gitmeyeceksin."

"Kim durdurabilir beni? Bahçedeki gorillerin mi?"

"Ben..."

Zoraki sırıttım. "Yok canım... Şiddet mi kullanacaksın yoksa?"

"Gerekirse, evet..."

Onu dinlemedim tabii. Kapıyı vurup dışarı çıktım. Hızlı adımlarla merdiveni çıkıp yatak odama daldım. Bavulumu alıp bir daha dönmemek üzere yalıdan ayrılacaktım. Hemen çıkacağım için kapıyı kapatmak gereğini duymamıştım. Ama aynı anda arkamdaki kapının güm diye çarpıp kapandığını duyunca ne oluyor diye dönüp arkama baktım.

Naz peşimden odama dalmış ve kapıyı içerden kapatmıştı. Gözleri benden de öfkeliydi. Bir şeyler olacağını anlamıştım. Evdeki çalışan personelin duyma olasılığına aldırmadan, "Sana gitmeyeceksin dedim, işitmedin mi beni?" diye gürledi.

Hiç oralı olmadım, bavulumu kavradım. Ama aynı anda hiç beklemediğim bir olay oldu, vahşi bir kurt gibi üzerime atladı. Böyle bir şeyi hiç beklemiyordum. İhtimal bile vermezdim, koca Patroniçe üstüme çullanmıştı. Hem öyle bir çullanma ki boş bulunduğumdan dengemi kaybettim ve birlikte yere yuvarlandık. Şaşkınlıktan ne yapacağımı şaşırmıştım. O güzel elleriyle patır kütür yüzüme vuruyordu...

Önce karşı koymamaya çalıştım. Bir kadına şiddet kullanacak değildim ya... Ama hırsını alamadı, uzun tırnaklarını rastgele etime batırmaya başladı. İşin tuhaf tarafı bu anlamsız öfke hoşuma gitmişti. Canım yanıyor fakat karşı koymuyordum. Pasif kalışım hatta gülümsemeye kalkışmam onu daha da çıldırtmıştı. Beni sırtüstü yere yatırmış, bacaklarını açıp göğsüme oturmuştu. Yüzümü tırmalıyor, bir yandan da elimi ısırıyordu.

Bir ara canım iyice yandı, "Yeter artık, Naz!" diye bağırdım. "Hayır, yetmez," diye karşılık verdi. "Senin canına okuyacağım."

İrade gücüm gittikçe zayıflıyor, anın verdiği haz öfkemi silip yok ediyordu. İnanılır gibi değil ama gerçekti; sevgilim, Nazım, Patroniçemle yerde halının üzerinde boğuşuyorduk. Daha doğrusu o tek taraflı olarak saldırıp hıncını çıkarmaya çalışıyordu benden. Beni iyice hırpalamadıkça rahatlayamayacaktı. Bu zevki ona tattırmamaya karar verdim; şimdiye kadar hep pasif kalmış, kendimi korumaya çalışmıştım sadece. Birden bileklerini kavrayıp üstümden silkeledim. Bu defa sırtüstü halının üstüne o yapıştı. Ne de olsa bir erkektim ve benimle başa çıkamazdı. Üstüne abandım...

Kımıldayamadı altımda...

"Bırak beni!" diye bağırdı. Hiç istifimi bozmadan biraz daha abandım. Diri memeleri sert göğsümün altında eziliyordu. Çırpındı, ama kurtulması imkânsızdı ellerimden. Çırpındıkça üstüne yaptığım tazyiki arttırıyordum.

Nefes nefese kalmıştık. Dudaklarının arasından çıkan sıcak havayı yüzümde hissediyordum. Ağzım aralık dudaklarına yaklaştı. Kendimi kontrol imkânını kaybetmiştim. Şiddetle o güzel dudakları ağzımın içine alıp, mas etmek ihtiyacıyla titriyordum. Ne yapacağımı anladı.

"Hayır, öpemezsin beni!" diye bağırdı

"Öpeceğim..."

"Öpersen çığlık atar tüm korumaları buraya çağırırım."

"Hiç umurumda değil."

"Kemiklerini kırdırırım..."

"Ne istersen yap... Dedim ya öpeceğim."

"Sen git de, o sürtük sevgilinle öpüş, benimle değil."

Nihayet baklayı ağzından çıkarmıştı. Artık alıştığım o zevkli

kan hücumu tekrar damarlarımı sardı. Naz beni kıskanmıştı...
Bütün bu hengâme kıskançlıktan kopuyordu; onunki de, benimki
de... Mesele aydınlanmıştı artık. Keyfim büsbütün arttı ve Naz'ın
ihtiraslı dudaklarını öpmeye başladım.

Ne çığlık attı ne de bağırdı...
Feryat bir yana, altdudağını emerken elleri bilinçsizce boy-
numa uzanıp beni kendisine çekti. Zevkin doruklarında dolaşı-
yorduk. Ellerim önce göğüslerine sonra daha mahrem yerlerine
doğru kaymaya başladı. Önlenemez bir akışın girdabına dalmak
üzereydik. Ama her zamanki gibi Naz yine frene basan kişi oldu.
"Yeter bu kadar," dedi. "Bu işin sonu kötüye gider. Tamam...
Bu kadarla yetinmeyi öğrenmelisin."

O an itiraz edemedim. Esasında haklı olan oydu. Bu garip bir
ilişkiydi ve sonu olmayacaktı. Her şeye rağmen Naz'ın sağduyusu
yerindeydi, işi dönülemeyecek bir noktaya taşıyamazdım. Hafifçe
doğruldum, o da hızla yerden kalktı.

Ama nefes nefese kalmıştık.

En can alıcı noktadan dönmek ikimizi de perişan etmişti. Naz
hızla odamdan çıkarken, "Hemen toparlan ve çalışma odama
gel," dedi.

Sanki yine Patroniçe konuşmuştu...

&

Aynaya baktım. Sağ yanağımda ciddi bir tırnak izi vardı. Üs-
telik çeneme kadar da uzanıyordu. Evin hizmetkârları görürlerse
kim bilir ne düşünürlerdi. Boş ver, dedim içimden; bunu asıl Naz
düşünmeliydi. Elimdeki diş izlerinin yerleri de kaybolmamıştı, sev-
gilim öyle şiddetle ısırmıştı ki elimi, kolay kolay geçmesi söz ko-
nusu olamazdı. Epey canım yanmıştı. Ama sadece gülümsedim,
mutluydum şimdi; Naz beni kıskanmıştı. Kıskanmak, sevmenin

deliliydi; Naz da beni seviyordu demek, fakat bunu bir türlü açıklayamıyordu.

Bütün öfkem kayboldu.

Hatta yeni yorumlar bile yaptım. *Dün gece evden çıkıp gitmesi de bu yüzdendi, kıskançlığından.* Senin bir sevgilin varsa, benim de var demeye getirmişti. Daha da ileri gittim, belki de Yalçın Kural denen aktör bozuntusuyla buluşması da numaraydı. Onunla tanışmadığını öğrenirsem hiç şaşmayacaktım. Naz bu, kafası atarsa her türlü çılgınlığı yapabilirdi. Artık onu yavaş yavaş tanımaya başlamıştım. Hizmetçinin ifadesine de inanmıyordum; nasıl olsa dün gece nerede olduğumu soracağımı tahmin etmiş ve hizmetçiye o yalanı söylemesini tembih etmiş olabilirdi.

Keyfim yerine gelmiş, her şeyi unutmuştum. Vardığım sonuç çok heyecan vericiydi. Naz da beni seviyordu. Az önce yaşadığımız çılgın anları hatırladım. Arkamdan gelip üstüme atılmasını, halının üzerinde cebelleşmemizi, yüzümü gözümü tırmalamasını, her yerimi ısırmasını, inatla direnmesini ve sonra öpücüklerim karşısında teslim olmasını. Bana âşık olmasa, aynı şiddetle karşılık verir miydi hiç? Memelerini okşamalarım, elimi kasıklarının arasında dolaştırmalarım sırasında nasıl da kasılmış, zevkten inlemeye başlamıştı...

Aynanın karşısında onunla boğuşurken bir yana kaymış olan kravatımı düzelttim, gülümsemeye hatta hafif hafif ıslık çalmaya başladım. Sevinçten yerimde duramıyordum. Hemen aşağıya sevgilimin çalışma odasına gitmeliydim. Daha şimdiden onu özlemeye başlamıştım bile. Yerimde duramıyor onu görmek istiyordum.

Beni güler yüzle karşılamayacağına da emindim. Tecrübelerimle sabitti bu... Yine araya mesafe koyacak, Patroniçe havalarına bürünecekti. Sanırım, biraz da çaresizdi. Aşkımızın inkâr edilemez bir gerçek olduğunu kendi beyninde kabulleninceye kadar öyle davranmak zorundaydı. Benim için hiç önemli değildi, beklerdim, gerekirse sonsuza kadar.

O kararlılıkla merdivenleri indim, kapıyı açtım. Naz çalışma masasının karşısındaki büyük kanepede oturuyordu. Yanılmamıştım, her zamanki gibi yüzünde son derece ciddi bir ifade vardı. Sanki on beş dakika önce yatak odamdaki halının üstünde benimle cebelleşen, sonra da altımda zevkle inleyen kadın o değildi. Hiç bozuntuya vermeden masanın arkasındaki koltuğa yerleşip oturdum.

"Hazır mısın, yazmaya?" dedi.

"Emriniz olur, Patroniçem," diye karşılık verdim. "Sizin için her zaman hazırım."

Gerçekten de hemen bilgisayarımı açmış, Naci Koyuncu'yla yaptığım görüşmedeki kayıt cihazını çalıştırmaya başlamıştım. Sessizce oturmuş, beni izliyordu. Ne soru soruyor ne de beni yönlendirmeye çalışıyordu. Bundan huylanmalıydım ama ne yazık ki az sonra olacakları hiç düşünememiştim...

౩

İşime dalmış zevkle çalışıyordum. Daha başka ne isteyebilirdim ki... Tam karşımda delice âşık olduğum, körü körüne bağlandığım kadın, önümde bilgisayarım vardı ve ben yaşamda en zevk aldığım işi, yani yazmayı sürdürüyordum. Ayrıca bu yazı dizisi sevgilimin geleceğine yön verecek, Naci Koyuncu denen iblisten onu kurtaracaktı.

Ama unuttuğum bir şey vardı: Aptallığım...

Gerçekten çok saf biriydim ben, budala denecek kadar saf... İnsanlara çabuk inanıyordum. Çoğu zaman karşımdaki kişilerin doğruluğunu, saflığını kabul eder, aksi sabit oluncaya kadar da inancımı sürdürürdüm.

Bir ara çalışma odasının kapısının vurulduğunu işittim, işime öylesine dalmıştım ki hizmetçinin kahve getirdiğini düşündüm, başımı önümdeki bilgisayardan kaldırıp bakmadım bile. Hızla yazıyordum ve yalıda alıştığım süzme kahvenin yorgunluğuma iyi geleceğini, bir mola verip kahvelerimizi yudumlarken Naz'la biraz laflayacağımızı hayal ettim. Ama Naz'ın sesiyle irkildim birden. "Hoş geldin, Yalçın," demişti.

Tüylerim yine diken diken oldu. Yanlış mı duydum acaba diye bakışlarımı bilgisayardan alıp kapıdan içeriye giren adama çevirdim.

O idi... Şu yakışıklı aktör bozuntusu...

Herife aktör bozuntusu diyordum ama bu sadece kıskançlığımdandı. Uzun boylu, yakışıklı mı yakışıklı, müthiş havalı ve kasıntı biriydi.

Bir an bütün dünyam yeniden yıkılır gibi oldu. Bu düpedüz saflıktı işte; Naz'ın onunla bir ilişkisi olmadığını, sırf beni kıskandığı için öyle bir yalan kıvırdığını, uydurma bir gece buluşması mizanseni yarattığını sanmıştım. Oysa her şey gerçekti ve herif sabah sabah yalıya damlamıştı.

Kanımın çekildiğini duyumsadım. Önleyemediğim bir nefretle adama bakıyordum şimdi. Sırtında sarı bir kazak, bacaklarında blucin, ayaklarında kalın botlar vardı. İnci gibi dişleriyle Naz'a gülümsüyordu.

"Günaydın, hayatım," demişti.

Vay hergele, diye homurdandım içimden. Odada bir yabancı olarak ben vardım ve herif pervasızca, bana hiç aldırmadan "Hayatım" diye hitap ediyordu Naz'a.

Öfkeden kuduracaktım neredeyse. Aktör bozuntusu beni hiç iplememişti. Naz'a yaklaşıp onu yanağından öptü. Gözlerinin içi gülüyordu zevkten.

Naz nihayet varlığımı hatırlamış gibi, "Gazeteden Haldun Bey," diye beni tanıttı. Herif usulen başını çevirip, "Merhaba," demiş ve hemen Naz'a dönmüştü. Merhaba demesi bile kerhen, zoraki, âdet yerini bulsun cinsindendi.

Karşılık vermedim.

Hemen bilgisayarı kapatıp masadan kalkmaya davrandım. Tabii davranışım Naz'ın gözünden kaçmamıştı. "Nereye gidiyorsunuz, Haldun Bey? Yoksa sizi rahatsız mı ettik?" diye sordu. Sesinde ne üzgün ne de şaşırmış bir hal vardı. "İsterseniz hemen sizi başka bir odaya alayım," dedi.

Vay, hain, diye homurdandım içimden. Bir de soruyordu, rahatsız mı ettik diye... "Siz işinize bakın, sonra görüşürüz Naz Hanım," dedim. Bu sefer kesin kararlıydım, bu mesele burada kapanmalıydı. Yine yanılmıştım ve tahammül edemiyordum. Kuşkusuz Naz'ı suçlamaya hakkım yoktu, dilediği kişiyle ilişkilerini sürdürebilir, dilediğini sevebilirdi. Duygularını yönlendirmek bana vazife değildi. Her sıkıştığımda kabul ettiğim gibi benimki sadece bir rüyaydı. Asla gerçekleşmeyecek bir rüya... Bunlar böyleydi, benim gibi zıp çıktı bir gazeteciye âşık olacak değillerdi ya, ya para babası bir zengine ya da bunun gibi şöhretli artist bozuntusuna gönül verirlerdi. Bence bu kadın, kokuşmuş, tüm ahlaki değerlerini kaybetmiş biriydi. Bu kez kararımdan kesin dönmeyecektim.

Yukarıdaki odama giderken hâlâ sinirden titriyordum. Ama mademki maaşımı o ödüyordu, o röportajın kaleme alınmasını bitirip yarın gazeteye teslim edecektim. Beğeniyim veya beğenmeyim bu benim görevimdi ama kuşkusuz röportaj metnini teslim ederken istifa dilekçemi de birlikte sunacaktım.

Sabah topladığım eşyalarım zaten bavulumun içindeydi. Bilgisayarı da bavulun içine tıktım, yalıyı terk etmeye hazırdım artık. Elimi kolumu sallaya sallaya bahçeye çıktım. Ne hizmetkârlardan biri ne de dışarıda nöbet tutan korumalar bana tek kelime sormamışlardı.

Bu hikâyeyi noktalamıştım.

Canı cehennemeydi Naz'ın. Daha fazla katlanamazdım. Sokakta boş bir taksi ararken, üzgün olmadığımı duyumsadım. Sanırım en doğrusunu yapmıştım; aslında geç bile kalmıştım. Bu kararı Naz'a âşık olduğumu hissettiğim anda gerçekleştirmeliydim, sonu olmayan bir saplantı olduğu açık seçik meydandaydı ama bu sabaha kadar o iradeyi gösterememiştim.

Yine de taksi beni evime bıraktığında sersem bir haldeydim. Daireme girdiğimde sakin bir edayla bavulumu boşaltıp, yalıya götürdüğüm giyeceklerimi yerleştirdim. Bilgisayarımı ufak çalışma masama bırakıp kurdum yeniden. Alıştığım ev ortamına uymaya çalıştım.

Her ne olursa olsun, insan öylesine debdebeli bir mekândan sonra, kendi evine uyum sağlamakta zorlanıyordu biraz. *Boş ver, nasıl olsa alışırım*, diye homurdandım. En azından, bundan sonra başım rahat olacak, ruhum devamlı gelgit halinde patlak veren bunalımlarla bir öfkeyi bir sevinci yaşamayacaktı.

Biraz sakinleşmeye çalıştım.

Hemen oturup çalışmaya başlayamazdım, alt tarafı o kadar da taş yürekli bir insan değildim. Aldığım kararı uygulayacaktım muhakkak, ama ilerleyen günlerde onun hasretiyle tutuşup kriz günleri de yaşamam kaçınılmazdı.

Ancak akşamüstüne doğru masamın başına geçtim ve yalıda başladığım metni bitirdim. Derin bir nefes aldım, sanki omuzlarımdan ağır bir yük kalkmış gibiydi. Hemen arkasından bir de istifa mektubu kaleme aldım.

Görevim bitmişti...

İlk korkuyu o zaman yaşadım. Nefsimle mücadelem başlamıştı; her şeye rağmen o saate kadar Naz'ın hiç olmazsa arkamdan bir telefon edeceğini sanmıştım. Daha doğrusu beklemiştim aramasını. Ama o bir telefonu bile çok görmüştü...

6

Akşam olmuş karanlık basmıştı. Oturduğum koltuğun üstünde biraz içim geçmişti galiba. Hafifçe esnedim, gerindim. Akşamın karanlığıyla beraber üstüme de hüzün çökmüştü. Meseleyi atlatmak sandığım kadaı kolay olmayacaktı; daha şimdiden onu özlemiştim, ama gururuma yedirip kendime dahi itiraf edemiyordum acı gerçeği.

İçkiyle başım hoş değildi fakat o gece içmek, körkütük sarhoş olmak, dertlerimi unutmak istiyordum. Naz'ı beynimden uzaklaştırmak, helc silip atmak, tüm nefretime rağmen kolay olmayacaktı. Acım daha çok tazeydi. İçkiyle ünsiyetiniz fazla olmasa da, bu durumdaki erkeklerin çoğu alkolden medet umurlardı.

Bir an Turgut'a telefon etmeyi düşündüm.

Beni Naz'la tanıştıran, sonra da hayatımın kaymasına neden olan kişi oydu. Tabii, çocuğun bu işte hiç günahı yoktu, meslekte ilerlememi, yükselmemi istemiş, Patroniçe'den teklifi alınca da doğru bana koşmuştu. Nereden bilebilirdi Naz'a ilk görüşte âşık olacağımı... Biriyle dertleşmeye, acılarımı paylaşmaya, içimi dökmeye ihtiyacım vardı. Ama sonra daha kestirdiğim koltuktan kalkmadan Turgut'u aramaktan vazgeçtim. Haklı olarak, nutuk çekecekti. Aklını başına topla, kendine gel, sen kim Naz Hanım'a âşık olmak kim tarzında laflar edecekti muhakkak. Haksız da sayılmazdı, benimki düpedüz enayilikti. Gidip, hiç dengim olmayan birine âşık olmuştum.

Boş ver, dedim. En iyisi gidip tek başıma kafayı çekmekti. Başka çaresi yoktu. Ağır ağır yerimden kalktım sonra ufak odamın elektriğini yaktım. Perdeler hâlâ açıktı, oda bir anda ışığa boğuldu. Nasıl olsa, cebimde param vardı, hem de Naz'ın parası... Yalıda geçirdiğim üç gün zarfında en ufak bir harcama yapmamıştım. Sırtıma montumu geçirip evden dışarıya çıkabilirdim. En iyisi Beyoğlu'na gidip uygun bir meyhane bulmaktı. Aklıma Çiçek Pasajı geldi; en son Turgut'la gitmiştim oraya. İçki alışkanlığım olmadığı için fazla meyhane de bilmezdim ama Beyoğlu'na çıktıktan sonra gerisi kolaydı, nasıl olsa kafayı çekecek bir yer bulurdum.

Tam antredeki askıda duran montuma uzanırken birden kapı çaldı. Heyecanla titredim. Acaba Naz gelmiş olabilir miydi? Gerçi oturduğum evi bilmezdi, ama şeytanın tekiydi o, imkânları da çok genişti, isterse adresimi tespit etmek çok kolaydı onun için. Zaten kapının önündeydim, nefesimi tutarak hemen kapıyı açtım. Galiba bütün çabam boşunaydı, şiddetle Naz'ın gelmesini, benden özür dilemesini ve bana alıştırdığı o tadımlık aşk sahnelerinden birini daha yaşatmasını istiyordum.

Yanılmıştım...

Karşımda hiç tanımadığım, iriyarı iki adam duruyordu. Bir an acaba Naz'ın gorilleri mi diye düşündüm ama yalıda gördüğüm kişiler değildi. Daha onlara kim olduklarını sormadan, kalın bıyıklı olanı, "Gazeteci Haldun, sen misin?" diye sordu.

Sualin soruluş tarzı bile kabaydı. "Evet, benim," dedim. Aynı anda adam mide boşluğuma müthiş sert bir yumruk indirdi. Ne olduğumu anlamadan kapaklandım, iki büklüm oldum. Yanımdaki kolumdan tutmasa yere serilecektim. Her şey yıldırım hızıyla gelişti. İkisinin birden içeriye daldığını kapıyı içerden kapattıklarını hayal meyal fark ettim.

Kolumdan yakalayan kükredi. "O ses cihazını hemen bize

teslim edeceksin," dedi. O zaman durumu kavrar gibi oldum. Bunlar Naci Koyuncu'nun adamlarıydı. Nefesim kesilmişti. Herifler vuracakları yeri iyi biliyorlardı. Lise yıllarında ben de biraz boks yapmıştım, salladığı yumruk düşürücü bir darbe sayılırdı. Yumruk tam yerine isabet etmişti. O güçteki bir adam, istese beni o tek yumrukla yere yapıştırırdı; anladım ki bunlar elimdeki ses cihazını alıncaya kadar beni pataklayacaklardı. Bir kişi olsa anında karşılık verirdim ama ikisiyle boğuşmam çok zordu. Bu herifler beni kum torbasına çevirirlerdi.

Kafamı işletmek zorundaydım.

Güçlükle, "O cihaz gazetede," diyebildim. İnilti halinde çıkan sesimi kendim bile tanımada zorluk çektim.

"Yalan söyleme," diye hırladı bıyıklı olanı ve aynı anda sağ elmacık kemiğimin üstüne bir yumruk daha oturttu. Bu kez canım çok yanmıştı. Boğuk bir feryat çıktı ağzımdan. Galiba elmacık kemiğim kırılmıştı. Şayet onları ikna edemezsem, herifler bütün kemiklerimi kıracaklardı. Dayanılmaz bir ağrı vardı yüzümde.

Tüm gayretimle mırıldandım. "Evimde o cihazın işi ne? Ben yazılarımı gazetede yazarım. İsterseniz evimi arayın," dedim. İki yarma bakıştılar bir an. Yalanıma inanmışlardı. Elmacık kemiğimi dağıtan ayı, gömleğimin üst tarafından tuttuğu gibi beni silkeleyip ayaklarımı yerden kesti. Herifin boyu en azından bir doksan beş olmalıydı. Gözlerinin hizasına gelinceye kadar beni kaldırdı.

"Şimdi beni iyi dinle... Bu sadece bir uyarıydı. Yarın akşam yine geleceğiz. O ses cihazını bize teslim etmezsen, seni öldürürüz."

Doğru söylediğine inandım. Sesi bir yılanınki gibi tıslayarak çıkmıştı. O ses de kesinlikle söylediğini yapacak bir kararlılığın izleri vardı. Galiba hapı yutmuştum, bu herifler rahatlıkla beni öldürebilirlerdi. Kurusıkı bir tehdit değildi bu. Herif beni yere indirdi. Mesajı iletmişti. Benim ise başım dönüyor, gözlerim kararıyordu. Her an bayılabilirdim. Mide boşluğumdaki sancı geçmemişti, sağ elmacık kemiğin bulunduğu alan ise alev alev yanıyordu. Herifle-rin gittiğini bile göremedim, sadece kapanan kapımın gürültüsü kulaklarımda uğuldadı.

ə.

Naz'ı kaybetmiştim, sıra şimdi canımdaydı galiba. Bu blöf de-ğildi. Naci Koyuncu itibarının peşine düşmüştü; röportaj yayımla-nırsa tam bir haber olacağını, bütün memleketin lekeli geçmişini öğreneceğini anlamıştı. Buna izin vermeyeceği kesindi.

Sonuçta ben bir gazeteciydim, patlak verecek neticeyi göze almak zorundaydım. Ölüm tehdidine kulak asmazdım ama göre-vimi yerine getirmek için elimdeki yazının ve kayıt cihazının bir şekilde gazeteye ulaşması gerekirdi.

Dizlerim tutmuyor ve devamlı inliyordum. Ayaklarımı sürte sürte bulduğum ilk aynanın karşısına geçerek yüzüme bir göz at-tım. Herifler yüzümü perşembe pazarına çevirmişlerdi. Görün-tümden korktum. Elmacık kemiğim ve üstündeki gözüm daha şimdiden davul gibi şişmişti. Yarın o şişin etrafını koyu bir mor tabaka kaplayacaktı.

Küfrü bastım. Bu çehreyle sokağa da çıkamazdım.

Acilen bir hastanenin ilk yardımına gidip tedavi olmalıydım. Ama ilk yardımda daima polis bulunurdu ve yüzümdeki yaranın darp sonucu olduğu anlaşılınca hastane polisi rapor tanzim eder ve mesele adli mercie havale edilirdi. Bu durum hoşuma gitmedi, her şeyden önce elimdeki belgenin ve cihazın gazeteye gönderil-mesi gerekiyordu. İlk işim bu olmalıydı.

Önce Naz'ı arayıp durumu açıklamayı düşündüm. Ama bunu istemedim, hem gururum mani oldu hem de artık onunla ko-nuşmak istemiyordum. Yarın yüzümün durumu daha da berbat olacaktı, o çehreyle gazeteye gidemezdim. Bin bir suale maruz kalırdım ve kimseye açıklama yapacak halde değildim. Aklıma Turgut geldi, ağzı sıkı bir çocuktu fakat o da mutlaka ne olduğunu merak edip beni sorgulamaya girişecekti. Birden aklıma Naz'ın sekreteri Gönül Hanım geldi. Ondan yardım isteyebilirdim. Ne de olsa Naz'ın sağ kolu sayılırdı, gazetede ondan da Naz kadar çekindiklerini biliyordum, ayrıca Naz'ın pek çok mahremiyetinde de vakıf olduğunu biliyordum. Hem yazdığım metni hem de istifa dilekçemi ona verebilirdim. Umarım akşamın bu vakti, gazeteden henüz çıkmamıştır diye dua etmeye başladım. Telefona sarıldım. Neyse ki hâlâ yerindeydi. Hemen açtı Konuşmakta zorlanıyordum. Ağzından kelimeler güçlükle çıkıyordu. Meramımı anlatmakta zorlandım. Kadıncağız adresimi aldı, "Tamam, iş çıkışı size uğrayacağım," dedi.

ɐ̇

Bir buçuk saat sonra Gönül Hanım gelmişti. Kapıyı açıp da yüzümü o halde görünce gözleri irileşti hemen. "Haldun Bey, nedir bu haliniz?" diye sordu.

Önce geldiği için teşekkür ettim, sonra durumu açıklayamayacağımı ama vereceğim iki zarfı ve ses kayıt cihazını yarın ilk iş olarak Naz'a teslim etmesini rica ettim. Çok anlayışlı bir kadındı, "Siz hiç endişe etmeyin," diye mırıldandı. "Yarın sabah Naz Hanım gazeteye gelir gelmez veririm."

Sonunda sorunu çözümlemiştim. Görevim bitmiş sayılırdı, bundan sonrası Naz'a kalmıştı artık nasıl isterse öyle yapardı. Fakat Gönül Hanım'ın ilgisi dikkatimi çekmişti. Çok anlayışlı bir kadındı ve teslim ettiğim belgelerle ilgili tek bir sual sormamıştı. O gidince ağrılarımla baş başa kalmıştım. Canım çok yanıyordu. Kendimi yatağa bıraktım.

Üçüncü Bölüm

1

Uyumam mümkün değildi, acıdan kıvranıyordum yatağın için-de, saate baktım, dokuz olmuştu. Karnım açtı ama yemek yiyecek halde değildim. Galiba yüzümdeki şiş yanağımın her tarafını kaplamış olmalıydı. Parmağımı yanağıma değdiremiyordum. İşin kötüsü, yattığım zaman yüzümdeki ağrının daha da şiddetlenmesiydi.

Dokuz sularında kapım yeniden çalınmaya başladı. Bu saatte ziyaretçim pek olmazdı. Haklı olarak yeni bir korkuya kapıldım, yoksa Naci Koyuncu'nun gorilleri yeniden mi dayanmıştı kapıma? Yarın akşam geleceklerini söylemişlerdi ama belli de olmazdı, herif akıllanmam için onları bir daha kapıma yollamış olabilirdi.

Neden sonra toparladım; gelen apartman kapıcısı Ragıp Efendi olmalıydı. Dairelerin çöplerini bu saatte toplardı. Boş ver dedim, çöpüm filan yoktu, zaten kaç gündür evimde değildim, ayrıca şimdi kapıya kadar gidecek halim de yoktu. Fakat kapı ısrarla çalınıyordu, hem de ilkinden daha sürekli. Kapıdaki kişi parmağını zilden çekmiyordu.

İlk korkum avdet etti.

Kapımı kimse bu kadar ısrarla çalamazdı. Ragıp Efendi bir veya iki defa zile dokunur, açılmayınca da evde olmadığıma hükmederek çekip giderdi. Bu gelen Naci'nin korumalarıydı kesin. Onlarla mücadele edecek hiç halim yoktu. Onların ise amaçları apaçık belliydi, canıma kast etmeye gelmiş olmalıydılar. Bir an polisten imdat istemeyi düşündüm. Sonra can havliyle yataktan kalkıp mutfağa gittim ve sivri ekmek bıçağını alarak kapıya döndüm.

Kapının zili hâlâ çalıyordu. Yeniden üstüme saldırırlarsa en azından birini bıçaklayacaktım. Nevrim dönmüştü artık. İhtiyatla kapıyı araladım; içeriye dalmaya hazırlanırlarsa ilk girenin karnına bıçağı daldıracaktım. Fakat hayretten şaşkına döndüm; karşımda Naz duruyordu. Elimde bıçakla öylece kaldım...

Naz önce yüzümün halini gördü. Kaşları çatık yüzüme baktı. Sonra, "Yürü, gidiyoruz," dedi.

Tabii çok afallamıştım. Onun evime geleceğini hiç ummamıştım. "Nereye?" diye sordum.

"Nereye olacak, yalıya tabii," dedi.

"Hayır, olmaz. Oraya gitmem artık."

"Ne demek olmaz? Bana karşı mı geliyorsun?"

"Evet... Dört beş saat önce gazetenden istifa ettim. Artık bana karışamazsın."

"Bal gibi de karışım... İstifan kabul edilmedi."

"Sana oraya dönmem dedim, anlamıyor musun?"

Naz öfkeyle homurdandı. "Zor kullanmamı mı istiyorsun? Korumalarım aşağıda. Emrimi bekliyorlar. Seni karga tulumba jeepime tıkarlar, bilmiş ol..."

Kahrolası aşk... Beni yine yenik düşürüyordu. Ne olmuştu aldığım kararlara? Onu karşımda görünce kararlarımı uygulayamıyordum işte... Ama hafif bir sevinç de vardı içimde. Yaralandığımı duyunca hemen yardımıma koşmuştu. Anladığım için, hiç sormadım;

olayı belli ki sekreteri Gönül Hanım'dan duymuştu. Gönül buradan çıkar çıkmaz patronunu telefonla aramış olmalıydı.

Biraz daha direnir gibi numara yaptım. "Seninle gelmeyeceğim."

"Geleceksin, hem de tıpış tıpış..."

"Neden gelecekmişim, istemiyorum yahu."

"Senin istemen önemli değil, ben öyle istiyorum. Ve sen isteklerimi yerine getirmek zorundasın, o şapşal kafana bunu iyice sok."

Neredeyse zevkten erimeye başlayacaktım. Bana ilgi duymasa bu kadar direnir miydi hiç? Peki bu sabah yalıda gördüklerimi nasıl açıklayacaktım, dün gece sabah üçe kadar o artist bozuntusu herifle beraberdiler. Kim bilir aralarında neler geçmişti? Belki de böyle hırpalanmamın sorumlusu olarak kendini gördüğü için şimdi kapıma gelmişti. Vidan azabı... Bit tür kefaret duygusu...

Az kaldı kafam yine atmak üzereydi ama son anda konuşmalarını dikkate aldım. Bana sahipleniyor, bırakmak istemiyordu, ayrıca daha okumadan istifamı da kabul etmeyeceğini söylemişti.

"Tamam," dedim sonunda. "İzin ver de yanıma ufak tefek birkaç eşyamı alayım."

"Gerek yok, bekleyemeyiz şimdi."

"Neden?" diye sordum. "Naci Koyuncu'nun adamlarının yeniden geleceğinden mi korkuyorsun?"

"Saçmalama. Buraya yalnız geleceğimi mi sandın? Aşağıda bir sürü adamım var."

"Öyleyse niye acele ediyoruz?" dedim.

Sinirli sinirli homurdandı. "Yüzün ne hale gelmiş görmedin mi? Seni bir an önce doktora götüreceğim."

"Doktora mı? Hangi doktora?" diye mırıldandım. "Bir hastaneye gidersek polis işe karışabilir. Bunu istemiyorum."

"Allahım, sen bana sabır ver," diye söylendi. "Doktorlar belki

151

çoktan yalıya varmışlardır şimdi. Olayı duyar duymaz özel hekimlerimi çağırdım."

Daha ne diyebilirdim... Işıkları söndürüp, evimin kapısını kilitleyerek merdivenden aşağıya indik. Basamaklarda bana yardımcı olmak için koluma girmişti...

⁂

Jeep'i korumalarından biri kullanıyordu. Ön koltukta iriyarı biri daha vardı. Her ikisini de ilk defa görüyordum. Hemen arkamızdan ise içinde üç koruma daha bulunan bir araç bizi izliyordu. Şaşkınlığım devam ediyordu hâlâ. Naz ise kolumdan çıkmamıştı. Hatta daha fazlasını yapmış, bir elimi avuçlarının içine almıştı. Sus pus olmuş oturuyordum, ne de olsa aracın içinde onun adamları vardı ve Naz'ın gösterdiği yakınlığı nasıl yorumlarlar diye düşünüyordum. Naz çok üzgündü, her halinden de belli oluyordu. Adamlarının yanında aramızdaki samimiyet belli olmasın diye yine sizli bizli konuşmaya başlamıştım. "Üzülmeyin, Naz Hanım," diye fısıldadım. "Olanlar o kadar da önemli değil efendim."

"Değil mi? Bak göreceksin, bu yaptırdığını nasıl o itin burnundan fitil fitil getireceğim. Getirmezsem bana da Naz demesinler."

Belli ki çok kızmıştı.

Yüzüm acı içindeydi ama gönlüme dalga dalga sevinç yayılıyordu. Sonuçta yine yanılmıştım, zira Naz'ın üzüntüsünü ancak sevgiyle açıklayabilirdim. Bu kız bana âşıktı, artık bunu anlamıştım. Galiba anlamadığım tek nokta sevgisini göstermesindeki farklılıktı.

Yalıya geldik nihayet. Naz salona kadar kolumdan çıkmadı hiç. Araçtan inerken bile korumaların yardımını istememiş, çocuk gibi elimden tutarak o indirmişti. Yalıda iki doktoru bizi beklerken bulduk. Naz, Patroniçe tavırlarını yeniden takınmıştı ama bana değil etrafına öyle davranıyordu bu sefer. Salona girince doktorlar hemen ayağa fırladılar. Biri orta yaşlı, diğeri daha gençti. Sonradan birinin profesör, diğerinin doçent olduğunu öğrenecektim. Naz'a karşı gayet saygılı ve ölçülü davranıyorlardı. Beni uzun uzun muayene ettiler. Neyse ki ikisi de elmacık kemiğimin kırılmadığı teşhisini koydular. Bu beni biraz rahatlatmıştı. Doktorlar gittikten sonra sevgilimle baş başa kaldık. Şimdi bambaşka bir kimliğe bürünmüştü Naz. Sıcak, sokulgan, muti, bana ihtimam ve ilgi gösteren, sanki o an hayatının tek mihrakı benmişim gibi davranan bir sevgili... Hemen adamlarından birini nöbetçi eczaneye gönderip ilaçlarımı ve merhemlerimi aldırtmış, pomatları bizzat kendisi yaramın üzerine ince parmaklarıyla sürmüştü. Canımın yanmaması içinde azami itinayı gösteriyordu.

Bir ara dayanamayıp, "Beni şımartıyorsun," dedim.

"Tabii şımartacağım, sen benim için çok değerlisin," diye karşılık verdi.

Hoşafın yağı kesilmişti bende. Yerimde kim olsa aynı şeyi hissetmez miydi? Zevkten dört köşeydim. Ama hâlâ aklımın bir köşesinde o artist bozuntusu, yakışıklı Yalçın vardı. Dün gece sabahın üç buçuğuna kadar ne yapmışlardı acaba? Üstüne üstlük herif gözünü açar açmaz sabahın köründe yalıya damlamıştı. Birden irkildim, o ana kadar hiç aklıma gelmemişti; yoksa o herif dün geceyi bu yalıda mı geçirmişti? Gayriihtiyari yüzüm yeniden asıldı. Somurtmaya başladım.

Tabii, gözünden kaçmadı Naz'ın. Ama o an aklımdan neyin geçtiğini bilemezdi.

"Canın yanıyor, değil mi?" diye sordu üzüntülü bir sesle.

"Evet, hem de çok," diye homurdandım. Gerçek acımın yüzümdeki yaradan değil de, kalbimden kaynaklandığını anlayamazdı tabii.

"İstersen bu gece ben de senin odanda kalayım. Sana göz kulak olurum," dedi içtenlikle.

"Daha da neler! Olur mu, hiç!"

"Olur tabii, neden olmasın? Ama uslu uslu yatıp uyursan... Yaramazlık yapmak yok."

Zaten istesem de yaramazlık yapacak halim yoktu. Canım çok yanıyordu. *Doğru mu söylüyor acaba?* diye düşünmeye başladım. Sahiden odama mı gelecekti? *Yok canım,* diye geçirdim içimden; herhalde bu da gönlümü almak için ettiği bir laf olmalıydı. Yalan bile olsa, hoşuma gitmişti. Patroniçem bana değer veriyordu.

Üstelemedim. Ama daha şimdiden merak etmeye başlamıştım; sahiden odama gelip, geceyi benim yanımda mı geçirecekti... Naz bu, ne yapacağı hiç belli olmazdı. Gazetedekilerin karşısında tir tir titredikleri büyük Patroniçe, geceyi odamda geçirecekti, ha... Sırf gönül almak için bile söylemiş olsa, benim için gurur vericiydi. Ayrıca yapar mı, yapardı... Olayı öğrenince nasıl telaşa kapılmış, korumalarını alarak evime koşmuştu, onu yapan kadın odamda da kalırdı tabii... Neden olmasındı...

Belli etmemeye çalışıyordum ama heyecan dalgası içimi kaplamıştı bile.

Naz ile yatak odasında geçecek bütün bir gece... Hani neredeyse saldırganların yüzümü perşembe pazarına çevirmelerine sevinecektim. Bana unutamayacağım bir gecenin hazzını sağlamışlardı. İnanılır gibi değildi, lakin Naz her şeyi bırakmış sadece benimle meşgul oluyor, yanımdan hiç ayrılmadığı gibi hep bir isteğim var mı diye gözlerimin içine bakıyordu...

ఴ

Sözünde de durdu...

Hizmetkârlara bile bırakmadan beni yatak odama kendisi

götürdü. Artık bu odaya da bayağı alışmaya başlamıştım. Odaya girer girmez, bu fikri çok daha önceden düşündüğünü anladım. Çünkü tam yatağın karşısına daha önce odada olmayan hareketli kocaman bir koltuk getirilip yerleştirilmişti. Üzerine de bir battaniye ile ince ufak bir baş yastığı bırakılmıştı.

Gülümsemek istedim ama acıdan gülemedim. Aslında o kadar da izam edilecek bir halim yoktu, kocaman adamdım, başımın çaresine bakabilirdim, çocuk değildim ya. Ama bana gösterdiği ihtimam hoşuma gidiyordu. Sevgili ya da kocası olsam, ancak bu kadar itina ederdi.

"Hadi, bakalım. Şimdi soyunmana yardım edeyim," dedi.

"Yapma Naz, çocuk muyum ben? Kendim soyunurum," diye itiraza kalkıştım.

"Hayır. Bu gece benim sorumluluğundasın. Boşuna konuşma."

Beni yatağın kenarına oturttu.

İtina ile gömleğimin düğmelerini çözmeye başladı. Çok yakınımdaydı. Terütaze bedeninden nefis bir parfüm rayihası içime doluyordu. Yine bir rüya âlemine uzanıyordum. Ben ve sevgilim... Bu şahane yalının yatak odalarından birinde baş başa... Ve önümüzde uzanan uzun bir gece...

Sanki bir yerimi çimdiklersem uyanacakmışım gibi geliyordu bana. Yaşadıklarımın düş olduğuna inanmak en doğrusuydu sanırım. Koskoca patroniçe Naz, önce gömleğimi çıkarmış, şimdi de ellerimden tutarak beni ayağa kaldırmıştı. Baktım, pantolonumun kemerini açmaya çalışıyordu. Bu kadarı da fazlaydı hani... Engellemeye kalkıştım, sert bir sesle, "Kımıldayıp durma," dedi. "Soyuyorum, İşte... Daha ne istiyorsun."

Ama az sonra istemediği şeyler olabilirdi. İçimde daracık bir slip vardı ve yakınlaşması beni tahrik etmişti. Hiç oralı olmadı ve pantolonumu aşağıya indirdi. Tabii önümdeki sertleşmeyi görmüştü.

"Sana uslu durmanı tembih etmiştim, utanmıyor musun? Nedir bu halin?" diye biraz kıkırdayarak çıkıştı. Sanki beni azarlıyordu... Her zamanki gibi şaşıran, çekinen ben olmuştum. Ne diyeceğimi kestiremedim. Ama Naz'ınki gerçek bir kızgınlık hali değildi kuşkusuz. "Affedersin. Elimde değil, ne yapayım," diye kekeledim. Başını çevirdi fakat görebildiğim kadarıyla dudaklarında belli belirsiz bir tebessümün izleri oluşmuştu. Sonra yorganı kaldırıp bir bebek gibi uzanmama yardımcı oldu. Bu hizmetleri yapmaya alışık biri gibi pantolonumu ve gömleğimi askıya asmış, ufak gardıroba yerleştirmişti.

Dayanamayıp bacağıma bir çimdik attım, rüya gördüğüme gerçekten inanmaya başlamıştım ama yaşadığım an aynıyla devam etti. Bu, rüya filan değildi... Yetişkin bir erkekten ziyade utangaç bir çocuk gibi yatağın içinde büzülüp kaldım. Naz yatağın başucuna geldi, muhabbetle saçlarımı okşadı. "Hadi artık uyumaya çalış," dedi. "Ben birazdan döneceğim."

Komodinin üstündeki gece lambasını açtı, tavandaki lambayı söndürüp dışarı çıktı.

᠃

Yüzümdeki sancı devam ediyordu. Uslu bir çocuk gibi onun dönmesini bekliyordum. Naz yaklaşık on dakika sonra odamın kapısını araladı. Sabırsızlıkla gelişini bekliyordum. Bir anne edasıyla mırıldandı. "Sen uyumadın mı daha?"

"Seni bekliyordum," diye fısıldadım.

Yatağın yanına yaklaştı, "Geldim işte. Hadi yum gözlerini ve uyu. Merak etme sabaha kadar yanında olacağım." Sanki ateşim olup olmadığını anlamak ister gibi avucunu alnıma yapıştırıp kontrol etti. Yumuşacık avuç içinin alnıma teması bile nevrimin dönmesine yetmişti. Anlaşılan hiç iflah olmayacaktım, o anın hep devam etmesini, elini alnımdan hiç çekmemesini diledim içimden.

Bu akşam sırtında susam çiçeği moru bir sabahlık vardı. İçinde de aynı renk bir gecelik. Belli ki odasına gitmiş kıyafetini değiştirmiş, sonra yanıma gelmişti. Hayranlıkla ona baktığımı görünce tebessüm etti. "Beğendin mi?" diye sordu.

"Nasıl beğenmeyebilirim ki? Sen ne giysen kendine yakıştıran bir kadınsın."

Bu defa sesini çıkarmadı. Zarif bir hareketle sırtındaki sabahlığı çıkarıp yakınındaki iskemlelerden birinin üstüne bıraktı. Geceliğinin kısa ve mevzun bacaklarını gösterecek nitelikte olduğunu sanmıştım, ama yanılmıştım, sabahlığı ayak bileklerine değecek kadar uzundu. Koltuğun üzerine katlanıp bırakılmış battaniyeyi açtı ve usulca koltuğa uzandı. Koltuğun yanındaki manivelayı kullanarak bacaklarını uzatacak hale getirdi. Battaniyeyi üzerine çekti. Yanında pocket book tarzı İngilizce bir kitabı da okumak için getirmişti. Artık benimle konuşmuyor, uyumamı bekliyordu.

Ben de konuşmadım, yattığım yerden sessizce onu izlemeye başladım. Bir yandan da düşünüyordum. Bu yaratılan tablo nasıl değerlendirilebilirdi? Naz bana âşık olmasa bu an yaşanır mıydı hiç? Su katılmamış enayinin tekiydim; sevmeyen, âşık olmayan bir kadın asla bu fedakârlıklara katlanmazdı. Gerçekten salak olmalıydım; zira onun davranışlarını değerlendiremiyor, hep sinsi fikirler aklıma geliyordu. Nitekim az öncesine kadar aktör Yalçın'la dün geceyi nasıl geçirdiğine kafayı takmıştım. Aralarında düşündüğüm kötü anlamlı bir ilişki olsaydı, Naz benim başımda sabaha kadar beklemeyi göze alır mıydı hiç? Neydim ben, alt tarafı emrinde çalışan bir gazeteci... Evet, onun yüzünden saldırıya uğramış, hırpalanmıştım ama bana âşık olmasa, beni bir hastaneye sevk eder, tedavimi yapar sonra evime gönderirdi. Bunca zahmete katlanır mıydı hiç? Ya da elime tazminat gibi bir miktar para sıkıştırır, meseleyi kapatırdı.

Nankörün tekiydim ben... Ya da kadın ruhundan hiç anlamayan

bir erkek... Bu konuda daha kırk fırın ekmek yemem gerekecekti. Göz ucuyla ona baktım; kitabına dalmış okuyordu. Ya *Rabbim bu ne güzellik,* diye geçirdim içimden. Tanrı, bir kadına nasip edeceği her şeyi vermişti ona, boy pos, endam, zarafet, kibarlık ve de çekicilik. Uzandığı kanepede, hatta üstüne çektiği ince battaniyeye rağmen, vücut hatlarının cazibesi, özellikle de kalçasının inhinası, yarattığı kavis, başımı döndürüyordu. Halimi unutup yataktan fırlamayı, yanına yaklaşıp o muhteşem çıkıntıyı okşamayı delice istiyordum.

"Niye uyumuyorsun, bakıyım sen," diye mırıldandı, tıpkı yaramaz oğlunu paylayan bir anne gibi. Bu arada da gözlerini okuduğu kitaptan ayırmamıştı.

"Tamam, şimdi uyuyorum *anneciğim,"* dedim ve gözlerimi yumdum. Göz kapaklarım kapalı olduğu için göremiyordum ama tatlı tatlı gülümsediğinden emindim...

৯&

Ne de olsa bir profesörle bir doçent bakmışlardı yarama. Ertesi sabah aynaya baktığımda yüzümdeki şişin büyük oranda indiğini gördüm ama yerini kesif bir morluğa bırakmıştı ve bunun uzun süre geçmeyeceğini biliyordum.

Naz ise bütün geceyi odamda geçirmişti. Aldığım ilaçlardan olacak bütün geceyi deliksiz uyuyarak geçirmiştim. Gözlerimi açtığımda sevgilim halâ koltuğun üzerinde uyumaya devam ediyordu. Usul usul yataktan kalktım, banyoya girdim, yüzümün nasıl morardığını da o zaman gördüm.

Odaya döndüğümde Naz koltukta geriniyordu. "Günaydın. Nasılsın?" diye sordu.

"Turp gibiyim," dedim.

Yüzümdeki morluğa baktı uzaktan. "Ama bu halinle sokağa çıkamazsın."

"Boş ver. Geniş bir güneş gözlüğü kullanırım."

"Olmaz."

"Ne demek olmaz? Yalıya tıkılıp kalacak mıyım?"

Alaycı bir şekilde yüzüme baktı. "Ne o, yoksa küçük bey buradan sıkıldılar mı?"

"Ne münasebet, Naz," diye mırıldandım. "Benim de birtakım tedbirler almam, durumumu gözden geçirmem lazım. Biliyorsun, bir saldırıya maruz kaldım."

"Ne yani? Savcılığa şikâyette filan mı bulunacaksın?"

"Gerekirse."

Gülümsedi. "Benim boş durduğumu mu sanıyorsun? Sana çağırdığım hekimler gibi gazetenin tüm avukatlarını da dün gece görevlendirdim. Şimdi hepsi bu işin peşindeler."

Söyleyecek bir şey bulamadım.

Kuşkusuz, Naz'ın gücü benimkinden çok fazlaydı, hem de her konuda. Sustum...

2

Ertesi sabah öğle saatlerine kadar Naz yine yalıdaydı. Benimle ilgilendi hep. İlginçtir, yaptığım röportajın ne zaman basılacağı hususunda bir açıklamada bulunmuyordu. Sonunda ben sordum, gayet sakin bir sesle, "Dur bakalım, acele etme," dedi. Biraz bozulur gibi oldum; bunca eziyetten sonra iyi düzenlenmiş ve ses getirecek bir röportajın ertelenmesinin bir nedeni olmalıydı. Üstelik bir güzel de dövülüp, tehdit edilmiştim. Ayrıca merak da ediyordum; acaba o şehir eşkıyaları bu gece yeniden evime gelecekler miydi? Ama mutlaka Naz'ın bir bildiği veya beklediği olmalıydı.

"Yoksa neşretmeye korkuyor musun?" dedim.

Kaşlarını çatarak, "Ben hiçbir şeyden korkmam, ama en uygun ve benim için en yararlı olan çözümü bulmak isterim," diye karşılık verdi. Daha fazla üstelemedim, sonuçta Patroniçe oydu ve gazetesinde neyin basılıp neyin basılmayacağına o karar verirdi. Öğle yemeğinden sonra sevgilim, "Benim gazeteye gitmem gerekiyor, sen dinlenmeye bak, erken dönerim," dedi ve yalıdan ayrıldı.

Yaşadıklarım inanılır gibi değildi. Bir masal âlemindeydim sanki, hayatın gerçeklerine uymayan, rüya gibi bir yaşam... Eski Yeşilçam filmlerinin aynısı. Fakir genç, zengin kıza âşık oluyor. Baş rollerde ben ve Naz... Aktör bozuntusu Yalçın Kural filmin figüranlarından biri sadece... Romantik jön rolünde fevkaladeyim.

160

Filmin sonu mutlu bitecek tabii. Zengin kız ve fakir olan birleşip sonsuza kadar birlikte olacaklar. Hani neredeyse jenerikte "Son" yazarken Naz'la el ele tutuşup ağaçlıklı bir yolda koştuğumuzu hayal edeceğim.

Derin bir nefes aldım. Gerçek hayatın hiç de böyle olmadığını biliyordum. Bu kurgu yirmi birinci yüzyılın realitesine hiç uygun düşmüyordu. Aşırı duygusal bir senaryoydu bu. Fantastik... Kesinlikle inanılmazdı. Ben bile birkaç kere kendimi çimdiklemiş, rüya mı görüyorum acaba diye silkinmiştim.

Öyle olmalıydı. Mantığım bunu gerektiriyordu. I akin hâlâ yalıdaydım, yüzümde acı veren morluk gerçekti. Dün gece sevgilim, gazetemin Patroniçesi sabaha kadar yatak odamda hemen yanı başımda beni beklemişti. Bu da mı hayaldi? Ya tatlı çekişmelerimiz, ya hiçbir zaman daha ileriye gitmeyen yakınlaşmalarımız, öpüşüp koklaşmalarımız, onlar da mı rüyanın bir parçasıydı?

Hayır, bunların hepsi yaşanmıştı, gerçekti. İnkâr edilemezdi... Biz birbirimizi seviyorduk. Şayet Naz bana âşık olmasa, sabaha kadar yanımda kalır mıydı? Hem de bir sürü riski göze alarak... Öyle ya, neredeyse beni yalıya getireli bir haftaya yaklaşıyordu, en azından evdeki çalışan personelin, korumaların hakkında ne düşüneceklerini bile iplediği yoktu. Çıkacak dedikodulara filan aldırdığı yoktu.

Sevgilimin dönüşünü beklemeye başladım. O yokken bu muhteşem binada bile sıkılıyordum. Yalının ihtişamlı havası, harikulade manzarası bile içimdeki boşluğu doldurmaya yetmiyordu. Saat dörde doğru Naz döndü. Doğru yanıma geldi ama daha yüzüne bakar bakmaz bir şeylerin ters gittiğini sezinlemiştim. Endişeyle yüzüne baktım.

"Bir aksilik mi var?" Naz diye fısıldadım.

Hırçın bir sesle, "Evet," dedi.

"Ne oldu?"

"Bu akşam annemle babam yalıya geliyorlar."

Galiba meseleyi anlamıştım; beni burada görmelerini istemiyordu. "Dert etme," diye fısıldadım. "Odamdan dışarıya çıkmam, beni görmezler."

"Sorun senin buradaki varlığın değil. Naci, babamla görüşmüş. Röportajın yayımlanmaması için ricada bulunmuş. Sanırım, babam da peki demiş. Niyetleri beni ikna edip, yayımlanmasını engellemeye çalışmak."

Bu konuda fikir yürütmek bana düşmezdi, sonuçta bu bir aile sorunuydu, ama ucunda kızlarının mutluluğu söz konusu olunca bu direnmeyi anlamıyordum. Paraya verilen değerin bu boyutlara varması beni ürpertiyordu. Kesinlikle de anlamıyordum, ana babanın kızlarının saadetini hiç düşünmeden sermayenin getireceği birleşmeyi ön planda tutmaları, benim gibi nefesi kokan bir insan için asla anlaşılacak bir konu değildi. Hatta fakir ve paraya muhtaç olsalar dahi, evlilikte mutluluğu her zaman ön plana alan bir yapıdaydım.

"Ne yapacaksın şimdi?" diye sordum.

"Bizimkilerle tartışacağım tabii. Artık şartlar değişti, annem babam bile beni bu evliliğe ikna edemez."

"Haklısın, o sana eş olacak biri değil."

O hırçın hali değişir gibi oldu. Hafifçe gülümsedi. "Tabii, değil. Olur mu hiç? Bana ondan çok daha iyileri yakışır."

Zevkten dört köşe oldum. Demek beni Naci Koyuncu'dan bile üstün görüyordu. Gözlerim ışıldadı, "Kim mesela?" diye sordum. Artık bir itirafta bulunmasını, adımı açıklamasını istiyordum.

"Mesela, Yalçın Kural... Bana deli gibi âşık. Çok yakışıklı ve ünlü bir aktör... Sen de gördün, birbirimize çok yakışıyoruz. Ben de ondan hoşlanıyorum... Evvelki gece sabaha kadar onunla dans ettik. O varken, Naci ile neden evleneyim... Naci'nin serveti hiç umurumda değil. Kesin kararlıyım, ben gönlümün seçtiği erkekle evleneceğim."

162

Donakaldım...

Bu uğradığım kaçıncı hayal kırıklığıydı. Yine aptallığım tutmuş, dün gece bana gösterdiği ihtimamdan sonra her zamanki gibi hayallere kapılmıştım. Allah'tan hayal âleminden ani uyanışlarım o kadar çok artmıştı ki kendimi toparlamakta zorlanmadım. Hatta bu sefer ses tonumdaki kırıklığı bile gizlemeyi başardım. "Tabii, canım... Sen bir patroniçesin, dilediğinle evlenmelisin. Ayrıca o herifle de iyi bir çift teşkil ediyorsunuz doğrusu..."

Tek hatam, aktör bozuntusundan "herif" diye bahsetmem olmuştu. Toparlamaya çalıştım ama ağzımdan kaçmıştı bir kere.

Naz yüzüme sert bir bakış fırlattı.

"Yani, hakçası yakışıklı bir adam," demek zorunda kaldım.

"Bak, sen de kabul ediyorsun, birbirimize uygun düştüğümüzü."

"Hiç şüphen olmasın... Hem de ne uyum..."

"Teşekkür ederim, Haldun. Keşke, annem babam da senin kadar anlayışlı olsalar," diye mırıldandı.

Yüzümün aldığı ifadeyi göstermemek için başımı başka yöne çevirmiş, pencerenin önüne doğru yürümüştüm. "İstersen bu gece yalıda olmayayım. Yarın yine gelirim. Annenle babanın beni burada görmeleri yakışık almayabilir."

"Ne münasebet! Sadece odadan dışarıya çıkmazsın, olur biter..."

"Yok, yok... Bu gece ben evime döneyim," dedim.

"Olmaz. O saldırganlar yine evine gelebilirler."

"Ne olacak yani? Herifler basacak diye evime gidemeyecek miyim?"

"Sana olmaz, dedim. Anlamıyor musun, tehlikeli."

"Ben de başka bir yerde sabahlarım... Mesela bir arkadaşımın yanında..."

Sesi yine hırçınlaştı. "Kimin yanında? Şu sevgilinin mi?"

Sanki oyun oynuyor, bilinçli olarak birbirimizin damarına basıyorduk. Aslında yanına gideceğim bir sevgilim filan da yoktu.

163

Ama o konu açıldığında Naz'ın sinirlendiğini hissediyordum. "Evet, bir gece onun yanında kalabilirim," dedim. Galiba bu sefer numara yaptığımı sezinlemişti. "Yoo," dedi. "Kız seni bu yüzünle görmesin. Suratın mosmor... İyileşince gidersin." "Ama..." diye kekeledim. "Uzatma... Ben ne istersem o olacak. Bu gece burada kalacaksın. Anladın mı?" Ah, Allahım sinirlenince nasıl da şirretleşiyordu. Bu hali de ona çok yakışıyordu ama bunu söyleyemezdim ki... Susmak zorunda kaldım. Her şeye rağmen üstüme düşüşü hoşuma da gidiyordu.

Kapıyı vurup çıktı...

Ağlanacak halime gülüyordum, çünkü mutluluk dalgası yine içimi kaplamıştı. Galiba bu çekişmelerden hoşlanıyordum...

ફ

Odanın içinde mahpus gibi kalmaktan sıkıldım. Yattım kalktım, pencereden manzara seyrettim, yaşananları düşündüm ama vakit bir türlü geçmiyordu. Karanlık çoktan bastırmıştı. Bulunduğum odaya aşağıdan ses aksetmiyordu. Herhalde Reşit Bey'le eşi çoktan gelmiş olmalıydılar. Acaba aşağıda nasıl bir konuşma cereyan ediyordu, Naz'ın bu sefer direneceğinden ve evliliğe karşı çıkacağından emindim.

Saat sekize doğru, hizmetçilerden biri tepsi içinde bana yemek getirdi. Ona Reşit Bey'le eşinin gelip gelmediğini sordum, "Geldiler, efendim. Az sonra yemeğe oturacaklar," dedi. Tam gelen tepsi içindeki yemeğime başlamak üzereydim ki kapı birden açıldı top gibi Naz odama daldı.

"Gel, lütfen... Seni aşağıya götüreceğim," dedi. Sinirden titriyordu Naz.

Önce ne olduğunu anlamadım. "Annen baban gittiler mi?" diye sordum.

"Hayır, aşağıdalar. Seni onlara göstereceğim." Biraz şaşırmıştım, Naz'ın bu ani tutumu karşısında. "Neden, buna gerek var?" diye mırıldandım. "Şimdi açıklama yapmamın zamanı değil, öyle gerekiyor. Lütfen, benimle gel," diyerek koluma yapıştı. Kendimi biraz zor durumda hissettim. Aşağıda neler olup bittiğini bilmiyordum, Naz'ın beni neden aşağıya sürüklediğini de, ama belli ki sevgilim de zor durumda kalmıştı ve muhtemelen beni vereceğim ifadeye ihtiyaç duyuyordu. "Dur bir dakika, ceketimi giyeyim," dedim. "Gerek yok," diye söylendi. Palas pandıras odadan çıkarak merdiveni indik. Naz gözle görülür bir öfkeyle beni kolumdan tutarak yemek salonuna soktu.

Kristal avizenin ışıkları odayı aydınlatmıştı. Yemek masasının üstündeki gümüş şamdanların mumları yanıyordu. Masanın üstü envai çeşit yemeklerle donatılmıştı. Ama asıl dikkatimi çeken şey Reşit Bey'le eşi Ülker Hanım'ın beni umacı gibi süzmeleri oldu. Reşit Bey'i zaten tanıyordum, Naz'ın annesini ise ilk defa şimdi görüyordum. Sevgilimin güzelliğini kimden aldığını o an keşfettim. Ülker Hanım, Naz'ın yirmi, yirmi beş yıl sonra alacağı halde adeta. Bir an karşımda yaşlanmış Naz'ı görür gibi oldum. İçimin rahatladığını hissettim; demek Naz ellisini biraz aştığında da bu nefasette, harika bir kadın olacaktı. Sanırım bu genetik bir özellikti ve sevgilim kesinlikle genlerini annesinden almıştı. Babasıyla annesi arasında epey yaş farkı olmalıydı. Ülker Hanım bu haliyle bile pek çok erkeğin ilgisini çekecek kadar güzeldi.

İkisi de dikkatle beni süzüyorlardı. Özellikle de Ülker Hanım... Sanırım Reşit Bey beni hatırlamıştı. "Evet," diye mırıldandı. "Bu, oteldeki yemekte tanıştığımız delikanlı. Onu anımsadım şimdi."

Annesinden ses çıkmamıştı. Dehşete kapılmış gibi yüzümdeki morluğa bakıyordu. Naz sert bir sesle yemek servisi yapan hizmetkârlara çıkıştı. "Bizi yalnız bırakın," dedi. Hizmetkârlar tek kelime etmeden yemek salonunu hızla terk ettiler.

"İşte," diye kükredi. "Röportajı yapan gazetecim bu, Haldun Bey..."

Ne yapacağımı şaşırdım. Mahcup bir edayla, "İyi akşamlar, efendim," diyebildim sadece.

İkisinden de ses çıkmamıştı. Hâlâ şaşkınlıkla beni süzüyorlardı.

Naz, "Sofraya oturun, Haldun Bey," dedi.

Ben ihtiyatla, "Şey, efendim," diye kekeledim. "Anladığım kadarıyla bu bir aile yemeği... Sizleri rahatsız etmek istemem."

"Lütfen, oturun Haldun Bey. Sizin ifadenize ihtiyacım var."

İtiraz edemezdim. Naz'ın gösterdiği iskemleye çöktüm. Reşit Bey'in yanına oturmuştum. Galiba varlığımdan asıl rahatsız olan Ülker Hanım'dı. Bana hiç de hoş nazarlarla bakmıyordu. Ama ilk konuşan sevgilimin babası oldu.

"Sanırım Haldun Bey'i gazeteye neden aldığını şimdi daha iyi anlar gibi oluyorum. Bu işi önceden planlamıştın, değil mi Naz?" dedi.

Naz'ın cevabı çok net olmuştu. "Evet, baba... O çok yetenekli bir gazeteci ve gördüğünüz gibi de başarılı oldu. Kuyruğu sıkışan Naci, adamlarını onun üstüne saldı, sonra da ölümle tehdit etti. İşte, ispatı ortada... Şimdi inandınız mı?

Reşit Bey gözlerini benden alamıyordu, nihayet hafifçe yutkundu. "Delikanlı," dedi nihayet. "Bu konuşmaların sadece aile meclisi içinde kalacağından ve dışarıya sızdırılmaması gerektiğini umarım anlıyorsundur."

"Kuşkusuz, efendim," diye karşılık verdim.

"Kızım, bir evlilik arifesinde, bunu da biliyor musun?"

"Evet, efendim."

O sırada gözlerim tam karşımda oturan Ülker Hanım'a kaydı. Kaşları hafif çatık benim verdiğim kısa cevapları dinlemekle meşguldü. Birden devreye girdi. "Haldun Bey, neden yalıda olduğunuzu bize açıklar mısınız, lütfen?" dedi.

Yutkundum bir an. Nasıl bir cevap vereceğimi kestiremedim. Tam o anda Naz imdadıma yetişti. "Ben öyle istedim," dedi. Sesi yine kesin ve kararlı çıkmıştı. Ülker Hanım nedenini anlamak istercesine bakışlarını kızına çevirdi.

"Çünkü Haldun Bey, benim şahsi bir davam yüzünden kendini tehlikeye attı ve saldırıya uğradı, halini görüyorsun anne. Onu himayeme almak zorundaydım."

Derin bir nefes aldım, zira bu soruya ikna edici bir karşılık veremezdim. Tabii, Ülker Hanım kızının bütün bir geceyi birbirimize dokunmasak da, aynı odada geçirdiğimizi bilse büsbütün pirelenirdi. Kızına âşık olduğumu tahmin edeceğine ihtimal vermedim. Bu kadarını düşünemezdi, fakat hâlâ tereddütle beni süzen nazarlarından huylandım.

Bu arada Reşit Bey konuşmaya devam edince yeniden ona döndüm.

"Evet, dediğim gibi bu bir aile sorunu ama mesele birden büyüdü ve şimdi Koyuncu ailesini de ilgilendirir hale geldi. Kısacası bu sorunun daha fazla dallanıp budaklanmasını istemiyorum."

Kaşla göz arası Naz'a baktım. "Anlıyorum, efendim. Sanırım bu patronumun vereceği bir karar. Alt tarafı ben gazetenin bir elemanıyım. O neyi münasip görürse, öyle olur."

"Kuşkusuz öyle," diye mırıldandı Reşit Bey. "Ama bu sansasyonel haberin hiçbir şekilde umuma yayılmasını istemiyorum. Aksi halde sizi bundan sorumlu tutarım."

Bu da bir tehditti. Artık tehditlerden bıkmıştım. Bir daha Naz'a baktım.

167

"Size fikrimi söyledim. Bu konudaki nihai kararı patronum verir, efendim," dedim.

"Unutmayın, gazetenin gerçek sahibi benim. Kızım sadece vekâleten işleri yürütüyor. Gerekirse tazminatınızı ödeyip sizi kovabilirim."

Yavaş yavaş tepem atmaya başlıyordu. "Herhalde bu söylediğiniz mümkün olabilir. Ama ben emri Naz Hanım'dan alırım. Bilmem bir daha tekrarlamamda yarar var mı? Ben emri sizden değil, Naz Hanım'dan alıyorum, benim için onun vereceği karar önemlidir."

Reşit Bey birden kıpkırmızı kesilmişti.

"Öyleyse yarın gazeteye gidin ve ilişiğinizi kesin. Kovuldunuz..."

Masadan kalkmaya davrandım. Aynı anda Naz'ın sesi bomba gibi odada patladı. "Oturun Haldun Bey yerinize," dedi. "Babam sizi gazeteden kovamaz. Şu anda bütün yetkiler bende ve ben buna asla izin vermeyeceğim. İşinize devam ediyorsunuz."

Reşit Bey dehşete kapılmış gibi kızına baktı. "Naz!" diye ağzından bir homurtu çıktı. Ama sevgilim o kadar kararlı ve ısrarlıydı ki babasına öfkeyle bakıp, "Derhal Haldun Bey'den özür dilemelisin baba. O çok hassas ve kırılgan biridir. Bunu bir hakaret kabul edeceğine inanıyorum ve böyle kıymetli bir elemanımı asla kaybetmek niyetinde değilim."

Bunun bir aile sorunu olduğunu kabul ediyordum ama kendimi iki ateş arasında kalmış gibi hissediyordum. Ne yapacağıma şaşırdım. Naz inanılmayacak bir şekilde beni savunmuştu. Lakin Reşit Bey'in benden özür dileyeceğini sanmıyordum. Naz'a dönerek, "Gösterdiğiniz iyi niyet ve şahıma yönelik teveccüh için teşekkür ederim hanımefendi ama baba kız arasına girmek istemem, izin verin ben gideyim," dedim.

"Hayır," dedi Naz. "Babam sizden hemen şu anda özür dilemeli."

İş gittikçe tatsızlaşıyordu. Tam ayağa kalkmak üzereyken Ülker Hanım birden devreye girdi. "Sanırım Naz haklı, Reşit," dedi. "Bu gence haksızlık ettin. O kendisine verilen görevi başarıyla yerine getirmiş, hatta bu yüzden şiddete maruz kalmış. Buna ben de izin veremem."

Hayretle Ülker Hanım'a baktım. Ondan böyle bir çıkış ve destek beklemiyordum. Yüzümdeki şaşkınlığı o da sezinlemişti, hafifçe gülümsedi bana. Sular biraz durulur gibi olmuştu. Şimdi Reşit Bey'in takınacağı tavrı merak ediyordum. Zaten Naz gönlümü bir kere daha fethetmişti.

"Gerçekten ben mi haksızlık ettim, Haldun Bey'e," diye mırıldandı Reşit Akyol. "Üzgünüm, cidden üzgünüm delikanlı. Seni üzmek istemezdim. Bu konuşmayı unutalım."

Bu düpedüz özür dilemeydi. Koca basın kralı Reşit Bey, benden özür dilemişti. "Gergin ve sinirli olduğunuzu anlıyorum, efendim," diye mırıldandım. "Ben unuttum bile."

Bakışlarım bir daha Ülker Hanım'a kaydı. Bu kez güzel kadın beni daha farklı bir merakla süzmeye başlamıştı. Sanırım kızının sert ve beklenmeyen müdahalesi beyninde yeni birtakım kuşkuların yer etmesine yol açmıştı ki aynı kuşkuları ben de şiddetle yaşıyordum.

Naz rahatlamış bir şekilde, "Artık yemeğe başlayabiliriz," dedi.

Büyük basın kralının ailesiyle onların evinde bu ilk yemeğim olacaktı...

❦

Yemekte Naz'ın Naci Koyuncu ile izdivacı konusu bir daha açılmadı. Kararın boşlukta kalmasına pek bir anlam verememiştim ama sevgilimin yeniden eski neşesine kavuşması, mücadeleyi onun kazandığı kanaatini doğurdu bende. Sanki o sert ve kırıcı konuşma baba kız arasında geçmemiş gibiydi. Hatta bir ara Reşit Akyol purosunu tüttürüp kanyağını yudumlarken kocaman salonun bir köşesine çekilip kızının gazetenin genel durumu hakkında konuşurlarken iyice yakınlaşıp gülüştüklerini gördüm. Sanki aralarındaki o çatışma hiç olmamış gibiydi. Uzaktan konuşmalarını işitemiyordum ama o gergin havanın yok olduğu çok belliydi.

Ben bu meclisin adamı değildim; zaten yemek boyunca da hiçbir konuya iştirak etmemiş sadece dinlemekle yetinmiştim. Sohbetin konuları benim hayat pencereme çok uzaktı, bir asgari müşterek bile yakalamam adeta imkânsızdı. Çoktan sıkılmıştım, sadece Naz'ın harikulade varlığı bu sıkıntıya katlanmama değiyordu. İlk fırsatta izin isteyip odama çekilecektim.

Fakat öyle olmadı...

Baba kızın sohbetinden istifade eden Ülker Hanım, bana dönerek, "Dikkatimi çekti, yemekte çok az şarap içtiniz, içki kullanmaz mısınız?" diye sordu.

"Çok nadir, efendim."

"Neden? Sevmez misiniz?"

"Bilakis, severim." Ardından gülümsemeye çalıştım. "Fakat alkol beni çabuk tutar, sanırım bünyem kaldırmıyor "

Ülker Hanım gülümsedi. "Çok ilginç... Bu yaşta, ha..."

"Ne yazık ki, öyle..."

"Kızımın sizi başka bir gazeteden transfer ettiğini işittim. Hangi gazetede çalışıyordunuz?"

Eski gazetemin adını verdim. Sadece başını sallamakla yetindi.

"Kaç yıllık gazetecisiniz, Haldun Bey?"

"Beş yılımı tamamladım, hanımefendi."

"Henüz meslekte yeni sayılırsınız. Öğrenim durumunuz nedir?"

"İktisat Fakültesi mezunuyum."

Hafifçe dudak büktü. Sanki tahsilimi küçümser gibi. "Galiba İstanbullu değilsiniz, yanılıyor muyum?" diye sordu ardından. Anlaşılan sorularıyla beni daha iyi tanımak istiyordu.

"Bursa doğumluyum, ama üniversiteyi burada bitirdim."

"Aileniz Bursa'da mı yaşıyor."

"Evet... Annem de, babam da Bursalıdır. Babamı on sene evvel kaybettim. Devlet memuruydu, annem ise ilkokul öğretmeni. O hâlâ Bursa'da yaşıyor."

"I Ierhalde başka kardeşleriniz de vardır."

"Hayır, ben tek evlatlarıyım."

"Ya..." dedi. Sanki çok şaşılacak bir şeymiş gibi... Ama hâlâ bana tepeden bakmaya devam ediyordu. Sonra konuyu birden daha nazik bir alana çevirdi. Bakışlarında hafif müstehzi parıltılar sezinledim.

"Naz, sizin çok başarılı ve istikbal vaat eden bir gazeteci olduğunuzu söyledi bize."

"Bu tamamen kendi takdirleri, efendim. Ama böyle düşünüyorlarsa, bu beni çok mutlu eder."

Tekrar güldü. "Siz de, kızım gibi dik başlısınız galiba," dedi.

"Estağfurullah... Bu hükme nasıl vardınız, hanımefendi?"

"Kocama sert çıkışınızdan. Şayet tam zamanında araya girmeseydim daha tatsız konuşmalar cereyan edebilirdi. Şimdiye kadar Reşit Akyol'a böyle diklenen hiçbir gazeteci görmedim."

"Kabalık yaptıysam, sizden özür dilerim."

Bu defa biraz daha sesli güldü. "Benden mi yoksa eşimden mi özür diliyorsunuz?"

Tam cevap vermeye hazırlanırken bize yaklaşan Naz'ın sesini duydum. "Ne konuşuyorsunuz kendi aranızda, yüksek sesle konuşun da biz de duyalım."

"Valideniz hanımefendiye eğitimim ve ailem hakkında ufak bilgiler veriyordum," diye geçiştirdim. Ama kısa bir an Ülker Hanım'la yeniden göz göze gelmiştik. O zaman kesin emin oldum, bu kadın Naz'a yönelik hislerim hakkında bazı şüphelere düşmüştü. Ona âşık olduğumu anlamıştı sanırım. Bu kez Naz'a baktım, gözlerindeki o sevinç parıltıları devam ediyordu, onun coşkulu hali her zaman beni de mutlu etmeye yetiyordu. Sevgilim, "Biraz kanyak içer misiniz, size de getireyim mi?" diye sordu. Ülker Hanım da, ben de, "Hayır, teşekkür ederiz," deyince Naz babasının yanına döndü. Tahminimce Naci Koyuncu hakkında son pürüzleri ortadan kaldırmaya çalışıyorlardı.

Ama Ülker Hanım'ın henüz benimle sohbetinin bitmediğini de Naz babasının yanına dönünce anladım. Akyol ailesinin bütün fertlerinin zeki olduğunu kabul etmeliydim, bana öyle geldi ki Ülker Hanım'ın kocaman salonun uzak bir köşesine gidip oturması, sırf benimle konuşmak için önceden tasarladığı, Naz ile yakınlığımızın derecesini ölçmeye matuf bir plandı.

"Mükemmel bir kız, değil mi?" diye sordu Naz'ın arkasından bakarken.

O zaman iyice uyandım. Bu anlamsız bir sualdi. Cevabı düpedüz ortadaydı... Ağzımı aramaya, ona ait duygularımı anlamaya çalışıyordu. Ayrıca sual yersizdi, alt tarafı ben, kızının ömründe çalışan bir elemandım ve Ülker Hanım başka ahvalde asla böyle bir sual yöneltmezdi.

"Kuşkusuz öyledir, efendim," diye mırıldandım. "Bu hususta fikir beyan etmek ne haddime... Ama saldırıdan sonra bana gösterdiği ilgiyi asla unutamam. Kendisine müteşekkirim."

Bakışlarını tekrar gözlerimin içine odakladı. Cevabımın yetersiz ve istediği doğrultuda olmamasından memnun kalmamıştı. Aşk konusunda romantik ve âciz bir budala olabilirdim ama kuşkusuz

Ülker Hanım'dan daha zekiydim, tuzağına düşmeyecektim. Bunu kavrayıp sorgulamadan vazgeçeceğini düşünmüştüm ama yanılmışım. Şansını bir daha denedi.

"O çok güzel bir kızdır," dedi.

Gaza gelip hemen onaylayacağımı sanmıştı. Ciddi bir ifade ile, "Allah baht açıklığı versin, hayırlı gelecekler nasip etsin," diye fısıldadım. Bilgiçce hatta yaşıma pek uygun düşmeyecek kelimeler sıralayarak karşılık vermiştim.

Gülümsedi. Faka basmayacağımı anlamıştı...

Bu kez doğrudan hücuma geçti. "Siz de ona, âşık mısınız?" diye sordu. Sanki ne sorduğunu iyi anlamamış gibi, "Pardon?" diye kekeledim. Yüzüme yapay bir şaşkınlık ifadesi vermiştim.

"Kızıma her gören âşık olur da..."

Yüzümdeki hayret ifadesini arttırmaya çalıştım. "Aman, Hanımefendi siz ne diyorsunuz? Nasıl olur, ben Naz Hanım'a nasıl âşık olabilirim? O benim patronum... Davul bile dengi dengine çalar derler. Olacak şey değil... Hiç yakışık alır mı? O memleketin en zengin kızlarından biri, ben ise ağzı kokan, fakir ve mesleğimde ilerlemeye çalışan bir gazeteciyim. Böyle bir şeyi düşünmek bile abes..."

Yorumum onu pek ırgalamamıştı.

"Aşk ferman dinlemez," dedi.

"Bu fikir nereden aklınıza geldi, bilmiyorum ama rica edeceğim, Naz Hanım aklınızdan geçen bu düşünceyi hiç duymasın. Aksi halde işimden olurum, bu defa eşiniz değil, beni bizzat o kovar."

"Acaba mı?"

Her şeye rağmen, o kahrolası romantik yapım beni bir anda heyecana boğmuştu. Her an bir açık verebilirdim. Çünkü annesi bile Naz'ın bana olan tutum ve davranışlarını bir aşk başlangıcı

173

olarak yorumlamaya meyyaldi. Öz kızını hayatta anneden başka en iyi değerlendirecek kim olabilirdi?

"Lütfen," diye mırıldandım. "Bu imkânsız bir şey..."

"Bunu takdir ettiğinize sevindim," dedi Ülker Hanım. "Zira bu aşk dediğiniz gibi imkânsız bir şey ve asla da olamaz."

Kadının söylediği bir gerçekti. İmkânsızlığını ben de biliyordum, ne var ki gönlüme hükmetme şansım hiç yoktu. Naz'a sırılsıklam âşıktım. Bir anlık ruhumu sevince gark eden heyecan yerini derin bir yeise bıraktı. Ama Ülker Hanım doğruyu söylüyordu...

3

Ü lker Hanım konuyu kapatmıştı. On beş yirmi dakika sonra yüzümdeki ağrıyı bahane edip odama çekilmiştim. Naz dahil, kimse biraz daha oturmam için ısrarda bulunmamıştı. Zaten aile meclisinde daha fazla bulunmam anlamsızdı. Muhtemelen asıl ben yanlarından ayrıldıktan sonra Naci Koyuncu meselesi nihai bir karara bağlanacaktı, fakat ilk raundu Naz'ın kazandığını anlamıştım. Önemli olan da oydu zaten, sevgilimin başındaki beladan, istemediği bu izdivaçtan kurtulması...

O açıdan memnundum, fakat içimdeki hayal dünyası esaslı bir darbe yemişti. Aşkımın sonunun hüsranla neticeleneceği kesindi, başka türlüsü olamazdı. Daha da önemlisi kendimi avutmama rağmen bu tek taraflı bir aşktı. Daha bu sabah Naz, o aktör bozuntusu Yalçın'a olan beğenisinden söz ediyordu bana. Bunu inkâr etmem için kör olmam gerekirdi, belli ki Naz o herife âşıktı. Yalçın'a illet oluyordum ama hakçası herif gerçekten çok yakışıklıydı. Genç kızlar herife sokakta bile nefes aldırmıyorlardı, bütün televizyon izleyicilerinin bir numaralı gözdesiydi, şöhreti de yerindeydi, eh, Naz onu bırakacak da, benim gibi adı sanı duyulmayan bir gazeteciye mi âşık olacaktı?

Kargalar bile gülerdi buna...

Ülker Hanım, Naz'a âşık olduğumu sezinlemişti. Yemek esnasında ve sonrasında elimden geldiği kadar komik duruma düşmemek için duygularımı saklamaya gayret etmiştim ama demek ki tecrübeli bir göz yine de durumu hemen anlıyordu. Benim Naz'a âşık olmam daha doğal sayılabilirdi, çünkü her erkeği daha ilk görüşte kendisine âşık edebilecek niteliklere sahip bir kızdı ama beni asıl düşündüren Ülker Hanım'ın kızından endişe etmesiydi. Sanırım, Naz'ın beni aşırı korumaya alması annesinde bazı korkuların yeşermesine neden olmuştu.

Belki de, ben yanılıyordum.

Yatak odama döndüğümde yine bütün keyfim kaçmıştı. Sık sık yaptığım gibi odamın harika manzaralı penceresinin yanına gidip karanlık Boğaz sularına bakmaya başladım. Henüz mehtap bile doğmamıştı daha. Bir süre karşı yakanın ışıltılı görünümünü seyre daldım. İçim bulgur savuruyordu, gerçek olan bu aşkın sonunun olmayacağıydı. Akl-ı selimim bu sevdadan bir an önce sıyrılmamı söylüyordu. Ama nasıl yapacaktım?

Onu hâlâ çılgınca seviyordum.

Galiba ilk şart bu yalıdan uzaklaşmak, normal yaşantıma dönmekti. Naz'ın yaşadığı ortamda bulunmak bunu imkânsız kılıyordu. İlerleyen saatlerde, annesi babası gidince yukarıya çıkacak, beş on metre ilerdeki kendi yatak odasında uyuyacaktı. Onun yanına gidemesem dahi, onun varlığını hissetmek, aynı çatı altında bulunduğumuzu bilmek, bana yetiyordu.

Lakin böyle süremeyeceğini anlamıştım artık. Gerekli iradeyi göstermem, ondan kopmam gerekecekti. Hatta belki gazeteden ayrılmam da... Hâlâ farkında değildim belki, fakat müthiş yıpranmaya başlamıştım. Ondan başka hiçbir şey düşünemiyordum. Hayali bir an bile olsa beynimden çıkmıyordu. Mukadder son kaçınılmazdı.

O gece kararımı verdim.

Yarın sabah ilk işim yalıyı terk etmek olacaktı. Naz'a görünmemem gerekirdi. Naci Koyuncu işi de sulhen halledildiğine göre zaten yapılacak bir şey kalmamıştı. Gazeteye de gitmeyecektim;

nasıl olsa bir istifa dilekçesi göndermiştim, Naz şimdilik kabul etmese de, ben işe gitmeyince dilekçemi mevki-i muameleye koymak zorunda kalacaktı sonunda.

O kararla yatağa girdim...

Ne zaman uykuya daldığımı hatırlamıyordum...

⁂

Kapımın vurulmasıyla gözlerimi açtım. Bana mı öyle geldi, acaba diye tereddüt ederken, kapıdaki tıkırtıya bir hizmetçi sesi eklendi. "Haldun Bey!"

Yatakta doğrulup, "Kim o?" diye seslendim.

"Efendim, Naz Hanım haber yolladı. Sizi salonda bekliyor," dedi.

Kolumdaki saate bir göz attım. On ikiye çeyrek vardı. Acaba Naz bu saatte beni neden aşağıya çağırıyordu? Yoksa annesi ile babası hâlâ gitmemiş ve mesele yeniden alevlenmiş miydi? Aslında yatağa yatarken bir daha Naz'ı görmemeye karar vermiştim ve bu kez kararımdan dönmeyecektim. Ama çabuk irkildim, Naz yine bir şeytanlık peşinde olsa, beni aşağıya çağırmaz, odama girerdi, nasıl olsa kapı kilitli değildi. Muhakkak babasıyla aralarında yeni bir olay patlak verdi diye düşündüm. Ya da ben yukarı çıktıktan sonra annesiyle benim hakkımda tartışmış da olabilirdi.

Sebep ne olursa olsun, aşağıya inmekten kaçınamazdım. Son gecem de olsa, henüz burada misafir sayılırdım, Naz'ın gösterdiği ilgi karşısında davranışım kaba kaçardı. Kapıyı açmadan hizmetçiye, "Geliyorum," diye seslendim.

Hizmetçi kapının önünden çekilmişti. İsteksizce yataktan kalkıp giyinmeye başladım. Biraz huzursuzdum, yeni bir müzakereye veya sorgulamaya hazır değildim. Naci Koyuncu meselesi hallolsa da, bu defa Naz'ın hayatındaki varlığım sorunu münakaşa edilebilirdi.

177

Daha doğrusu ben bundan korkuyordum. Gerekirse her şeyi itiraf edip aldığım son kararı yüzlerine karşı açıklamakta bir beis görmedim. Her şey olacağına varırdı. Gergin bir şekilde kapıyı açıp koridora çıktım. Annesi babası muhtemelen aşağıda idiler ama sırtıma sadece gömleğimi giymiş kravatımı takmamıştım. Ne de olsa gece yarısına doğru uykudan uyandırılmıştım. Pek umurumda da değildi artık, nasıl olsa bir daha yüzlerini görmeyecektim.

Salona girdim ama içeride Naz'dan başkası yoktu.

Naz mutlulukla bana bakıyordu. Ortadaki sehpanın üzerinde bir şampanya şişesi ile ince uzun iki kadeh vardı. Beni karşısında görünce, "Yoksa neticeyi beklemeden uyudun mu?" dedi.

"Neticeyi buradan ayrılmadan önce tahmin etmek kolaydı," diye homurdandım. "Kutlarım, istediğini elde ettin. Naci Koyuncu ile evlenme işin kapandı, değil mi?"

"Evet, aynen öyle oldu."

"Tebrik ederim, öyleyse."

"Ne yani, hepsi o kadar mı? Bu zaferi şampanya ile kutlamayacak mıyız? Neticenin elde edilmesinde senin de büyük payın oldu."

Soğuk bir şekilde mırıldandım. "Tamam," dedim. "Bir yudum şampanya içerim. Senin de gönlün olur. İstediğin bu değil mi?"

Gözlerimin içine bakıp, "Nedir bu halin?" diye sordu. "Sevinmemiş gibisin."

"Yok canım, sevinmez olur muyum, sevindim tabii... Ama gecenin bir vakti uykudan uyandırılıp şampanya içmeye pek alışık değilim de..."

Bu defa soğuk soğuk süzdü beni. "Anlaşıldı," diye fısıldadı. "Yine kafanı bir şeye takmışsın. Hadi, söyle de rahatla önce... Mutlu gecemi zehir etme."

"Yok canım... Kafamı taktığım bir mesele yok. Mutlu gecenizi niye zehir edeyim, Naz Hanım."

"Naz Hanım mı? Ooo, bir de resmi tavırlar... Ne oluyor sana? Yoksa sebep annem mi?"

"Onu da nereden çıkardınız şimdi? En iyisi, şampanya şişesini açayım ben. Bir kadeh içip odama giderim."

"Hayır!" dedi birden.

"Ne hayrı?"

"Ben ne zaman istersem ancak o zaman odana gidersin. Anladın mı?"

"Lütfen, yapma Naz... Bu kez oyunlarına tahammül edecek halim yok. Çok yorgunum. Bir an önce bitirelim şu işi..."

Kaşları çatıldı. "Ne oyunundan bahsediyorsun sen? Burada şov mu yapıyoruz? Elde ettiğim zaferden senin de mutlu olacağını, sevincimi paylaşacağını sanmıştım. Yanılmışım demek."

Yine sinirlerimi kontrol edemiyordum. Biraz sert bir sesle homurdandım. "Sen o sevinci, bu karardan gerçekten mutlu olacak kişiyle paylaş. Asıl hak, onun," dedim.

Patavatsızca söylenmiş bir laf, kıskançlığımı açığa vurmaktı tabii. Ama Naz'la aşık atmaya gelmezdi ki... Anlamamış gibi yüzüme baktı.

"Kimmiş bu karardan gerçek mutlu olacak kişi?" diye sordu.

Artık ok yaydan çıkmıştı bir kere, dönüşü yoktu. Zaten yarın sabah erkenden yalıdan çıkıp gidecektim. Bu muhtemelen Naz'ı son görüşümdü.

"Kim olacak," dedim. "Aktör bozuntusu Yalçın Kural..."

Yüz hatlarında en ufak bir gerilme olmadı. "Sevgilimi mi kastediyorsun?"

"Evet, onu."

Koltuğuna biraz daha gömüldü. Bir kaşı havaya kalktı. "Haksızlık etme. Bir defa o aktör bozuntusu değil, bütün genç kızların âşık olduğu çok yakışıklı bir artist. Ayrıca..."

Sözünü kestim. "Boş versene, ne artisti," dedim. "Sen onu

179

gerçek bir sanatkâr mı sanıyorsun yoksa? Çapkının teki. Yakışıklı ya, kendini bir halt sanıyor, oysa başka hiçbir vasfı yok. Kendini beğenmiş, ukala, görgüsüz bir adam." Şaşırmış gibi sordu. "Yoksa, onu kıskanıyor musun?" "Kıskanmak mı? Ne münasebet! Neden kıskanayım?" "Ona âşık olduğum için tabii." "Yapma Naz. Senin âşık olman, beni hiç ilgilendirmez." Neşeli bir kahkaha attı. "Çocuk gibisin... Senin bana sırılsıklam âşık olduğunu biliyorum. Şimdi bunu da saklayacak mısın?" "Gelip geçici heyecanları aşkla karıştırma, lütfen. Çok çekici bir kız olduğunu kabul ediyorum tabii, sana heyecan duyduğum anlar da oldu kuşkusuz ama bunun gerçek bir aşkla ne ilgisi olabilir." Bir an düşündü, sonra ağır ağır başını salladı. "Haklısın galiba, doğru söylüyorsun. Ben de senden hoşlanır gibi oldum, fiziki bir yaklaşım heyecanı fakat duygularımın gerçek bir sevgiyle hiç ilgisi yoktu. Seni aslında daima iyi bir dost, samimi, candan bir ağabey gibi gördüm. Ama şuna içtenlikle inanmanı isterim; seni daima takdir ettim, dürüst, özünde saf ve iyi niyetli, çalışkan ve bana bağlı bir elemanım olarak kabul ettim. Aslında bu akşam seninle şampanya tokuşturmayı da o nedenle istedim, çünkü bu başarıda senin de büyük payın var."

Bir kere daha yıkılmıştım.

Nihayet, Naz ağzındaki baklayı çıkarmış, beni ne sıfatla gördüğünü en açık kelimelerle anlatmıştı. Gururumun bir kere daha alevlendiğini duyumsadım. Artık ona açık vermeyecektim. Tüm gücümü toplayıp gülümsemeye çalıştım.

"Doğru," diye mırıldandım. "Ne olursa olsun kazanılan başarıda benim de payım var. Bu inkâr edilemez. Hadi gel, şimdi bunu kutlayalım."

"Hadi aç artık şu şişeyi," dedi. "Benim de uykum geldi. Zaten bu akşam sinirden içkiyi fazla kaçırdım. Önce yemekte şarap, sonra babamla kanyak içtim. Kanyağı hiç sevmem, beni hep çarpar, sarhoş eder. Üstelik babamla tartışırken peş peşe üç kadeh içtim."

"İstersen, şampanyayı başka zaman içelim. Uykun varsa, git odana uyu. Yarın akşam da kutlayabiliriz, ne fark eder..."

İnşallah kabul eder diye düşünmüştüm. İşittiklerimden sonra şampanya bana zehir gibi gelecekti ve bir daha asla kutlama filan olmayacaktı, zira bu onu son görüşümdü. Sabahleyin uyandığında ben çoktan yalıdan uzaklaşmış olacaktım.

"Boş ver, kutlamayı da bu gece yapalım... Tam zamanı... Zaten kendimi sızacak gibi hissediyorum. Sonra yukarı çıkar uyurum. Ayrıca yarın akşam yemeğine Yalçın'la randevum var. Sen ondan hoşlanmıyorsun ama o da neticeyi heyecanla merak ediyordur şimdi."

Lanet olsun, diye homurdandım içinden.

Kadehlere şampanyayı boşaltırken gözlerinin içine baktım. Naz'ın gözleri gerçekten kanlanmış, alkolün etkisi görülmeye başlamıştı. Herhalde kanyaktandı. Kadehlerden birini ona uzattım. Koltuktan ayağa kalktı. Zaferi kutlamak için ayakta kadeh tokuşturmayı tercih etmişti. O zaman enikonu sarhoş olduğunu daha iyi anladım; kalkarken hafifçe sallanmış, hatta kadehten birkaç damlanın halının üzerine dökülmesine neden olmuştu. Onu hiç böyle sarhoş görmemiştim...

Kadehleri tokuşturduk.

"Zaferimizin şerefine," dedi. Zoraki sırıtmıştım. Birkaç yudum alacağına kadehteki içkinin hepsini bir dikişte içti. Gözlerini kırpıştırdı. "Bir daha doldur," diye kadehini uzattı.

"Artık içmesen iyi olur," dedim. "İçkiyi fazla karıştırdın."

"Haklısın galiba, başım çok dönüyor."

Sonra koltuğun üzerine yığılır gibi çöktü. Olacağı buydu zaten. Kadehi zar zor sehpanın üstüne bırakmıştı. Gözlerini kapatmış tatlı tatlı gülümsüyordu. Daha sonra dudaklarındaki tebessüm de kayboldu. Naz sızmıştı birden...

Ne yapacağımı şaşırdım. Onu bu halde salonda bırakamazdım sabaha kadar. Herhalde uyanık birkaç hizmetçi vardır diye düşündüm. En iyisi onlara haber verip Naz'ı odasına taşımalarını istemekti. Onu o halde, koltuğun üzerinde bırakıp koridora çıktım. Etrafta kimseler yoktu. Işıklar söndürülmüş, sadece merdiven yanındaki duvarın aplikleri yanık bırakılmıştı. Etrafta yardım isteyeceğim insan aradım fakat saat gece yarısını geçiyordu, bütün görevli hizmetkârlar çekilmişti.

Hırsla homurdandım içimden. Ne yapacaktım şimdi? Hizmetkârlara da bozuldum, en azından birinin hanımları yatıncaya kadar beklemesi gerekmez miydi? Korkarım iş başa düşmüştü. Doğrusu Naz'ın yatak odasının bile nerede olduğunu tam bilmiyordum, üst kattaydı ama nerede? Önce hızla merdiveni çıkıp Naz'ın odasının hangisi olduğunu bulmaya çalıştım. Koridorun sonundaki en büyük odaydı. Önce odanın ışıklarını yaktım.

Tekrar aşağıya indiğimde Naz tam anlamıyla sızmış, başı koltuğun arkasına kaymış, derin bir uykuya dalmıştı. Başka çarem yoktu, önce uyandırmaya çalıştım ama başaramadım, sonra koltuk altlarından ve bacaklarından kavrayıp kucağıma aldım. Sevgilim kuş gibi hafifti. Artık salonun ışıklarını söndüremezdim, umurumda da değildi zaten, sabaha kadar yanık kalsa ne olurdu...

Merdiven basamaklarını taşırken yüreğim cız etti. Kollarımın arasındaki bu güzelliği bir daha hiç göremeyecektim. Öyle derin bir uykudaydı ki başını da göğsüme yaslamış hareketsiz duruyordu. Her şeye rağmen onu kutsal bir emanet gibi taşıdım. Açık bıraktığım oda kapısından içeriye daldım. Onu bu halde giysileriyle de bırakamazdım.

Kararsızlık yine benliğimi sardı...

Yoo, dedim kendi kendime. Onu soyup yatağına yatırmayı hiç düşünmemeliydim. Yapamazdım bunu. Çok sakıncalıydı. Kendimden korkuyordum. Ama dün gece benim yatak odamda o beni soymuş hatta heyecana kapılıp aletim sertleşince, "yaramazlık etmek yok," diye çıkışmıştı bile. Elimde olmadan dün gece yaşadıklarımızı düşününce gülümsedim. Bu gece de aynı şeyi ben ona yapmalıydım. Usulca yatağın üzerine bıraktım. İlk iş olarak topuklu ayakkabılarını çıkardım ayağından. Sonra o güzel ayaklarını avuçlarımın arasına alıp okşamaya başladım. Biraz da belki uyanır bana yardımcı olur, diye düşünüyordum, ama Naz derin uykusundan hiç uyanacağa benzemiyordu.

Boş ver, bu ona yapacağım son hizmet olsun, diye mırıldandım içimden. Önce külotlu çorabını çıkardım. Uzun ve muntazam bacakları çıplaklığıyla ortaya çıkmıştı. Doğrusu bu konuda fazla deneyimli sayılmayacağımdan biraz zorlanmıştım. Siyah robunun etekleri çorabını çıkarırken yukarıya kaymış, harika kalçaları görünmüştü. Bir an nefesim kesilir gibi oldu. İçimdeki iblis uyanıyordu. Daha o an sevgilimi soymaya devam edersem nefsimin sorunlar yaratacağını sezinledim. Bütün şartlar aleyhimeydi. Kocaman yalının en üst katında yalnızdık. Sadece o ve ben...

Ne kadar inkâra kalkışırsam kalkışayım, onu seviyor ve arzuluyordum. Benim yaşımdaki bir erkek, sevdiği kadının çıplak bedeni karşısında ne denli iradesine hâkim olabilirdi. Yeniden bocaladım; en iyisi onu soymadan, üstüne battaniye gibi bir şey örtüp odadan çıkmaktı. Ayrıca bu daha dürüst bir davranış olurdu. Hatta bir ara kendi kendime söylenmeye başladım; ne yapacaktım yani, sarhoş olup kendinden geçmiş, sızmış bir kadınla sevişmeye mi kalkışacaktım. Bunun adına düpedüz tecavüz denirdi. Asla böyle bir şeye kalkışamazdım; aldığım terbiye, örf ve âdetlerim buna mesâğ vermezdi.

Durakladım, şaşkın şaşkın yataktaki sevgilimin eteği sıyrılmış bedenine baktım. Ne yapacağıma karar veremiyordum. En iyisi odadan çekip gitmekti; derhal uzaklaşmalıydım buradan, aksi

183

halde irademe yenik düşecek ve vicdani bir vebalin azabını yaşayacaktım. Bu arada Naz yatakta hafifçe yan dönmüş, eteği biraz daha sıyrılmıştı.

Yutkunup kaldım...

İçimdeki şeytanın melâneti irademin gücünden ötedeydi. Beynimi kemiriyordu. Hiç kimse bundan daha iyi bir fırsat yakalayamazdı. İblis beni iğfale devam ediyordu. Onun sızmış halinden istifade edip cinsel ilişkiye girmem şart değildi ama en azından onun her tarafını öpüp okşayabilirdim. Hem bunu yapmazsam, hayatım boyunca pişmanlık da duyabilirdim. Hangi erkek bu fırsata sırt çevirirdi. Kabahatli de sayılmazdım, bu durumda ağır bir tahrik var sayılırdı. Onun mevkiindeki bir kadın, kendi evinde bile olsa bu kadar içmemeliydi.

Ama sonunda vicdan sahibi Haldun'un iradesi, zaafını ve içindeki şeytanın kışkırtmalarını yendi. Bunun adı düpedüz ahlaksızlık olurdu. Yapamazdım... Naz'ın gardırobuna doğru yürüdüm, üstüne örtecek kalın bir şey bulmaktı niyetim, bir battaniye veya onun gibi bir şey. Bulamadım tabii...

Tam o sırada Naz'ın sesini duydum.

"Üşüyorum... Örtsene üstümü, Haldun..."

İşte, o zaman tepem attı. Niyetini anlamıştım. Sarhoş filan değildi, aslında her zaman yaptığı şovlarından birini uyguluyordu. Bu sık sık yaptığı beni tahrik oyunlarından biriydi. Kendimi tutamadım ve "Yeter artık!" diye bağırdım. "Son ver bu oyunlara... Niyetin nedir, ne istiyorsun benden? Bana acı çektirmekten zevk mi alıyorsun? Ne biçim kadınsın sen? Yetti artık..."

Her türlü sarhoşluktan uzak bir ses tonuyla, "Bağırma!" diye çıkıştı. "Hizmetçileri mi uyandırmak istiyorsun? Niyetin rezalet mi çıkarmak?"

"Hiç umurumda değil," diye gürledim. "Anlasınlar artık onlar da hanımlarının nasıl bir kadın olduğunu..."

"Allah Allah! Nasıl biriymişim ben..."

Tepem iyice atmıştı bu defa. Karyolanın yanına geldim ve sertçe tutup omuzlarından silkeledim. *Sen âşıklarına eziyet etmekten hoşlanan, hasta ruhlu, marazî bir tipsin.* Yeter artık bana yaptıkların. Nereye gidecek bu işin sonu..."

"Çek ellerini üzerimden... Canımı acıtıyorsun," dedi.

Yine bağırdım. "Asıl sen benim nasıl canımı yaktığını biliyor musun?"

"Beni sevmeseydin bu kadar... Mecbur muydun sevmeye?"

Çıldırmamak işten değildi. Bu kız beni hakikaten çıldırtacaktı. Omuzlarını daha fazla sıktım. "Bitti artık!" diye bağırdım. "Eğlence sona erdi... Yarın sabah buradan ayrılıyorum. Bir daha asla yüzümü göremeyeceksin. Anladın mı?"

"Palavra... Bu masalı daha önce de dinledim. Beni terk edemezsin. Boşuna tutamayacağın sözleri söyleme. Komik oluyorsun."

Omuzlarından ellerimi çektim. Hırs ve tiksintiyle yüzüne baktım. "Görürsün bakalım, gidiyor muyum, gitmiyor muyum?" Sonra koşar adım kapıya yürüdüm.

Arkamdan seslendi. "Sen koca bir aptalsın... Oysa bu gece zaferimizi değişik bir şekilde kutlamaya karar vermiştim. Sana şimdiye kadar hiç tatmadığın bir hazzı yaşatacaktım," dedi.

"Eksik olsun, yaşatacağın haz!" diye gürleyip kapıyı çarparak dışarıya attım kendimi...

❧

Odama döndüğümde sinirden titriyordum. Bu işin tadı tuzu kaçmıştı artık, mutlaka son noktayı koymalıydım. Böyle yürümezdi. Hatamı kabul ediyordum, Naz'a âşık olmamalıydım ama olmuştu bir kere ve şimdi en kısa yoldan bu illetten kurtulmalıydım.

185

Yarın sabahı niye bekliyorum ki, diye homurdandım. Burada esir değildim ya, beni zorla tutan da yoktu, yalıyı terk etmek için sabahı beklemek anlamsızdı. Hemen çıkıp gitmeliydim. Derhal, şu anda...

Bu kez kararım kesindi. Bavuluma eşyalarımı tıkmaya başladım. Hiçbir güç beni burada tutamazdı, daha doğrusu öyle sanıyordum. Zira tam o anda odamın kapısı açıldı ve Naz içeri girdi. Onu odasında bıraktığım kıyafetleydi. Sırtında ince siyah elbisesi ve çorapsız...

Hazırlık yaptığımı görünce, "Gidiyor musun?" diye sordu.

Cevap vermedim. Gereksizdi. Buna benzer sahneleri daha önce de yaşamıştık. Şimdi beni ikna etmek için çalışacaktı, fakat bu kez şansı yoktu, irademi sonuna kadar kullanacak ve direnecektim.

"Sana bir sual sordum. Cevap ver..."

"Evet, gidiyorum... Görmüyor musun, eşyalarımı topluyorum."

Hiç bozuntuya vermedi. "Tamam," dedi. "Öyleyse aşağıya telefon edeyim de, korumalardan birisi arabamla seni evine kadar götürsün."

"Gerek yok," diye mırıldandım. "İstemem... Bir taksiyle gidebilirim."

"Nasıl istersen... Nankör... Senin hakkında da yanılmışım meğerse..."

Yeni bir oyun taktiği deneyecekti anlaşılan. Hiç oralı olmadım. Çoktan pişman olduğumu, süngümün hemen düşeceğini sanmıştı herhalde. Yeterdi artık. Bu oyununa gelmeyecektim. Karşılık vermeden iki üç parça giysimi bavula tıkmaya devam ettim. Gerçekten de ne yapacağı umurumda değildi. Ama o da hiç ummadığım bir şey yaptı. Usulca kapıyı kapatıp odamdan çıktı...

Bu, Naz'ı son görüşümdü.

Hâlâ titriyordum fakat en hayırlısı bu olacaktı; zira ilişkimiz devam edemezdi, benim için çok yıpratıcı oluyordu ve asla geleceği olmayacaktı. Kurtulamayacağım bir girdabın içine düştüğüm kesindi, ısrar edersem bu suda boğulacaktım. Başka çarem kalmamıştı.

Derin bir soluk aldım ve kararımı uygulamak için kapıya yöneldim. Bir daha asla dönmemek üzere yalıyı terke hazırdım artık. Kapı tokmağını tuttum ve çevirdim. Kapı açılmadı. Bir daha denedim, hayret kapı açılmıyordu...

O zaman anladım. Naz çıkarken anahtarı çıkarmış ve dışarıdan kapıyı kilitlemişti.

Şimdi gerçekten odada mahsur kalmıştım

❦

Deli gibi kapıya vurmaya başladım. Bir yandan da bağırıyordum. "Aç kapıyı, beni burada tutamazsın." Bağırıp söylendim. Cevap veren yoktu tabii...

Neden sonra kanadın arkasından sesini duydum.

"Sinirlerin yatıştı mı, sakinleştin mi?"

Nasıl sakinleşebilirdim? O an yakalasam, paralayabilirdim onu. Ama kapının ardında hiçbir şey olmamış gibi konuşuyordu. Demek odasına dönmemiş, benim gerçekten gidip gitmeyeceğimi öğrenmek için beklemeye başlamıştı. Çılgındı bu kız... Neyin peşindeydi? Ne biçim bir oyundu bu? Hiç insafı yok muydu? Ne kadar perişan olduğumu görmesine rağmen bu denli insafsızlık yapılır mıydı?

Kendime hâkim olmak için yumruklarımı sıktım, dudaklarımı ısırdım. Bu odadan çıkmalıydım. Tek çarem kızgınlığımın geçtiğini ona göstermekti. Hele kapının kilidini bir açsın, o zaman ona gösterecektim Hanya'yı Konya'yı...

"Tamam, tamam," dedim. "Sakinleştim..."

187

"Ama sesin öyle gelmiyor bana..."

"Sakinim, sakin..."

"Gitmeyeceksin, değil mi?"

"Gitmeyeceğim."

İçimden de, *hele sen şu kapıyı aç, o zaman görürsün ne yapacağımı*, diye geçiriyordum...

"Beni seviyor musun?"

"Çok," dedim. "Çok seviyorum, seni."

"İnanayım mı?"

"İnan, tabi. Çok sevmesem bu kadar aptallık yapar mıydım?"

"İyi... Bunu duyduğuma sevindim."

"Hadi, şimdi aç şu kilidi."

"Olmaz..."

"Neden?"

"Çünkü cezalısın. Bu gece beni çok üzdüğün, hayatımın en güzel geçecek gecesini rezil ettiğin için seni cezalandırıyorum. Şimdi yat ve uslu uslu uyu. Rüyanda da beni gör. Cezan bitince kapıyı açarım. Hoşça kal, şapşalım..."

Kanadın arkasından uzaklaşan ayak seslerini işittim...

4

İkimizden biri çılgındı ama o mu yoksa ben mi bilmiyordum. Belki ikimiz de çılgındık. Yaşananlara bir anlam veremiyordum; hadi ben, olmayacak, asla sevdalanmamam gereken bir kıza âşık olmuştum, her şeye rağmen bunun su götürür bir yanı vardı. Bu konularda pek deneyimli biri olmadığımı zaten kabul ediyordum, Naz da çok güzel bir kadındı, görenin ona sevdalanması doğal sayılabilirdi. Ama Naz'ın davranışları nasıl izah edilirdi? Bana âşık olmasa bunca şeyi yapar mıydı? Bunu anlamamak için kör olmak ya da benim gibi ahmağın teki olmak gerekti. O bile bana şapşal diyordu. Anlamı açıktı; bunun manası hâlâ seni sevdiğimi anlamadın mı demekten başka ne olabilirdi?

Ben gerçekten şapşaldım...

Bu konuyu yüzlerce kere düşünmemiş miydim? Aksi halde onun gibi bir Patroniçe evinde zorla beni alakoyar mıydı? Bütün bunlar tatlı aşk oyunlarıydı ve benim ahmak kafam hâlâ bu gerçeği idrak etmiyordu. Bunun başka açıklaması olamazdı. Ülker Hanım'ın telaşlanması, bu gece beni sorguya çekmesi de sırf bu yüzdendi; haliyle kızının benim gibi meteliksiz bir gazeteciye âşık olmasını onaylamayacaktı. Annesi bizi görür görmez kızının bana ilgi duyduğunu anlamış ve endişelenmeye başlamıştı. *Yazıklar olsun bana*, diye homurdandım içimden. Bir de kendimi aklı evvel, zeki sanırdım. Oysa burnumun ucunu bile göremeyecek kadar körmüşüm...

189

Hiddetim geçmiş, içimi yeniden ılık duygular kaplamaya başlamıştı. Sonunda Naz'ın da bana âşık olduğunu kabullenmiştim; bunun başka açıklaması olamazdı. Rahatladım birden. O anda da bu gece neler kaybettiğimi kavradım. Naz'ın bu geceki sarhoş numarasını nihayet anlamıştım. Bütün hizmetçileri yollamış, sonra kendisini yatak odasına kucağımda taşımamı planlamıştı. Dedim ya, çılgındı bu kız; öylece değişik, biraz fantastik, farklı bir vuslat anı yaşamak istemiş olmalıydı.

İçim titredi.

Boşu boşuna kaybettiğim o vuslat anı için ahmaklığıma küfrettim. Oysa şu an iki sevgili aşkın doruğuna tırmanıyor olacaktık. Neredeyse dövünmeye başlayacaktım. Şimdi de kendime kızıp duruyordum. Oh olsundu, bana her şey müstahaktı. Sevgilimin dediği gibi bu cezaya katlanmak zorundaydım. Belki böyle aklım başıma gelirdi.

Acaba o nasıl bir haldeydi şimdi? Sinirden kahroluyor olmalıydı... Haklıydı da; yaptığım densizliğe kim olsa kudururdu öfkeden. Bana altın tepsi içinde kendini sunmuş, elimin tersiyle onu reddetmiştim. Asıl kızması gereken oydu.

Birden yerimden fırladım. Mutlaka onu görmeli, özür dilemeli, binlerce kere beni bağışlamasını rica etmeli, ayaklarına kapanmalıydım. Hem de derhal, şimdi... Ama odadan çıkamıyordum. Hemen cep telefonuma sarıldım. Gözlerim doldu, aslında bana gösterdiği sevgiden aşırı duygulandım, neredeyse gözlerimden yaş gelecekti. Patroniçem, beni seviyordu.

Deli gibi numarasını tuşladım.

Şu an ulaşılamıyor teranesi çalındı kulağıma. Yatarken telefonunu kapatmış olmalıydı.

Gerçekten deliye dönmüştüm. Mutlaka onu görmeli, konuşmalıydım. Ne yapabileceğimi düşünmeye başladım. Boğuluyormuş gibi bir sıkıntı vardı içimde. Mevsimin kış olmasına aldırmadan pencereyi açıp, Boğaz'ın soğuk rüzgârlarını içime çekmeye başladım. Başımı dışarıya uzatmış derin derin soluklar alıyordum. Çılgınca fikir de o zaman aklıma geldi. Başımı sola çevirip Naz'ın odasının penceresini hesaplamaya çalıştım. Sanırım benimkinden iki oda ötedeydi. O odanın önünde bir de balkon vardı çünkü. O balkonlu oda onun yatak odası olmalıydı. *Binanın dış çıkıntılarına tutuna tutuna acaba oraya kadar gidebilir miyim*, diye düşünmeye başladım. Kuşkusuz tehlikeliydi ve her an bahçeye düşme ihtimalim vardı. Bir yerlerimi kırma ihtimalim çok yüksekti. Ayrıca sabaha kadar bahçede dolaşan korumalar da vardı. Biri tarafından görülürsem tam bir rezalet olurdu.

Ama o an hiçbir şey umurumda değildi, Nazıma, biricik sevgilime ulaşmak istiyordum, ahmaklığımın, yaptığım hatanın ceremesini çekmeye hazırdım. Fakat asıl sorun o balkona kadar ulaşıp ulaşamayacağımdı. Her odanın pencerelerinin önünde mermer çıkıntılar mevcuttu, onlara uzanabilirsem, belki Naz'ın odasına kadar ilerleyebilirdim. Fakat gecenin karanlığında iki pencere arasındaki mesafeyi kestiremiyordum.

Gözüm kararmış, her tehlikeyi göze almıştım. Önce benim penceremin mermerine ayağımı basıp yükseldim. Sert poyraz bir anda iliklerime kadar işledi. Ellerimi binanın dış duvarına yaslayıp dengemi sağlamaya çalıştım önce. Sonra ayaklarımı sürte sürte pervazın sonuna kadar ilerledim. Asıl sorun şimdi başlıyordu. İki mermer pervaz arasındaki mesafe tek bir adımda aşacağımdan uzundu. En kötüsü tutunacağım bir yer de yoktu. Bir an ümitlerim kırılır gibi oldu. Çaresizlik içimi kapladı. Sağa bacağımı alabildiğince uzattım ama yine de yan pencerenin pervazına erişememiştim. Yuvarlanıp aşağıya düşmem işten bile değildi.

Hırs ve azim çok önemliydi. Sonunda öbür camın pervazına eriştim. Tehlikeli bir işe kalkışmıştım ama az sonra Naz'ın

191

balkonundaydım. O ana kadar her şey yolunda ve şansım da yaver gitmişti, tam balkona adım attığım sırada beklenmedik bir şey oldu. Aslında bunu düşünmeliydim; geceleyin serbest bırakılan kurt köpeklerinden biri sahil tarafına yönelmiş, ya kokumu almış ya da beni görmüş olmalıydı ki birden balkonun altında havlamaya başladı. Onun havlaması muhtemelen korumalardan birini oraya celbedecekti. Öyle de oldu...

Kalın bir erkek sesi işittim. "Ne var, oğlum? Niye havluyorsun?" Koruma başını kaldırırsa rahatlıkla balkonda beni görecekti. Çaresiz tam siper halinde balkonun soğuk taşları üzerine yüzükoyun uzandım. Zaten sırtımda bir tek gömlek vardı, soğuktan titremeye başlamıştım. Lanet köpek havlamayı kesmiyordu bir türlü. Tabii uzanıp aşağıya bakamıyordum ama koruma huylanmış olmalıydı. Eminim etrafı araştırıyor, bahçeye bakınıyordu o an. Aklıma geldi; benim odamın penceresi açık ve ışığı da yanık kalmıştı, adamın dikkatini çekmiş olabilirdi ama gece yarısı hırsız gibi pencere pervazlarına basa basa Naz'ın odasına geçmeye kalkışacağıma ihtimal veremezdi.

Hiç kımıldamadan yattığım yerde beklemeye devam ettim. Koruma sanırım etrafı iyice araştırdıktan sonra rahatlamış ve köpeğin havlamasının Naz'ı uyandırmaması için hayvanı çekiştirerek uzaklaştırmaya çalışmıştı. Az sonra gürültü kesildi.

İhtiyatla taşların üzerinden kalkıp bahçeye bir göz attım.

Görünürde kimse yoktu... Artık sevgilimin balkon kapısının camına vurup onu uyandırabilirdim. Camı tıklattım, fazla gürültü de çıkarmak istemiyordum, o an aklıma başka kötü bir olasılık takıldı. Her halde Naz bu yalıya yerleştiğinden beri gece yarısı, bu saatte birisi çıkıp balkon kapısının camını vurmamıştı. Ya kız korkup, perdeleri açıp beni görmeden korumaları çağırırsa, yeni bir rezalet olacaktı. İster istemez bir yandan da seslenmek zorunda kaldım.

"Korkma Naz, benim... Haldun."

Perdeler umduğumdan da çabuk açıldı. Naz çatık kaşlarıyla bana bakıyordu. "Sen cezalıydın," dedi camın arkasından. "Ne işin var burada?"

"Aç kupayı, lütfen... Soğuktan dondum."

Yalnız soğuk mu, pencere pervazlarından geçişler, her an düşüp bir yerlerimi kırma tehlikesi, korumalara yakalanıp rezil olmak, bir yığın imkânsızı göze alarak buraya kadar gelmiştim ve sevgilim şimdi fazla şaşırmamış görünerek, ne işin var burada diyordu.

Tekrar, "Çok üşüyorum," dedim.

Nihayet insafa gelmiş gibi balkon kapısını açıp içeriye girmeme izin verdi. Hiç tereddüt etmeden çılgın gibi ona sarıldım, kollarımın arasına alıp rastladığım her yerini öpmeye başladım. Bu öpüşlerde şehvet ve arzudan ziyade, onun gibi bir sevgi abidesine âşık olmanın sıcak, şükran dolu, içten minnetimin izleri vardı. Naz benim için Tanrı'nın bir lütfu, yaşamın ihsanı, hayatımın mucizesiydi. Ona tapıyordum...

Önce öpücüklerime hiç karşılık vermedi, hatta bana sarılmadı bile. Sessizce bekledi sonra hafifçe göğsümden itti.

"Nasıl çıktın bu balkona, merdiven filan mı kullandın?"

"Hayır!"

"Tırmandın öyleyse... Bahçede korumaların ve köpeklerin olduğunu bilmiyor musun?"

"Bahçeye hiç inmedim ki... Pencere pervazlarından atlaya atlaya geldim."

"Ne? Çıldırmışsın sen... Düşüp ölebilirdin."

"Olsun... Senin aşkın uğruna ölmekten gam yemem."

Gülümsedi. "Beni o kadar çok mu seviyorsun?"

"Bunu hâlâ anlamadın mı? Kahroluyorum senin için..."

"Ama daha yarım saat evvel bu yalıyı terk edip gideceğinden söz ediyordun."

"Tamam, kabul ediyorum. Ben sersemin biriyim. Gözümün önünde cereyan eden gerçekleri göremeyecek kadar da körüm. Biraz haklıyım da... Senin de bana âşık olabileceğin hiç aklıma gelmezdi, bu gerçeği nihayet az evvel kavradım ve o zaman gözümü karartıp sana koştum."

"Dur bakalım," diye mırıldandı Naz. "Ağır ol biraz. Sana âşık olduğumu da nereden çıkardın?"

"Yapma, Naz... Bu oyunların beni öldürüyor. Biliyorum artık, sen de beni seviyorsun."

"Anlaşıldı, bu gece uyku bana haram oldu. Git şu ışığı yak da, aydınlıkta rahat rahat konuşalım ve bu yanlış anlamayı noktalayalım."

Artık hiç kuşkum yoktu, bu kızın tabiatıydı herhalde, sevdiği erkeğe eziyet etmekten zevk alıyordu. Bir tür anomali, bir ruh sapkınlığı olmalıydı. Ama onu çözdüğüm için bu defa oralı olmadım, gidip elektriği yaktım. Karanlık oda gündüz gibi aydınlandı. Yine bana oyunlar oynamaya kalkışacak, beni üzmek, kızdırmak, çileden çıkarmak isteyecekti. Hazırlıklıydım bu sefer...

Ama elektrik butonunu çevirip geriye döndüğümde Naz'ı görünce nefesim kesildi bir an. Onu ilk defa bu kadar üryan görüyordum. Sırtında kısacık bir gecelik vardı. Uçuk pembe bir şey, içinde de onu tamamlayan bir slip. Yatarken sutyenini çıkarmıştı tabii. Odaya dalar dalmaz ona sarılıp oraoını burasını öpmeye kalkıştığımdan geceliğin ince askısı kayıp omzundan düşmüş bir memesini olduğu gibi açığa çıkarmıştı. Hoş, sırtındaki geceliğin kumaşı öyle şeffaftı ki kapalı gibi duran diğer memesini de elektrik ışığı altında gayet net görüyordum.

Yutkundum. Önüne geçilmez bir arzu damarlarımdaki kanı alevlendirdi. Ne olursa olsun, bu gece ona sahip olacaktım artık. Hiçbir şey bunu engelleyemezdi. İçinde bulunduğumuz vasat şartlar bunu gerektiriyordu. Bana çektirdiği bütün acıların hesabını soracaktım. Bir erkek daha fazlasına dayanamazdı. Sanırım bu defa niyetimi ve kararlılığımı yüzümdeki ifadeden, gözlerimdeki çılgın bakışlardan anlamıştı. Birden telaşlanır gibi oldu. "Dur... Otur önce şuraya... Konuşmamız, bir yanlış anlaşılmayı aydınlığa kavuşturmamız lazım," diye geveledi. Kendisi de bir adım geriye gitmişti.

"Yanlış filan yok. Bu gece birbirimizin olacağız. Sen de beni seviyorsun."

"Hayır, Haldun... Yanılıyorsun... Düşündüğün gibi değil, ben sana âşık filan değilim."

Bu cümle tokat gibi yüzüme çarptı. Olduğum yere mıhlanıp kaldım. Beynim uğulduyordu, yine mi yanılmıştım yani...

"Peki, o dediklerin, bana yaşatacağını söylediğin o büyük haz neydi? Yalan mıydı? Yine bana oyun mu oynuyordun?"

"Sakin ol. Rahatla biraz. Sonra çok pişman olacağın bir şeye girişme. Otur şu koltuğa."

Bir an tereddüt ettim, sonra işaret ettiği koltuğa çöktüm. Bakalım şimdi ne maval okuyacaktı bana. Ama bir yandan da aslında beynimden hiç çıkmayan korkular yeniden ruhumu sarmaya başlamıştı. Gözlerimi ona dikip konuşmasını bekledim.

Hayret! İnanılmayacak kadar sakindi. O da karşıma geçip yatağının kenarına oturdu. Bacak bacak üstüne attı. "Senden hoşlanıyorum, çok iyi birisin. Dürüst, temiz kalpli, sevecen, fedakâr, saygı duyulacak bir kişiliğin var. Seni çok da takdir ediyorum. Ama sana asla âşık değilim. Biz farklı dünyaların insanlarıyız. Sosyal çevremiz, eğitimimiz, dunyaya bakış açımız, emellerimiz hiç birbirini tutmuyor. Sana gösterdiğim ilgi ve yakınlığı anlayamadın, sana âşık olduğumu sandın."

O muhteşem siyah gözlerinde merhamete benzer ışıltılar yakaladım. Korkarım, doğruyu ve içindeki samimi duyguları açıklıyordu. Yıkıldığımı hissettim o an.

195

Bu büyük bir yanılgıydı ve hata tamamıyla bendeydi. Herhalde yüzüm sapsarı kesilmiş olmalıydı ki yeniden konuşmasına devam etti. "Ben de hatalıyım," diye fısıldadı. "Senin duygularını anlayıp işin başında buna set çekmeliydim ama yapmadım. Romantizm dolu duyguların, yaklaşımın, gözlerindeki hayranlık dolu bakışların, teslimiyetin hoşuma gitti. Bir kadın ruhunda bu tür sevgiye de ihtiyaç vardır. Senden hoşlanıyordum ve bu yüzdendir ki korkarım sana cesaret verici ufak tefek teşebbüslerim oldu. İtiraf edeyim ki her teşebbüsümden sonraki düştüğün hallerden zevk alıyordum. Ama sana asla âşık filan değildim."

Başım önüme düştü.

Bu itiraf yeterince açıktı. Daha ne söyleyebilirdi ki? Meğer daha kötüsü de varmış, onu da az sonra işitecekmişim. Gözlerimin içine bakarak fısıldadı.

"Naci Koyuncu'yla neden evlenmek istemediğimi hâlâ anlamadın mı?"

Hiç sesimi çıkarmadım. O devam etti.

"Aslında Naci benim için mükemmel bir koca adayıydı. Çok varlıklıydı, babamın sermayesi ile onunki birleşecek farklı yatırım ufukları aile sermayesi olarak artacaktı. Onun çocuğu da umurumda değildi, zaten o çocuktan ayrı yaşıyordu ama ben bu evliliği istemedim ve ondan kurtulmak için de hayatındaki sırrı açığa vurmaya kalkıştım. Bunun en iyi yolu da o sırrı ifşa etmek, toplum iıdırıde onu küçük düşürmekti. Seni de onun için gazeteye aldım, çok iyi röportajlar yaptığını biliyordum. Kısacası seni kullandım ama bütün bunlara girişmemin tek bir nedeni vardı."

Nihayet dayanamayıp sordum. "Neydi o neden?"

"Yalçın, tabii. Ona deli gibi âşığım. Onu çok seviyorum. Şimdi her şeyi anladın mı?"

Başımdan aşağıya bir tencere kaynar su boşaltılmış gibi hissettim. Kısa bir an ruhum acıyla kıvrandı. Bunu anlamalıydım; o aktör bozuntusu herif karşısında takındığı tavırları, işvesini, canlılığını, neşesini hatırladım. Demek ona âşıktı.

Artık dinleyecek bir şeyim kalmamıştı. Dizlerim titriyordu. Güçlükle oturduğum koltuktan kalktım. "Haklısın Naz," diye kekeledim. "Aşk benim gözümü kör etmiş. Bariz gerçekleri ne yazık ki göremedim. Umarım yaptığım bütün densizlikleri bağışlarsın." "Asıl sen beni affet. Anlamsız yere seni üzdüm." "Önemli değil... Bilakis, bu bana çok iyi bir ders oldu. Şimdi lütfen bana odamın anahtarını ver de buradan gideyim." "Nasıl istersen... Ama senden son bir ricam olacak." Yıkılmışlık içinde tam bir teslimiyetle, "Tabii, söyle," dedim. Bu kadar sakin kalmama kendim de şaşıyordum.

"Artık gazetemde de çalışma."

"Tabii, Naz..."

"Ayrıca senden özür dilemeliyim."

"Diledin ya... Daha başka ne diyeceksin?"

Oturduğu karyolanın kenarından kalkıp yanıma yaklaştı. "Seninle gerçek bir dost olarak ayrılıp veda etmek istiyorum. Biliyorum, yalnız benden değil, gazeteden de ayrılacaksın. Seni engellemeyeceğim, bu daha doğru olacaktır. Çünkü beni gazetede bile her gördüğünde içindeki aşk alevi daha da şiddetlenecek, acın artacaktır. İlk istifa dilekçeni yırtıp atmıştım. Lütfen, yarın bir dilekçe daha yazıp personel müdürüne bırak. Onlar gerekeni yapacaklardır."

"Bundan hiç şüphen olmasın."

"Öyleyse odanın anahtarını artık sana iade edebilirim. Ne zaman istersen yalıyı terk edebilirsin. Seni kırdığım için çok üzgünüm."

Geri dönüp komodinin üzerinde duran anahtarı alarak elime sıkıştırdı.

"Hoşça kal, Naz," dedim ve odadan çıktım...

197

5

vime vardığımda saat gecenin üç buçuğu olmuştu. Bitkin ve perişandım. Kendimi giysilerimle yatağın üzerine attım. Hikâyem bitmişti, Naz macerası artık tarih olmuştu. Onu unutmak zorundaydım, kuşkusuz bu hiç de kolay olmayacaktı. Benim gibi duygusal yönü güçlü bir erkek için bir sevdadan bu kadar kolay sıyrılmak mümkün değildi. Günlerce, belki aylarca bu sevdanın ruhumdaki tortularını taşıyacaktım muhakkak, hatta belki de hiç unutamayacaktım. Ama mantığım bunun en iyi çözüm olduğunu söylüyordu. Bu acıya katlanmak zorundaydım.

Çivi çiviyi söker diye bir deyiş vardır, kim bilir şu sıralar başka bir kadına âşık olsam belki en iyi çözüm olurdu. Acaba, diye düşündüm... Bu sadece bir laftı... Naz'dan sonra başka bir kadına hemen âşık olmak ha... Düşüncem bile bana komik geldi. İnsan Naz gibi bir kadını hayatta unutamazdı; beynimde ve kalbimde bütün ihtişamıyla hüküm sürerken, onu unutmak için başka kadınlarla nasıl oyalanabilirdim. Aslında yalısında geçirdiğim her günün ayrı ve asla zihnimden silinmeyecek anıları vardı. Tatlı oyunları, bilinçli tahrikleri, erkeği zıvanadan çıkaracak yaklaşımları... Gerçekten müstesna bir kadındı Naz ve sanırım ben onu hiç anlamamıştım. Eskilerin dediği gibi nevi şahsına münhasır biriydi o. Belki de hiç anlamayacaktım da. Bir ara onu erkeklere eziyet etmekten hoşlanan, ruhsal dengesi arızalı bir kadın diye düşünmüştüm. Oysa değildi, sanırım sadece sevdiklerine böyle yaklaşan, güzelliğini ve bulunmazlığını teşhirden keyiflenen, bundan zevk alan biriydi. Eminim, bana yaptıklarının mislini o aktör bozuntusu Yalçın'a da uyguluyordu; şu farkla ki ona âşıktı. Kendimi bu açıdan şanslı addetmeliydim, kim bilir Yalçın bana kıyasen ne acılar çekiyordu. Uykuya daldığımda gün ağarmak üzereydi. Uyandığımda ise saat on bir buçuktu. Ağzımda kekremsi bir lezzetle yataktan kalktım, başım da ağrıyordu. Sanki bir gece önce alkolü fazla kaçırmış insanların tatsızlığı içinde. Banyoya girdim, tıraş oldum, duş aldım. Elmacık kemiğim ve gözümün altındaki morluk hâlâ yerli yerindeydi. Bu halde gazeteye gitmek sorun olacaktı, bir sürü meraklı insanın sorusuna muhatap olacak, yüzümdeki şişliğin nedenini açıklamak zorunda kalacaktım. Şayet Naz'a bugün istifa dilekçemi getireceğime söz vermemiş olsam, kesinlikle o gazeteye bir daha gitmezdim.

On bin lira maaşlı tatlı rüyam da kısa sürmüştü. İşsizdim şimdi. Gerçi iş bulmam pek zor olmazdı, yetenekli ve adı yavaş yavaş duyulmaya başlamış bir elemandım, nasıl olsa bir gazeteye kapak atardım, sadece biraz zaman alırdı. Moral bozukluğuna düşmemin anlamı yoktu.

Yeni bir istifa mektubu yazdım. Zarfa yerleştirip cebime koydum. Artık gazeteye gidebilirdim. Yolda hep düşündüm, *acaba Naz da orada bulunduğum saatte gazetede olur mu*, diye. Beni görmemek için dilekçemi personel müdürüne bırakmamı söylemişti, ben de artık onu görmek istemiyordum, ama daha şimdiden kendimi kandırmaya çalıştığımı hissettim. Düpedüz onu son bir kere daha görmek için can atıyordum. Düşündüm, son bir hafta içinde yaptığım röportajın hazırlıkları sırasında Naz gazeteyi çok ihmal etmiş, hemen hemen her gününü yalıda benimle geçirmişti. Oysa işine ne kadar bağlı olduğunu, görevini hiç aksatmadığını biliyordum. Bugün de mutlaka gazetededir, diye aklımdan geçirdim.

Gazeteye vardığımda kalbim duracak gibiydi. Nedense binadan içeri girince örselenen gururum yeniden isyanlara başlamıştı. Zaten onu görmem pek mümkün olamazdı, bildiğim kadarıyla Naz gün içinde çok nadir olarak odasından çıkarak servislere inerdi. Kimseye görünmeden doğru personel servisine yürüdüm. Müdür geleceğimden haberdardı herhalde, bana istifa kararımla ilgili hiçbir şey sormadı. Hatta yüzümdeki morlukla da ilgilenmedi. Yalnız tam odasından çıkmak üzereyken birden müdür yeni hatırlamış gibi, "Ha, Haldun Bey," dedi. "Hanımefendi'nin emri var, ayrılmadan önce mutlaka odasına çıkmanızı istediler."

Biraz şaşırmıştım. "Neden?" diye sordum.

"Ben orasını bilemem, bana öyle emrettiler," dedi.

Yüzümü astım, sanki bu emirden hiç hoşlanmamış gibi. Aslında Naz'ı son bir kere daha görmenin sevinci yüreğimi çoktan dağlamıştı. Daha da ileri gideyim, yüreğim yerinden çıkacakmış gibi atıyordu.

İsteksizmiş gibi tavırlar takınarak, "Şu an yerinde mi?" diye sordum.

"Evet, sizi bekliyorlar," dedi.

ঌ

Patroniçe'nin katına çıktığımda ayaklarım birbirine dolanıyordu. Ona nasıl davranacağıma, nasıl bir tavır takınmam gerektiğini düşünüyordum. Asansörden şıkar şılmaz o zebani kılıklı koruması bana sırttı. Beni tanıyordu artık. Hiç yüz vermedim.

Gönül Hanım ise beni gülümseyerek karşıladı. Sıcak bir ilgiyle, "Hoş geldiniz, Haldun Bey," dedi. İyi biriydi, Gönül Hanım; Naci Koyuncu'nun adamları tarafından dövüldüğümde de hemen telefonum üzerine yardımıma koşmuş, Naz'a haber vermişti.

"Hanımefendi sizi odasında bekliyorlar," dedi.

Sanki kadıncağızın bir günahı varmış gibi, "Bilmiyorum ama mühimmiş, gelince mutlaka beni haberdar edin diye talimat verdi," dedi.

İçimden, *Allah Allah,* diye geçirdim. Artık Naz'ın bana ne mühim haberi olabilirdi ki? Biraz da meraklanmıştım. Peşine takılıp Naz'ın odasına gittik. Gönül Hanım bizi yalnız bırakıp hemen çekildi. Patroniçe bütün ihtişamıyla koltuğunda oturuyordu. Yeniden Patroniçe kimliğine bürünmüştü, o an, tanıdığım, âşık olduğum, yaramaz, işvebâz Naz değildi artık. Bunu hemen hissettim. Ben de aynı mesafeli davranışlarla, "Beni görmek istemişsiniz, hanımefendi," dedim.

Hitabımdaki havayı anlamamış gibi koltuğundan kalktı. Yüzünde soğuk bir tebessüm vardı.

"Bu kadar mesafeli olmaya gerek yok, Haldun," dedi. "Evet, artık yollarımız ayrılıyor ama seni daima iyi bir dost olarak hatırlamak isterim. Lütfen samimi ol ve anlamsız resmiyeti bırak."

Ben yine, "Nasıl isterseniz, efendim," dedim. Sizli bizli konuşmuş, sonuna da "efendim" kelimesini yerleştirmiştim. Yüzüme tekrar baktı ama bu sefer yeni bir uyarıda bulunmadı.

Çağırış sebebini öğrenmek için can atıyordum. Göz göze gelmemeye çalışarak nazarlarımı ona çevirdim. Yine siyah giysiler içindeydi, çoğu zaman gazeteye gelirken kullandığı cinsten. Siyah pantolon, yine aynı renk kazak vardı sırtında.

Konuşmadan çekmecelerinden birini açtı ve çıkardığı zarfı bana uzattı.

"Al, bu senin," dedi.

Kabarık zarfa bir göz attım. "Onun ne olduğunu sorabilir miyim, efendim?" dedim.

"Bu hizmetlerinin karşılığı, lütfen kabul et."

"Hangi hizmetlerimin?" diye sordum.

"Naci Koyuncu ile yaptığın röportajın ve beni büyük bir badireden kurtarmanın karşılığı."

Dudaklarım soğuk bir şekilde gerildi. "O röportajı yaparken ben bu gazetenin bir elemanıydım ve hakkım olan ücreti de bana peşin ödemiştiniz. Kısacası ben sadece vazifemi ifa etmiştim. O parayı asla kabul edemem. Korkarım, beni yanlış tanımışsınız." Bir süre yüzüme baktı. Sonra, "Rica etsem, kabul eder misin?" dedi.

"Hayır, asla..."

Israr etmedi, zarfı masanın üzerine bıraktı. "Nasıl istersen," diye fısıldadı.

Gururum yeniden incinmişti. "Başka bir isteğiniz yoksa gidebilir miyim, efendim?" dedim.

Tabii, gidebilirsin diyeceğini sanmıştım, ama yanılmıştım.

"Benim yok. Ama ailemin bir ricası var."

Şaşırmıştım. Akyol ailesinin benden ne isteği olabilirdi ki?

"Sizi dinliyorum, hanımefendi," dedim.

Bir an yüzüme sevgilim Naz gibi baktı sanki veya ben öyle sandım.

"Annemle babam, seni bu pazar çiftliklerindeki kahvaltıya çağırdılar."

Hayretle, "Beni mi?" diye kekeledim. "Neden? Benden hoşlandıklarını pek sanmıyorum. Bu davet nereden çıktı birden?"

Naz bana hak verir gibi başını salladı. "Haklısın... Ben de şaşırdım biraz. Ayrıca seninle yollarımızın ayrıldığından da haberleri yok henüz. Aramızda geçenleri onlara anlatmadım. Ama endişelenme orada yalnız olmayacaksın, başka davetliler de var. Mesela Naci de gelecek, tanımadığın sosyetenin başka ünlüleri de Babam ara sıra çiftliğinde bu tip davetler verir."

Gülümsemeye çalıştım. "Hanımefendi, benim o topluluk içinde ne işim olabilir? Siz lütfen münasip bir bahane uydurup gelemeyeceğimi pederinize iletin."

"Ben de öyle yapmayı düşünmüştüm zaten. Ama şu röportaj meselesi yüzünden babam özellikle senin de bulunmanı istedi."

"İstifa ettiğimi söylersiniz, mesele biter."

"O kadar basit değil."

"Neden?"

"Bana âşık olduğunu ve bu yüzden işten ayrılmak zorunda kaldığını söyleyecek halim de yok ya. Biraz anlayışlı ol... Alt tarafı bir kahvaltı... Babam, Naci ile konuşması sırasında senin de orada olmanı istedi."

"Sizi anlıyorum, Naz Hanım. Lütfen siz de beni anlamaya çalışın. Hislerimi biliyorsunuz, bundan böyle sizle karşılaşmak, yüz yüze gelmek benim için çok zor oluyor. Bunu takdir edeceğinizi umuyorum, efendim."

Naz gülümsedi. "Mesele buysa, endişelenmene mahal yok. Çünkü ben o kahvaltıya iştirak etmeyeceğim. Pazar günü bir randevum var."

Bu uyarı aslında kalbime saplanan bir ok gibiydi. Pazar günü bir iş randevusu olmayacağına göre buluşacağı kişi muhtemelen Yalçın Kural'dı. Elimden geldiği kadar hissiyatımı belli etmemeye çalıştım. "O halde belki olabilir," diye kekeledim.

Hemen, "Teşekkür ederim, Haldun," dedi. "Sen her zaman iyi bir dostsun. Beni kırmayacağına emindim zaten."

Kısa bir sessizlik oldu.

"Söyleyeceğiniz başka bir şey yoksa, ben gideyim artık," dedim.

"Keşke bir kahvemi içseydin," diye mırıldandı. Ama hiç de canı gönülden yapılmış bir teklif gibi gelmedi bana.

Teşekkür edip kapıya doğru yürüdüm. Tam çıkarken aklıma geldi. "Ben, sözünü ettiğiniz çiftliğin nerede olduğunu bilmiyorum."

"Dert etme. Pazar sabahı babam bir araba gönderip seni evinden aldırır," dedi.

Gazeteden ayrılırken her tarafım titriyordu. Bu hiç de adil bir durum değildi; Naz o aktör bozuntusu sevgilisiyle pazar günü eğlenirken, ben hâlâ Akyol ailesinin sorunlarıyla uğraşmak zorunda kalacaktım.

6

Kötü günler başlamıştı benim için. Şu an işsizdim. Başka bir gazetede kendime iş bulmak zorundaydım. Çeşitli gazetelerde çalışan arkadaşlarım vardı, aklıma gelenlere durumu açıklayarak gazetelerinde müsait pozisyonlarda iş olup olmadığını sordum. Hepsi beni severlerdi ve ellerinden geleni de yapacaklarına emindim.

Çalışmadığım sürece, parasal sorunlar ciddi bir dert olarak başıma çöreklenecekti. Çevremde borç isteyeceğim fazla arkadaşım da yoktu. Naz beni cidden kullanmıştı; düşündükçe öfkem artıyordu. Onun gazetesine büyük hayallerle girmiş, ama daha bir ayımı doldurmadan istifa etmek zorunda kalmıştım. Bunu en yakın arkadaşlarıma bile açıklamak zordu; ne diyecektim, gazetenin patroniçesine âşık mı oldum diyecektim? Herkes gülerdi bu lafıma, alay konusu olurdum.

Bursa'daki anama bile durumu açıklayamazdım. O bir an evvel evlenmemi, yuva kurmamı, istikrarlı bir hayata kavuşmamı isteyip duruyordu zaten. Naz'ın gazetesine girdiğimi ve maaşımın on bin liraya çıktını işitince çok sevinmişti. Şimdi ona ne diyecektim, patronuma âşık olduğumu anama bile anlatamazdım.

Naz'ın bana vermeye kalkıştığı içi dolgun zarfı hatırladım. Sanırım içinde çok para vardı. Kabul etseydim, hiç şüphesiz işsiz kaldığım bu dönemi çok rahat atlatır, nakit sıkıntısına düşmezdim. Ama kabul etmeme imkân yoktu, o teklifi yaptığı anda gururumu çok incittiğini hissetmiştim. Asla kabul edemezdim. *Acaba içinde kaç para vardı o zarfın?* diye düşündüm. Düşünmek bile abesti. Aslında Naz muhtemelen düşeceğim zor durumu hesap etmiş ve bunu telafi için o jeste kalkışmıştı. Bir anlamda hakkımdı da, önce beni işimden çıkarmış, başındaki belayı sayemde halletmiş, sonra da beni sepetlemişti. Düşündükçe bozuluyordum...

İstifa haberim çabuk duyulmuştu gazetede. Beni ilk arayan Turgut oldu. Bu durumdan biraz da kendini mesul tutuyordu; ne de olsa onun aracılığıyla eski gazetemi bırakmış Naz'ınkine geçmiştim. Tabii, telefonda önce neden istifa ettiğimi sordu; patroniçeyle anlaşamadım dedim. Cevabım pek tatmin edici olmamıştı sanırım, üstelemedi ama ısrarla o akşam Taksim'de buluşmayı ve bir yere gidip bir iki kadeh içmeyi teklif etti. Bu sefer davet ondan gelmişti. Kabul ettim, hakikaten pek fazla alkol alışkanlığım olmamasına rağmen, içimi boşaltmaya, dertleşmeye ihtiyacım vardı.

Ama Taksim'de onu beklerken beni bir düşünce aldı. Turgut çok sağlam ve güvendiğim bir arkadaşımdı, lakin ona ne ölçüde açılabilirdim. Naz'a âşık olduğumu anlatmak ne ölçüde akıl kârıydı? Böyle bir saçmalığı kimse kabul etmezdi. Ama aşkın sınırı yoktu, gerektiğinde krallar bile halktan birine sevdalanıp tahtlarından feragat edebiliyorlardı; benim de bir patroniçeye âşık olmam kabul edilemez miydi?

Taksim'de buluştuk. Yine Çiçek Pasajı'na gittik. Daha bir ay bile olmamıştı, ilk buluşmamızda yeni işimi kutlamıştık, şimdi de ıstıfamın üzüntüsünü içecektik. O akşam ben de rakı istemiştim. Ruhumdaki sıkıntıyı bira gibi hafif alkollü içki kesmezdi. Turgut büyük bir anlayışla ilk duble rakılarımızı yarılayıncaya kadar konuya girmedi. Sonra lakerdasından bir lokmayı ağzına atarken, "Şimdi sadede gelelim," diye mırıldandı. "Nedir bu istifa işi?"

Zaten içimi dökmek için can atıyordum.

"Naz'a âşık oldum," dedim.

Hayretten ağzındaki lokmanın boğazına kaçacağını sanmıştım. Oysa hiç tepki göstermedi. "Ben de öyle tahmin etmiştim," diye mırıldandı.

"Ne? Tahmin mi ettin? Nasıl tahmin edersin yahu? Kimin aklına gelir Patroniçe'ye sevdalanacağım?"

Güldü... "Yahu bizler gazeteciyiz. En fazla dedikodu nerede yayılır, bilmez misin?" dedi.

"Ne dedikodusu?" diye şaşkınlıkla sordum.

"Oh ooo... Bütün gazete çalkalanıyor. Patroniçe'nin seni yalısına atıp aşk hayatı yaşadığı söyleniyor."

Öfkeden kudurur gibi oldum. "Kim çıkarıyor bu dedikoduları?"

"Oğlum, milletin ağzını büzemezsin. Yalan da olsa, şayia hemen yayılır..."

"İyi de kim yayıyor bunları?"

Turgut bilgiççe sırıttı. "Yahu, Naz Hanım'ın şoförleri, korumaları, her gün gazeteye gelip gidiyorlar. Bunların bir kısmı seni görmüş. Hatta içlerinden biri iki gün seni Koyuncu Holding'e götürüp getirdiğini yaymış. Eh, herhalde sen de biliyorsun Patroniçe şu son hafta içinde hemen hemen gazeteye hiç uğramadı. Millet böyle düşünmekte haklı, değil mi?"

Rakımdan okkalı bir yudum aldım, sonra çatalımın ucuna helmeli barbunya fasulyesinden birkaç tane batırıp ağzıma atarken, "Haklısın," diye mırıldandım. "Onların yerinde olsam ben de aynı şeyi düşünürdüm."

Turgut anlayışla gözlerimin içine baktı.

"Peki, işin aslı nedir, şimdi sen de bana onu anlat," dedi.

Omuzlarım çöktü. Sahiden, gerçek neydi, onu ben de bilmiyordum. "Tutuldum, âşık oldum, kara sevdaya düştüm, Turgut," diye inledim. "Nasıl oldu bilmiyorum, ama birlikte gittiğimiz o oteldeki yemekten beri ona sevdalandım, aklımdan hiç çıkaramadım. Sonra o röportaj hazırlığı için beni yalısına çağırınca iş çığrından çıktı."

Turgut, "Ne röportajı?" diye sordu.

Hiçbir şey bilmiyordu, tabii... Kendimi kaptırıp bütün başımdan geçenleri birer birer anlattım, hem de hiç sansür uygulamadan. Her dakikasını, her anını... Turgut masal anlatıyormuşum gibi gözleri iri iri açılmış, dinliyordu beni.

Sonunda içini çekti. "Şanslıymışsın, vallahi," dedi.

"Ne şansı yahu! Ben ıstıraptan geberiyorum."

"Keşke herkes senin gibi geberse..."

"Hoppala! Ne demek oluyor şimdi?"

"Yalan mı, Haldun? Ulan, ilerde torunlarına anlatacak bir aşk macerası yaşamışsın. Yetmez mi? Daha ne bekliyorsun ki filmlerdeki gibi romantik bir son mu? Onlar hep hayal ürünü, ama sen bunun gerçeğini yaşamışsın. Belli ki o da seni sevmiş. Yoksa bizim Patroniçe seni yalısında bir hafta misafir eder miydi? Bizim gazetenin baş muharriri bile o yalıya ayak basmamıştır. Daha ne istiyorsun?"

Rakı iyice gevşetmişti beni. "Ah Naz, ah!" diye inledim. "Yaktın beni."

Turgut ters ters yüzüme baktı. "Nankörlük etme... Yaşadıklarının kıymetini bil. Bırak şimdi mızmızlanmayı, daha ne umuyordun ki? Yoksa Patroniçe ile evlenmeyi mi? Onun gibi milyarların vârisi bir kadın seninle evlenir mi hiç?"

Yutkundum... "Evlenmeyi düşünmedim ki," diye fısıldadım.

"Ya ne düşündün, ne hayal ettin?"

"Onun da beni sevmesini?"

Sanırım Turgut henüz benim kadar etkilenmemişti içkiden. Ne de olsa acıyı çeken bendim, daha ilk kadehte rakı beni çarpmıştı. Fakat arkadaşımın biraz düşüncelere daldığını hisseder gibi oldum. Kuşkuyla yüzüne baktım. "Ne düşünüyorsun?" dedim.

Önce fikrini beyan etmek istemezmiş gibi omuz silkti. Ama ben ısrar edince konuştu.

"Yahu, bu işte sana ters gelen bir yan yok mu?" diye fısıldadı.

"Neymiş o terslik?"

"Vallahi, bana biraz garip geldi..."

"Söylesene yahu! Nedir sana ters gelen?"

"Patroniçe sana âşık olmasa, hiç seni o kadar gün yalısında tutar mıydı? Alt tarafı onun emrinde çalışan bir emekçisin. O röportajı senle gazete binasında da hazırlardı. En kabadayısı özel bazı bilgiler vermek istiyorsa, seni odasına çağırır orada hazırlatırdı. Neden yalısına davet ettiğini hiç düşünmüyor musun? Ayrıca o anlattıkların, cinsel yakınlaşmalarınız falan filan... Naz Hanım böyle şeylere kalkışacak biri değildir. Yahu Haldun, seni tanımasam, hayal kurduğunu veya palavra attığını düşünürüm."

"Hâşâ!" diye direttim. "Sana yalan mı söyleyeceğim... Bütün anlattıklarım aynıyla vakidir."

"Öyleyse, biraz kafanı çalıştır, düşün... Bu anlattıkların ancak seven bir kadının tutumu olabilir."

Rakımdan bir yudum daha alırken başımı salladım olumsuzca. "Keşke öyle olsaydı," dedim. "Ama Naz ne yazık ki başka birine âşık... Bunu açıkça yüzüme söyledi."

"Sakın o da bir oyun olmasın?"

"Yok canım... Ne oyunu? Böyle oyun olur mu? Sırf bu yüzden yalısından kaçtım."

Turgut yeniden düşünmeye başladı, sanırım beni bu kez haklı bulmuş olmalıydı ki, "O da doğru ya," diye mırıldandı.

"Bitti artık... İstifamı da verdim. Sen sağ, ben selamet... Bu iş kapandı, artık onu unutacağım. Daha doğrusu unutmam lazım. Anlıyorsun beni, değil mi?"

Turgut melül melül yüzüme baktı. Sonra, "Vah be, kardeşim," diye mırıldandı. "Sen hapı yutmuşsun, bu kadına sırılsıklam âşıksın... Bu durum iflah etmez."

İyi bir arkadaş bu kadar umutsuz konuşur muydu?

Az kaldı Turgut'a çatacaktım. Kendimi frenleyip düşündüm. Yerden göğe kadar haklıydı; iflah olmaz bir derde müptelaydım ben. O an içimden ağlamak geldi. Sarhoş'un ruh hali... Gözlerimden iki damla yaş yanaklarıma süzüldü.

Elimin tersiyle silmeye çalıştım...

Dördüncü Bölüm

1

Nihayet pazar sabahı gelip çattı. Reşit Akyol'un çiftliğindeki kahvaltıya hiç gitmek istemiyordum. Ne Reşit Bey'den ne de karısı Ülker Hanım'dan hoşlanmamıştım, hele Naz'ın olmadığı bir ortamda ne işim vardı. Gitmemek için beynimde bahaneler yaratmaya çalışıyordum. Ayrıca Naz o kahvaltıya özellikle Naci Koyuncu'nun da katılacağını söylemişti. Hiddetleniyordum, sonuçta o adam korumalarına beni dövdürmüştü, şimdi onunla karşılaşırsam belki kendimi kontrol edemez, hele imalı bir laf etmeye kalkışırsa, üstüne yürüyüp haddini bildirirdim. Elmacık kemiğimin üstündeki morluk hâlâ tamamen geçmemişti.

Ya sabır çektim... Ama Naz'a söz vermiştim. Her şeye rağmen efendilik ben de kalmalı, verdiğim sözü tutmalıydım. Keşke o sözü Naz'a hiç vermeseydim ama olan olmuştu bir kere. Artık geri dönemezdim. Pazar sabahı erkenden uyanıp hazırlanmıştım. Reşit Bey bir araç gönderip beni evden aldıracaktı ama Naz bir saat söylememişti.

Bir süre ne giyeyim diye düşündüm. Takım elbise, kravat takıp gidilmezdi; sonuçta bu bir tatil günü buluşmasıydı. Uzun uzun düşündükten sonra öyle bir davete uygun giysiler seçtim. Sıradan bir pantolon, ekoseli spor bir gömlek ve oldukça yeni sayılacak deri montumu giymeye karar verdim.

Yüzümdeki morluk olmasa, hani enikonu da havalı sayılırdım. Babamdan kalma Ray-Ban güneş gözlüğüm de yüzümdeki çürüğü kısmen kamufle etmişti. Aracın gelmesini bekledim. Ama gelen giden yoktu. Çiftliğin nerede olduğunu da bilmiyordum.

Beklemekten iyice sıkıldığım anda, beni çılgına çeviren bir düşünce kafama takıldı. Yoksa bu da Naz'ın giderayak bana oynadığı bir oyun muydu? Önce ihtimal vermek istemedim, neden böyle bir numaraya kalkışabilirdi ki? Ama hiç belli olmazdı; Naz'dan her türlü şov beklenebilirdi. Kadın sanki beni üzmek, azap çektirmek için yaratılmıştı.

Biraz daha zaman geçince, aklıma takılan düşünceye enikonu inanmaya başlamıştım. Yine kesin Naz'ın oyununa gelmiştim. Nedense böyle şeyleri yapmaktan zevk alıyordu. *Lanet olsun*, diye homurdandım. Kesin ruhsal sorunları olan bir kadındı Naz... O koca gazeteyi nasıl idare ettiğine şaşmalıydı. Her şeyden önce onun tedaviye ihtiyacı vardı.

Öfkeden kudurmaya başlamıştım.

Ama yarın ilk işim, telefona sarılıp ona haddini bildirmek olacaktı. Nasıl olsa aramızdaki tekmil bağlar kopmuştu, artık o benim patronum değildi, ağzıma gelen her şeyi söyleyecektim. Hatta gerekirse hakaret edecektim. Her şeyin bir sınırı olmalıydı, Naz bu sefer çok ileri gitmişti, ben onun oyuncağı değildim ve asla da olmayacaktım.

Tam bunları düşünürken kapım çalındı...

Ne yalan söyleyeyim, daha o an yüreğim atmaya başladı. Naz'ın ipiyle kuyuya inilmezdi, belki bana bir sürpriz yapıp son anda kahvaltıya o da iştirak etmeye karar vermiş olabilirdi. Kapıyı açınca karşımda onu görürsem, hiç şaşmayacaktım.

Ama yanılmıştım. Karşımda pos bıyıklı, elli yaşlarında bir adam duruyordu. Beni selamlayıp, "Efendim, sizi Reşit Bey'in çiftliğine götürmeye geldim," demişti.

O an ne saçma hayallere daldığımı bir kere daha anlamıştım...

࿐

Ne de olsa, Bursalı, yani bir Anadolu çocuğuydum, çiftlik denince içinde kocabaş hayvanların, koyunların, tavukların bulunduğu bir yer aklıma gelmişti. Akyol ailesinin biraz toprakla, tabiatla haşır neşir olacakları bir mekânı kurgulamıştım beynimde. Gerçi çiftlik dedikleri yer geniş ve alabildiğine uzanan yeşillikler arasındaki birkaç bina topluluğuydu ama tasavvur ettiğim çiftlikle hiç ilgisi yoktu. Hele ana bina, şimdiye kadar hiç görmediğim güzellikteydi. Buraya çiftlik demek bana göre çok komik kaçıyordu.

Gelen misafirlerin arabalarına ayrılmış kocaman bir otopark vardı. Evimden beni alan şoför beni orada bıraktı. Otopark misafirlerin son model pahalı arabalarıyla doluydu. Daha ilk anda yalnızlığımı hissettim ve bozuldum. İmkânım olsa daha o anda durmaz, kaçardım. Ne işim vardı, burada benim? Tanımadığım bir yığın sosyetenin kaymak tabakasından insanlar olmalıydılar, Akyol ailesinin içtimai gücüyle ahenkli elit sınıf... Ben onlardan biri değildim.

İçeriye girince gözlerim kamaştı. Bu kadar büyük bir mekân hiç görmemiştim. İçeride en az otuz kişi, belki de daha fazlası vardı. Sağ tarafta kocaman bir masa vardı ve üzerine her türlü yiyecekler sıralanmıştı. Sol tarafta kalan bölüm ise duvardan duvara ahşapla kaplanmıştı. Tam karşıda devasa bir şöminede kütükler çatırdayarak yanıyordu. Şöminenin önündeki çok sayıda serpiştirilmiş oturma ünitelerinde derinleştirilmiş bir sohbet yürüyordu.

Kimseyi tanımadığım için, benimle ilgilenen kimse de yoktu. Hani, neredeyse buna sevinecektim; zira bu insanlarla konuşacak müşterek bir konum yoktu. Bir sürü garson yemek masasına tepsiler içinde yiyecek yetiştirmeye çalışıyorlardı. Hepsi beyaz gömlekli, siyah papyonluydu.

Yeniden şöminenin olduğu bölüme baktım. Reşit Bey oradaydı ama sırtı bana dönük olduğundan henüz geldiğimi görmemişti. Yanındaki dostlarıyla derin bir muhabbete dalmıştı. Daha şimdiden sıkılmıştım. Tam o esnada arkamda tanıdık bir ses işittim. "Hoş geldiniz, Haldun Bey," demişti. Hızla başımı çevirip baktım.

Ülker Hanım bana gülümsüyordu. Yavan, samimiyetten uzak, yapay bir tebessümle... Aynı şekilde mukabele ettim. Aslında söyleyecek bir şey bulamıyordum, nihayet kendimi zorlayarak konuştum.

"Hafta içinde Naz Hanım benim de bu davete iştirak etmemi istedi," diyebildim.

"Evet, biliyorum. Eşim, Nuri Koyuncu ile yapacağı konuşmada sizin de bulunmanızı arzu etti."

"Nedeni hakkında bir bilginiz var mı?"

"Hayır, yok. Ama nedenini tahmin etmek zor değil. Herhalde siz de anlamışsınızdır."

Çaresiz başımı salladım. "Anlıyorum, efendim. Acaba ne zaman görüşme imkânımız olacak?" diye sordum.

Şaşırmış gibi yüzüme baktı. "Bir aceleniz mi var? Daha şimdi geldiniz."

"Haklısınız. Lakin kendimi bu muhitte çok yabancı hissediyorum. Tanıdığım kimse yok. Mümkünse o görüşmede bulunup hemen gitmek isterim."

Ülker Hanım tepeden tırnağa beni süzdü. "Doğru, siz bu çevrenin insanı değilsiniz. Sıkılmanızı anlıyorum," dedi.

Aklınca bana imada bulunuyordu. Kızıyla ilişkim konusunda endişe duyduğu belliydi, oysa bilmiyordu ki biz o münasebeti çoktan noktalamıştık. Haliyle bana tepeden bakan, küçümseyen tavırları devam ediyordu o nedenle.

Hiç aldırmadan, "Naz Hanım'ın son ricası kıramadım. Aksi halde bu daveti kabul etmezdim, emin olun," dedim.

Yüz ifadesi daha da küçümseyen bir ifadeye bürünmüştü. "Rica mı?" diye mırıldandı. Sanki bunun bir rica değil, ancak patronumun emri olabileceğini ihsas etmeye çalışıyordu.

"Evet, son ricası..."

O zaman uyanır gibi oldu. "Son demekle neyi kastediyorsunuz?"

"Haberiniz yok mu? Bu hafta içinde gazetedeki görevimden istifa ettim."

Şaşkınlığını gizleyemedi, önce merakla yüzüme baktı. "Bilmiyordum," diye fısıldadı. "Ben ne kocamın ne de kızımın işleriyle doğrudan ilgilenmem. Bunu şimdi duydum." Yüzü birden düşünceli bir hal almıştı. Bir süre konuşmadan beni süzdü. Onun bu halini yadırgamış, sevineceğini sanmıştım, oysa hiç de öyle görünmüyordu.

Sıkıcı sessizlik biraz uzadı. Neden sonra, "Niçin istifa ettiğinizi sorabilir miyim?" dedi.

"Bazı şahsi nedenler."

"Öyle mi? Bu nedenlerin ne olduğunu sorabilir miyim?"

Neden merak ettiğini anlamıyordum. Ülker Hanım sevinç tezahürlerinde bulunacağına adeta üzülmeye başlamıştı. Soğuk bir şekilde gülümsedim.

"Her zaman işyerinde olabilecek bazı sürtüşmeler," diye konuyu kapatmak istedim.

"Yani tamamen işle mi ilgili?"

Bu konuda konuşmak istemiyordum, soruyu geçiştirmek için omuz silktim. Galiba tam anlamamıştı. "Yoksa ücret konusu filan gibi şeyler mi?" diye sordu bu defa.

"Hanımefendi, bu konuda konuşmak istemiyorum."

"Olmaz," dedi. "Ben gerçek nedeni bilmek istiyorum." Sesi sert ve mütehakkim çıkmıştı. Akyol ailesi, ailece böyleydi, otoriter ve despot... Ayrılış nedenimi ona açıklamak zorunda değildim, bu tamamen Naz ile benim aramdaki bir meseleydi. Bu kadar kurcalamasının ne anlamı vardı? Kızının bana sevdalandığı endişesi ise, böyle bir şey yoktu aramızda. Zaten nedeni bu denli merak ediyorsa, bana değil kızına sormalıydı. "Size özel bir nedeni olduğunu ifade ettim. Lütfen sormayın. O mesele kapandı."

Hâlâ yüzüme bakmaya devam ediyordu. Fakat hiç ihtimal vermeyeceğim bir şey yaptı ve koluma girerek beni şöminenin önündeki gruba doğru sürüklemeye başladı. Böyle samimi bir davranış beklemediğimden iyice şaşırmıştım. Bir çıkarı olmasa bana bu denli yaklaşmazdı. Yürürken kulağıma fısıldadı. "O istifa işini unutun. Ben Naz'la konuşurum."

Hemen durup, "Hayır," dedim. "Olmaz... Mümkünü yok. Bir daha o müesseseye dönemem."

"Döneceksiniz, Haldun Bey. Asıl sizin başka şansınız yok."

"Nasıl olur, hanımefendi? Dönmek istemiyorum."

"Bunu görüyorum, ama dönmenizi ben istiyorum. Anladınız mı?"

Hiçbir şey anlamamıştım. Dehşete kapılmış gibi İlker Hanım'ı süzmeye başladım. Ne yapmaya çalışıyordu bu kadın. Beni adeta kolumdan çekip sürükleyerek topluluğun yanına götürdü. En azından şimdilik normale dönmeli, kadınla münakaşayı bırakmalıydım, çünkü tavrımız herkesin dikkatini çekecekti. Şöminenin önüne gelince birden sesini yükselterek konuşmaları bastırdı.

"Şimdi size gazetemizin yeni ve geleceği çok parlak bir elemanını tanıtmak istiyorum. Herkes beni dinlesin."

Başlar bize çevrildi, meraklı nazarlar üzerimde toplandı.

İçimden lanet okudum, tam anlamıyla açmaza girmiştim. Oradakiler mütebessim ve takdirle beni süzüyorlardı. Bir ara gözüm Reşit Bey'e takıldı. O bile karısının bu davranışından bir şey anlamamış, soran gözlerle bakıyordu. "Haldun Bey, çok güçlü bir kalem... Her yazısını yutar gibi bir solukta okuyorum. Bizim için büyük bir kazanç oldu. Onu yazı ailemize kattığı için Naz'a ne kadar teşekkür etsek azdır. İlerde hepiniz yazılarının tiryakisi olacaksınız."

Artık, Ülker Hanım'ın sıraladığı cümleleri takip edemiyor ama en önemlisi de bu takdime bir anlam veremiyordum. Neler oluyordu burada? Eminim, o an Reşit Bey'in de karısının neyin peşinde olduğundan haberi yoktu. Hafifçe sararmıştı basın kralının yüzü. Oturanların kimisi gülümsedi, kimisi alkışladı hatta. Şaşkına dönmüştüm. Etrafa iltifatları kabul eder gibi başımla teşekkür jestleri yapıyordum.

Neyse ki insanlar az sonra yine kendi aralarındaki sohbetlere dalmışlardı. Bunu fırsat bilip Ülker Hanım'a mırıldandım.

"Niye yaptınız bunu bana?"

"Çok basit, değil mi? Ayrılmanızı istemiyorum da ondan."

Dikkatle gözlerinin içine baktım. Ayrılmanızı istemiyorum dediği şey, gazete mi yoksa Naz mıydı? Dudağımın ucuna kadar gelen şeyi soramadım...

⁂

Bütün Akyol'lardan korkmalıydı. Bu kadın Naz'dan da beterdi. Beni zehirlemiş, beynime bir kurt sokmuş, uzaklaşmayın, yine yanınıza geleceğim diyerek diğer misafirleriyle meşgul olmak için uzaklaşmıştı. Bön bön düşünmeye başladım, ne demek istemişti bu kadın? Amacı neydi? Boşuna dememişler, anasına bak kızını al diye, bu da tıpkı Naz gibiydi. Şaşırtıcı, vurucu, dağıtıcı biriydi.

217

Bir an Reşit Bey'e acır gibi oldum. Adamı herhalde parmağında oynatıyordu. Yaşı ilerlemişti ama hâlâ çok havalı bir kadındı. Uzaklaşırken arkasından bakakaldım. Bu hissi, yalıda da yaşamıştım; yürüyüşü bile tıpkı Naz gibiydi, daha doğrusu Naz anasının modeliydi. Naz'ın ilerlemiş yıllardaki halini görür gibi oldum. Kafam iyice karışmış, değişik duygular ruhumda raks etmeye başlamıştı daha şimdiden.

Bir de Naz'ı ruh hastası, hoşlandığı erkeklere üzüntü vermekten hoşlanan marazi bir tip diye vasıflandırıyordum. Ya ben neydim? Sağlıklı düşünen, isabetli kararlar veren, basiretli bir adam mıydım? Sonuçta kızları tarafından istifası istenen, aşkı reddedilen, yüzüme karşı "ben başka bir erkeği seviyorum" diyen bir kızın ricasını kabul ederek yine o ailenin davetine icabet eden, kişiliksiz, onursuz adamın tekiydim. Ne işim vardı burada? Neden gelmiştim sanki? Kendime bile itiraftan kaçınıyordum; yalan mıydı, hâlâ içimde az da olsa bir ümit vardı, belki Naz'ı son bir kere daha görürüm heyecanı yatıyordu. Oysa Naz alenen yüzüme söylemişti, pazar günü birisiyle randevum var, ben çiftlikte olmayacağım diye...

Asıl hasta olan bendim. Ayrıca budalanın da teki... Turgut kaç defa yüzüme söylemişti, çılgınlık ediyorsun, sen o sınıfın insanı değilsin, ayağını denk al, sonun hüsran olur diye. Bu gidişin sonu daha da kötü olacaktı. Naz'ı beynimden hiç silemiyordum. Dengesizlik tüm ruhumu kaplamıştı; çok kısa süreler içinde düşüncelerim, duygularım hızla değişiyor, derin bir karamsarlığın yerini bir anda ümit ve sevinç kaplıyor veya umut dolu bir ruh halinden anında karamsarlığa geçiyordum. Haliyle bunun sonu ruhsal bir çöküntüye neden olacaktı. Hatta olmuştu bile. Kabul etmeliydim, ben bitmiştim artık.

Kuşkusuz, bazı insanlar benim bu zafiyetim, kararlarımdaki yetersizlik haline gülüp geçebilirler hatta bana acıyabilirlerdi. Ama asıl benim onlara acımam gerekirdi, zavallı olanlar onlardı.

Aşk, Tanrı'nın insanlara tanıdığı en büyük ihsandı. Uhrevi veya dünyevi olsun, hiç fark etmezdi. Önemli olan o hissi olanca güç ve yüceliğiyle ruhta hissedebilmekti. Halime gülenler, kesinlikle bu duygudan yoksun, onu hiç yaşamamış kişiler olmalıydı. Her insan, aşkı yeterli veya yetersiz bir nebze yaşardı ama ben bunlardan en yücelerinden birini yaşıyordum.

Beynimde bu duygularla boğuşurken birden irkildim tekrar. Düşüncelerime öylesine dalmıştım ki karşıma çıkan burun buruna geldiğimiz Naci Koyuncu'yu fark edemedim. Adam alaycı bir şekilde yüzümdeki morluğa bakıyordu.

"Üzgünüm, Haldun Bey," diye mırıldandı. "Böyle olmasını istemezdim. Sizden özür dilerim."

Sözde özür diliyordu ama yüzünde mütebessim bir ifade vardı. Mücadeleci damarım yine kabarmıştı. Ona biraz daha yaklaştım. Biraz huylanır gibi oldu. Çevresinde yine korumaları var mıydı bilmiyorum ama kendisine saldıracağımı düşünmüş olmalıydı. Kısa boylu tıknaz biriydi ama bir yumrukta onun yüzünde de aynı morluğu yaratabilirdim. Ama çok farklı bir tutumla yaklaşıp fısıldadım.

"Naz Hanım'ı gerçekten seviyor musunuz?"

Böyle bir sual beklemediği aşikârdı. Bir an bocaladı. Sualimdeki amacı anlamamıştı.

"Evet," diye bocaladı. "Ona âşığım. Neden sordunuz?"

Sonra parmağımı uzatıp tam kalbinin üzerine dokundum. Sırıtarak, "Siz yüzümdeki morluğu boş verin. Bir iki güne kadar geçer," dedim. Bu arada parmağımın ucuyla kalbine dokunmaya devam ediyordum. "Ama benim buradaki yarattığım morluğu görüyor musunuz? Siz onu yıllarca silemeyeceksiniz," diye fısıldadım.

Dik dik yüzüme baktı önce. Ne demek istediğimi anlamıştı. Zeki bir adamdı ve ne demek istediğimi çabuk kavramıştı.

"Vay, vay, vay..." diye mırıldandı. "Bunu hiç düşünmemiştim. Aklımın köşesinden bile geçmemişti ama şimdi anlıyorum. Siz

219

sıradan bir röportaj için gelmemişsiniz bana. Siz de onu seviyorsunuz... Naz'a âşıksınız."

Yanından ayrıldım. Bir ara geri dönüp baktığımda Naci Koyuncu hâlâ bıraktığım yerde düşüncelere dalmış öylece duruyordu...

ﬦ

Aradan yarım saat geçti. O kalabalık içinde yalnız hissediyordum kendimi. Davetime neden olan Reşit Bey'le Naci Koyuncu arasındaki görüşme de henüz olmamış, kimse beni yanlarına çağırmamıştı. Ülker Hanım misafirleri arasında dolaşıyor, hizmetkârlara emirler veriyor, ara sırada gözü bana değdiği anda da anlamlı bir şekilde gülümsüyordu. Onun bu tutumundan hâlâ bir şey anlamış değildim, ama içimde fırtınadan önceki sessizliği hatırlatan ürpertiler oluşuyordu.

Geniş verandaya bakan cam önünde ayakta durmuş çay içiyordum. Güneşli bir kış günüydü ama güneş içinden yağmur yağıyordu. Yağmur damlaları, güneşin ışıldadığı bahçenin tarhlarına serpiliyor, yapraklarda mini mini kubbeler yaratıyordu. Ne güzel bir gündü... Ama hep bir eksiklik hissediyordum; Naz'ın yokluğunu... Ruhsuz bir kalabalıktı bu. Davetliler kendilerince eğleniyorlardı, fakat ben zerrece mutlu değildim. Oysa sevgilim şu an burada olsa, her şey değişecek, varlığı ruhumu güneş gibi ısıtacaktı. Gözlerim manzaraya daldı. Bir yanda güneş, bir yanda ıslanan tablet örtüsü yeşillikler. Nadir rastlanan bir atmosfer olayıydı bu.

"Sıkıldın mı, Haldun?" dedi arkamdan bir ses.

Bu kez yanılmama imkân yoktu. Ülker Hanım olamazdı bu. Musiki gibi akıcı olan o ses sadece sevgilime ait olabilirdi. Hızla arkama döndüm.

Naz karşımda duruyordu.

Nedense hiç şaşırmadım; ümitsizliğime rağmen içimden yükselen bir ses onunla karşılaşacağımı söylüyordu hep. Bakıştık...

"Randevunuz gerçekleşmedi mi, hanımefendi?" diye fısıldadım. Yine ciddi ve resmi hitap etmiştim.

"Sorma, aksilik işte... Son anda setten çağırdılar. Bugün de çekimi varmış." Böylece randevusunun aktör bozuntusuyla olduğunu vurgulamak istemişti.

Alaycı bir ses tonuyla, "Vah, vah," dedim.

Kaşları birden çatıldı, gözleri gözlerimin içine dikildi, sabit kaldı. Ruhumdaki fırtına da o zaman koptu. Evvela gözlerim, az sonra şuurumun ufukları, derinliği, kıyısı köşesi, bütün benliğim, maddi ve manevi varlığım, tamamım, o kızgın bakışları altında eriyip gitti. Naz'a direnmek çok zordu. Onu görmeyeli daha üç dört gün olmuştu ama hasretinden bütün vücudum yanıyordu adeta. Gözlerimi kaçırmak istedim, beceremedim...

Bakışıyoruz.

Birden kollarımın arasına alsam ve oradaki kalabalığı, izzeti nefsimi, terbiyemi hiçe sayarak o gözleri öpuversem mi? Öpsem, durmadan öpsem mi? Öpsem ne olur ki?

İçimden geçirdim, ama yapamadım tabii...

Naz soğuk bir edayla mırıldandı. "Hadi, hazırlan... Seni evine ben götüreceğim."

Şaşırdım birden. "Ama..."

Lafı ağzıma tıkadı. "Seni getiren şoförün mazereti çıkmış, babam da izin vermiş. Uzatma, seni ben götüreceğim işte."

"Fakat," dedim. "Babanızla Naci Koyuncu henüz görüşmediler. Buraya o konuşmaya katılmak için çağrılmadım mı?"

"Gerek kalmadı," dedi Naz. "Naci, babamın bütün isteklerini kabul etmiş, yani senin anlayacağın evlilik projesi tamamen bitti. Sana da gerek kalmadı."

"Bunu duyduğuma sevindim. Zira Akyol ailesinin dolambaçlı işlerine karışmaktan sıkılmaya başlamıştım artık."

Pervasızca homurdandı: "Terbiyesizlik etme."

"Terbiyesizlik değil, hanımefendi... Gerçekten sıkıldım."

"Dur bakalım, bu daha başlangıç... Nelere alışacaksın."

"Çok şükür, böyle bir şey olmayacak. İstifa ettiğimi, bu aileyle ilişkimin kesildiğini galiba unutuyorsunuz."

"Biraz da bu yüzden seni ben götürüyorum ya... Yolda anlatacaklarım olacak. Şu istifa meselesi ile ilgili."

O zaman uyanır gibi oldum. Ülker Hanım'ın karşılaştığımız zaman söyledikleri aklıma geldi. İstifamı nedense kabul etmek istememişti Naz'ın annesi. Bir dolaplar dönüyordu ama ne olduğunu henüz çıkaramıyordum.

"Boşuna nefesinizi yormayın, hanımefendi. O istifayı asla geri almayacağım. Beni evime bu nedenle götürmek istiyorsanız, hiç zahmet buyurmayın, kendim de gidebilirim."

Yüzüme öfkeyle baktı. "Kafana bir şey indirmemi mi istiyorsun, Haldun? Ne kaz kafalısın sen? Hâlâ anlamıyor musun? Ben ne istersem, sen onu yapmak zorundasın. Unuttun mu, sen benim kölemsin."

Benim yerimde başka bir erkek olsa, o güzel gözlerini öpmek değil, belki suratına okkalı bir tokat atardı. Ama ben mayıştım, zevklendim, mutluluk duydum. Doğru söze can kurbandı. Cidden onun kölesi gibi hissediyordum kendimi. Hiç itiraz etmedim. "Peki, gidelim," dedim.

*

Çiftlikten kimseye veda etmeden ayrılmıştık. Jeep'i Naz kullanıyordu, korumaları da yoktu yanında, yalnızca sevgilim ve ben. Yanındaki koltukta hiç konuşmadan oturuyordum, süt dökmüş kedi gibi. Sessiz ve mutlu... Deminki konuşmamızın tesirinden kurtulamıyordum. Kim olsa kurtulamazdı. Çok tuhaf, çok garipti... Beni deli divaneye döndüren edasıyla, "Şimdi kafana bir şey indireceğim, benim isteklerimi yerine getireceksin, sen benim kölemsin," demişti. Ne mana çıkardı bundan?

Kendime göre yorum yapıyordum. Belki Yalçın'ın aniden çıkan işi de numaraydı. Belki öyle bir buluşma hiç olmamıştı bugün. Hatta çiftliğe geldiğimde Naz da oradaydı ama ortaya çıkmak için üst kattaki odalardan birinde saklanmış sonra zamanı gelince birden karşıma dikilmişti. Kuvvetle muhtemelen öyle olmuştu. Çünkü davette tanıdığım biri olmadığından vaktimi hep pencerelerden dışarıya bakarak geçirmiştim. Jeep'inin gelişini görmem gerekirdi. Büsbütün keyiflendim. Yanılmadığıma emindim. Bunların hepsi birer oyundu. Ama amacı kestiremiyordum bir türlü. Zihnimi kurcalayan tek husus Ülker Hanım'dı. Bana muhalif olduğu, benden hoşlanmadığı kesindi, kızının benimle ilişkiye girmesini istemediğine emindim. Ama istifama olmaz diyen de oydu.

Epey yol aldıktan sonra sessizliği Naz bozdu.

"Bak, Haldun. Ben seni artık gazetede istemiyorum. Varlığın beni rahatsız ediyor, gazetemde bana âşık bir elemanın olması hoş değil."

Hemen sözünü kestim. "İyi ya," dedim. "Ben de o yüzden istifa ettim zaten. Yeniden bu konun açılmasına ne gerek vardı?"

Sertçe söylendi. "Konuyu ben açmadım zaten. Anneme sen söylemişsin."

"Bildiğini sanıyordum. Ama ne fark eder, hanımefendi. Gazeteyi siz yönetiyorsunuz, sonuçta sizin kararlarınız geçerli olacaktır. İsrar etti, dönmedi der, kapatırsınız konuyu."

"Yapamam."

"Neden?"

"Annemle babam da İdare Meclisi üyeleri... Onlara karşı yönetici olarak sorumluluğum var."

Aklınca beni uyutmaya çalışıyordu; yemezdim bu numarayı.

Ama böylesi benim de işime geliyordu. Şimdi ağırdan almak, kendimi naza çekmek sırası bana gelmişti.

"Üzgünüm ama gazeteye dönmeği hiç düşünmüyorum," dedim. Gözlerinden ateş fışkıran bir nazarla beni süzdü.

"Döneceksin," dedi. Adeta emirdi bu...

"Dönmeyeceğim, efendim."

"Maaşını elli bin liraya çıkardım."

"Hayır, efendim."

"Yüz bin lira..."

Neredeyse nefesim kesilecekti. Bu kız çıldırmış olmalıydı. Neyin peşindeydi...

Ani bir fren yapıp durdurdu jeep'i. Kemer kullanmamış olsam ön camdan dışarıya fırlayabilirdim. Hırsla homurdandı. "Ne istiyorsun?" diye sordu. "Daha fazlasını mı?"

Acımış gibi yüzüne baktım.

"Benim para talebim yok. Ayrıca o rakamlarla gözümü boyamaya kalkışma. Beni parayla satın alamazsın. Sadece gerçeği söyle... Beni neden geri istiyorsun?"

Dişleri kenetlenir gibi oldu. "Benim seni geri istediğim filan yok. Annemle babam istiyor. Söyledim ya, bu onların isteği..."

"Bırak numara yapmayı, Naz... Bana gerçeği anlat. Neden dönmemi istiyorsun?" Siz, hanımefendi sıfatlarını bırakmış, yine eskisi gibi Naz diye hitaba başlamıştım

Durakladı bir an. Ama inatçı keçi ısrarında devam etti.

"Nasıl istersen," dedi. "Dönmezsen dönme. Hiç umurumda değil. Onlara dönmeyeceğini söylerim, bu meselede kapanır gider."

Hiç yenilgi emaresi göstermedim. "Teşekkür ederim, Naz," dedim sadece. Şimdi kozlar benim elime geçmişti artık. Onu yalvartıncaya kadar diretecektim. Yüreğimde sevinç çarpıntıları başlamıştı, aşk böyle bir delilikti işte. Bir kalemde yüz bin liralık maaştan bile feragat etmiştim. Bana yalvarıp yakarması beni daha mutlu edecekti.

O da istifini bozmadı. Arabayı yeniden çalıştırıp yola devam etti. Artık konuşacak bir şeyimiz kalmamıştı, nitekim inatçı keçiler gibi evime gelinceye kadar bir daha birbirimize tek kelime etmedik. Ama yol boyunca kaçamak nazarlarla bakmaya da devam ettik. Birimiz diğerinin bakışını yakalayınca hemen nazarlarını kaçırıyordu. Ne var ki jeep'i kapımın önünde durdurunca beklemediğim bir olay gelişti. Ben arabadan inince, o da çıktı. Bir an afalladım. O kızgınlıkla gazlayıp gideceğini sanmıştım. Neden arabadan indiğini anlamak için yüzüne baktım.

"Ne bakıyorsun öyle şapşal şapşal?" dedi. "Beni sıradan bir şoför mü sandın? Ben senin eski patronunum. Bu zahmetime karşılık, insan hiç olmazsa bir kahvemi veya çayımı içer misiniz diye sorar. Nerede sen de o nezaket?"

Hemen cevabı yapıştırdım. "Aman Patroniçem," dedim. "Sizin gibi yüksek sosyeteden bir hanımın benim fakirhaneme teşrif edip böyle bir tenezzülde bulunacağını hiç tahmin etmemiştim. Arzu ederseniz seve seve evimde size son bir ikramda bulunmaktan şeref duyarım. Hatta bugüne tarih düşerim, büyük Naz Akyol Hanımefendi evimi şereflendirdiler diye."

"Saçmalığı bırak da düş önüme, hadi," dedi.

O an anlamıştım. Mesele burada bitmeyecekti. Bitmek ne kelime, asıl macera şimdi başlayacaktı...

૨૪

Dairemin kapısını açtım. Naz son derece basit eşyalarla döşenmiş daireme daldı. Sanki hayatı boyunca böyle bir yerde yaşamış insanın rahatlığı ile küçük salonumdaki iki koltuktan birine ben daha yer göstermeden oturdu. Merak nedeniyle bile olsa mütevazı evimin eşyaları ile ilgilenmiyor, sadece beni süzüyordu.

Aslında biraz utanmıştım; gerçekleri saklamamın anlamı yoktu, ben büyük şehirde cüzi bir maaşla çalışan biriydim, tam elime iyi bir ücret geçiyordu ki ona da şartlar elvermemişti. Sessizliği yine o bozdu. "Hadi git bana bir kahve pişir. Ama Türk kahvesi isterim... Kahven var mı?"

"Var," dedim.

"Öyleyse, şekerli ve köpüğü bol olsun."

Hızla bakımsız mutfağıma koştum. Mutfağın hali içler acısıydı. Daha önceden kirli kalmış tencere ve tabaklar evyenin içinde üst üste sıralanmış ve biraz da koku yapmıştı. Bulaşık makinem olmadığından onları kaldıramamış, iki üç gündür süren yıkık halimden dolayı da yıkama fırsatı bulamamıştım. Elim ayağıma dolaşmış bir halde cezveye su doldurup ocağın üstüne yerleştirmiştim. Kahveyi bulmuş ama şeker kutusunu kim bilir nereye tıktığımdan aranıp duruyordum. Peşimden mutfağa gelecek, bu rezil manzarayı görecek diye ödüm kopuyordu. Neyse ki Naz peşimden mutfağa gelmedi.

Telaştan, tam köpüklü pişirememiştim kahveyi. Eski bir tepsinin üstüne iki fincanı yerleştirip, dökmeme gayreti içinde salona döndüm. Naz yerinden kalkmış duvardaki aile resmimizi inceliyordu.

"Annenle baban mı?" diye sordu bana.

"Evet."

"Aralarındaki küçük çocuk da sen olmalısın."

"Evet, benim."

Hafifçe gülümsedi. "Küçükken çok tatlıymışsın. Yaramaz mıydın?"

"Hayır, hiç değildim."

"Belli," dedi.

Sonra kahveyi alıp koltuğuna oturdu. Gergin bir bekleyiş başladı bende. Ne olacağını beklemeye başladım. Naz'ı tanıyordum artık, bir şeyi istedi mi, onu elde etmeden isteğinden vazgeçmezdi. Şımartılmış bir kişiliğin tabii sonucu... Ama bu defa şımarıklığını ona fazlasıyla ödetecek, yalvartacaktım. Hanya'yı Konya'yı anlamalıydı. Artık kozlar benim elimdeydi...

226

Yaptığımın enayilik olduğunu biliyordu tabii. Onunla aşık atmaya kalkışmam çok saçmaydı. Sonunda kaybetmeye mahkûm olan bendim. İstifa konusuna bir daha dönmeden, kahvesini bitirince kalkıp giderse ne yapacaktım? Arkasından ahlayıp oflamaktan, inadımdan bin kere pişman olmaktan başka yapacağım bir şey var mıydı?

Ama Naz'ın keçi inadına güveniyordum. Şu an uzlaştırıcı bir formül bulmak için mutlaka kafası haldır haldır çalışıyor olmalıydı. Yanılmadığımı anladım. Konuşmuyordu ama içtiği kahveyi çok beğenmiş gibi gevşemiş, oturduğu eski berjere iyice yayılmıştı. Sonra ayaklarındaki ayakkabıları çıkarıp bacaklarını toplamıştı.

İşte, Naz'ın taarruzu başladı, diye düşündüm.

Her zamanki gibi en zayıf yanımdan harekete girişmişti. O nefis ayaklarından çok etkilendiğimi biliyordu. Bakışlarımın hemen ayaklarına kayacağını düşünmüş olmalıydı. Niyeti yine cinselliğiyle irademi yenik düşürmekti.

Kendimi zorladım, ayaklarına bakmamak için tüm irademi kullandım. Fazla dayanamayacağımı biliyordum, o nedenle de devamlı gözlerinin içine bakıyordum. Kendimin bile şaştığı bir kararlılıkla, "Boşuna uğraşma," dedim. "Gazeteye dönmeyeceğim."

Kızıp söyleneceğini sandım.

O ise gayet sakin bir sesle sordu: "Peki, istediğin nedir? Açıkla da öğreneyim."

"Benden özür dilemeni istiyorum. İlk isteğim bu..."

"Başka isteklerin de mi var?"

"Evet, var... Birer birer sayacağım."

"Ama senden neden özür dileyim ki? Ne yaptım sana?"

"Her fırsatta gururumla oynadın," dedim.

Düşündü biraz. Fakat nasıl gururumla oynadığını sormadı. "Pekâlâ, kabul ediyorum, özür dilerim," diye fısıldadı.

"Güzel," diye mırıldandım. "Şimdi ikinci isteğimi açıklayabilirim."

227

"Onu da söyle bakalım."

"İşe dönmem için bana yalvaracaksın, anladın mı?"

Az kaldı öfkeden yerinden fırlayacaktı. Fena halde bozulmuştu. O an elindeki kahve fincanını nasıl kendini frenleyip de yüzüme fırlatmadığına şaştım. Ama hiddeti yavaş yavaş geçti. Ateş saçan gözlerinde sükûnet ifadesi belirdi.

Güçlükle, "Özür diledim ya," dedi.

"O yetmez... Ayrıca yalvaracaksın."

Hazdan eriyordum. "Bekliyorum, Naz," diye çıkıştım. "Yalvar bakalım..."

"Haldun!"

"Evet? Yalvarmayacak mısın?"

"Sonra bunları fitil fitil burnundan getireceğimi bilmiyor musun?"

"Biliyorum. Ama karşımda dönmem için bana yalvarman beni mest edecek. Sonra bana yapacağın bütün eziyetlere razıyım."

Fincanı ufak sehpanın üzerine bırakıp ayağa kalktı. Ayakkabılarını ayağına geçirdi. Galiba yalvarmadan gidecekti. Şüphe ile Naz'a bakıyordum. Bana şiddetle bakan nazarları müphem.

"Başka şartın da var mı?" diye sordu.

Düşünüyormuş gibi yapıp, "Hayır, yok," dedim. "Bu ikisi bana yeterli."

"Sen koca bir ahmaksın. Gördüğüm en büyük budala."

"Olabilir," diye yerimden kalktım. Konuşmamız bitmiş gibi.

Hırsından kuduruyordu. Bir şey diyecekti ama ne? Düşünüyordu...

"Bekliyorum. Yalvaracak mısın?"

"Gerekirse yalvarırım da. Fakat..."

"Fakat ne?"

"Fazla ümitlenme... Sakın başka şeyleri de aklından geçirme. Onların hepsi bitti artık."

Sinsi sinsi güldüm. "Böyle bir teklifte bulunacağımı ya da sana yakınlaşmak arzusu izhar edeceğimi nasıl aklına getirebiliyorsun? O aktör bozuntusu Yalçın'a âşık bir kadına yaklaşmak ister miyim hiç? O sayfa benim içinde kapandı, hiç endişe etme."

Durdu, yüzüme baktı. "Öyleyse, yalvarıyorum sana," dedi.

2

Pazartesi sabahı gazetedeki işime yeniden döndüm. Zevkten uçuyordum. Hem maddi hem de manevi açıdan. Her ay, on bin liralık maaşı almaya devam edecektim; parada pek gözüm yoktu ama o piyasada o rakama henüz iş bulamayacağımı da biliyordum. Asıl önemlisi ise Naz'a boyun eğdirmiş, isteklerimi kabul ettirmiştim. Çocuksu bir davranış tarzı olabilirdi ama incinen gururumu da tatmin etmiştim. Üstelik Naz'ın bunu bir türlü kendine yediremeyeceğini, mutlaka bir şekilde ve misliyle karşılık vereceğini de biliyordum. Zaten açıkça söylemiş, bütün bu yaptıklarını fitil fitil burnundan getireceğim diye tehditler savurmuştu. Umurumda değildi, amacıma ulaşmıştım...

Pazartesi sabahı beni birtakım sürprizler bekliyordu gazetede. Uzun bir aradan sonra çalıştığım servise girince ilk sürprizle karşılaştım. Masam kaldırılmıştı... Şaşkına uğradım. Servis arkadaşlarıma, masam nerede diye sorunca, yüzlerinde soğuk, meraklı, hatta kıskançlık dolu ifadelerle karşılaştım. Kimse benle konuşmak istemiyor, sorumu cevaplamaktan kaçınıyordu. Nesrin Albayrak adlı bir kız vardı, sadece o gülümseyerek konuştu. Galiba biraz da bana ilgi duyuyordu ya da ben öyle sanıyordum, ne de olsa bu gazetede yeni sayılırdım ve mesai arkadaşlarımla henüz yeterince dostluk kuramamıştım.

"Sizi tebrik ederim, Haldun Bey," dedi. "Gazetede çok çabuk yükseliyorsunuz. Sınıf atladınız, yoksa haberiniz yok mu? Personel Şubesi'ne gidin onlar size açıklama yapar."

O an uyandım...

Bu Naz'ın işi olmalıydı. Beni başka bir göreve atamış olmalıydı. Biraz irkildim. Kız, çabuk yükseliyorsunuz diye bir laf etmişti. Anlaşılan daha üst mevkide bir görevi uygun görmüştü bana. Ama sevineceğime endişelendim. Bu nasıl bir işti acaba? Kapasitemin ve yeteneklerimin fevkinde mi? Yoksa beceremeyeceğim bir şey miydi?

Doğru personel müdürünün yanına gittim.

Müdür beni soğuk bir ifadeyle karşıladı ama yerinden kalkıp isteksizce elimi sıktı. "Tebrik ederim, Haldun Bey," diye mırıldandı. Onun yüzünde de aynı kıskançlık ve haset izlerini gördüm. "Naz Hanım'ın emirlerini yerine getirdik, odanız hazırlandı. İstifa dilekçeniz iptal edildi. Bir arkadaş size yeni odanızı gösterecek."

Sonra yeni hatırlamış gibi, "Lütfen, muhasebeye uğrayıp çekinizi de alın," diye ekledi.

Hiç sesimi çıkarmadım. Şaşkınlığımı belli etmek istemiyordum. Muhasebeye daha sonra da gidebilirdim, önce müdürün yanıma kattığı adamla yeni çalışma odama gittim. Gazetedeki herkes bana tavır almıştı ama Naz'ın torpillisi olarak gördüklerinden kimse yüzüme karşı kıskançlığını kusamıyordu.

Yanımdaki elemanla birlikte altıncı kata çıktık. Naz'ın bir altında olan bu katta, sadece gazetede günlük yazıları çıkan başmuharririn ve gazetenin ağır toplarının müstakil odaları bulunurdu. Sevinçten bir çığlık atmamak için kendimi zor tuttum. Bu inanılmaz bir yükselişti. Hem de gazetedeki çalışmam daha bir ayı doldurmadan. İnanılır gibi değildi.

Odama girdiğimde nefesim kesilecekti. Tahmin edemeyeceğim kadar şık ve modern tefriş edilmiş bir mekândı burası. Aptallaştığımı itiraf edebilirim. Bu gazetecilik yaşantımda tahmin edemeyeceğim kadar büyük bir yükselişti. Aynı anda içimi bir korku da kapladı. Bu kattaki bütün yazarlar günlük makaleler hazırlardı.

Hepsi meslekte en azından yirmi beş, otuz yıllarını başarıyla tamamlamış, deneyimli ve tanınmış insanlardı. Naz şimdi beni onların arasına katmıştı. Onların arasında kaybolup gitmemek için olağanüstü bir yaratıcılık göstermeliydim.

Beni getiren çocuk zaten fazla konuşmayan bir tipti. "Tebrikler, efendim," diyip gitti. Artık bana da "efendim" diye hitap ediliyordu. Saygınlık kazanmıştım.

Bu mevki bana sağlanmış bir lütuf muydu, yoksa Naz'ın başaramayacağıma inandığı ve sonra beni horlamaya kalkışacağı yeni bir alan mıydı? Yani Naz'ın bir tuzağı...

Apışıp kaldım...

Bu tam bir sürpriz olmuştu. Ne tür yazılar kaleme alacağımı bile bilmiyordum. Siyasi mi, ekonomik mi, yoksa günlük harc-ı âlem makaleler mi? Bana açıklama yapan kimse yoktu. Tek çare bunu Naz'la konuşmaktı.

Telefona sarılıp santralden hemen beni Patroniçe'ye bağlamasını istedim. Altıncı katın imtiyazı vardı. Santral hemen beni bağladı ama tabii Gönül Hanım'a. Sekreteri Naz'ın henüz gazeteye gelmediğini söyledi. Teşekkür edip kapattım. Çaresiz gelişini bekleyecektim. Patroniçe daha bu saatte gazeteye arz-ı endam eylememişti. Fakat kuşkuya kapıldım; böyle bir günde özellikle erken geleceğini düşündüm. Yanılıyor muydum acaba?

Yarım saat sonra bir daha aradım. Gönül Hanım, Patroniçe'nin geldiğini fakat randevularının çok olduğunu ve bana zaman ayıramayacağını bildirdi. Hiç şüphem kalmadı; belli ki Naz kasıtlı davranıyor, benimle görüşmek istemiyordu. Kısacası atlatıyordu beni. Kendi göbeğimi kendim kesmek zorundaydım.

Yılmadım...

Bilgisayarın başına geçip, öyle bir sütun sahibinin okurlarla ilk tanışması ağırlıklı bir yazı hazırladım. Allah'tan yetenekli bir yazardım, benim için çok farklı bir alan olmasına rağmen tamamladığım makale akıcı ve rahat okunan, okurun ilgisini çeken bir yazı olmuştu. Gazeteci gözüyle de baktığımda beğendim. Makalemi hemen Yazıişleri Servisi'ne gönderdim. Bu ilk sınavımdı. Yarın okurlardan gelen tepkiyle başarı oranımı anlayacaktım. Sonra fırsattan istifade doğru muhasebeye indim. Muhasebe müdürü de biraz şaşkın beni süzdü. Sonra elime bir çek uzattı. Çeke bir göz attım, az kaldı küçük dilimi yutacaktım. Yüz bin lira yazıyordu üzerinde...

Sevinmem lazımdı, değil mi?

Ama o sevinci yaşayamadım. Yine kullanılıyormuş gibi bir hisse kapılmıştım. Altıncı kattaki gazeteci takımı belki bu ücreti alabilirdi ama ben bu ücreti hak ediyor muydum? Yoksa bu Naz'ın bana geçtiği bir torpil miydi?

Dişlerimi gıcırdattım. Gergin bir şekilde odama döndüm. Ben imtiyaz istemiyor, sadece hakkımı istiyordum. Gün boyu sıkılarak odamda bekleyip durdum. Henüz odama gelip giden, beni tebrike kalkan kimse de olmamıştı.

Sinirliydim. O gün ne Naz geldi ne de bir başkası...

❧

Akşam eve döndüğümde hâlâ kendimi toparlayamamıştım. Kavuştuğum imkânlara inanamıyordum bir türlü. Cüzdanımda yüz bin liralık maaş çeki vardı. Üstelik ücretim peşin ödenmişti, daha çalışmadan... Bu para benim için bir servet sayılırdı ve her ay yeni bir yüz bin lira daha kazanacaktım. Hemen evimi değiştirir, daha makbul bir semtte, daha düzgün bir yere taşınır, yeni eşyalar alır, hatta orta karar bir araba da alabilirdim kendime. Sevinçten havalara uçmam gerekirdi.

Ama huylanıyordum...

Naz'ın yeni bir oyunundan korkuyordum. Bunu senin

burnundan fitil fitil getireceğim demişti. Yapar mıydı, yapardı doğrusu... Ondan her şey beklenirdi. Şımarık sevgilim asla yenilgiyi kabul edecek yapıda biri değildi. Belki de onu yalvartmamın bedelini bana çok acı bir şekilde ödetecekti. *Acaba mı?* diye söylendim kendi kendime. Ona biraz haksızlık etmiyor muydum? Bu kadar anlayışsız olamazdım. O da bana âşıktı; bunu anlamamak için kör olmak gerekirdi. Aksi halde bu denli imkânı neden önüme sermişti? Bunun başka açıklaması olabilir miydi? Şimdi yavaş yavaş kendime kızmaya başlıyordum. Kendi gururum için, onun gururunu incitmiştim. Patroniçe'yi bana yalvartmaya kalkışmak hiç de insani bir davranış değildi. Pişman olmuştum. Ama o da bana başka alternatif tanımamıştı. İstifa et, ayrıl gazeteden, bu şartlar altında çalışamayız diyen o değil miydi? Peki, sonra ne olmuştu da, birden her şeyi kabule yanaşmış, yalvar yakar beni geri getirmişti. Anlayamıyordum.

Bildiğim tek şey, onu görmeden yaşayamayacağımdı. Onsuz yapamazdım. Onu çok farklı duygularla seviyordum. Odamdaki berjere sinmiş düşünüyordum; Naz'ın hayatımdaki yeri neydi? Ben kadınlara karşı nasıl ve ne türlü bir arzu duyuyordum. Önce bunun cevabını kendime vermeliydim. Galiba üç türlü... Birincisi tamamıyla bedenî olanı... Bunda fazlaca hoşlanmaya yer yok, cinsî isteğe şöyle böyle hitap eden her kadın... Ancak bu isteğe kapıldığınız zaman aradığınız ve bulunca hemen unutacağınız, hatta pişmanlık duyacağınız dişi türü! Önemsiz grup... İkincisi kolayca ve çarçabuk unutamadığınız, aklınıza geldikçe hatırasından zevk aldığınız, fakat yokluğundan büyük bir teessüre düşmediğiniz kadın grubu... Üçüncüsü ise bir müddet sevdiğinizi sandığınız, lakin bir yenisi ortaya çıkınca sevmediğinizi anladığınız ve ara sıra yine de kalbinizde izini bulduğunuz kadınlar...

Naz'ı bu gruplardan hiçbirine sokamazdım.

Naz öyle bir kadındı ki yanımda iken bile hep hasret duyduğum, özlem hissini hep bana yaşatan müstesna bir yaratıktı. Naz, işte buydu... Hep hasretini çekmeye mahkûm olduğum kadın! Gerçi hayatıma giren, yaşadığım, ufak tefek aşklarda da öbür kadınları özlediğim olmuştu; fakat o arayışlarda şimdi Naz'a karşı duyduğum bir şey eksikti. *Ne olabilir?* diye düşündüm. Adlandıramıyor, tarif veremiyordum. Muhakkak ki basit aşkla, büyük aşkı birbirinden ayıran işte buydu; sezdiğim halde anlatamadığım bir başkalık. Böyle bir aşkla ömrümde bir tek kadın sevebilirdim; iki olamazdı...

Gözlerim yaşardı. Ağlamak istiyordum. Zaten Naz'ı sevdiğimden beri sulu gözlü adamın biri olup çıkmıştım. Her an ağlamaya müsaittim.

Gözyaşlarımı salıverdim.

O gece hep beynimdeki suale uygun bir cevap aramaya çalıştım. Patroniçem de beni gerçekten seviyor muydu? Aksi halde birden beni birinci sınıf bir gazeteci haline getirmesinin sebebini nasıl açıklayacaktım?

&

Ertesi sabah yaşadığım basit bir olay beni garip bir gerçekle yüz yüze getirdi. Artık her gün sütunumda günlük yazılar yazmak zorundaydım. İlk günün sonunda gazeteye lehimde okurlardan mektuplar, e-postalar yağmaya başlamıştı. Okur bana tahsis edilen sütundaki ilk yazımı beğenmişti. Ben de cesaret almış, içimdeki evhamı bastırmıştım.

Naz hâlâ benle görüşmeye yanaşmıyordu. O sabah da Gönül Hanım'a isteğimi iletmiş ama bir yığın bahanelerle karşılaşmıştım. Anladığım kadarıyla Naz şimdilik beni görmek istemiyordu. Bu uyguladığı bir taktikti herhalde. Niyeti benim burnumu sürtmek, aşkımdan kudurduğumu bildiği için bana iyice acı çektirmekti. Ona

235

kızamazdım, cezamı çekmeliydim. Oysa yeniden bir araya gelsek, her şeyi unutup ayaklarına kapanmaya hazırdım. Anladığım kadarıyla şimdi yalvarma ve özür dileme sırası bana gelmişti. Ah Allahım diye inliyordum, bu hayat hep böyle mi sürüp gidecekti? Belki de yanılıyordum; o gerçekten Yalçın Kural'ı seviyordu. Bana bahşettiği işimdeki yükseliş imkânı ise sadece onu Naci Koyuncu'dan kurtarmamın mükâfatıydı. Böyle düşününce yine bütün dünyam kararıyordu.

O sabah günlük yazımı hazırlarken işlediğim konuya aklım takıldı ve bazı bilgiler almak için gazetenin en alt kattaki arşivine indim. Arşiv memuru, gazetenin en eskilerinden Behzat Baba dedikleri, yaşlı, tonton, güler yüzlü, konuşkan bir adamdı. Bir defa gazetedeki öğle yemeklerinden birinde aynı masada olmuştuk, topu topu bir defa. Ama beni hemen hatırlamıştı; belki de yeni olduğumdan. Benimle ilgilendi, yeni görevim için içtenlikle tebrik etti. Diyebilirim ki gazetede beni canı gönülden kutlayan ilk kişiydi. O zaman anladım ki adamın bodrum katında tonlarla saklanmış eski gazetede ve resimler arasında yaşaması, dönen dedikoduları duymasına engel değilmiş. İçten tebrikini elini sıkarak teşekkür ettim.

O gün işleyeceğim konu eski Yeşilçam filmleriyle ilgiliydi. Bana ihtiyacım olan belgeleri çıkarırken, şeytan dürtmüş gibi aklıma geldi ve Yalçın Kural hakkında da bilgi istedim. Behzat Baba gülümsedi sonra, "Aman delikanlı," dedi. "Zülfüyara dokunan bir şey yazma sakın."

İrkildim birden. Yoksa Naz'ın aşkını, bu yaşlı arşiv memuru da biliyor muydu?

"Ne demek istedin, Behzat Baba?" diye sordum.

"Yoksa bilmiyor musun?"

Yüreğimin birden cız ettiğini hissettim. Demek her şey doğruydu; kör Haldun hariç, bu ilişkiyi herkes biliyordu. Anlamazlığa vurarak, "Yo, bilmiyorum," dedim.

"Aman, dikkat et. Yalçın Kural aleyhinde bir yazı yazma."

"Neden?"

"Çünkü Yalçın Kural, Akyol ailesinin akrabasıdır."

Az kalsın, küçük dilimi yutacaktım.

"Akrabası mı? Nasıl akrabası?" diye kekeledim.

"Demek bilmiyordun... O delikanlı Ülker Hanım'ın erkek kardeşinin oğludur."

Saf saf sordum. "Yani Naz Hanım'ın kuzeni mi olur?"

"Ha, şunu bileydin."

Bir an sevinçten havalara sıçrayacaktım. Naz'ın bana yaptığı oyunlardan birini daha yakalamıştım. Neredeyse Behzat Baba'ya sarılıp iki yanağından öpmek geldi içimden. İşte, tam Naz'a uyan şovlarından biriydi. Beni kıskançlıktan çatlatmak için ona âşık olduğunu söylemişti bana.

Şaşkınlığım yaşlı adamın da dikkatini çekmişti. Sevincime her halde bir anlam veremiyordu. Ama az sonra bu sevincim yarıda kaldı. Yeniden düşünmeye başladım. Birbirlerinin kuzeni olması, âşık olmalarına engel miydi? Böyle akrabalar arasında da yaşanan nice aşk hikâyeleri işitmiştim. Bu kez biraz temkinli yaklaştım Behzat Baba'ya. Aklımdakini sormaya çekiniyordum. Ama dayanamadım ve sordum.

"Behzat Baba, kulağıma bir rivayet çalındı. Dedikodulara bakılırsa bizim Patroniçe ile aralarında bir aşk varmış, öyle mi?"

Yaşlı adam kıpkırmızı kesilip öfkelendi. "Sümme hâşâ! Kim uydurur bu yalanları... Yahu onlar kardeş çocukları. Ben bu gazetenin en eskisiyim... Reşit Bey'in gazeteyi ilk kurduğundan beri burada çalışırım. Onları ufacık bebekliklerinden beri tanırım. Çocukken ikisi de gazeteye gelip giderlerdi. Birlikte büyümüşlerdir."

"Olsun," dedim. "Sonradan birbirlerine âşık olamazlar mı?"

"Fe süphanallah! Kimler çıkarıyor bu yalanları? Her şeye inanırım da, buna inanmam. Aralarında bir akraba yakınlığı vardır tabii. Ayrıca Naz Hanım, hiç Yalçın Kural gibi bir zibidiye sevdalanır mı? Yalçın'ın yemediği nane yok. Gömlek gibi sevgili değiştirir. Hiç boyalı basını takip etmiyor musun sen?"

Omuz silktim. "Pek etmem," dedim.

"Etseydin, öğrenirdin. Ayrıca..."

"Ayrıca ne?" diye mırıldandım.

"Ayrıca Naz Hanım, dış memleketlerde okumuş, eğitim görmüş, dirayetli, basiretli bir kadındır. Koca gazeteyi tek başına idare ediyor. Ben Yalçın'ı da tanırım, hâlâ arada sırada gazeteye uğrar ve beni ziyaret etmeden asla gitmez. İyidir, hoştur ama okumamıştır, elifi görse mertek sanır. Yakışıklı oğlandır ama tek becerdiği iş çapkınlıktır. Hiç Naz Hanım ona yüz verir mi? Rüyamda görsem, inanmam."

Yüreğime su serpilmişti.

Herhalde Naz'ın dayısının oğluna âşık olacak hali yoktu. İlk aklıma gelen doğru olmalıydı. Naz beni kıskandırmak için bu oyuna başvurmuştu.

Koşa sıçraya asansöre gittim. Odama girdiğimde dünyalar benim olmuştu. Utanmasam odanın duvarlarına, "Naz'ın asıl sevdiği adam, benim," diye çığlıklar atacaktım. Bütün yaşamım renklenmiş, içime yeni ümitler doğmuştu.

Artık mutlaka Naz'la karşılaşmalıydım.

Beni istediği kadar görmezliğe gelebilir, umursamaz davranabilirdi... Ben onun karşısına çıkacaktım...

੭

Ama olmadı... İstediğim o teması bir türlü gerçekleştiremedim Naz'la. Hem de yeni işe başladığımdan bu yana yirmi iki gün geçmesine rağmen. Artık Gönül Hanım'dan da görüşme için randevu istemiyordum; belli ki Naz'ın kesin talimatı vardı. Beni görmek istemiyordu.

Ne yapacağımı bilemiyordum. Ona olan hasretim her geçen gün biraz daha artıyordu. Ortada oldukça hazin bir durum vardı, aynı çatının altında çalışmamıza rağmen bir kerecik olsun yüzünü görememiştim. Uzaktan bile olsa görmeye razıydım. İçimdeki ateş beni çılgına çeviriyordu. Çeşitli yollar denedim; ilk maaşımdan kendime ikinci el bir Mazda almış, işe servis aracıyla gidip gelmekten kurtulmuştum. Dört beş sabah gazetenin önünde arabamdan çıkmadan Naz'ın gelmesini beklemiş fakat bir türlü denk getirememiştim. Hatta bir akşam gizlice, kendimi göstermeden yalısının yakınına kadar gitmiş, saatlerce beklemiştim. Aksilik bu ya, o gece de herhalde bir yemeğe filan davetli olmalıydı ki gece yarısına kadar yalıya dönmemişti.

Yavaş yavaş bozuluyordum da.

Evet, onu aklımdan çıkaramıyordum da, ama fazla naz âşık usandırırdı. Gururum yeniden incinmeye başlamıştı. Şayet beni gerçekten istemiyorsa, artık ben de tavır koymalıydım, sevgi zorla yürümezdi. Ne yapıp edip, onu unutmalıydım, böyle yürümüyordu.

Ama yirmi üçüncü günün sonunda ummadığım bir olay vuku buldu. Gönül Hanım odama geldi. Önce birden heyecanlandım. Mutlaka Naz'dan bir haber olmalıydı, ama sonra daha kadıncağız ağzını açmadan akıl ettim, Naz beni yanına çağırmak istese, bunu telefonla da hallederdi, herhalde sekreterini yanıma yollamazdı. Aynı anda Gönül Hanım'ın elindeki zarflar gözüme çarptı. Akşam vaktiydi ve hava çoktan kararmıştı bile.

"İyi akşamlar, Haldun Bey," dedi. "Size bir davetiye getirdim."

Heyecanlanarak sordum. "Ne davetiyesi?"

"Gazetenin idare heyeti pazar akşamı ileri gelen yazarlarımıza bir yemek daveti hazırladı. Tabii, siz de davetlisiniz."

Yaklaşıp zarfı masamın üzerine bıraktı. Sonra mütebessim bir edayla çıkıp gitti. Zarfı hızla açıp davetiyeyi okudum. Hakikaten şehrin büyük ve ünlü otellerinden birine çağrıydı. Zevkten dört köşe olmuştum. Nihayet Naz'ı görme şansını bulacaktım. O istemese de beni de çağırmak zorunda kalmıştı, zira artık ben altıncı katın önemli yazarlarından biriydim.

Pazarı iple çekecektim.

O davete gelmezlik edemezdi zira gazetenin patroniçesiydi. Bu kez kıstıracaktım onu. Hazırlığa cumartesi gününden başladım. Nasıl olsa cüzdanım para doluydu, Nişantaşı'na çıktım, şık, koyu renk bir takım elbise, beyaz gömlek, elbiseye uygun bir iki kravat aldım. Doğrusu çok havalı olmuştum.

Otele yirmi dakika kadar önce gittim. Belki yemeğe oturmadan önce Naz'la bir iki dakika baş başa kalma fırsatı bulurum diye. Ama Naz henüz gelmemişti. Davetli yazarlar birer birer sökün ettiler. Aslında sekiz yazar çağrılmıştı, bunlardan biri de bendim. Aslında kıdemli ve şöhretli olanların bana pek yüz vermediklerini o gece anladım; hatta bu türedi amatörün aramızda ne işi var der gibi havalara bürünmüşlerdi. Hiçbirine aldırdığım yoktu. Yeteneğin, yaş ve tecrübeyle de bir ilgisi yoktu, nitekim benim yeteneğimin o masaya oturanlardan en az üçü veya dördünden daha iyi olduğuna inanıyordum. Bu sekiz yazardan üçünün özel sekreterleri de yemeğe davet edilmişti. Meslekte tecrübem arttıkça, özel sekreterlerin ne önemli işler yaptıklarını daha sonra öğrenecektim. Masada topu topu beş hanım vardı. O üç sekreterin yanında Gönül Hanım, tabii bir de Ülker Hanım yer almışlardı. Bir rastlantı eseri, yaşı yirmili yılların sonuna geldiğini tahmin ettiğim, Ragıp Hoca dediğimiz başyazarın sekreteri Filiz Hanım da yanıma oturmuştu. Çıtı pıtı, konuşkan, güler yüzlü, neşeli bir kızdı. Masada özel bir yer ayırımı yapılmadığından, kız yanımdaki iskemle boş olduğu için oturmuştu. Çok konuşkandı. Ayrıca sofranın en genç davetlileri, Naz gelinceye kadar ikimizdik. Diğerleri yaşını başını almış, hatta orta yaşın üstündeki insanlardı.

Tabii, benim aklım fikrim Naz'ın gelmesindeydi.

Hatta bir ara sarışın sekreter Filiz'in gevezeliklerinden sıkılmaya bile başlamıştım. Ama çaresiz katlanıyordum gevezeliklerine. Aslında bayağı da güzel sayılırdı; düz, omuzlarına kadar inen sarı saçları, renkleri gözleri vardı. Pek dikkat etmemiştim ama galiba boyu biraz kısaydı. Daha doğrusu, Naz'ın fiziğine öyle sevdalıydım ki o an dünya güzeli seçilmiş bir kızı bile yanıma oturtsalar ilgimi çekmezdi.

Oldukça gecikmişti Naz ve hâlâ ortalarda yoktu. Bir ara korkuya bile kapıldım, acaba gelmeyecek mi diye. Bütün davetliler masadaydık, eksik olan sadece Naz'dı, benim biricik sevgilim, gözümün nuru, hayallerimin kadını. Neyse ki babasına ettiği telefon, endişelerimi dağıttı; Reşit Bey davetlilere hitaben, trafiğin çok yoğun olduğunu, kızının on dakikaya kadar aramıza katılacağını müjdelemişti.

Rahatladım... On dakika sonra onu görebilecektim. Bir yandan da merak içindeydim; acaba bana nasıl davranacaktı? Son görüşmemizden sonra aramızdaki tüm bağlar kopmuştu. O alıştığım, yumuşak, sıcak, sokulgan, pervasız Naz gibi davranmasını bekleyemezdim tabii; hele bunca yabancının ve mesafeli olması gerektiği insanların yanında. Fakat onu yeterince tanıyordum, bir an gözlerimiz buluşsa, içinden neler geçirdiğini o nefis ve iri siyah gözlerinden anlardım. Bekleyecek ve bağışlanıp bağışlanmadığımı anlayacaktım. Yeterince bana ceza uygulamıştı ve bu gece bütün hasretimizin biteceğine inanıyordum.

Gerçekten de on dakika kadar sonra, sessizlik içinde dikkatin işitilmeyen sesini duydum; gözlerin belirli bir yöne çevrilmesinden hâsıl olan akissiz sedayı. Hepimiz salona giren Naz'a bakıyorduk. Yalnız benim değil, galiba bütün masadakilerin nefesi kesilmişti. Otelin metrdoteli onu çok önceden karşılamış, ihtişamı önünde saygıyla eğilerek masamıza kadar refakat ediyordu. Tek kelime ile muhteşemdi.

Patroniçe değil, sanki bir kraliçe edasıyla yürüyordu. Sanki masada bir takdir mırıltısı dolaşır gibi geldi bana. Bütün erkekler patronumuz masaya gelince saygıyla ayağa kalkmıştık. Ama gösterdiğimiz tazim, gazetenin sahibi olmasından değil, eşi bulunmaz güzellikteki bir kadına duyulan hûşû ve takdirden kaynaklanıyordu. Kimse belki dile getirmiyordu ama daha o anda masamız birden canlanmış, renklenmiş, sihirli bir ahenk kazanmıştı. Utanmasam yine ağlayabilirdim. Belki gözlerim hafifçe sulanmıştı bile fakat hissetmiyordum. Nefesimi tutmuş onu seyrediyordum. Masanın kenarına gelince, "Lütfen, ayakta kalmayın, oturun," dedi erkeklere. Saygıda kusur ediyormuş gibi iskemlelere iliştik.

Benden oldukça uzak bir yere oturmuştu. Belli etmemeye çalışarak süzüyordum. Sırtında açık mavi döpiyes vardı. İşe veya iş toplantılarına giderken giydiği siyah renkli giysiler yoktu bu akşam sırtında. Onu mavi renkte bir giysiyle ilk defa görüyordum. Açık mavi rengin ona bu kadar yakışacağını hiç düşünemezdim, ama yakışmıştı işte. Yüzündeki makyaj da çok ölçülüydü.

Fakat dikkat ettim, bir kerecik olsun bana nazarlarını çevirip bakmamıştı.

Anlaşılan kızgınlığı devam ediyordu. Galiba o kızgınlığın geçmesini beklemek nafileydi. Belki ilerleyen dakikalarda biraz insafa gelir, yumuşar diye beklemeye başladım. Hâlâ ümitliydim. Böyle kızgınlıkların bir anda silinip yok olmasını beklemek sanırım pek adil değildi. Biraz kendini ağırdan alması normal sayılmaz mıydı? Aramızda hiçbir şey olmamış gibi bıraktığımız yerden devam etmesini bekleyemezdim zaten.

Sabırlı olmalıydım.

Yemek başladı. Bakışlarım sık sık Naz'a kayıyordu. Ama o sanki ben sofrada mevcut değilmişim gibi davranmaya devam ediyordu. Bu kadarı da fazlaydı ama... Tamam, ben ondan iltifat, ilgi beklemiyordum fakat en azından soğuk da olsa bir tebessüm, bir bakış gönderebilirdi. Beni tamamen yok addediyordu.

Şu insanoğlu cidden garip yaratıktı; yirmi günden beri onu bir lahza olsun görmek çabasıyla yanıp tutuşan, yeni aldığım arabayla gece yarıları yalısının önüne kadar gitmekten çekinmeyen ben, şimdi sinirlenmeye, kendime lanetler okumaya başlıyordum.

Bu kız beni hakikaten çıldırtacaktı. Tahammül etmek imkânsızdı... Amacı neydi, hâlâ anlamıyordum. Yalçın Kural'ın beni kahretmek için kullandığı uydurma bir sevgili olduğunu öğrenmiştim. Bana ayda yüz bin lira kazanacağım bir işin başına getirmişti, peki bu davranışlarını nasıl açıklayabilirdim?

Sevmiyordu beni işte... Ahmak kafam hâlâ bunu anlamamakta direniyordu. Seven, özleyen bir kadın bu kadar ilgisiz davranır mıydı?

Sinirim, beni çıldırtmaya, ölçüsüz ve anlamsız davranışlarda bulunmaya itti. *Sen misin, bana bu kadar lakayt davranan, sanki o masada yokmuşum gibi hareket eden, diye homurdandım içimden. Ben de sana aynı şekilde mukabele etmesini bilirim*, dedim.

Ve hızla yanımdaki Filiz Hanım'a döndüm.

Kızcağız zaten benim ilgisizliğimden dolayı susmayı yeğlemişti. Oysa o an bülbül kesilmiştim.

Aklıma gelen yerli yersiz her fıkrayı anlatıyor, kızın gülmesini, benimle yeniden koyulaşan bir sohbete dalmasını istiyordum. Becerdim de... Zaten konuşkan bir kızdı, az sonra sohbetimiz koyulaştı. Sofrada yalnız onunla konuşuyordum. Biçare Filiz her şeyden habersizdi. Çenemin birden açılmasına şaşırmış ama o da daha sonra tatlı tatlı gülmeye başlamıştı.

Rolümü iyi oynamak için gayet az içki içiyordum. Şarabı zaten pek sevmezdim, kadehi sık sık dudaklarıma götürüyor fakat ya içmeden yerine bırakıyordum ya da bir katre ağzıma alıyordum. Tabii bu arada, içim gitmesine rağmen Naz'a hiç bakmıyordum.

243

Filiz'le sohbetimiz sürüp gitti.

Adeta tatmin olmuş, içim ferahlamıştı. Hınç almak gibi bir şeydi bu... Bana bakmıyor pozlardaydı ama her an beni sinsice izlediğinden de emindim. İçimden, *oh olsun, sana böylesi layık,* diye geçirip duruyordum. Sözde, nispet yapıyordum Naz'a. Artık onu umursamadığımı, yanımdaki kızla ilgilendiğimi gösterecektim.

Filiz de gevşemişti... Zavallı, nasıl bir oyunun figüranı olduğunu bilmeden sokuldukça sokuluyordu bana. Belki de fazla kaçırdığı içkidendi; en azından böyle bir masada biraz daha ciddi ve kontrollü olabilirdi mutlaka. Aslında sadece neşeli bir sohbet ediyorduk ama durumu abartan, kıza yaklaşan, kulağına fısıldayarak komik şeyler anlatan hep bendim. Kız da gülüyor, cevaplarını o da bana yaklaşarak veriyordu.

Bir ara Naz'ın bakışını yakaladım nihayet...

Buz gibi soğuktu...

ও

Eve döndüğümde hafif çakır keyiftim. Biraz da pişman... Farenin, dağa küsmesi gibi bir şeydi bu... Elime ne geçmişti sanki? Naz'ı kızdırmakla aramızdaki küslüğü mü düzeltmiştim? Bilakis, muhtemelen daha da işin içinden çıkılmaz hale sokmuştum. Tatmin mi olmuştum, yoo, yarın yine acıdan, ona hasretimden ya nıp tutuşmaya başlayacaktım.

Asıl dengesizlik bendeydi, saçma sapan şeyler yapıyordum. Bunun bilincindeydim fakat bir türlü duygularımı rayına oturtamıyordum. Sırtımdan ceketimi çıkarıp iskemlenin üzerine atarken silkindim. Kendi kendime bağırdım. "Ey, yeter bu çılgınlık!" diye hırsla söylendim. "Sonuçta Naz da bir kadın... Diğerlerinden ne farkı var ki? Herhangi güzel kadından fazla bir şeyi yok... Enayilik bende... Büyülendim sanki..."

Homurdanıp duruyorum o an.

Birden aklıma Filiz takıldı... İşte, asıl bana münasip olan sevgili o. Çıtı pıtı, sakin, uysal, kaprissiz, mükemmel bir sevgili adayı... Onunla çok iyi anlaşabileceğime eminim. Gerçi güzelliği, cinselliği, çekiciliği Naz'la mukayese bile edilemez ama olsun, en azından dengeli, istikrarlı bir beraberliğimiz olurdu. Neydi Naz'dan çektiğim, kaç aklı başında erkek ona tahammül ederdi? "Geç kaldım," diye homurdanmaya devam ettim. Yemeğin sonuna doğru Filiz'le samimiyetim öylesine ilerlemişti ki hadi bu akşam bana gel desem, hiç çekinmeden davetimi kabul ederdi.

İşte, sokak kapımda tam o sırada çalındı.

Tanrı içimden geçenleri kabul etmişti galiba. Hızla kapıya koştum. Filiz'in de bir Honda'sı vardı, son anda o da aynı duyguları yaşayıp peşimden gelmiş olmalıydı zahir... Masadan aynı anda kalkmış, otelin garajına kadar birlikte gitmiştik.

Yavaş yavaş soyunmaya başladığım bir sıraydı. Ceketimi çıkarmış, kravatımı gevşetmiş, hatta ayakkabılarımdan birini elimde tutuyordum daha. Kapıyı açmama mani bir durumum yoktu. Bu halimle Filiz'i karşılamaktan utanmazdım.

Gülümseyerek kanadı ardına kadar açtım.

Ama yüzümdeki tebessüm o anda donuverdi. Karşımda Naz duruyordu... En kötüsü de, yüzündeki o ana kadar hiç tesadüf etmediğim, hiddet ve nefret dolu ifadeydi.

Hırlar gibi konuştu. "Nerede o şırfıntı? Söyle o küçük kaltağa hemen buraya gelsin. Önce onu lime lime paralayacağım, yarın da kovacağım... Hadi, çabuk ol. Bekleyecek zamanım yok."

Öfkesinin şiddetinden titredim.

"Kimden bahsediyorsun, Naz?" diye kekeledim. "Söylediklerinden bir şey anlamıyorum..."

"Bırak numara yapmayı. Senle daha sonra hesaplaşacağım. Yüzündeki morluk solda sıfır kalacak. Tırnaklarımla yüzünü

245

parçalayacağım. Bakalım, o zaman insan içine çıkabilecek misin? Ama önce o küçük aşüftenin işini görmeliyim. Nerede o? Yoksa çoktan yatak odana attın mı? Söyle, hemen pılısını pırtısını toplayıp karşıma gelsin..."

Donakalmıştım. Naz'ı hiç böyle görmemiştim.

"Yanılıyorsun... Evde benden başka kimse yok. Yalnızım," diyebildim.

Hiç oralı olmadı.

Hiddetle beni göğsümden itti ve içeriye daldı. Şaşkınlıktan sendelemiş elimde tuttuğum ayakkabımın tekini düşürmüştüm.

"Aklınca onu gazabımdan koruyacağını mı düşünüyorsun? Hadi, bakalım... Paçan sıkıyorsa koru da görelim... O küçük fahişeyi mahvedeceğim..."

Önce korktum. Öfkesinin nedeni, Filiz'in evimde kaldığını düşünmesiydi. Kız gerçekten burada olsa, önüne geçilmez bir rezalet yaşayacağımız kesindi. Fakat ilk şaşkınlığı atlattıktan sonra dalga dalga içimi yeni bir sevinç yumağı kaplamaya başladı. Bu denli öfkenin sebebi ne olabilirdi? Cevabı gayet açık ve seçikti... Aşk ve kıskançlık...

Filiz'i bulamayacağına göre bana saldıracak, bütün öfkesini benden çıkaracaktı. *Varsın yapsın, isterse canımı alsın*, diye düşündüm. Bir anda dünyalar benim olmuştu. Her şeye razıydım, yüzümü gözümü parçalayabilir, tırnak izlerinden beni tanınmaz hale sokabilirdi.

Hiç önemsemiyordum...

Açık vermiş, yenik düşmüştü. O güçlü irade, basit bir oynaşma karşısında tüm gücünü kaybetmiş, gerçek duyguların sergilenmesine mani olamamıştı. Neredeyse ağzım kulaklarıma varacaktı zevkten. Az sonra olacakları hayal etmeye başlamıştım bile...

Naz bana inanmadı. Kolumdan sürükleyerek beni yatak odama götürdü. Yatağın örtüsünün bile kaldırılmadığını görünce büsbütün köpürdü. Filiz'in hâlâ evde bir yerde saklandığını düşünüyordu. Didik didik ederek bütün evi aradı. Banyodan tutun da bazı eski ve kullanılmayan eşyaları yığdığım karanlık odaya kadar. Yatak altına, gardırobumun içine kadar bakmıştı. Artık öfkesinin geçtiğini, yanıldığını idrak edeceğini sanmıştım. Meğer asıl yanılan benmişim. Bu defa bana çullandı. "Sen nasıl olur da, bir kızla fingirdersin?" diye üzerime yürüdü. "Sen benim kölemsin ve ancak benim emirlerime uymak zorundasın!" diye bağırıyordu.

"Köle" lafı galat ve mecazî anlamdaydı. Ona sevgi ve bağlılığımı anlatmak için kullanmıştım. Ama Naz bu samimi duygumu fazla abartmıyor muydu?

Bana gerçekten saldırdı. Ojeli uzun tırnakları yanağıma gömüldü. Canım yanmıştı ama sesimi çıkarmadım, belki sakinleşir diye bekledim bir süre. Lakin sakinleşmeye hiç niyeti yoktu. Tekmeler savuruyor, durmadan saldırıyordu.

Harika bir andı...

Gerçek sevgisini, âşık bir kadının kafası atınca neler yapabileceğini tüm gücüyle ortaya koyuyordu. Aslında bu teslimiyetti. Artık her şey ortaya çıkmıştı. Bundan böyle ortaya çıkabilir, ben de tüm sevgimi kendisine gösterebilirdim.

Önce bileklerini kavradım. Dengeli bir şiddetle onun saldırılarını durdurdum. Büsbütün öfkelenip daha da hırçınlaştı ama fazla bir şey yapamıyor, sadece tekmelemeye devam ediyordu. Aslında aşk ateşiyle tutuşan iki çiftin en tatlı ruh haliydi bu. Hırçınlaşan kadının erkek gücünü istemesi, onun tatlı sertliği ile huzura kavuşması gibi bir şey.

Hareketsiz kalan kollarını önce arkasına doladım ve öfkeden aralanıp hızlı nefesler veren dudaklarına doğru uzandım. Dişlerini gösterip beni ısırmaya hazır olduğunu ima etti. Aldırmadım ve dudaklarını ağzımın içine aldım. Gerçekten de önce birkaç defa ısırmaya kalkıştı. Ama yeterli şiddette ve can yakıcı ölçüde değildi. Öpüşlerimin onu yavaş yavaş teskin etmeye başladığını duyumsuyordum. Artık bana sarılmaya, kollarını boynuma dolamaya bile hazırdı.

Öyle de oldu...

3

gece Naz'la vuslata erdiğimizi düşünebilirsiniz...
Hayır, beklenen gerçekleşmedi. Ama bu sonuç için ne onu suçlayabilirim ne de kendimi. Aslında her şey tabii akışı içinde gidiyordu. Önce salonda hırçın bir şekilde boğuşmuş, sonra birbirimize sarılıp öpüşmeye başlamıştık. Özlem içinde ve arzuluyduk. Sonuç kaçınılmaz görünüyordu. Bizim yaşımızda ve heyecanla o anı yaşamayı bekleyen iki kişi, hele böyle bir ortamda, mukadder akıbetten nasıl kaçınabilirdi?

Sonra onu kucaklamış mütevazı yatak odama götürmüştüm. Hiç sesini çıkarmamış, kollarını boynuma dolamış, başını göğsüme yaslamıştı. Mutlu ve teslime hazırdı. Onu usulca yatağın kenarına oturttum. Vecd içindeyim... Sadece cinsel bir iştiyak değil, aşkın bütün yüceliğini hissediyorum benliğimde. Ömrümün en kutsal anını yaşıyorum adeta. Gözlerimi bir an kapatıp parfümü ile iç içe geçmiş ten kokusunu, o müthiş rayihasını özümlemek istiyorum... Giysilerinin düğmelerini çözüp soyuyorum Naz'ı. Ortaya çıkan çıplaklığının her noktasında dudaklarımı dolaştırıyor, rayihasını temessül ediyorum. Hiç karşı koymuyor... Bilakis, bundan büyük bir zevk alırcasına arada sırada kısık kısık inliyor... Arzularımız gittikçe doruğa yaklaşıyor. İkimiz de çırılçıplağız ve birbirimizin en mahrem yerlerini okşuyoruz... Kendimizden geçmek üzereyiz...

Tam o an, anlamsız bir davranışta bulunuyorum. Her şeyi berbat edecek bir davranış...

Aşkını kelimelere dökmesini, itirafını istiyorum. Düpedüz, ham ervahlık... Aptallık adeta. Ya da cahillik, insan denen yaratığı yeterince tanımama... Biraz tecrübem olsa, kadın denen muammayı biraz tanısam, mutlaka bu saçmalığı yapmazdım...

Ama o an o kadar mutluyum ki onun ağzından da içimdeki duyguları teyit eden kelimelerin dökülmesini bekliyorum. Oysa Naz bambaşka bir kadın... Hiç tanımadığım cinsten biri. Kelimelere ne hacet, önemli olan o anki davranış ve yakınlık... İdrak edemiyorum...

Tutturdum ve papağan gibi aynı cümleleri tekrarlıyorum.

"Seviyorsun, seviyorsun... Sen de bana âşıksın... Bir kelime söyle... İnadını kır, itiraf et. Beni sevdiğini söyle..."

Susuyor Naz. Ağzından tek kelime çıkmıyor...

İşte her şey o noktada koptu. Benim mantığım bu kadar basit ve doğal gördüğüm bir itirafın ağzından dökülmesini kaçınılmaz bulurken, onun gibi bir kadını hâlâ anlamadığımı ortaya koyuyordu. Zaten onun gururunu bir kere incitmiştim, tam suların durulduğu bir anda yeniden yersiz bir kaprisin doğuracağı yeni gelişmeleri hiç hesaba katamadım.

Ben ondan cevap beklerken usulca bluzuna uzandı ve gözleri yaşardı. Ben hâlâ bu basit görünen isteğimi neden cevaplandırmadığını düşünüyor ve için için kırılıyordum.

"Yoksa beni sevmiyor musun?" demek densizliğinde de bulundum.

Ağır ağır karyoladan kalktı.

Şaşkın şaşkın ona bakıyordum.

İç çamaşırlarını toplayıp çantasına tıktı. Gitmeye hazırlanıyordu. Kendimi aldatılmış gibi hissediyordum. Onu durdurmak için hiçbir harekette bulunmadım.

Yatak odasından çıktı. Az sonra daire kapımın kapandığını duydum.

Karyolanın kenarında çırılçıplak ve hareketsiz öylece kalmıştım...

✿

Korkarım Naz'la aramızdaki sorunları hiçbir zaman çözümleyemeyecektik. Bu işin sonu olmayacaktı. Hatalı, kabahatli, kusurlu filan da aramak boştu, zaten ilişkimiz modern bir masal gibi gelmeye başlamıştı artık bana. Zamanın gerçeklerine uymayan, hayalci, fantastik bir öykü... Tek çaresi vardı, Naz'dan ayrılmak ve onu tamamen unutmak...

Daha önce de bunu denemiş ama başarılı olamamıştım. Bir daha aynı şeyi denemeye kalkışmak belki safdillik olacaktı ama sonuçta her şey göstereceğim iradeye bağlıydı. O gece uzun uzun düşündüm. Naz gerçekte beni sevmiyordu; hakikaten sevse o sihirli iki kelimenin dudaklarından dökülmesi gurur incinmesi olamazdı. Kesinlikle olamazdı. Aksine, seven iki insanın bu ulvi duyguyu birbirlerine ifadeden daha güzel, ruh açan, ferahlatan, kanını kaynatan ve karşılıklı bağlarını perçinleyen başka ne olabilirdi?

Önceleri kendimi hatalı bulur gibi olmuştum, ama saatler geçtikçe sinirleniyor, öfkem artıyordu. Bu aşk, havanda su dövmeye benziyordu. Asla mümkünü yoktu... Naz'a olan sevgim yavaş yavaş nefrete dönüşüyordu. Bütün gece uyuyamadım. Her geçen dakika öfke ve hiddetim daha da artıyordu. Benimle oyun oynuyordu. Hiç anlamadığım, garip bir oyun... Korkarım, beni gerçekten kölesi sanmıştı. Maddi gücü, parasıyla satın aldığı bir esir... Ona tüm varlığımla âşık olduğumu da çok iyi biliyordu. Bundan daha iyi bir eğlence olur muydu, onun gibi şımarık bir kız için... Bence psikiyatri ders kitaplarına geçecek bir hasta tipti. Onunki özel, nevi şahsına münhasır bir hastalık olmalıydı.

Asıl gururu zedelenen bendim. Kalbimden değil, oyununa

geldiğimden dolayı izzetinefsimden vurulmuştum. Onu görüp azarlamak, çirkefliğini yüzüne vurmak istiyordum. Hesap sormadıkça ve birkaç söz söylemedikçe içimdeki bu öfkeyi yenemeyecektim.

Ancak şafak sökerken uykuya dalmıştım... Pazartesi sabahı ilerleyen saatlerde gözümü açtığımda birden rahatladığımı hissettim. Artık kararlıydım. İradem sonunda zaaflarıma galebe çalmıştı. Artık içimi rahatlatan bir karara varmıştım çünkü. Kararımın özü çok basitti: İstanbul'u terk edecektim... Başka çarem yoktu.

Artık onun gazetesinde çalışmam mümkün olmadığı gibi çok sevdiğim mesleğimi de bırakacaktım. Dün gece uykuya dalmadan önce bu konuda epey düşünmüştüm. Kuşkusuz mesleğimde yükselmem, daha ileri gitmem ancak basın dünyasının kalbi olan İstanbul'da mümkündü ama Naz bu sektörün lokomotifinin başındaydı. Artık iş inada binmişti ve isterse bana burada bütün ekmek kapılarını kapatabilirdi.

Niyetim Bursa'ya, anamın yanına dönmekti.

Şimdilik alacağım en makul karar bu olmalıydı. Hem babamdan kalma evde anacığımla birlikte oturur hem de oradaki yerel bir gazetede kendime rahatlıkla iş bulabilirdim. Ne de olsa İstanbul'da yavaş yavaş adı duyulmaya başlamış bir gazeteciydim. Bursa'daki mahalli gazeteler güle oynaya bana iş verirlerdi. Naz'ın hâkimiyeti oraya kadar uzanamazdı, onun sözü ancak burada geçerdi. Hem kim bilir, benimle uğraşmaktan kesin vazgeçtiğine inanırsam, günün birinde yeniden İstanbul'a dönebilirdim.

Kuşkusuz, büyük maddi sıkıntılar beni bekliyordu. Ayda yüz bin lira kazandığım işi terk ediyordum. Diğer yandan bu ücreti de hak etmediğim inancı içindeydim; Naz sırf beni elinin altında tutmak, onur kırıcı vahşi oyununun malzemesi olmam için bu parayı bana ödemeye kalkışmıştı.

Düşündükçe sinirden titriyordum.

Ama bugünden sonra kara kara düşünen o olacaktı, zira oyun bitmişti ve kölesi ondan kaçıyordu artık. Beni zinhar bir daha bulamayacaktı. Neredeyse zil takıp oynamaya başlayacaktım. Allah'a şükredip duruyordum. Esaretim ve elinde oyuncak olmaktan, daha beter hallere düşmekten son anda aklımı kullanarak kurtulmayı başarmıştım. Artık, arasın da bulsundu beni... Bugün arabamla Bursa'ya gidecektim. Kararım kesindi...

❧

Kendime çay yaptım, iştahla kahvaltı ettim. *Yokluğum çoktan gazetede belli olmuştur*, diye düşündüm. Herhalde Naz'ın etekleri şimdiden tutuşmaya başlamış olmalıydı. Kahvaltımı ederken zevkle sırıtıyordum. Tabii, anneme durumu açıklamak biraz zor olacaktı. Patroniçemin beni bir felakete sürüklediğini anlatamazdım, anlatsam da kadıncağız anlamakta güçlük çekerdi. Onun emekli memur zihniyeti, yüz bin liralık maaşı bir kalemde elimin tersiyle tepmemin nedenlerini idrake müsait değildi. Fazla da umursamadım, aldığım maaşı ona söylemeyecektim. Ayrıca artık yaşlanıyordu, oğlunu bundan böyle yanında görmek ziyadesiyle sevinmesine neden olacaktı. Fakat annem de boş bir kadın sayılmazdı; aldığım bu ani ve beklenmedik kararın altında bir çapanoğlu yattığını mutlaka düşünürdü. En iyisi, ona fazla bilgi vermemek şartıyla, kararımın altında olumsuz bir aşk macerasının yattığını söylemekti. Anlayışlı bir kadındı, üzüleceği şüphe götürmezdi ama her şeyden önce benim geleceğimi düşünürdü elbette.

Biraz daha rahatlamıştım, fakat derinine düşününce kapıyı örtüp Bursa'ya hemen gidemeyeceğimi çabuk anladım. Burada tamamlamam gereken bir yığın sair işler vardı. Evim kiraydı, mal sahibini bulup evden çıkacağımı söylemeliydim. Ucuza oturduğum için adamın itiraz edeceğini hiç sanmıyordum, evi hemen başka bir kiracıya daha yüksek bir bedelle hemen kiralardı. Fakat buradan temelli ayrılacağıma göre eşyaları bir kamyona yükleyip annemin evine nakletmeliydim. Mal sahibim Fındıkzade'de oturuyordu. Belki yüz yüze görüşmem icap edebilirdi. Keyfim biraz kaçar gibi oldu. Ev nakli uğraştırıcı bir işti ve benim şu an onlarla meşgul olacak hiç halim yoktu. Ayrıca bazı eş, dost ve arkadaşlara da veda etmem gerekmez miydi? Sonra birden, *bundan kaçınmalıyım*, diye düşündüm. En iyisi, kimseye haber vermemekti... Naz gazeteden ayrıldığımı öğrenince kölesini kaybetmemek için mutlaka araştırmaya, oyuncağını geri almaya kalkışacaktı; bundan adım gibi emindim.

Doğrusu, Turgut'a veda etmek isterdim.

Ama en tehlikelisi de oydu. Naz onunla yakınlığımı biliyordu, ilk tanışmamızda da onu aracı kılmıştı. Turgut sağlam çocuktur ama Bursa'ya gittiğimi öğrenirse belki ağzından kaçırır diye endişeleniyordum. Çünkü artık bu safhadan sonra Naz kafası kızmışsa beni bulmak için her çareye başvurabilir, hatta Turgut'u bile işten atabilirdi. Gözü kararınca ne yapacağı hiç belli olmazdı Naz'ın...

Ancak ikinci fincan çayımı içerken aklım başıma gelmeye başladı. Neler yapmaya kalkışıyordum ben! Neden meslek hayatımı sona erdiriyordum, değer miydi Naz'a? Her şey olacağına varırdı. Bırakayım, inceldiği yerden kopsundu... Ayrıca ondan uzaklaşmaya kalkışmanın bir yararı da yoktu, aramıza kilometreler girebilirdi, ama önemli olan onu beynimden silip atmaktı. Bunu yapabilecek miydim? Dün gece ve bu sabah hiddetimden bazı kararlar almıştım, fakat önemli olan bunu gerçekleştirmekti. Yeniden hislerime yenik düşüp, köpek gibi çevresinde dolaşmaya başlamayacağım ne malumdu? Daha önce de bu zaafı göstermemiş miydim, gazete önünde bir kerecik göreyim diye arabamın içinde beklemiş, yalısının civarında az mı volta atmıştım...

Naz'a tutkunluğum bir illetti... Karasevda... Kurtulması mümkün olmayan bir hastalık... Gerçeği kabul etmeliydim. Bursa'da ne işim vardı? Ondan ayrılmak beni daha da perişan edecekti. Buna emindim. Yapacağım en iyi şey, aramızda hiçbir vaka cereyan etmemiş gibi işime devam etmekti. Asıl şimdi rahatlamıştım. İskemleden fırlayıp banyoya koştum. Günlük tıraşımı olup duş almalıydım. Fakat aynadaki yüzümü görünce irkildim. Her iki yanağımda da tırnak izleri vardı. Dün gece kıskançlık kriziyle evimi bastığında, Filiz'i bulamayınca, yemek boyunca kızla oynaşıp sohbet etmenin cezasını yüzümü gözümü tırnaklamakla vermişti. O anları yeniden yaşar gibi oldum. Gülümsemeye başladım. Hayrettir, kendimi mutlu hissediyordum. Bursa'ya gitmeyeceğim kesindi, ama bu tempo devam ederse kendimi bir akıl hastanesinde bulmak hiç de şaşırtıcı olmayacaktı...

ॐ

Tıraş olamayacaktım. Kabuk bağlamış çiziklerle doluydu yanaklarım. En iyisi öyle kalmasıydı; neyse ki sakalım hızlı uzardı, daha şimdiden gölgelenmişti bile. Yaşıtlarımın "kirli sakal" dedikleri modadan hiç hoşlanmazdım ama yüzümdeki tırnak izleri kayboluncaya kadar katlanmak zorundaydım. Mazda'ma atlayıp gazetenin yolunu tuttum. Aramızda hiçbir şey olmamış gibi davranacaktım...

Altıncı kat yazarlarının bazı avantajları vardı; bunlardan biri de mesai saatlerine diğer personel gibi riayet zorunda olmamamızdı. Geliş gidiş saatlerimiz kontrol edilmezdi. Önemli olan yazılarımızı ilgili bölümlere zamanında ulaştırmamızdı. Bu ruh haleti içinde günlük yazımı nasıl hazırlayacağımı bilmiyordum ama odama daldım.

Aradan daha iki üç dakika geçmemişti ki telefonum çalmaya başladı. Arayan Gönül Hanım'dı. Yüreğim hop etti. Patroniçe beni yanına çağırıyordu... *Tamam*, diye düşündüm; herhalde beni bir kere daha kovacaktı. *Kölesiydim ya, üzerimde her türlü tasarrufa kendini yetkili görüyordu. Yok*, diye homurdandım içimden, *bu kadar kolay değildi.* Bu kez ben de bağırıp çağıracak, hakkımı arayacaktım. Bu memlekette bir hukuk düzeni, iş kanunu, yasal sözleşmeler vardı. Haklarımı sonuna kadar savunacaktım; oh ne âlâydı be! Gel deyince geleceğimi, git deyince gideceğimi mi sanıyordu... Sonra kendi kendime, *sakin ol*, diye mırıldandım. Belki çağırış sebebi bambaşkaydı. Dün geceki yaptıklarından nâdim olmuş, özür dileyecek, hatayı kendinde bulacaktı. Kendimi toparlamaya çalıştım. Dikkatli ve sabırlı olmalıydım. Hızla odadan çıkarak Gönül Hanım'ın yanına gittim. Patroniçe'yi bekletmeye gelmezdi. Ama asıl gerekçe bu değildi tabii, onu bir an önce görme arzusuyla yanıp tutuşuyordum.

Gönül Hanım beni görünce kısa bir an yanaklarıma ve oradaki tırnak izlerine baktı sanki. Daha bir günlük sakal yüzümdeki kabukları kapatamıyordu tabii. Yanılıyordum belki, ama dudaklarında belli belirsiz bir tebessüm oluşmuştu. Yoksa Naz'la aramızda geçenlerden haberdar mıydı? Ne de olsa, sevgilimin özel sekreteri ve sır ortağıydı.

Utanır gibi oldum.

"Hadi, Haldun Bey," dedi "Acele edelim, Naz Hanım'ı bekletmeye gelmez..."

Tereddüde düştüm; bu cümlenin altında bir ima mı vardı acaba?

4

Naz'ın odasına girer girmez gözlerinin içine bakıp ruh halini anlamaya çalıştım. O şahane gözleri boş ve anlamsız bakıyordu. Ne hiddet, ne öfke ne de özür dilemeye hazır, yaptıklarına pişman olmuş bir havada değildiler.

Durakladım. Saygı ve makamına gösterdiğim kibarlığı bozmadan, "Beni görmek istemişsiniz, efendim," diye mırıldandım. O da sakin bir sesle, "Evet, Haldun Bey," dedi. "Lütfen, oturun." Sanki dün gece yaşanan olayların failleri bizler değildik. İkimiz de aramızda hiçbir şey geçmemiş gibi davranan iki oyuncuyduk. Naz yine siyah giysiler içindeydi. Ama ben onu bir an yatağımın kenarına oturtup ellerimle soyduğum, çırılçıplak bıraktığım halde görüyordum. Bir histeri, nöbet hali olmalıydı geçirdiğim. Siyah kazağı altında dik duran memeleri gözlerimin önünde çıplak kıpırdanıp duruyorlardı şu an.

Silkinmeye çalıştım.

Hayale dalmaktan uzaklaşmalı, dikkat kesilmeliydim. "Sizi dinliyorum, hanımefendi," dedim.

Gözlerini benden kaçırmıyordu. Ama emindim, bu sabah tıraş olmadığımı ve yüzümdeki tırnak izlerini kamufle etmek için sakal bıraktığımı anlamıştı. Yeni bir çıngar çıkaracağını düşünüyor, aklımdan nasıl önlemler alabilirim diye geçiriyordum ki birden gülümsedi.

Bu Patroniçe'nin değil, Naz'ın tebessümüydü, artık o kadarını anlıyordum.

"Şapşal!" diye fısıldadı sımsıcak bir sesle. "Sakal bırakmakla yüzündeki tırnak izlerimi saklayacağını mı düşündün? O Filiz aşüftesine şimdi nasıl açıklayacaksın bunları? Çabuk ol da, git göster o sırnaşık kıza. Zira onu bir daha göremeyeceksin. Bugün kovuyorum onu. Hiç olmazsa, niçin kovulduğunu anlasın, benim köleme yan gözle bile bakılamayacağını öğrensin..."

Galiba dün akşamki münakaşaya kaldığımız yerden devam edecektik. Ama burada, işyerinde boğuşamayacağımıza göre, bu çatışma daha sakin geçecek, karşılıklı atışmalarla bitecekti. Hayrettir, ama mutluluk duyuyordum, içimi bir sevinç kaplıyordu yine. Hayret etmem de manasızdı, zira Naz gerçeği böyle bir şeydi işte; ne yapacağı hiç belli olmayan, nereden eseceği belirsiz bir fırtına gibiydi. Ne derse desin, ne yaparsa yapsın onu hep sevecektim. Daha da ileri gideyim, bu dengesiz davranışlarından zevk alıyordum. Eşi, menendi olmayan bir kadındı Naz...

Lakin bir an Filiz için endişelendim.

Tamamen bigünahtı kızcağız. Sırf Naz'ı kıskandırmak için Filiz'e yaklaşmış, onunla flört ediyormuş gibi davranışlarda bulunmuştum. Benim günahımın seyyiesini o ödememeliydi.

"Ciddi misin, Naz? Onu gerçekten kovacak mısın?" diye kekeleyerek sordum.

"Tabii," dedi. "Şüphen mi var?"

"Ama onun hiçbir günahı yok."

"Nasıl olmaz? O geceki yemek boyunca seninle kırıştırdı."

"Hayır," dedim. "Asıl suçlu benim... İlgisizliğin karşısında seni kıskandırmaya kalkıştım. Bütün kabahat bende... O masum..."

"Hadi, oradan! Sana kesildiği, abayı yaktığı apaçık meydandaydı."

Derin derin içimi çektim.

"Naz!" diye inledim. Ardından bir daha...

"Ne var? Ne diye adımı tekrarlayıp duruyorsun?"

Tam bir teslimiyet içinde fısıldadım. "Hep didişecek, hırlaşacak mıyız, sevgilim?"

Beni süzdü bir süre. Sonra ciddi bir şekilde cevap verdi: "Vesveseyi ve şüpheyi bırakıncaya kadar öyle olacağa benziyor." Düşündürücü bir cümleydi. Vesvese ve şüpheden ne kastettiğini anlamalıydım. Yeniden ciddileşmeyi ve şekilci davranmayı denedim. "Hanımefendi, müsaade buyurunuz da münakaşasız konuşalım. Zihnim çok yorgun, zaten dün geceyi hep sizinle uğraşarak geçirdim."

Aynı resmiyetle karşılık verdi. "Tahmin etmiştim. Ama bir aralık ben de sizi sinirlenerek düşündüm."

"Hangi kusurumdan dolayı? Lütfen açıklayın. Bu durumumuz beni çılgına çeviriyor."

Mağrur bir şekilde tepeden baktı bana. "Şimdi bunları konuşmanın sırası ve yeri değil. Burası bir işyeri... Sizin abuk subuk tutkularınızdan dem vurarak kıymetli zamanımı harcayamam."

Naz gitmiş Patroniçe yeniden dönmüştü.

Tüm cesaretimi toplayarak konuştum. "Acaba o konuyu konuşmanın sırası ve yeri ne zaman gelecek, efendim?"

"Bilmiyorum... Düşünmem lazım. Zamanı gelince haberdar olursunuz," dedi.

Aynı hamam, aynı tastı. Belli ki ilişkimiz, çekişmelerimiz bu minval üzere devam edecekti. Katlanmak zorundaydım.

"Odanıza beni niçin çağırdığınızı sorabilir miyim, efendim?" dedim. "Hiç olmazsa bana bunu söyleyin."

Yeni hatırlamış gibi, "Ha," diye mırıldandı. "Günlük yazılarınız beğeniliyor, sizi kutlarım. Doğrusu böyle bir performans beklemiyordum sizden."

Hemen anladım. Yine beni iğneleyecek, kızdıracak, celallenmemi bekleyecek, ondan sonra da ağır bir münakaşaya girişecekti. *Yağma yok*, dedim içimden. Artık bu numaraları yemeyecektim. Kavga için çanak tutuyordu.

"Haklısınız, efendim," dedim ve ayağa kalktım.

Tatmin olmamış, amacına ulaşamamıştı. Ters ters gözlerimin içine baktı. Sesini çıkarmadı ama o bakışlarında, hah böyle ol, her isteğime kayıtsız şartsız katlan, sen benim kulum kölemsin, hep öyle davranmalısın, ifadesi vardı.

Ölçülü, soğuk fakat hürmetkâr bir ifade ile selamlayıp dışarı çıktım.

Acaba arkamdan neler düşünüyordu?

❧

Gazetedeki odamın kapısını açıp içeriye girdim. Sevinmem lazımdı; büyük bir badireyi kazasız belasız atlatmış sayılırdım. Anladığım kadarıyla değişen bir şey olmamış ve olmayacaktı da. Ama neşeli, sevinçli değildim. İçimde üzüntü ve yeis mi vardı? Hayır, öyle de diyemezdim. Sadece içimde bir boşluk, tatminsizlik duyuyordum.

Belki de akıbetimizi kestirememenin sonucuydu bu... Ne olacaktı? Daha ne kadar dayanabilirdim bu tempoya? Tahmin etmek güç, hatta imkânsızdı. Kişiliği beni çok şaşırtıyor, anlamakta zorluk çekiyordum. Çok zengin ve Patroniçe olması artık benim için talî meseleydi. Çok güzel bir kız... Parlak ve olağanüstü bir zekâ... Her şeyi biliyor... Ama delişmen, kışkırtıcı, kararsız, maceracıymış. Elimden ne gelirdi ki; şahsiyetini yapan da bunlardı zaten.

Aşk denen çılgınlık, zaman ve asırlar değişse de hep aynı kalıyordu. İçimdeki duygular on sekizinci yüzyıldan kalmaydı, romantik bir budalaydım, oysa yirmi birinci yüzyılın adamıydım ve sevmeyen insanlara çocuksu gelen her aptallığı yapıyordum.

Bilgisayarımı açtım. Çalışmalı ve günlük yazımı hazırlamalıydım. Ne mümkün! Önümdeki ekrana bakıp duruyordum. Aklıma kaleme alacak tek bir konu gelmiyordu. Aklım fikrim sevgilimdeydi. Bağırmak, onun adını yüksek sesle haykırmak istiyordum. Kalbimin güm güm atışları yeniden başladı. Yerimi, işgal ettiğim mevkii unutarak, "Naz, Naz!" diye inlemek istiyorum. Bağırsam belki ferahlayacağım. Niye bana bu eziyeti çektirmekten zevk alıyor? Beni sevdiğinden de artık şüphem yok. İkimiz de birbirimizi istiyoruz ama o bana acı çektirmekten hoşlanıyor... Onu istiyorum... Bu sadece cinsel bir arzu da değil... Uyuduğunu, soyunup giyindiğini, saçlarını nasıl taradığını, nasıl makyaj yaptığını görmek istiyorum. Normal yaşamına iştirak etmek istiyorum... İstiyorum ki saçlarını okşayayım, yuvarlak omuzlarını ve o güzel ayaklarını öpeyim, kara gözlerinin içindeki parıltılara gömüleyim.

Bu kadarla da yetinmiyorum.

Kaprislerini de kabule hazırım artık... Beni de hasta mizaçlı biri haline sokmayı başardı. Beni hırpalamasına razıyım. Bana alayları, azarlamaları, dargınlıkları ile azap çektirsin, hep mesafeli kalsın. Ayrılığından acı çektiğim günleri düşünüyorum; meğer o günlerinde zevki varmış da ben değerlendirememişim... Bütün düşünce, endişe ve ıstırabımın kaynağı o olsun. Razıyım. Zevkimin, saadetimin de... Şimdiye kadar hiç yaşamadığım bir buhran içindeyim. Her şey çözümsüz geliyor bana.

Bilgisayarımı kapatıyorum. Tek kelime yazacak takatim yok... Bitkinim...

Koltuğumda ağır ağır sallanıyordum ki oda kapım vurulmadan birdenbire ardına kadar açılıverdi. Altıncı kattaki hiçbir yazarın odasına böyle destursuz, uluorta, kapı vurulmadan girilmezdi. Daha kimin geldiğini anlamak için bakmadan, odama kimin daldığını anlamıştım. Naz'dı muhakkak. Başka kim olabilirdi?

İçimi yeni bir endişe kapladı. Bu geliş pek hayra alamete benzemiyordu. Hemen toparlanıp ayağa fırladım. "Otur," dedi emredici bir ses tonuyla. Alışık olduğum için bu tavırlarına sus pus edip bekledim.

"Yarın akşam yemeye yalıya geleceksin. Anladın mı? Kafana iyice sok. İtiraz filan istemiyorum. Karar verdim, yemekte aramızdaki sorunları son defa münakaşa ederiz. Tamam mı?" Kapı hâlâ açıktı. O kattaki birileri duyar diye kısık sesle, "Tamam, Naz. Gelirim," diyebildim. Başka tek kelime etmeden aynı hızla çıkmaya hazırlandı. Sadece tam kapıyı kapatırken, "Ha, sahi, az daha söylemeyi unutuyordum," dedi çapkınca gülümseyerek. "Filiz'i dehlemeyi şimdilik erteledim. Kararımı yeniden gözden geçireceğim. Belki sevinirsin diye düşündüm."

Kapıyı örtüp gitmişti...

Onu gerçekten hiç anlayamayacaktım galiba... Koskoca gazeteyi, yüzlerce çalışanı idare eden bu kadın, an geliyor nasıl da çocuklaşıyordu...

≈

Naz'ı kınamaya hiç hakkım yoktu; sanki ben neydim, onun yanında çocuklaşmıyor, daima tutarsız davranışlar sergilemiyor muydum? Düşündüklerim, yapmaya kalkıştıklarım, yapımın başı ma uyuyor muydu? İpin ucunu iyice kaçırmıştım. Dışarıdan biri halimi görüp analiz etse katıla katıla güler ya da vah vah bu gencin akıbeti hayırlı olmayacak diye hayıflanırdı.

Az önceye kadar yazacak tek kelime bulamayan ben, şimdi bilgisayarın başına geçmiş makalemi döktürüyordum; hem de ne sevinç, zihin açıklığı ve mükemmel bir üslupla. Bir tane de değil, birbiri ardına üç tane yazdım. Zaten mesleğin raconu buydu, diğerlerini de, sıkıştığım, vakit bulamadığım sırada baskıya verecektim.

Keyfim yerine gelmişti.

Yarın akşam yalıda sevgilimle baş başa yemek yiyecektik. Daha şimdiden yarın akşamın hayaliyle yaşamaya başlamıştım. Anlaşır, gürültüsüz patırtısız yemeği tamamlarsak sonrasını tam bir düş gibi canlandırıyordum beynimde. Dün gece benim evimde tamamlanmamış sahneyi Naz'ın evinde devam ederdik. Bundan hiç şüphem yoktu. İkimiz de o vuslat anını hayal edip arzuluyorduk, kaçınılmazdı bu. İkimiz de genç, sıhhatli ve istekliydik. Bizi ne engelleyebilirdi ki? Tabii son anda yine beni çileden çıkaran uydurma bir gerekçe ortaya çıkarmazsa...

Hayır, çıkarmaz... O da aynı şeyi istiyor, diye kendime telkinde bulunuyordum. Dün gece evime kıskançlıktan nevri dönmüş şekilde girişini hatırladım. Çılgın gibiydi... O an Filiz'i evimde bulsa, cidden müessif olaylar vuku bulurdu. Muhakkaktı... Nitekim hırsını alamamış, onu bulamayınca bana saldırmıştı. Parmaklarım gayri ihtiyari uzamaya başlayan sakalımın arasındaki kabuk tutan tırnak yaralarına gitti. Nasıl da öfke ve hırstan üzerime çullanıp, uzun, sivri tırnaklarını yanağıma gömmüştü.

Canımın yanmasına rağmen bu saldırıdan hoşlanmış, hiç sesimi çıkarmamış, uysallaşıp, teskin olmasını beklemiştim, hem de cinsel bir hazla. Öyle de olmuştu... Alt dudağını hoyratça öpmeye başladığımda gevşemiş, az sonra da boynuma şevkle sarılmıştı. Müthiş bir kadındı Naz... Yarın akşam beni hazzın doruklarına taşıyabilirdi.

Yine de şimdiden fazla hayale kapılmayayım, diye mırıldandım. Ne olacağı belli de olmazdı. Günü gününe, saati saatine uymuyordu. Şimdiden olumlu, içimi eriten hayallere dalmak doğru değildi. Sabırlı olup beklemek lazımdı. Yarın akşam her şey belli olacaktı. Yirmi dört saat daha sükûnetle beklemem gerekecekti.

Akşamı etmiştim. Garaja Mazda'mı almaya indim. O günün ikinci sürprizi ile orada karşılaşacaktım. Gönül Hanım kendisini şehre götürecek arkadaşlardan birini arıyordu. Arabasını bakıma verdiği için o gün gazeteye taksiyle gelmişti. Hemen, "Sizi istediğiniz yere ben bırakayım," dedim. "Zahmet olmaz mı, Haldun Bey?" diye mırıldandı. "Aman efendim, lafı mı olur" gibilerinden bir şeyler söyledim. Gönül Hanım hemen ön koltuğa kurulmuştu.

Nedense ona hep sempati duyuyordum; hani ilk bakışta insanın içinin ısındığı, güler yüzlü, sokulgan, güven duygusu veren bir kadındı. Kendisini nereye bırakacağımı sordum, söyledi. Benim için hiç sorun değildi, zaten yolumun üstündeydi. Ayrıca Naz'ın sağ kolu olduğu için pek çok sırrına da vâkıf olduğunu tahmin ediyordum.

Yol boyunca sohbet ettik.

Özellikle Naz'la ilgili bir şey sormamaya itina ettim. Çünkü emindim, sevgilimle aramızdaki hissi bağı, Turgut hariç, kimse bilmiyordu. Ama Gönül Hanım mutlaka bir şeyler sezinlemişti. Gerçi insanların ağzını büzmek mümkün olmadığından, gazetede çeşitli dedikoduların alıp yürüdüğünü, Naz'ın torpillisi olarak bu göreve getirildiğim dedikodusu yaygındı. Bunu benim Turgut'tan da işitmiştim ama aldırmıyordum.

Evli, üniversitede okuyan iki erkek çocuğu olduğunu, büyük kızının da yakında aileye bir torun getireceğini, mimar eşinin bir belediyede çalıştığını yol boyunca anlatmıştı, hem de ben hiçbir şey sormadan. Yirmi yıldır aynı gazetede çalıştığını da bu vesile ile öğrenmiştim. Buraya kadar her şey normal seyrediyordu.

Bir ara işinin zorluğundan ama zaman içinde buna alıştığından söz etti. Bu da tabii idi, kuşkusuz her işin kendine göre bir zorluğu olurdu. Pek kulak asmadım, zaten o da şikâyet yollu değil de, yıpratıcı olduğundan bahsediyordu. Bazı geceler evine geç dönmek zorunda kaldığını, çünkü bazı iş yemeklerine Naz'ın ufak tefek notlar alması için kendisini de götürdüğünü söylemişti. Buna da aldırmadım, alt tarafı bu da işinin bir parçasıydı... Yarın akşam da böyle bir yemekli toplantı var deyince birden dikkat kesildim. Bende sigortalar birden atıverdi. Belli ki, Naz'ın yeni bir oyunuyla karşı karşıyaydım. Beni evine yemeğe çağırmıştı ama kendisi olmayacaktı. Az evvel gazetedeki odama neden palas pandıras geldiğini şimdi daha iyi anlamıştım.

Hiç bozuntuya vermedim. Nasıl olsa, Gönül Hanım'ın, Naz'ın beni evine davet ettiğinden haberi olamazdı.

"Öyle mi?" diye mırıldandım.

O yakınmaya devam etti. "Sormayın," dedi. "Gençlikte böyle davetler hoşuma giderdi, ama artık akşam olunca bir an önce evime gitmek, çoluğum çocuğumla, eşimle bir arada olmak istiyorum. Bir de gece çalışmak beni yoruyor. Yaşlanmaya başladım artık."

Bir şey belli etmemeye çalışarak, "Durun canım," dedim. "Daha genç sayılırsınız."

"Keşke öyle olsam... Elli dört yaşımı sürüyorum."

O an Gönül Hanım'ın ne yaşı ne de yorgunluğu beni ilgilendiriyordu. Çaktırmadan ağzından biraz daha bilgi almaya çalıştım. "Nerede bu toplantı?" diye sordum.

İstanbul'un ünlü otellerinden birinin adını verdi.

Öfkeden kudurmuştum... Naz niye yapıyordu bunları bana? Hiç iflah olmayacak mıydı? Aramızda yeni bir maraza çıkacaktı, kaçınılmazdı... Tabii Gönül Hanım'ı bu akşam evine benim götüreceğimi bilmediğinden, bu haberi de öğreneceğimi tahmin etmemişti. Düşünmeye başladım; yarın akşam yalıya gideceğimi, evde olmadığını öğrenince de küplere bineceğimi tasarlamış olmalıydı. Demek bir arpa boyu yol almamıştık. Hain kız hâlâ bu çekişmeden, birbirimizi yıpratmaktan zevk almaya devam ediyordu.

Ama hiç düşünmüyor muydu, nereye varırdı bu davranışların sonu? Bir gün tepemin tasının atacağını hesaplamalıydı. Kaç erkek dayanırdı bu engizisyon işkencelerine? *Dur*, dedim içimden; madem öyle, ben de sana bir oyun oynayacağım. Daha şimdiden ne yapacağımı düşünmeye başladım. Bir yandan da Gönül Hanım bendeki değişikliği hissetmesin diye, ara sıra sorduğu suallere cevap vermeye gayret ediyordum. Ama aklım fikrim yarın akşam yapacağım mukabil hamledeydi... Bunun altında kalamazdım, kalmamalıydım...

෴

Gönül Hanım'ı bıraktıktan sonra evime gidemedim. İçki içmeliydim... Naz yüzünden içkiye alışıyor, alkolden medet umuyordum artık. Eskiden bir şişe bira içerdim, o da beni havaya sokardı, şimdi ise bira filan beni kesmiyordu. Bir meyhaneye gidip kafayı bulmalıydım, hem de rakı içerek.

Telefon ederek Turgut'u da çağırmayı düşündüm önce. Nasıl olsa çektiğim acıları, başımdaki püsküllü belayı biliyordu, sohbet eder, ondan teselli arar, içimi ona dökerdim. Sonra çağırmaktan vazgeçtim. Bu gece sohbete değil, plan yapmaya ihtiyacım vardı; yalnız kalmalı, mukabil sinsi planımı hazırlamalıydım. Ayrıca bir şey daha dikkatimi çekiyordu; altıncı katın yazarları arasına katıldığımdan bu yana, Turgut beni tebrike bile gelmemişti. İhtimal vermek istemiyordum ama galiba onda da hafif bir çekememezlik başlamıştı. *Lanet olsun*, diye homurdandım. Naz artık sevdiğim arkadaşlarım, dostlarımla da aramın açılmasına neden oluyordu. Turgut, iyi dostumdu ve onu kaybetmek istemezdim fakat gazetedeki ani yükselişim, onunla aramdaki rabıtayı gevşetmişti galiba...

Ayrıca o içki âlemi deyince nedense aklına hep Çiçek Pasajı gelir, hemen oraya yönlenirdi. Oysa artık o tür yerlere gitmek istemiyordum; cüzdanım ağzına kadar doluydu, daha kaliteli yerlere gitmek istiyordum. İçimden hüzünlü bir şekilde gülümsemeyi başardım, zenginlik beni de değiştirmeye başlamıştı sanırım, eskiden güle oynaya, zevkle gittiğim yerleri şimdi küçümsemeye başlamıştım. Naz'ın tesiriydi... Sınıf atlıyordum...

Gönül Hanım'ı Gümüşsuyu'nda bir yere bırakmıştım; fazla düşünmedim, gördüğüm ilk restorana girdim. Kalite, Çiçek Pasajı'ndan çok daha iyiydi. Denize tepeden bakan bir restorandı. Gündüz vakti gelsem herhalde nefis bir manzarayla karşılaşacaktım, ama bu saatte etraf karardığından sadece Anadolu yakasının parıltılı ışıklarını görebiliyordum. Gelen garsona, "Önce rakı getir," dedim. Sıradan, tesadüfen gelen bir müşteri olduğumu sezinlemişti, yüz ifadesinden anladım ama hizmette kusur etmemişti. Önüme uzattığı mönü listesinden rastgele bir et yemeği sipariş ettim, ne seçtiğimi bile doğru dürüst bilmiyordum

Tabii, içki tesirini çabuk gösterdi...

Ayrıca hâlâ rakıya alışamamıştım. Beni çabuk tutuyordu, hele o ruh haliyle içince daha ilk kadehte kafayı bulmuştum.

Naz'a atıp tutuyordum.

Bu kez ben de mukabil taktik yaratmak ve onu uygulamak için içmeye başlamıştım ama kısa zamanda beynimin uyuştuğunu ve sarhoş olduğumu hissettim. O halime ve içimdeki isyan duygularına karşın, acele etmememin ve planımı daha ayık bir kafayla hazırlamanın idraki içindeydim. Bol bahşiş bırakarak restorandan çıktım.

Netice koca bir sıfırdı.

5

Ertesi sabah işe geldiğimde, beynimde şekillenmiş çok basit bir karşı hamle vardı. Bu cebelleşmenin sonu gelmeyecek gibi görünüyordu; herhalde ikimizden biri sonunda pes edecekti, lakin ben sonuna kadar dayanmaya kararlıydım. Yapacağım şey gerçekten basitti; davetine hiç gitmeyecektim...

Gayet sade, masumane fakat öğrenince Naz'ı çileden çıkaracak bir çözümdü. Daha şimdiden içimden kıs kıs gülmeye başlamıştım. Emindim ki, o dünden beri zevkle, benim yalıya gelip kendisini bulamayınca şaşkına dönüp, büyük bir hayal kırıklığı yaşayacağımı düşünerek oyalanıyordu. Yalıdaki müstahdeme ne tembih ettiğini bilmiyordum tabii, muhtemelen beni içeri alacaklar, hanımefendiden bir haber yok diye, saatlerce bekletecekler, o arada Naz da bana verdiği eziyetten dört köşe olmuş bir zevkle tatmin olacaktı.

Bunu yapmasına pabuç bırakmayacaktım.

Yalıya hiç gitmeyecektim. Telefon edip bir mazeret de bildirmeyecektim. Asıl o zaman Naz'ın yüzünü görmek isterdim doğrusu, kim bilir öfkeden ne hale gelecek, belki de iştirak ettiği yemekli toplantıda konuşmasını şaşıracaktı.

Ama buna müstehak olmuştu.

Benim gibi bir masumun ahını almaya ne hakkı vardı? Tek kusurum onu sevmekti. Böyle düşünüyordum ama bir yandan da içimdeki vesvese artıyordu. Aslına bakılırsa, hâlâ kesin bir hükme varamamıştım. Belki de bütün bu çekişmelerin gerçek nedeni buydu. Naz beni gerçekten seviyor muydu, yoksa ben onun için değişik bir eğlence konusu muydum? Zengin, parayı nereye harcayacağını bilmeyen, şımarık bir kızdı. Öyle birinin benim gibi ünsüz, parasız, pek de yakışıklı sayılmayan bir adama âşık olması mantıksızdı. Ama iyi bir eğlence konusu olabilirdim. Kendi zevkini tatmin için bana aylık yüz bin lira verse, nesi eksilirdi? Bu meblağ onun için çerez parası sayılırdı. Üstelik işinde masraf olarak gösterip vergiden de indiriyordu.

Bunu yapar mıydı? Bu kadar basitleşir miydi?

Neden olmasın? diye geçirdim aklımdan. Aşırı zenginlerde dejenere oluş böyle başlıyordu; onlar bizim gibi sıradan insanlar değildi; biz hayatın bahşettiği ufak nimetlerle mutluluğa erişirken, onlar her türlü imkâna sahip olmanın sıkıntısı içinde, daha farklı, daha değişik zevklerin peşinde koşmaya başlıyorlardı. Nitekim o da benim gibi saf, romantik bir enayiyi bulmuştu. Aramızdaki ekonomik ve sosyal seviye farkı aslında yanına bile yaklaşmama maniydi, yetenekli bir gazeteci olmam, istikbal vaat etmem umurunda mıydı sanki?

Onun için iyi ve değişik bir eğlence konusuydum. Belirli dozlarda yakınlık gösteriyor ve karşısında perişan hale düştükçe de zevkten mest oluyordu. Sıhhatli, sağlıklı ve mantıklı bir şey değildi yaptığı... Naz'ın hasta olduğunu kabul etmeliydim. Psişik bir vaka... Dejenerasyon... Var olan karakterini yitirme, soysuzlaşma, yozlaşma... Bazıları bunu alkolde, uyuşturucuda buluyordu. Naz'ınki henüz o safhaya varmamıştı. Belki ilerde o da olacaktı...

Böyle düşünüyordum.

İçimde acıma hissi belirdi o an.

O güzellikteki, o varlıktaki bir kadının düştüğü bu hali kabul edemiyordum, havsalam almıyordu bir türlü. Oysa ben o güzelliğe âşıktım. Aşkına da inanmıştım.

Aramızda yalnızca maddiyatın ve sosyal sınıfın yarattığı bir ayrılık değil, düşünce, anlayış, hayata bakışın da doğurduğu bir yığın fark vardı.

Yüreğim sızladı aniden. Belki de en doğrusu onu karşıma alıp tüm tespit ettiğim gerçekleri yüzüne karşı birer birer anlatmaktı. Faydası olur muydu acaba? Hiç sanmıyordum. Ruhundaki çöküşün idraki içinde olduğunu düşünmem abesti.

Aslında hâlâ kararsızdım. Bütün bunlar kendimi avutmak için yarattığım bahaneler de olabilirdi. Kendim, aşkın ne olduğunu doğru dürüst bilmiyordum ki. Şimdiye kadar hiç böyle bir sevdaya yakalanmamıştım. Kim bilir belki de şiddetli yaşanan bir aşk böyle hezeyanlara da yol açabilirdi. Bu konuda ahkâm kesmeye mezun değildim.

İşin içinden çıkamayacağıma aklım kesince düşünmeyi de bıraktım. En iyisi durumu akışına bırakmak, yaşayarak öğrenmekti. Naz'dan kopamayacağıma göre neticelerine de katlanmak zorundaydım.

Adeta rahatladım.

Oyuna devam edecektim...

৯১

Gün sakin geçiyordu. Naz cephesinde yeni bir gelişme yoktu. Olursa, şaşardım zaten. Şu an mutlu, akşam vuracağı yeni darbenin hazzı içinde olmalıydı. Beni arayacağını, haber yollatacağını veya odasına çağırtacağını hiç sanmıyordum. Şimdi, deli gibi hayaller kurduğumu, geceyi dört göz iple çektiğimi düşünüyor olmalıydı.

Sırıtmaya başladım. *Ah keşke bir kuş olsam, oteldeki yemek sonrası gergin ve asık suratla yalısına dönüşünü görsem,* diye geçiriyordum içimden. Bütün hayalleri suya düşecekti...

Bir ara merakımı yenemedim ve asansörle Naz'ın katına

çıktım. Tam asansör kabinlerinin karşısındaki koltukta oturan sivil giyimli, iriyarı koruması yerinde yoktu. Süs bitkilerinin arasında duran koltuk boştu. Bunun anlamı Naz'ın gazetede olmadığıydı. Herhalde korumasını da yanına almış ve gitmişti. Ellerimi ovuşturarak odama döndüm. Keyifliydim; benim için bu geceki oyun başlamış sayılırdı artık. Şimdi asıl düşündüğüm yarın göreceğim yüzüydü, tabii o da karşılaşırsak. İki ihtimal söz konusuydu; ya beni yanına çağıracak ve hiçbir şey bilmediğimi sanarak kendisini yalıda neden beklettiğimi, neden davetine icabet etmediğimi soracak ya da numarasını çaktığımı anlarsa yine günler sürecek bir görüşmeme boykotuna kalkışacaktı.

İki neticeye de katlanmaya hazırdım.

Başka çarem yoktu zaten, ne yapabilirdim ki? Ama asık suratla beni sorguya çekmesini tercih ederdim, muhtemelen aramızda yeni bir maraza çıkardı, lakin artık kül yutmayacağımı ve ona tabla teslim esir olmayacağımı da anlardı.

Böyle düşünüyordum ama kaybeden, acı çeken sonuçta yine ben oldum. Ertesi sabah heyecanla gazeteye geldiğimde, orada olduğunu öğrenmeme rağmen beni ne aradı ne de hesaplaşmak için yanına çağırdı.

Sanki dün geceki yalıya daveti hiç olmamış gibiydi.

Hiç ses çıkmıyordu Naz'dan. Ne öfke belirtisi ne de nedamet... Apışıp kalmıştım. Onu bir lahza da olsa görmek ihtiyacı bana düşmüştü. O kendinden emin, umursamaz, oyununa karşı oyunla mukabele etmek isteyen ben, şimdi bin pişman, yoksa hata mı ettim, keşke onu mutlu etmek için gelmeyeceğini bile bile yalıya gitse miydim diye etrafta dolaşmaya başlamıştım.

Bir süre bana ceza verecekti. Kendisini göstermeme cezası... Aslında bunun etkili bir ceza, yola getirme vasıtası olduğunu biliyor, vesileler yaratarak karşısına çıkmamı, ayaklarına kapanmamı, kendisinden özür dilememi bekliyordu. Emindim bundan...

Hani ben de epey yüzsüz olduğumu kabul etmek zorundaydım. Biraz gururum olsa, isyan eder, canı cehenneme der, kendimi bu kadar küçük düşürmezdim. Oysa can atıyordum onu tekrar görmek, affına sığınmak için. Ne yapayım, dayanamıyordum onu görmeden. Hayatım şimdiden kararmaya başlamıştı bile; gerçekte hasta olan o değil, korkarım bendim. Bu ne biçim bir sevgiydi, ruhumun çürüdüğünü, onu görmeden geçirdiğim her günün benden bir şeyler alıp götürdüğünü hissediyordum. Şaka, teşbih, laf oyunu değildi; ben gerçekten esiri olmuştum Naz'ın...

Günler geçmeye başladı.

Naz'dan tık yoktu. Ta ki, bir şubat tarihine kadar... O gün yaşantımızda yeni bir sayfa açılacaktı, ama nereden bilebilirdim...

≈

Soğuk bir gündü, karayelle hafif hafif kar atıştırıyordu. O sabah da belki onun affına mazhar olurum, en azından, belki gazetede karşılaşırım diye erkenden işe gelmiştim. Genellikle Patroniçem o saatte işe gelmezdi, dokuz buçuğu hatta onu bulurdu. Fakat Mazda'mı garaja bırakırken onun jeepini gördüm. Şoförü içinde oturmuş, gazete okuyordu. Şoför üst katlara, sıcak bir mekâna çıkmadığına göre, belli ki Naz bilmediğim bir nedenle erken gelmiş ve hemen çıkıp gidecekti. Şoför ondan emir bekliyordu zahir. Tabii, Naz garaja inmez, Gönül Hanım'a telefon ettirir, şoför de aracı garajdan çıkararak ana giriş kapısının önünde onu alırdı.

Bir an kararsız kaldım.

Acaba garajdan çıkıp ana giriş kapısının önünde biraz oyalanayım mı? diye düşündüm. Arabamın içinde oturur, birkaç saniye de olsa arabasına binişini seyrederdim.

O kadar hasret kalmıştım...

Kalçalarını oynatmadan fakat insanın içini hoplatan, öyle asil, öyle kibar bir yürüyüşü vardı ki saatlerce yürüse onu arkasından seyredebilirdim. Bıkmadan, usanmadan, içim giderek... Ama gazeteden kaçta çıkacağını bilmiyordum. Ayrıca benimki sadece bir tahmindi. Belki de şoförün garajda gazete okuyacağı tutmuştu, adamın keyfinin kâhyası değildim ya... Beklemekten vazgeçtim.

Lakin kararlıydım, bir bahane yaratıp odasına çıkacaktım. Ne olursa olsundu... Beni odasından kovacak hali de yoktu ya... En fazlası, soğuk davranır, surat asardı. Belki onu da yapmazdı, o da beni özlemiş olamaz mıydı yani?"

Garajdan doğru odama çıktım. Odama girerken telefonum çalıyordu. Bu kadar erken beni kim arardı ki? Hızla ilerleyerek reseptörü kaldırdım. Gönül Hanım'dı... "Nihayet geldiniz, Haldun Bey," diye telaşlı bir sesle mırıldandı. Benim ise kalbim duracak gibi olmuştu, Gönül Hanım telefonda olduğuna göre aratan Naz'dı, biricik sevgilim, hâkimim, sahibim, kölesi olduğum kadın...

"Hayır ola, Gönül Hanım? Önemli bir şey mi var?" dedim.

Benimki boş bir sualdi... Tabii ki vardı, Naz beni aratıyordu... Bundan daha önemli ne olabilirdi ki? Daha şimdiden damarlarımdaki kanın çepere yaptığı tazyiki hissedebiliyordum. Demek nihayet Nazımın affına ulaşmıştım, cezam bitmiş olmalıydı. Çocuk gibi seviniyordum...

Ama Gönül Hanım'ın kulağıma akseden ikinci cümlesi sevinmek için pek acele etmemem gerektiğini hatırlattı bana. "Lütfen, odama kadar gelebilir misiniz? Acele halli gereken bir aksilik var. Hanımefendi de yoklar, ben buradan ayrılamıyorum," demişti.

Durakladım. Garajda Naz'ın arabasını görmüştüm. Gelmiş olması gerekirdi, nasıl olurdu?

Hızla Naz'ın katına çıktım. Gerçekten de koruması her zaman oturduğu yerde yoktu, o zaman içimi bir hüzün kapladı. Gönül

273

Hanım'a inandım. Odasına girdiğimde kadıncağız pek telaşlı görünüyordu. Katladı bir evrakı zarfın içine yerleştirmekle meşguldü. Bana açıklama yapmadan önce heyecanla mırıldandı.

"Haberiniz var mı bilmem, hanımefendi beş gündür gelmiyor gazeteye?"

Hayretle yüzüne baktım. "Neden? Ne oldu ki?"

"Hasta."

İçimi bir ateşin kavurduğunu hissettim. "Ciddi bir rahatsızlık mı?"

"Hayır, hayır... Soğuk algınlığı. İyileşmeden sokağa çıkmayacağım dedi. Lakin bugün mutlaka imzalaması gereken bir belge varmış. Onu evine göndermemi istedi."

Şimdi meseleyi anlar gibi oluyordum. İlk korkum tatlı bir sevince dönüşür gibiydi.

"Eh, gönderin öyleyse," dedim.

"Ancak, hanımefendi sizin evrakı yalıya getirmenizi hassaten rica etti. Sizin için mümkün mü acaba?"

Ben gazetenin ulağı mıydım? Bu işi gazetede yapacak tonla eleman vardı. Mesele aydınlığa kavuşmuştu benim açımdan... Naz yeni bir oyun peşindeydi. Beş gün soğuk algınlığından yatağa bağlı kalınca canı sıkılmış, kendine eğlence aramış olmalıydı. Eh, zavallı Haldun'dan daha iyi bir oyuncak mı olurdu?

Yerimde başka biri olsa, bozulur, surat asar, terslenir, verin bir Office-Boy'a götürsün derdi. Benim bizzat götürmem yakışık alır mıydı hiç? Aslında lisan-ı münasiple isteği hemen reddetmem gerekirdi, ama ben tamamen tersini yaptım. "Tabii, Gönül Hanım. Siz evrakı hazırlayın hemen götüreyim," dedim.

Koşa koşa gitmeye hazırdım. Burnumda tütüyordu. Ayrıca Naz da bu özel çağrının manasını kavrayacağımı hesaba katmış olmalıydı. Belki yeni bir deneydi?

Sadakat ve hasretimi ölçmeye çalışıyordu...

Çılgın kız, diye mırıldandım içimden. Ben dünden razıydım, koşa koşa götürürdüm.

Gönül Hanım hemen elindeki zarfı uzattı. "Hazır zaten," dedi. "Buraya jeepini yollamış, şoförü sizi götürüp getirecek."

"Tamam," deyip zarfı aldım. Ama dışarı çıkarken beynime bir kurt düştü; yoksa Gönül Hanım, patroniçe ile aramdaki hissi bağı biliyor muydu? Gözlerinin içine bakıp imalı bir ifade aramıştım ama yakalayamadım. Bu kadın yirmi yıldır, önce Reşit Bey'in şimdi de kızının özel sekreterliğini yapıyordu; öyle bir evrakın altıncı kata kadar yükselmiş, gazetenin kalburüstü yazarlarından biriyle gönderilmeyeceğini bilmez miydi?

Kanaat getirdim; o da rahat Naz'ın yardakçısıydı...

Ama umurumda mıydı sanki? Nihayet Naz'ı görecektim... Başka bir şeyi düşündüğüm yoktu...

❧

Kar sabahki temposuyla atıştırmaya devam ediyordu. Ne var ki soğuğu hissetmiyordum artık, bedenimden ateş fışkırıyor, rahatlatıcı bir sıcaklık ruhumun içine kadar yayılıyordu. Onu görmeye gidiyordum nihayet; uzun süren bir hasret az sonra sona erecekti.

Naz nasıl mı davranacaktı?

Bilmiyordum. Belki yine soğuk ve ilgisiz davranacak, evraka sadece bir imza atacak ve beni geri yollayacaktı. Umurumda değildi, az da olsa onu görecek, bulunduğu havayı koklayacak, rayihasını içime çekecektim. Benim gibi bir âşığa bu kadarı yetmez miydi?

Sevinçten kabıma sığamıyordum. Hani imkânım olsa kuş gibi kanatlanıp yalıya uçacaktım. Şoföre daha hızlı sür demeye utanıyordum. Adam da jeep'i yavaş sürmüyordu zaten. Bir an şoföre

275

acır gibi oldum; zavallı, o da aldatılmışlardandı... Öyle ya, emri hanımından almış, çok mühim ve hemen imzalanıp geri götürmesi gerektiğini sanıyordu. Benim kuşkum yoktu oysa, yalandı, şoför de ben de kullanılıyorduk. O dünyadan habersiz emir kuluydu, neye alet olduğunu bilmeden verilen direktifi yerine getiriyordu. Ya ben ne? Kuluydum. Naz'ın düpedüz yalan söylediğini bilmiyor muydum? Beni karşısında görmek istemiş ve sadece bir emir vermişti. İşte, koşa koşa ona gidiyordum... Bu halin başka izahı var mıydı? Nihayet yalıya vardık. Elimde zarf, jeep'ten atlayıp hızlı adımlarla bahçede yürüdüm. Kapıyı yüzüne aşina olduğum hizmetçilerden biri açtı, "Buyurun Haldun Bey," dedi gülümseyerek. Hoşuma gitti, demek adımı unutmamışlardı.

"Hanımefendi nerede?" diye sordum.

"Yatak odalarında istirahat ediyorlar."

Bir an haklı bir korkuya kapıldım... Öyle ya, hizmetkârların etrafta dolaştığı bir saatte Naz'ın beni yatak odasında kabul etmesi, âdâb-ı muaşerete uygun düşmezdi. Ne de olsa, şeklen ben bir yabancı idim, görgü kuralları buna cevaz vermezdi.

O zaman Naz'ın bana oynadığı yeni oyunu anladım... Sonunda o baskın çıkmış, beni yalıya getirtmişti, hem de tıpış tıpış, koşa koşa... Ama kendisini göremeyecektim... Hizmetçi beni salonda bekletecek, zarfı elimden alarak yatak odasına çıkarıp imzalatarak tekrar geri getirecekti.

Suratım asıldı, içimden, *lanet olsun*, diye homurdandım. Yine oyuna gelen ben olmuştum, istediğini yaptırmıştı bana. Yalıya kadar gelmemi sağlamış ama yüzünü göstermemişti. Naz'dan her türlü düzenbazlık beklenirdi; bir anlamda buna hazırlıklı olmam gerekirdi ama yine faka basmıştım. Önce homurdanmış, kızmıştım. Lakin hiddetimin hemen geçtiğini duyumsadım. Bu yalının bende unutulmaz anıları vardı. Salonu, yemek odasını, Naz'la çalıştığımız, yerdeki halının üzerinde oturup Naci Koyuncu ile ilgili gazete kupürlerini incelediğimiz çalışma odasını hatırladım. Hepsinde ne olaylar başıma gelmişti... Hele bana tahsis edilen yatak odasından gece yarısı çılgın bir cesaretle onun yatak odasına geçtiğim gece gözlerimin önüne geldi. Ona nasıl kızabilirdim? Otuz yıllık hayatımın en güzel dakikalarını bana burada o yaşatmıştı. Utanmasam yerlere kapanıp secde edecektim. İçimi dayanılmaz bir arzu kapladı, keşke imkânım olsaydı da bütün o odaları tavaf eder gibi ayrı dolaşsaydım. Her yerde Naz'ın dayanılmaz rayihasının hâlâ bulunduğuna inanıyordum.

Sustum, çaresizlik içinde öylece kaldım...

Hizmetçinin benden zarfı istemesini bekledim. Güler yüzlü hizmetkâr, "Lütfen, beni takip edin, sizi hanımefendinin yanına götüreceğim, öyle emir buyurdular," dedi.

Kulaklarıma inanamadım. Demek ortada Naz'ın bir oyunu filan yoktu... Beni kabul edecekti. Hem de yatak odasında... Hizmetçinin son cümlesindeki "öyle emir buyurdular" ifadesi aslında zevahiri kurtarmak için özellikle kullanılmış olmalıydı.

Merdiven basamaklarını nasıl çıktığımı hatırlamıyordum. Nihayet bana asırlar gibi uzun gelen bekleme günleri sona eriyordu. Nefesimin kesildiğini hissettim.

Hizmetçi kapıyı tıklattı.

İçerden Naz'ın vakur ve bir kraliçe edasındaki tok sesini duydum.

"Girin!"

Hizmetçi kapıyı araladı, bana yol verdi ve hemen arkamdan da kapattı. Şimdi odada Naz'la yalnızdım. Bana gülümseyerek bakıyordu. Kara gözlerinde özlem pırıltıları vardı.

"Gel, sevgilim... Yaklaş... Ama çok yakınıma gelme... Sana da mikrop bulaştırmak istemem," dedi.

Kulaklarıma inanamadım. Kalbim gerçekten duracaktı. Bana

ilk defa "sevgilim" diye hitap etmişti. Şaşkınlığımı, ağzımı açamadan, öylece yerime mıhlanıp kaldığımı görmüştü.

Konuşamıyordum...

"Eee, bir şey söylemiyorsun... Beni gördüğüne memnun olmadın mı? Yoksa bu hasta halimle beni güzel bulmadın mı? Deli divane olduğun sağlıklı Naz, daha mı güzeldi?" İlk şaşkınlığım biraz hafifleyince yeniden endişe duymaya başladım. Bu kadar değişim normal sayılmazdı. Galiba yine yanılmıştım. Bu kez çok daha güçlü bir oyunun kokusunu alır gibiydim. Ağzından çıkan bu kelimeler gerçeği ifade etmiyordu. Naz bu kadar değişemezdi.

Dikkatli olmalıyım, diye telkinde bulundum kendime. Yeni ve ağır bir tuzağa düşmemeli aradaki mesafeli ve ölçülü tavrı değiştirmemeliydim.

"Müsaade buyurunuz da münakaşasız konuşalım, hanımefendi. Zaten kaç gündür sizinle uğraşmaktan helak oldum. Bana çok acı çektirdiniz."

Rahat rahat güldü. "Oh olmuş! Müstehaksın... Ama seni özledim."

Güçlükle, "Ben de sizi çok özledim, efendim," diyebildim.

Şakacıktan kızarmış gibi beni süzdü. "Hadi, bırak şu abuk subuk konuşmaları, araya sıkıştırdığın mesafe dolu sözcükleri... Gel sana bir sarılayım. Özledim diyorum."

Onu iyi tanıyordum. Bu defa doğruyu söylüyordu. Kollarımı iki yana açıp kucaklamak için yatağa yaklaştım. Sarıldım, saçlarını okşuyor, özlemini duyduğum ten kokusunu derin derin içime çekiyordum. Şehvet ve arzudan uzak gerçek bir sevgi kucaklaşmasıydı bu.

Titriyordum.

Kulağıma fısıldadı. "Beni çok seviyorsun, değil mi?"

O an hislerimi, gerçek duygularımı anlatacak kelime bulmakta zorlandım. Evet veya çok seviyorum demek yetersiz gelmişti bana. Uygun sözcükler aradım. Bulamıyordum...

Naz, "Biliyorum," diye devam etti. "Hareketlerinle her şeyi anlatıyorsun zaten. Kelimelere ihtiyaç duyulmayan bir anı yaşıyoruz." Bu aşka düştükten sonra sulu gözlü olmuştum. Kendimi tutamadığımdan yanaklarıma iki damla yaş süzülüverdi. Anlamıştı ağladığımı; narin, ince uzun parmaklarını uzatarak yanağımdan süzülen gözyaşlarımı sildi.

Naz haklıydı, yaşadığımız anın kutsallığını ifadeden âcizdik. O anın hiç bitmemesini, sonsuza kadar sürmesini istiyordum.

Boynuma doladığı kollarını çözdü. "Artık, deneme fasılları bitti," diye fısıldadı. Gözlerindeki mutluluk ferahlığı devam ediyordu. "Bundan sonra, kavga, niza, çekişme, ayrılık yok. Hep birlikte olacağız. Büyük aşkımızı doya doya yaşayacağız."

Mest olmuş bir şekilde yüzüne bakıyordum. O an dünyanın en mutlu insanı hissediyordum kendimi. Dilim tutulmuş, belâgatımı, nâtıkamı kaybetmiştim sevinçten. Konuşamıyordum... Mutluluğu sadece güzelliğini seyrederek yaşıyordum.

Naz devam etti: "Bana kısa bir süre daha ver. Önce iyileşeyim. Sonra önümüzdeki birkaç pürüzün ortadan kalkmasını sağlayayım."

"Ne pürüzü?" diye kekeledim.

"Pürüz mü ararsın bu ilişkide?"

Hiç üstelemedim. Tam bir teslimiyetle, "Sen nasıl istersen, öyle olsun Naz," dedim.

"Aferin sana uslu çocuk," diye gülümsedi. "Ama artık git. Hâlâ mikrop saçıyorum, sana da bulaşmasını istemem. Ama endişelenmene yer yok artık. Bundan böyle birbirimizi daha sık göreceğiz, arada sırada da senle kaçamaklar yapacağız. Anlarsın ya, hani senin evinde beni yatağın kenarına oturtup sevip okşarken yarım kalan hazlardan."

Ne istediğini anlayıp gülümsedim. Sanki Tanrı, benim için dünyayı yeniden inşa ediyordu, acaba bundan daha mutlu bir gün geçirebilir miydim?

"Hadi git artık, ben de biraz dinleneyim. Yarın sana telefon ederim."

"Nasıl istersen," diye yerimden fırladım. Sevgilimin bir an önce eski sağlığına kavuşması gerekirdi. Tam o sırada aklıma geldi. İmzalatıp geri götüreceğim zarfı hatırlayarak Naz'a uzattım. "Kusura bakma," diye gülümsedim. "Heyecandan imzanı almayı unuttum."

Neşeli bir kahkaha attı. "Benim saf sevgilim... Gerçekten inandın mı o imza işine? Özlemiştim seni... Yanıma getirmek için hazırladığım ufak bir oyundu... Bak, fena mı oldu? Barıştık, anlaştık, koklaştık. Yırt zarfı, göreceksin. İçinde boş bir kâğıt var."

Tahmin etmiştim zaten.

Çekinerek sordum: "O halde Gönül Hanım aramızdaki ilişkiyi biliyor, öyle mi?"

"Gayet tabii... Ona çok güvenirim. Gerçek bir abla gibidir. Endişelenme, sır saklar."

Ne diyebilirdim ki...

6

Öğle sularında gazetedeki odama girdiğimde, neşeli ve sevinçliyim. Bir şubat tarihini unutmamalıyım; bugün hayatım değişti. Zevkten uçuyorum adeta... Koltuğuma oturdum, hayallere daldım. Mutluluk heyecanıyla doluyum. Bir an aklıma, Naz'ın ettiği "pürüzler" lafı takılır gibi oldu. Ne demek istemişti acaba? Haklı olabilirdi, belki yakınlaşmamıza ailesi karşı çıkacaktı. Aldırmadım, Naz mutlaka ona da bir formül bulur, annesini babasını ikna ederdi.

Sonra aklıma başka bir gözlemim takıldı; Naz'la karşılaştığım anda heyecandan pek dikkatimi çekmemişti ama Naz'da hiç de hasta bir insan hali yoktu. Ne öksürüğü ne burun akıntısı vardı. Yorgunluk, bitkinlik emaresi de görmemiştim.

İlk kuşku o zaman beynime takıldı. Yoksa hastalığı da oyun muydu, tıpkı imzalanacak evrak gibi... *Ne fark eder?* diye mırıldandım içimden. Önemli olan aramızdaki bulutların dağılması, kırgınlığın yok olmasıydı. Şöyle veya böyle, şekli önemli değildi. Biliyordum, Naz böyle mizansenler yaratmaya bayılıyordu...

Delişmen, ölçüsüz, ruh halinin göstergesiydi bunlar; büyütmeye mahal yoktu. İlerde sanırım hepsi kaybolur, daha istikrarlı bir yaşama geçerdik.

Acaba mı?

Yoksa sonsuza kadar sürüp gider miydi bu delişmenlikleri? Zordu o takdirde Naz'la başa çıkmak. Kim bilir, beni ne kadar yorardı. *Olsun*, diye geçirdim içimden. Aksine belki de bundan zevk bile alırdım. Şimdiye kadar çevremde hiç onun kadar değişik mizaçlı, hareketli, oynak, erkeği devamlı şaşkın bırakan bir kadına rastlamamıştım. Aslında bu bir yetenek sayılmalıydı, erkeğin ilgisini hiç eksiltmeden kendinde tutmasını becerebiliyordu.

Birden merakım arttı.

Hastalığının da şov olup olmadığından kuşku duydum. Kontrol edecektim, yalının ev numarası da vardı bende, evden aramayı düşündüm. Beni karşılayan hizmetçi kız çıkarsa, hemen kapatacaktım, sesimi tanıyabilirdi. Zil çalmaya başladı...

Uşaklardan biri açmıştı telefonu. Sormasına mahal vermeden uydurdum. "Ben, Esat Taşpınar. Naz Hanım'la görüşmek istiyorum, lütfen," dedim.

"Kendisi evde yoklar, efendim," diye karşılık verdi.

"Nasıl olur, grip olduğunu işittim."

"Size yanlış malumat verilmiş olmalı. Çok şükür kendisinin sıhhati iyidir."

Bozuntuya vermedim. "Öyle mi?" diye mırıldandım. "Acaba gazeteden arasam kendisini bulabilir miyim?"

"Sanmıyorum, efendim. Az evvel bir film platosuna gittiler."

"Emin misiniz?"

"Evet, efendim. Yalçın Kural Bey'le birlikte..."

Telefonu kapattım. Yalçın'ın yeğeni olduğunu biliyordum ama öfke yine benliğimi sarmaya başlamıştı. Ne gerek vardı böyle anlamsız oyunlara? Nereye varacaktık bu gidişle? Belli ki hasta filan değildi. Sonra yüreğimi cız ettiren asıl soru beynime takıldı. Bana sevgilim diye hitap etmesi, aramızdaki çekişmelerin bittiği, bundan böyle her birbirini seven çiftte olduğu gibi normal bir yaşantıya başlayacağımız da yalan mıydı? Bu da sergilediği en son numara mıydı?

Yoo, bu kadarı da fazlaydı artık...

Bu kıza âşık olduğumdan beri sinirlerim berbat olmuştu.

Yapamayacaktım... Gün içinde geçirdiğim ruh hallerinin haddi hesabı yoktu. Yarım saat kendimi dünyanın en mutlu erkeği sanıyor, onu takip eden yarım saat içinde de bedbinlikten perişan oluyordum. Dayanamayacaktım, artık...

Bana ne oluyordu? Onunla bu derece uğraşmamı icap ettirecek sebep de yok; ne nikâhlandığım ne de seviştiğim bir kız... Ne evlenmem ihtimal dahilinde ne de beraberce yaşamam... Tekrar göreceğim bile şüpheli... Kararlıyım, onu bırakacağım. Başka yolu yok... Bu yükü taşıyamam...

Fakat kafama da, kalbime de dinletemiyorum, anlatamıyorum ki. Oturamıyorum, yatamıyorum, uyuyamıyorum. Yerimden fırladım, deli danalar gibi gazetemdeki odamda dolaşıp duruyorum. Adeta çatacak, saldıracak birini arıyorum. İçimdeki hiddet ve öfkeyi boşaltmalıyım. *Ah, Naz'ı şu an bir elime geçirsem, bilirim ne yapacağımı,* diye homurdanıyorum...

Arşivdeki emektar Behzat Baba'nın anlattıklarına da inanmıyorum şimdi... Külahıma dinletsin, onlar birbirine âşık... Naz'ın o aktör bozuntusuna ilgisini gözlerimle görmüştüm. Belki yeğeni olduğu hikâyesi de palavra, Naz, Behzat Baba'yı da ifsat etmiş olabilir.

Çıldırmamak elde değil...

Günün bu saatinde içki ihtiyacı duyuyorum. Korkarım bu kız sonunda beni alkolik yapacak...

&

O gece Turgut'la beraberim. Boğaz'da bir balık lokantasına götürdüm onu, hem de Bebek'te en pahalı restoranlardan birine. Malum, para sorunum yok. Rakı içiyoruz...

Sadece dinliyor beni...

Yüzü asık... Duyduklarını tasvip etmediği açık... Umurumda değil, içimi döküyorum.

283

Dayanamadı sonunda, "Yuh olsun, sana," dedi. "Ben de seni aklı başında biri tanırdım. Sen kafayı yemişsin, aslanım. Henüz vakit varken, vazgeç bu sevdadan. Görmüyor musun, bunun sonu yok, ne olacağını sanıyorsun?"

Kuşkusuz haklıydı, ama ben uçan kuştan bile medet umuyordum. Moral verecek tek kelime söyleyemez miydi yani? Naz'la olan ilişkimiz üçüncü ve objektif bir kişinin açısından bu kadar karanlık bir fotoğraf mı veriyordu? İsyan etmek istiyordum ama isyanımı haklı çıkaracak tek bir neden bulamıyordum.

Bir ara Turgut'un suyuna gitmek istedim. "Ne dersin, ayrılayım mı gazeteden?" diye sordum.

Uzun uzun düşündü. "Yok," dedi. "Bu aptallık olur... Bu parayı hiçbir yerde kazanamazsın?"

"Eee, ne yapayım o halde?"

"Patroniçe'ye yüz verme. Yapabileceğin en iyi şey bu..."

O zaman anladım; Turgut hiç âşık olmamıştı, en azından benim yaşadığım bir aşkla karşı karşıya kalmamıştı. Naz'a tutulan bir erkeğin onu terk etmesi veya yüz vermemesi diye bir şey olamazdı. Bunu kabul edemezdim.

"Bu çare değil," diye mırıldandım.

"Sence çare nedir, peki?" diye sordu.

İlgisizce omuz silktim. "Çare yok... Mahkûmum..."

"Sen şapşalın tekisin," diye söylendi. Niyeti belki de çaresizliğimi daha ağır bir kelime ile vasıflandırmak istiyordu ama dostluğu engel olmuştu.

Şapşal kelimesini duyunca elimde olmadan gülümsedim. Sevgilim de bana ara sıra aynı kelimeyi kullanırdı. O güzel dudaklarını çarpıtarak, kendine özgü bir edayla. Tabii, Turgut'un bunu bilmesine imkân yoktu.

"Ne gülüyorsun, yalan mı?" dedi. "Sen şapşalın dik âlâsısın."

"Doğru galiba... Naz da böyle söyler."

Sessizce yüzüme bakıyordu. Gözlerimin içine baktığını görüyordum ama o an ruhum, varlığım, bedenim sanki o masanın başında değildi. Hayallerim beni alıp Naz'ın yanına götürmüştü. Dostumun tavsiyesi, Naz'dan vazgeçmemdi... Ne anlamsız bir tavsiye... Halk arasında amiyane bir tabir vardı; bekâra karı boşamak kolaydır derlerdi, tam cuk oturmuştu bana. Turgut hiç evlenmemiş, bana göre âşık bile olmamıştı. Ne anlardı kara sevdadan? Bu sohbet boşunaydı...

Konuyu değiştirdim, ama beynimden Naz'ı silemedim...

ða

Eve dönerken trafik kontrolüne takılacağım diye korktum, epey sarhoştum. Vurup kafayı yattım. Sabahın köründe annemin telefonuyla uyandım; bu saatte beni pek aramazdı. Önce içime bir korku düştü, ne de olsa yaşlı sayılırdı, endişeyle sordum, "Hayır ola valide, bir şey mi var?"

"Yok, oğlum, bir şey yok... Özledim sadece."

Mahmur halimle, "Ben de seni özledim, anacığım," dedim.

"Biliyorum, Haldun... Onun için bir karar aldım."

Saf saf sordum: "Ne kararı?"

"İstanbul'a geliyorum. Yanına... Gözümde tütüyorsun, beş on gün orada kalmayı düşünüyorum. Sence bir mani yoksa tabii..."

Hayır, olmaz, mani var, hem de esaslı bir mani var, nasıl diyebilirdim? "O nasıl laf, ana... Gel tabii. Beklerim," diye kekeledim.

"Ne zaman gelmeyi düşünüyorsun?"

"Bugün... Az sonra gidip otobüs bileti alacağım."

Sevinmem lazımdı ama içimde bir huzursuzluk hissettim. Sanki annemin gelişi yeni birtakım olayların başlangıcı gibi bir endişe yaratmıştı içimde...

O akşam evde ana-oğul baş başa yemek yiyorduk. Anaların sezgi gücü çok yüksek olmalıydı; herhalde sık sık dalmamdan şüphe etmiş gibi, "Bir sorunun mu var, oğlum?" diye sordu. Hemen inkâr cihetine gittim. "Yok, ana... Ne sorunum olabilir ki? Bundan iyisi can sağlığı, maaşım arttı, bir araba aldım, cüzdanım dolu, daha ne olsun?" Tabii ona Patroniçe'nin aylığımı yüz bin liraya çıkardığını söyleyemezdim. Akıllı kadındı anam, ağzımdan kaçırsam, o an işin içinde başka durumlar olduğunu anlardı. Anlamlı bir şekilde beni süzdü ama üstelemedi. Son zamanlarda kendini biraz daha dine vermişti. "Bir araba aldığına sevimdim," diye fısıldadı. "Beni pazar günü Eyüp Sultan'a götürür müsün?"

Gülümsedim. "Tabii, anacığım... Götürmez miyim hiç? Pazar günü ilk işimiz o olsun. Ziyaretini yaparsın, duanı edersin, sonra da seni Boğaz'a yemeğe götürürüm."

Anlamlı bakışları devam ediyordu. "Haldun," dedi.

"Söyle, anacığım?"

"Yoksa, sen sevdalandın mı?"

Yüzümün rengi birden atıverdi. "Onu da nereden çıkardın şimdi?" diye kekeledim.

"Anneler anlar... Sende bir gariplik var. Biraz huzursuz görüyorum seni."

İçine mi doğmuştu, yoksa ben mi hislerimi belli ediyordum toparlayamadım. Hızla düşündüm; bir hafta on gün yanımda kalacaktı, o süre içinde neler olacağı hiç belli olmazdı. Bir şeyler çıtlatmam en akıllıca iş gibi geldi bana. Zeki bir kadındı, hiçbir açıklama yapmamam onu büsbütün kuşkuya düşürürdü. Gazetenin sahibine âşık olduğumu kuşkusuz söyleyemezdim, asıl o zaman ümitleri tam bir karabasana dönüşürdü. Gerçek, kimsenin kabul edemediği bir vakıaydı. Kısa bir tereddüt geçirdim, acele bir yalan uydurmalıydım, ama onu ikna edici bir yalan...

"Nasıl da hemen anladın," diye gülümsedim.

Yüzü aydınlandı birden, tek isteği hayattayken evlendiğimi, çoluk çocuğa karıştığımı görmekti. Torun istiyordu.

"İyi bir kız mı, akça pakça mı?"

Ne diyebilirdim ki? "Harika bir insan, anne," dedim. "Melek gibi bir insan ve çok güzel..."

Güzelliği doğruydu da, melekliği çok şüphe götürürdü. Bana çektirdiği acıları bir bilse, anam beni apar topar Bursa'ya kaçırırdı. Hemen sordu: "Benimle ne zaman tanıştıracaksın?"

İşte, şimdi hapı yutmuştum. Tabii, böyle bir tanışma asla olmayacaktı... Yalancının mumu yatsıya kadar yanar derlerdi; acele bir bahane uydurmalıydım.

"Acele etme, anne... Tanışmak için henüz erken."

Kaşları çatıldı. "Nedenmiş o?"

"Şey..." diye kekeledim. "Henüz evlenme kararı almadık."

"Hiç önemli değil. Kızı seviyor musun?"

"Evet..."

"O da sana âşık mı?"

Bu sualin cevabı bende yoktu. "Bilmiyorum, olabilir. Sanırım âşık" gibi kelimeler geveledim.

"O zaman mesele yok. Önce kızla tanışırım, sonra hazır ben de buradayken gider kızı ailesinden isteriz."

Bir an annemi ve beni, Reşit Bey'le Ülker Hanım'ın karşısında görür gibi oldum. Tüylerim diken diken kabardı. "Dur anne..." diye bağırdım. "Bu kadar aceleye ne gerek var. Önce emin olmalıyım."

Garip garip yüzüme baktı. "Neden emin olacaksın?"

"Kızı sevdiğimden... Evlilik kolay mı, bütün hayatımı paylaşacağım kızı sevmem lazım, tabii onun da beni sevmesi lazım."

Ana içgüdüsüyle gülümsedi. "Ben anlarım. Sen o kıza âşıksın. Oğlumu tanımaz mıyım hiç?"

Sustum...

"Adı nedir?"

"Naz..."

"Güzel bir isim. Nerede tanıştınız?"

"Yeni girdiğim gazetede."

"O da gazeteci, değil mi?"

Hayır, gazetenin sahibi diyecek halim yoktu. Daha ilk günden annemi üzmek istemiyordum. Tasdik edercesine başımı salladım. İşler iyice kötüye gidiyordu. Bu konunun hızla kapanması gerekirdi, oysa annem isteğinde ısrar etti.

"Beni onunla ne zaman tanıştıracaksın?"

"Ne bileyim, anne?" diye fısıldadım. "Herhalde ilk müsait fırsatta..."

"Mesela yarın akşam buraya getir."

Aceleyle, "Olmaz," dedim.

"Neden?"

Aklıma ilk gelen sebebi uydurdum. "Büyükçekmece'de oturuyor. Buraya çok uzak..."

"Ne fark eder, oğlum? Nasılsa artık araban var. Kızı sonra evine bırakırsın."

"Şey..." diye kekeledim yeniden. "Ailesi biraz tutucu... Belki geç saatte eve dönmesini hoş karşılamayabilirler."

Annemin yüzünde garip bir ifade oluştu, ne olduğunu pek anlamadım.

Sanırım, yalan söylediğimi anlamıştı veya bana öyle geldi...

Beşinci Bölüm

1

Ertesi sabah gazetede günlük yazımı kaleme almaya çalışıyordum. İçimde hiç yazma isteği yoktu. Halbuki o mevkide tutunabilmek için her gün okurun ilgisini çekecek, hafızalarda yer edecek makaleler yazmak zorundaydım. Zorluyordum kendimi. Zar zor yazımı bitirdim. Naz yine gelmemişti gazeteye.

O sabah Gönül Hanım'ı aramış, aradaki mesafeyi bozmadan, sekreteriyle yüz göz olmadan sanki hakikaten hastaymış gibi Naz'ın sıhhatini sormuştum. Bana birkaç gün daha gazeteye gelmeyeceğini, evde istirahat edeceğini söylemişti. Öfkeden kudurmuştum, gerçekte kim bilir hangi film platosunda Yalçın'la fink atıyordu. Ama ne diyebilirdim ki Gönül Hanım'a. Allah şifalar versin dedim sadece. O da, "Gözünüz aydın, anneniz gelmiştir, umarım," dedi.

Birden annemin geldiğinden nasıl haberdar oldu diye irkildim. Sonra aklıma geldi, annemin Bursa'dan geldiği gün otobüs terminalinden onu karşılamak ve arabamla almak için gazeteden erken ayrılmak zorunda kalmış ve belki arayan biri olur diye, mazeretimi Gönül Hanım'a söylemiştim.

"Evet, geldi. Teşekkür ederim," diye homurdandım.

Naz olmayınca gazetenin de tadı tuzu kaçıyordu. Sanki o gazetedeyken her an onu görebilirmişim gibi bir duyguya kapılıyordum; oysa hiç karşılaşmıyorduk. Çocukça bir histi, daha doğrusu aşk çeken birinin devamlı ruhunda yaşattığı bir ümit, aynı ortamda bulunmanın ruhta yarattığı bir çırpınıştı. Masamdan kalktım. Can sıkıntısından kuduruyordum. Altıncı kat yazarlarından olmanın zorluklarından biri de buydu; yalnız çalışmak... Serviste olduğum sırada kalabalık mesai arkadaşlarının arasında bulunuyor, laflayabiliyordum. Burada konuşacak kimse de yoktu. Aslında bu kat yazarlarının da odası pek boş kalmaz, ziyaretçileri olurdu. Ama ben Naz'ın torpilli yazarı olduğumdan, bana ürkerek bakıyorlar, arkadaşlık kurmak istemiyorlardı. Sevilmiyor ve de kıskanılıyordum.

Pencerenin önüne gittim. Bugün de hafif hafif kar atıştırıyordu. Evdeki anamı düşündüm. Kadıncağızı da boş yere ümitlendirmiştim. Keşke o yalanı söylemeseydim diye hayıflandım. Ama bendeki değişikliği hemen anlamıştı. Aslında yalan da değildi, sırılsıklam âşıktım ama şimdi bu yalanı nasıl sürdürecektim. Kara kara düşünmeye başladım. En iyisi, annemi biraz oyalamak, sonra da sevdiğim kızla ihtilafa düştüm, o iş olmayacak diye yeni bir yalan söylemekti. Kısacası yalana yalanla devam edecektim, başka çarem yoktu. Öğleye kadar dayandım. Sonra ani kararla gazeteden fırladım arabaya atlayıp eve döndüm. Hiç olmazsa annemle vakit geçirir, oyalanırdım.

Beni ne korkunç bir sürprizin beklediğini nereden bilebilirdim ki? Kırk yıl kalsam aklımın ucundan bile geçmezdi...

&

Alışkanlıkla kapıyı çalmadım, anahtarımla açıp içeriye girdim.

İrkildim... Mutfak cihetinden annemin sesi geliyordu. Gülerek birisiyle konuşuyordu...

Allah Allah! Kim olabilirdi? Annemin İstanbul'da pek tanıdığı da yoktu.

Geldiğimi haber vermek istercesine, "Anne!" diye seslendim. Az sonra mutfaktan koşarak yanıma doğru geldi. Yüzünde inanılmaz bir mutluluk ifadesi vardı. "Hayır ola anne?" dedim. "Kiminle konuşuyorsun mutfakta?"

Yüzünde güller açıyordu sanki. "Gel de kendin gör," dedi.

Doğrusu merakla mutfağa doğru ilerliyordum ki birden kapının eşiğinde Naz'la karşılaştım. Gözlerim fal taşı gibi açıldı. Daha da ilginci, önünde bir önlük, elleri yüzü un zerrelerine bulaşmış haldeydi. Nutkum tutuldu. Gördüklerime inanamıyordum.

Naz gülümseyerek, "Erken döndün eve. Seni daha beklemiyorduk," dedi

Beynim uyuşmaya başlamıştı. Neler oluyordu burada?

"Naz," diye kekeledim. Fakat annem konuşmama fırsat vermeden, "Benim hayırsız oğlum," diye girdi lafa. "Bu kadar güzel, dünyalar tatlısı bir kızı hayat arkadaşı seçmişsin ve benim bu kadar geç mi haberim olacaktı? Bayıldım gelinime. Onunla öyle iyi anlaşıyoruz ki... Senin puf böreği sevdiğini işitince, ona hamur açmasını öğretiyordum şimdi. Gel, sen de seyret..."

Kımıldayamadım yerimden.

Yalısında mutfağa bile uğramayan, en kaliteli aşçıları çalıştıran Naz şimdi bizim külüstür mutfakta hamur açıyordu. Yüzü gözü un içindeydi.

"Vallahi o kadar da maharetli ki her şeyi hemen öğreniveriyor," dedi annem.

Bilmez miyim, ne maharetlidir o, diye geçirdim içimden. Ama asıl hüneri beni üzmek, yerime indirmektir diyemedim tabii. Naz da hiç bozuntuya vermemiş, "Gel, gel... Sen de seyret. Bak nasıl ince ince açıyorum hamurları," dedi. "Akşama bu böreklerle, yaprak dolması yiyeceğiz. Yaprak dolmasını da sevdiğini bana hiç söylememiştin. Şimdi annemden duydum..."

Vay canına...

Bizim valideye de, "annem" diye hitap etmişti. Ayrıca konuşmasından bu akşam yemeğe bizde olacağını anlamıştım. Hadi, bana acı çektirmekten hoşlanabilirdi, buna bir ölçüde cevaz verebilir, anlayışla karşılayabilirdim, ama bunu anneme yapmaya hakkı yoktu. Suratım birden şiddetle asıldı. Buna izin veremezdim. Gerçek kimliği ortaya çıkınca annemin ne denli üzülüp yıkılacağını anlamıyor muydu? Bana acımasa bile, bu yaşlı kadına biraz saygılı olmalıydı, insanlık bunu gerektirirdi.

Gözlerimin içine bakarken o kurt gibi zekâsıyla aklımdan neler geçirdiğimi anlamıştı tabii. Yanıma yaklaşıp rahatlıkla koluma girdi. "Hadi ama, ne surat asıyorsun? Yoksa annenle tanışmaya geldiğime kızdın mı? Bu muhterem insanı tanımak benim de hakkım değil mi? Onunla tanışmak için can atıyordum. Hain, bana söylemedin ama bizim serviste çalışan Gönül'e söylemişsin. Ben de ondan duydum. Biraz bozuldum da sana, bilmiş ol."

Derin bir soluk aldım.

Dedim ya, kurt gibiydi. Oyun deyince ondan mahir kim olurdu... Düzenbaz, diye mırıldandım içimden. Samimi ve içten görünen kinayesi annemi daha da mutlu etmişti. Zavallı saf annem mutlu bir tebessümle gelin adayı sandığı Naz'a gülerek bakıyordu.

O an elimden gelse, "Sakın, anne ona inanma. Yine şov yapıyor. Gerçek niyeti beni üzmek, canımı yakmak... O zehirli bir yılandır," diyeceğim ama diyemiyorum ki... Sadece bakıyorum gözlerinin içine. Çok olağan bir an yaşıyormuşuz gibi, "Hadi sen bizi beklerken, sana şekerli bir kahve pişireyim, ister misin? Salonda keyifle içersin. Her şeyin yerini öğrendim, merak etme, iki dakikada pişiririm," dedi.

"Hayır, istemem. Teşekkür ederim," dedim.

Suratım hâlâ asık. Naz aldırmaz gözüküyor. Beni sürükleyerek salona çekiyor. Sürüklerken de annemin de duyacağı bir ses tonuyla, "Beni böyle unlar içinde, tam çalışırken yakaladın. Çirkin ve pasaklı mı görünüyorum?" diye soruyor.

Ona cevap vermeden başımı çevirip anneme bakıyorum. Zavallı anacağım Naz'la aramda geçen diyalogdan mutlu ve mesut, iki genç âşığın konuşması sanıp arkamızdan bize gülümsüyor. Haliyle oynanan oyundan hiç haberi yok.

Naz beni ufak salona getirdi. Artık annem bizi göremez. Beni koltuğa oturturken hafifçe kulağıma eğilip, "Domuzluk yapmaya kalkma yoksa seni pişman ederim. Ben her şeyi ayarladım," diye fısıldadı.

Bir kere daha kanım donar gibi oldu. Ne demek istemişti acaba? Neyi ayarlamıştı? Pişman ederim tehdidinin altında ne vardı? Hiç belli olmazdı, her türlü melaneti yapabilirdi...

Sindim.

Bakalım bu oyunun sonu nereye varacaktı. Diğer yandan o enayi ruhumda değişik heyecanlar da duymaya başlamıştım. Garip, çocuksu kımıldanışlar. Bir an için yaşadıklarımı, yalandan uzak, gerçek hayatın bir parçası gibi algılamak istiyordum. Hayatımda sevdiğim iki insan, Naz ve annem büyük bir uyum ve kaynaşma içinde mütevazı evimde sevdiğim yemekleri hazırlıyorlardı. Normal bir erkek için bundan daha büyük bir saadet düşünülebilir miydi?

Lakin kazın ayağı hiç de öyle değildi.

Evimde sürpriz bir düzenbaz vardı. Gönül Hanım'dan annemin geldiğini duyunca yine en hain oyunlarından birini oynamaya kalkışmıştı. O bir ruh hastasıydı. Artık hiç şüphem kalmamıştı. Aklı başında olgun bir insan asla bunu yapmazdı. Yalnız beni değil, annemi de avuçlarının içine kolaylıkla almıştı. Annemin yüz

293

ifadesinden, konuşmasından, ona duyduğu hayranlık, beğeni açıkça belli oluyordu. Kabak yine benim başıma patlayacaktı. Gerçekler ortaya çıkınca, yaşlı anama ne diyecek, durumu nasıl anlatacaktım. Kara kara düşünmeye başlamıştım ki mutfaktaki işlerini bitirip yanıma geldiler. Naz'ın elinde bir tepsi içinde üç kahve fincanı vardı. Kendini beğendirmeye çalışan bir gelin adayı rahatlığı içinde önce oturan anneme kahvesini verdi. Sanki kırk yıllık bu işleri yapmaya alışık bir kız gibi. Yalıdaki halini, hizmetkârlara olan davranışını hatırlayınca ürperdim. Çoğu zaman aksi ve lanet davranır, yalının hizmetçisiyle uşağının ödü kopardı. Şimdi burada onu gören ise, hanım hanımcık bir ev kızı sanırdı.

Oturup kahvelerimizi yudumlamaya başladık.

Suratım hâlâ asıktı. Normale dönemiyordum. Her an bir açık verme korkusu içime sinmişti. Göz ucuyla anneme baktım. Yüzündeki mutluluk ifadesi inanılmazdı. Naz'a bayılmıştı.

Bana dönerek, "Allah nazardan saklasın, Haldun," dedi. "Ben hayatımda bu kadar güzel bir kız görmedim. Tek kelime ile kusursuz. Olgun, kültürlü, tevazu sahibi... Çok kanım kaynadı. Artık ölsem de gam yemem. Bir anne için en mutlu an."

"Aman efendim," dedi Naz. "Niye öyle söylüyorsunuz. Daha genç ve sağlıklı sayılırsınız, inşallah birlikte nice mutlu günler geçireceğiz. Haldun hep torun görmek istediğinizi söyleyip durur bana. Hayırlışıyla o mürüvveti de göreceksiniz."

Az daha elimdeki kahveyi dökecektim. Fincanı zor tuttum.

Bu kadar yalancılık olamazdı. Pes yani... Naz yüzümün ifadesini görmezden geldi. Sonra bana dönerek, "Biliyor musun, Haldun?" dedi. "Pazar günü annemle Eyüp Sultan'a gidecekmişsiniz, ben de sizle geleceğim. Öyle kararlaştırdık. Ben de orada dua edip adakta bulunacağım."

"Hay Allahım," diye homurdandım içimden. Ne çabuk da samimiyeti ilerletmişlerdi. Daha başka ne konuşmuşlardı acaba?

Çaresizlik içinde, "Daha kesin belli değil," dedim. "Belki bir işim çıkabilir, gidemeyebiliriz," diye homurdandım.

Naz pervasızca, "Olsun," dedi. "Ben amcamın arabasını alır, annemi götürürüm. Hem öylesi daha iyi olur, zaten senin türbe ziyaretlerine pek inancın yoktur. İstemezsen gelme. Ama sen de gelsen daha iyi olmaz mı? Belki sonra annemi biraz dolaştırırız."

"Mesela Boğaz turu gibi mi?" diye homurdandım.

Belli ki annemle yaptığım konuşmayı tamamen öğrenmişti. Sesimin tonu annemin de dikkatini çekmiş olmalıydı ki, "Hani oğlum bana söz vermiştin," diye yüzüme baktı.

"Tamam anne, tamam," diye mırıldandım.

Oynadığı bunca oyun yetmiyormuş gibi şimdi bir de beni anneme şikâyete kalkmıştı.

"Görüyor musunuz anne, şu yaptığını. Bizi atlatmaya kalkıyor. Ne olur sanki, bir gün fedakârlık yapsa, hep beraber birlikte olsak." İçimden yine homurdandım. Atlatmak ha! Asıl kim kimi atlatıyordu.

Hep atlatılan, ben değil miydim? Utanmaz, arlanmazın konuşmasına bakın... Susmak zorunda kaldım. Naz insanı katil yapardı. Mümkün olsa onu oracıkta boğabilirdim... Hayır dedim sonra, boğamazdım ama kucağıma yatırıp o nefis kalçalarına acıtıncaya kadar şaplaklar atmayı çok isterdim doğrusu. Biliyordum, o da yetmezdi. Kalçalarını acıtan ellerim yavaş yavaş kızarttığım yerleri okşamaya başlar, derin bir hazza dalardım. Öperdim, sıkardım, okşardım...

Tehlikeli sulara giriyordum. Hayal kurmaktan hemen uzaklaşmalıydım. Şimdi önümde korku dolu anlar vardı. Ama içimdeki iblis de beni bırakmıyordu ki. Onu iğnelemek istiyordum.

Naz'a dönüp, "Ama senin pazar günü randevun yok muydu?" diye sordum.

Biraz şaşırarak yüzüme baktı. "Kiminle?" diye sordu.

"Yalçın'la," dedim. Aklımca onu zor duruma düşürmek, kıvırdığı yalanları bildiğimi ima etmek istemiştim. Yabancı bir erkek adının geçmesi de annemde anlık bir hayret yaratmıştı. İkimizin de yüzüne bakıyordu. Olgun bir insandı annem, Yalçın'ın kim olduğunu sormadı tabii. Belli belirsiz gülümsedi Naz, kıskandığımı sanmıştı. Bozuntuya vermeden oyununa devam etti. "Önemli değil, canım. Başka zaman görüşürüm. Kaçmıyor ya..." "A, olmaz," dedim. "Söz, sözdür. Verildi mi yerine getirilir." Annem ikimizin arasındaki bu atışmayı sessizce izliyordu. Sanki ona bir açıklama yapıyormuş gibi içimdeki zehri Naz'a akıttım. Bakalım, şimdi ne yapacaktı. Anneme dönüp, "Yalçın, Naz'ın yeğenidir, dayısının oğlu. Film platosunda bir işleri vardı da," dedim.

Annem hayıflanmış gibi Naz'a döndü. Ben de yüzünün alacağı şekli merakla bekliyordum. Böylece bana söylediği yalanı ortaya çıkarmış, yüzüne vurmuştum. Aynı hızla devam ettim. "Hem, Naz bütün hafta soğuk algınlığından yatıyordu, bizimle Eyüp Sultan'a gelirse, bakarsın üşütür, hastalığı nükseder."

Sevgilimin yüzü hafifçe kızardı. Her şeyi öğrendiğimi anlamıştı. Bu kez damarına iyi basmıştım, tam kahredici bir hezimetti. Zevkle yüzüne bakmaya devam ediyordum. Fakat o şaşkınlığı sadece bir iki saniye sürdü. Usta bir aktrist gibi anneme dönüp mırıldandı. "Haldun'u size şikâyet edeceğim," dedi. "Bakın, ben sizinle Eyüp Sultan Hazretlerine gitmek istiyorum, o dayının oğluna sözün var, onunla buluş diyor. Annecim, beni hep üzüyor. Benim isteklerime hiç aldırmıyor, artık siz hakem olun ve beni anlayın."

Sanki kırk yıllık gelin-kaynanalar...

Şimdi beni sözde kaynanasına şikâyet ediyor... Hem de tam bir fütursuzluk içinde...

Zavallı anam kaşlarını çatarak bana dönüyor. "Haldun! Niye müdahale ediyorsun gelinime. Kızım bizimle gelmek istiyor. Yaptığın çok ayıp vallahi... Bir duyan olsa yanımızda istemiyor diye düşünür."

İnanılmaz bir durumdu. Yine duruma hâkim olmuştu. Bir görüşmede anneme kendisini sevdirmişti. Rüyamda görsem, inanmazdım. Milyarlarla oynayan Patroniçe, orta halli bir kızın rahatlığı ve serbestliği ile anamın gönlünde taht kurmuştu. Bunu ancak Naz gibi bir oyuncu becerebilirdi. Yine de anacığım, aramızda bir sürtüşme olduğunu anlayınca, bizi baş başa bırakmak, rahatça konuşmamızı sağlamak için, "Ben yemeklerin altına bir bakayım," diye mutfağa gitti. O çıkar çıkmaz Naz bana küstah bir bakış fırlattı. Hırlar gibi söylendi.

"Şapsal! Yalçın'ın yeğenim olduğunu öğrendin de bir zafer kazandığını mı sanıyorsun? Şimdi seni daha fazla üzeceğim. Büsbütün perişan edeceğim. Beni tanıdığına pişman olacaksın."

Ben de homurdandım. "Vallahi sen insanı katil edersen..."

"Hadi... Pitikon sıkıyorsa, gel öldür beni... Ne duruyorsun?"

"Naz! Bak, tepem atmak üzere, ha. Dikkatli ol..."

Yerinden fırladı, bir koşuda yanıma geldi. Öylece bakıyordum. Sağ elinin iki parmağıyla koluma müthiş bir çimdik attı. Canım yanmış, bağırmamak için kendimi zor tutmuştum. Ama canımın yandığını anlayınca o yüzündeki hırçın ifade birden değişmiş, kara gözlerinde pişmanlık ve nedamet ifadesi oluşmuş, "Acıdı mı, bir tanem?" diye sormuştu.

Ne yapabilirdim?

Şimdiye kadar hiçbir kadında bu kadar değişken ruh halleri görmemiştim. Anı anını tutmuyordu. Bu kadarla geçiştireceğini sanmıştım; lakin birden kollarını boynuma dolamış beni dudaklarımdan öpmeye başlamıştı.

Rezil olacaktık... Ne de olsa ben bir Anadolu çocuğuydum, yalancıktan bile olsa, bir kızın gelin adayı sıfatıyla ilk defa geldiği bir evde sevgilisiyle öpüşmeye kalkması, annem tarafından bile hoş karşılanmazdı. Kollarını boynumdan çözmeye çalıştım.

"Rahat dur!" dedi terslenerek. "Bırak dillerimiz birbirine değsin."

"Saçmalama," dedim.

"Değsin, değsin… Zira yakın zamanda kötü şeyler söyleyen o dilini koparacağım. Bırak da şimdi benim dilimin zevkini tatsın."

Annem üstümüze gelecek diye çekiniyordum. Zira kadıncağız bile Naz'dan bu kadar cüretkâr bir sahne beklemezdi. Nereden tahmin edebilirdi onun bir kaçık, ruh hastası olduğunu?

Bu defa yanağımdan bir makas aldı kucağımdan kalktı ve sanki aramızdaki konuşma nihayetlenmiş, yeniden barışmışız gibi mutfağa annemin peşinden gitti. Böylece anneme de artık dönebilirsin mesajı vermek istiyordu.

Tescilli bir şapşaldım ben… Bunu kabul ediyordum… Kızgınlık, öfke, hırs, hiddet ne varsa geçmişti. Ağzımın içinde Naz'ın dilinin tadı dolaşıyordu. Ne kadar zaaf gösteriyordum bu kıza… Hiçbir kadında bulmadığım cinsel hazzı yakalıyordum onda. Alt tarafı basit bir öpüşme anı yaşamıştık.

Ama beni bütün ruhumla esir almıştı yeniden. Kölelik böyle bir şey olmalıydı.

Boşuna demiyordu, sen benim kölemsin diye… Şimdi daha iyi anlıyordum ne anlama geldiğini, işin garibi bundan yüksünmediğim gibi hoşuma gitmeye bile başlamıştı.

❧

Yemeğe oturduk. Annemle Naz yan yanaydılar, ben de tam karşılarında. Naz inanılmaz bir rahatlıkla annemle konuşuyor; anacığım hayatından son derece memnun. Eminim içinden, bu kız oğluma Allah'ın bir lütfu diye düşünüyor.

Ben adeta misafirim sofrada… Sadece onları dinliyorum. Bir yandan da düşünüyorum; beynimde bir türlü çözemediğim meseleyi… *Bu kızın amacı ne?*

Ruh hastası mı? Hiç sanmıyorum. Öyle olsa koskoca bir

gazeteyi bu kadar başarıyla idare edebilir mi? Gazetenin tirajı her sene biraz daha artıyor. Bu mutlaka disiplinli ve basiretli bir çalışmanın neticesi olabilir... Ruh hastalığını bir kalemde geçelim... Erkeklere azap çektirmekten hoşlanan bir tip mi? Sonuçta bu da bir tür ruh hastalığı sayılmaz mı? Öyle olsa mutlaka ailesi de bunu fark eder ve tedavisi cihetine giderdi. Kaldı ki Naci Koyuncu'dan sıyrılmak için mükemmel bir plan kurmuştu. Sağlıksız bir beyin bunu beceremezdi...

Davranışlarının amacını çözemiyorum. Belki gerçekten beni seviyor diye düşünüyorum. Anneme gösterdiği bu yakın ilgi ve yaklaşım da bunun delili... Ama bu da beni pek tatmin etmiyor; çünkü onu tanıyorum. Zengin, şımarık, her istediğini elde etmeye alışmış ve kendini beğenmiş bir tip. O sınıftan gelen birinin benim gibi züğürt ve orta halli birine âşık olması söz konusu bile olamaz.

Acaba mı?

Yine aklım karışıyor... Onu deli gibi sevmeme rağmen Naci Koyuncu işinde daha ilk günden münakaşa etmiş, ona diklenmiştim odasında. O röportajı ben yapacağıma göre benim yöntemlerim geçerli olacak, soruları ben seçeceğim diye direnmiştim. Her zaman verdiği emirlerin itirazsız yerine getirilmesine alışık olan Naz, hiddetinden kudurmuş, hemen beni sindirmeye kalkışmıştı. Şaşırmıştı da mutlaka, zira aksi halde istifa ederim diye tutturmuştum.

Bu alışık olduğu bir direnme değildi. Kim bilir, belki de hoşuna giden de bu olmuştu. Bilmiyordum. Aklıma da başka bir olasılık gelmiyordu.

Bir ara, toparlanıp ne konuştuklarına kulak verdim. Öyle iyi anlaşıyorlardı ki sanki aralarından su sızmazdı. Ama duyduklarım, tüylerimi diken diken etti. Naz orta halli bir aileden geldiğini, köklerinin ta Balkan Harbi sırasında Bulgar muhaciri olduğunu anlatıyordu.

Ne yalan, ne yalan...

Gerçekler ortaya çıkınca, anamın yüzüne nasıl bakardı bu kız... Onun adına ben utanıyordum. Bende iştah filan kalmamıştı; çok sevdiğim puf böreğinden bile ancak bir tane yiyebilmiştim. Tabii, benim şeytanın gözünden kaçmamıştı. Kinayeli bir şekilde sordu:

"Anneminki kadar güzel yapamamış mıyım? Benim yaptığımı pek beğenmedin galiba?"

Buz gibi bir sesle mırıldandım. "Eline sağlık, çok güzel olmuş ama pek aç değilim."

"Anladım, anladım... Beğenmedin."

Annemin yüzüme bakarken bir kaş göz işareti yapmadığı kalmıştı. Yüzündeki ifadeden, ayıptır oğlum, kızın gönlünü al biraz der gibi, anlamlar çıkıyordu.

Hiç oralı olmadım. Naz gelirken anneme hem bir buket çiçek hem de kaymaklı ekmek kadayıfı getirmişti. Çiçekler vazoya konmuş duruyordu, tatlıyı da sofraya getirmişlerdi. Annem, "Bari biraz kadayıf ye... Naz kızım getirdi," dedi.

"Tatlıyla başım pek hoş değildir, bilirsin anne," diye mırıldandım.

Benim yerime annem utanıyor, sevinmem gerekirken bu kaba davranışlarıma bir anlam veremiyordu. Tabii, Naz gittikten sonra epey zılgıt yiyecektim valideden ama durumu nasıl açıklayabilirdim?

Nihayet sofradan kalktık.

Herhalde Naz hayatında ilk defa sofra topluyordu. Hiç gocunmadan bütün sofrayı mutfağa taşımıştı. Bekâr yaşadığım için evimde bulaşık makinesi de yoktu. Az sonra ikisinin kirli tabakları yıkamaya başladığını görünce dayanamayıp gülmeye başladım. Annem önce itiraz etmiş, bulaşıkları yıkamasına izin vermek istememişti fakat Naz, "Olur mu hiç öyle şey, ben de size yardım edeceğim," diye tutturmuştu.

Kahkahalarla güldüğümü görünce annem biraz bozularak, "Ne gülüyorsun oğlum, ne var komik bunda?" diye söylenmişti. Ben gülüyordum ama o gerçeği bilse herhalde hayretten donakalırdı. Bir ara Naz'ın bakışlarını yakaladım. Gülmem birden kesildi... Gözlerinde öyle munis, sıcak ve yaptığı işten memnunluk duyan bir ifade vardı ki inanamadım. Bu kadar başarılı rol yapılamazdı.

Bakışını hemen kaçırmış, beni görmezliğe gelmişti... Kahveler içildi, sonra sıra vedaya geldi. Annem, Naz'a Haldun seni arabasıyla götürür diye tutturdu. Emindim ki şoförü ve korumaları herhalde yakın bir yerde onu bekliyorlardı.

"Hiç gereği yok, efendim," diye fısıldadı anneme Naz. "Amcamın arabasını alarak gelmiştim. Yalnız dönebilirim."

"Olur mu, kızım yolun uzak. Nasıl gideceksin tek başına?"

"Sen onu merak etme, anne," dedim. "O gider..."

Annem hâlâ yüzüme dik dik bakıyordu...

2

Ertesi sabah, ne olursa olsun, Naz'ın karşısına dikilip dün oynadığı komedinin hesabını soracaktım. Tabii, gazeteye teşrif ederlerse... Zira son hafta içinde gazeteye çok az uğramıştı. İşe giderken yol boyunca düşündüm, acaba onu nasıl incitir, öfkemi nasıl kusarım diye.

Şans bu defa benden yanaydı; Naz gazeteye gelmişti. Gelmesine şaşmamalıydı, o da muhtemelen dünkü ziyaretinin üzerimdeki etkisini anlamak istiyordu. Gün boyu çektiğim sıkıntıların keyfine varacaktı. Hışımla Gönül Hanım'ın odasına daldım. Tecrübeli kadın beni görür görmez halimi anladı, çıngar çıkaracağımı sezinledi ve yerinden fırladı. Naz'ın odasına geçmemi engellemek istedi.

"Sakın müdahaleye kalkmayın, Gönül Hanım," diye bağırdım.

"Aman Haldun Bey, lütfen," diye inler gibi yalvardı. "Şu an yanında Enis Bey var ve çok hayati bir konuyu müzakere ediyorlar. Biraz bekleyin. O çıkar çıkmaz sizi içeri alırım."

Hiçbir şey umurumda değildi artık. Gözüm dönmüştü. Dün gece sabaha kadar gözümü kırpmamış hep bu anı hayal etmiştim. Bu defa kesin noktalayacaktım bu işi. Hayatımla, geleceğimle, ruhsal sağlığımla oyun oynuyordu bu kız. Gittikçe kötüye gidiyordu durum. Kendi iyiliğim ve selametim için buna bir son vermeliydim. Gönül Hanım'ı iterek Naz'ın odasına daldım.

Beni o halde görünce Naz'ın gözleri irileşti. Kötü ve nahoş bir şeylerin olacağını hemen anladı. Yine bağırarak, "Derhal konuşmalıyız, Naz," dedim. Hitabımda ne efendim, ne de hanımefendi kelimeleri vardı. Tecrübeli bir gazeteci olan Enis Bey endişeli bir şekilde bana baktı. Olağandışı bir şeylerin olduğunu hemen anlamıştı. "Hanımefendi, isterseniz ben daha sonra geleyim," diye mırıldandı.

Sanırım bu kez Naz'ı korkutmuştum. Öfkeli ifademden endişelenmişti. Zira arenada kırmızı şal görmüş boğalar gibi azgındım, saldıracak yer arıyordum.

"Evet, Enis Bey, sizinle daha sonra görüşelim," diyebildi. Güçlükle Enis Bey'in odadan çıkmasını bekledim. En azından öfkemi o kadar muhafaza edebilmiştim. Adamcağız kapıyı kapatır kapatmaz, Naz her zamanki mağrur ve otoriter halini aldı.

"Neler oluyor, Haldun Bey. Bu ne terbiyesizlik? Odama ne cüretle böyle girebilirsiniz?" diye çıkışmaz mı? Kafatasım iyice atmıştı...

"Terbiyesizlik ha! Ya sen benim evime ne cüretle gelirsin? Ne cüretle annemi yalan dolanlarınla aldatmaya kalkışırsın? Cevap ver şimdi... Konuş, yoksa bu işin sonu kötüye varacak..."

Hayret! Naz yüzünde gördüğüm o ilk endişe halinden çok çabuk sıyrılmıştı. Şimdi ayağa kalkmış, dimdik masasının başında mağrur ve meydan okuyan bir edayla beni süzüyordu.

"Kötüye mi varacak? Beni tehdit mi ediyorsunuz?"

"Nasıl algılarsan öyle olsun, hiç umurumda değil."

Üstüne doğru yürüyordum.

"Beni dövecek misiniz?" diye sordu.

"Hiç de fena fikir değil. Önce öyle başlayabilirim," diye homurdandım.

Naz bu, ne yapacağı, nasıl davranacağı belli olur muydu hiç...

"Tamam," diye devam etti. "Galiba biraz okşanmayı hak ettim. Ama sakın yüzüme gözüme vurma... Anlaştık mı? Kucağına yatır, popoma şamar at... Fazla acıtıcı da olmasın. Bakarsın dayanamam, bağırırım, millet ayağa kalkar, korumam gelir, sonra ayıkla pirincin taşını... Durumu nasıl açıklarız el âleme... Vallahi rezil oluruz... Zaten Enis Bey çoktan bir şeyler sezinlemiştir."

İster istemez durakladım...

Allahım bu ne biçim bir kadındı? Çözemiyordum bir türlü... Ne yapmalıydım şimdi? Doğru düzgün konuşamayacak mıydım onunla? Öfkemi nasıl bastıracaktım?

Durduğumu görünce gülümsedi.

"Hadi," dedi. "Şu geniş kanepeye otur da kucağına uzanayım." Bön bön yüzüne bakıyordum. Sahi mi söylüyordu acaba? Yoksa bu da beni engellemek için yeni bir numara mıydı? Karar veremedim.

"Niye oturmuyorsun ayol? Popoya ayakta şamar atılmaz ki." Hâlâ hareketsizdim. Yanıma yaklaştı, göğsümden iterek beni kanepeye oturttu. Sonra gözlerimin içine bakarak alay eder gibi fısıldadı. "Üzerimde eteklik olsaydı çeker çıplak tenime vurmanı isterdim ama ne yazık ki pantolon var."

Donakalmıştım.

Devam etti. "Çok istiyorsan, pantolonumu da biraz sıyırırım, ama dedim ya gören olursa rezil oluruz. Sen karar ver... Sevgilim, elin ağır mıdır? Lütfen, canımı çok yakma..."

Dilim tutulmuştu. Ne yapacağımı, ne diyeceğimi kestiremiyordum. Böyle bir teslimiyeti hiç beklemiyordum. Aklımın köşesinden bile geçmemişti. Ben şaşkınlık içinde bocalarken dizlerimin üzerine uzanıverdi. Uzun boyu iki kişilik kanepeye yetmediğinden bacaklarını da büküp havaya kaldırmıştı. O ise kedi gibi mırıldanmaya devam ediyordu.

"Ama benim de bir şartım var. Vurduğun yerler çok acırsa, öperek acısını hafifleteceksin. Anlaştık mı?"

Güçlükle kendime geldim. Asıl bu komediye bir son vermeliydim, buraya onu incitmeye, hesap sormaya gelmiştim ama şiddete dayalı olmamalıydı.

"Kalk kucağımdan," diye gürledim. "Sana vuramam. Bir dayağı gerçekten hak ettin ama ben kadınlara el kaldıran erkeklerden değilim."

Hiç istifini bozmadı.

"Biliyorum... Ama böyle bir anı yaşamak da kötü mü? Bak, ikimiz de nasıl heyecanlandık. Şimdi evimizde olsak kim bilir bu hırsla ne güzel sevişirdik..."

Kaçmalıydım. En iyi çare bir an evvel yanından uzaklaşmaktı. Bu kız beni çıldırtacaktı. Zorla kucağımdan kaldırdım. "Lanet olsun," dedim. "Ben gidiyorum... Bir daha da yüzünü görmeyeceğim."

Birden koluma yapıştı.

"Sakın öyle bir aptallık edeyim deme. Sen kaz kafalının tekisin, önünü görmeyecek kadar da kör. Allahım bu dünyada hâlâ senin gibi birinin var olduğuna inanamıyorum. Yalnız, seni bırakmadan önce bir şeye inanmanı istiyorum."

Yenemediğim öfkemle yüzüne baktım.

"Annen," dedi. "O çok iyi bir insan. Ona bayıldım. Dün sizin evde yaptığım hiçbir davranış oyun ve düzenbazlık değildi. İster inan, ister inanma... Anana kanım kaynadı. Onun gerçekten kayınvalidem olmasını çok isterim."

Yerimde olsanız ona inanır mıydınız?

Belki... Ben de inanmak isterdim. Ama inanamıyordum bir türlü...

"Hadi, şimdi git," dedi. "Pazar gününe kadar da karşıma çıkma. Pazar günü de anneni alıp Eyüp Sultan'a götüreceğim. Sen istersen gelme... Hiç umurumda değil."

"Gelme," dedim. "Seni görmek istemiyorum."

Güldü. "Geleceğim ve sen de beni göreceksin. Bunu kafana iyice sok."

Odadan çıktım, dalgın bir şekilde Gönül Hanım'ın yanından geçiyorum. Ne yaptığımı, nasıl bir ruh haleti içinde olduğumu sanırsınız. Öfkeli ve somurtuk suratlı olduğumu, değil mi? Ne gezer? Gerçi sersemlemiş bir haldeydim ama mutlu ve mütebessim... Naz'ın karşısında hep kaybetmeye, yenilmeye bir türlü alışamıyordum... Akşam evde annemle sofraya oturduk. Dün gece Naz gidince anacığımla somurtuk yüzümden dolayı fazla bir şey konuşamadığımdan kadıncağız da heyecanla bu konuyu açmak istiyordu. Yemekte nihayet o fırsatı yakaladı.

"Haldun, Naz'a bayıldım," dedi. "Harika bir kız."

Alaycı bir şekilde, "Öyledir," diye fısıldadım.

Kaşlarını çatarak beni süzdü. "Alay mı ediyorsun?"

"Ne münasebet, anne... Gerçekten öyledir."

"Eee, nedir o ses tonundaki ifade? Sanki kızı küçümser gibi konuşuyorsun."

Ah, benim temiz anacağım! Neler olup bittiğini hiç bilmiyordu ki...

"Yok canım, küçümsediğim filan yok."

"Evvel emirde, çok güzel bir kız. Kimse eline su dökemez. Boy, pos, endam hepsi yerli yerinde. Gözlerinin güzelliğini fark ettin mi? Burnu, dudakları tek kelime ile harika..."

"Öyledir."

"Benim için asıl önemlisi huyu suyu. Saygılı, kibar, ince düşünceli... Bana gösterdiği yakınlık ve içtenliği fark ettin mi?"

"Etmez olur muyum?" dedim.

"Görgülü de. Gelirken çiçek ve tatlı getirmeyi de unutmamış."

"Ne demezsin!"

Annem kaşlarını çatarak kuşkulu nazarlarla bir daha beni süzdü. "Haldun ne var sende? Sanki kızı sevmiyormuş gibi konuşuyorsun. Yoksa bilmediğim başka bir şey mi?"

İçimden, *Ah Fahriye Hanım gerçeği bir bilsen dudakların*

uçuklar, diye geçirdim. Ama bozuntuya vermeden, "Yok anne, ne olacak ki?" dedim.

"Vallahi bu kızın kıymetini bil, başının üzerinde taşı... Onun gibisini bulamazsın bir daha. Kısmet böyle bir şeydir, insanın karşısına bir defa çıkar, çıkınca da istifadeyi bilmek lazım."

"Doğru," diye başımı salladım. Ama insan hayal ve rüya âleminde dolaşmamalıydı; dolaşırsa sonu benim gibi hüsran olurdu. Hem de ne hüsran... Elinde oyuncak olmuştum, dilediği gibi oynuyordu benimle...

Annem, "Seni de çok seviyor," deyince irkildim.

"Nereden anladın? Sana öyle mi söyledi?"

Anacığım güldü. "İlahi, Haldun! Bu saçları değirmende mi ağarttık, anlamaz mıyız hiç."

"İyi de nasıl anladın? Bak, beni sevdiğini söylemedi diyorsun..."

"Pes yani, Haldun... Hiç onun gibi görgülü, iyi aile terbiyesi görmüş bir kız, ilk defa tanıştığı kaynanası olacak birine, ben oğlunuza âşığım der mi? Yakışık alır mı? Ama anladım. Adın geçtiği zaman gözlerindeki ışıltılardan, yüreğinin titremesinden, seninle ilgili her konuyu öğrenmek istemesinden, çocukluğuna ait anlattığım hikâyeleri can kulağınla dinlemesinden anladım. Bu alakayı ancak seven bir kadın gösterir."

Yüreğime su serpiliyordu sanki. Annemin anlattıklarının gerçek olmasını istiyordum.

"Emin misin?" diye sordum.

Bu sefer bozulmuş gibi baktı yüzüme. "Bana doğruyu söyle. Yoksa hayatında başka bir kadın mı var?" diye sordu.

"Yok canım, onu da nereden çıkardın?"

"Kıza olan ilgisizliğinden."

"Günahımı alma, anne... Yok öyle bir şey..."

"Doğrusu kuşkuya düştüm. Dün gece kızı bir kovmadığın kaldı."

Korkarım haklıydı. Dün gece kendimi kontrol edememiştim.

Zaten ne zaman kontrol edebiliyordum ki. "Endişelenme," dedim. "Onu seviyorum."

"Daha şimdiden özledim bile... Pazar günü gelmesini dört gözle bekliyorum..."

Kalbim yine güm güm atmaya başladı. Nasıl olsa gerçek bir yerde patlak verecek, her şey ortaya çıkacaktı. Daha şimdiden annem için üzülmeye başlamıştım. Yaşlı kadın Naz'ın patroniçem olduğunu öğrenince kim bilir nasıl şoka uğrayacaktı...

⁓

Nihayet pazar günü geldi çattı.

Benim valide erkenden kalmış, giyinip hazırlanmıştı bile. Gülümsedim, "Ooo, çıkmaya hazırsın bakıyorum," dedim.

"Hadi, gevezeliği bırak da, kahvaltını et. Sen de giyin. Gelinim tam onda burada olacak."

O günkü ziyaretinde saat kararlaştırıldığını hiç hatırlamıyordum. Naz'ın ipinle kuyuya inilir miydi hiç? Belki de çoktan unutmuştu bile...

"Geleceğinden emin misin?" dedim.

"Tabii gelecek, ayol. Daha dün konuştuk."

Afalladım. "Dün mü?"

"Ne sandın? Beni arayıp telefon etti."

"Telefon numaranı nereden biliyor?"

"Buraya geldiğinde bana sormuştu. Çok ilgili bir kız; hatta siz Bursa'ya döndükten sonra da ben sizi sık sık ararım, anneciğim demişti. Sanırım, kız senden daha hakikatli çıkacak Haldun. Sen aklına gelince ya da paraya sıkışınca ararsın beni, ama eminim o öyle olmayacak."

Vay canına, diye homurdandım içimden. Bu gidişle annemle aramı da açacaktı. Ne sinsiydi Naz, kaleyi içerden fethediyordu.

Söyleyecek bir şey bulamadım. Gerçekten de saat tam onda kapı çalındı ve Naz geldi.

Gerçekten de mazbut, tam türbe ziyaretine gidecek gibi giyinmişti. Yüzünde en ufak bir makyaj yoktu. Başına da çenesinin altından bağladığı bir eşarp takmıştı. İçimden gülmek geldi ama foya meydana çıkmasın diye gülemedim. Şaşkınlıkla onu seyrediyordum. Bu haliyle bile muhteşemdi. Evet, laubalilikleri hoş görülecek, çilesine zevkle katlanılacak, kızsa da hemen yatışacak, kavga edilse de hemen barışılacak bir kadındı o. Her zaman yenik düşüyordum. Hayranlıkla kendisini incelediğimi gördü.

Ama benle ilgilenmiyordu. İçeriye girer girmez annemin elini öpmüş, muhabbetle kucaklaşmıştı. Ne güzel oyun oynuyordu... Ama artık ona kızamıyordum; adeta olacakları tevekkülle kabul etmiş bir haldeydim. Sersem sepelek onu izliyordum.

Biraz da bozulmaya başladım. Ben unutulmuştum sanki, iki ana-kız gibi varlığıma aldırmadan hareket ediyorlardı. Günün programını çiziyor, Eyüp Sultan ziyaretinden sonra nereye gideceklerini konuşuyorlardı. Benim fikrimi soran kimse yoktu...

Mazda'ya bindik. Annem arkaya oturdu, Naz yanıma. Lakin benimle konuştuğu yoktu, harıl harıl annemle sohbet ediyordu. Bir ara kulak kabarttım ve şaşar gibi oldum; kaneviçeden, örgüden, dikişten söz ediyorlardı. Sanki Naz'ın iyi bildiği şeylerden... Az kaldı yeni bir gülme krizine kapılacaktım; bunları hiç bilmediğine, hatta hayatta eline bir örgü şişi almadığına yüz bin liralık maaşım üzerine iddiaya girebilirdim.

Tam Mazda'nın motorunu çalıştırırken aklıma geldi; Naz güvenlik nedeniyle yalnız sokağa çıkmazdı, mutlaka etrafımızda en az iki koruması olurdu. Mutlaka jeepi içindeki korumalarla peşimize takılacaklardı. Başımı çevirip harekete hazırlanan jeepini aradım. Göremedim.

Alaycı bir şekilde sordum. "Buraya neyle geldin?"

309

Benim kurt anlamıştı tabii ne ima ettiğimi. Gözlerimin içine bakarak, "Minibüsle tabii," dedi.

Annem arkadan hemen lafa karışmıştı. "Ah yavrum, ben bu tembel oğluma söyledim, altında araba var, git sen gelinimi al, dedim. Ama hiç oralı olmadı, merak etme sen anne, dedi o gelmesini bilir. Artık onu senin ellerine bırakacağım, sen onu adam edersin."

Naz mahcup bir edayla gülümsedi. "Siz hiç merak etmeyin, anneciğim. Her şey sizin dilediğiniz gibi olacak. Bize biraz zaman verin."

Sorduğuma pişman olmuştum. Her şey annemin istediği gibi olacakmış... Naz daha şimdiden anamı ağlatıyordu zaten, beni kulu kölesi etmiş, canıma okuyordu. Bundan daha fazla teslimiyet olur muydu? Karşısında süt dökmüş kedi gibiydim. Ensesine vur, lokmasını al... Daha ne yapacaktı ki?

৯

Eyüp'e vardık. Ben böyle ziyaretlere pek itibar etmezdim, arabadan çıkmadım. Onların ikisi kol kola girerek türbeye doğru yollandılar. Gayet mutlu görünüyorlardı, hele annemin sevincine payan yoktu. Gelinin sözde dindarlığı onu daha da mutlu etmişti. Zavallı kadın bilmiyordu ki, şarabın en kalitelisine düşkün olan, her akşam evinde en az bir kadeh içki içen, hafası attıca orasını burasını pervasızca teşhir eden yine o gelin adayıdır...

Sineye çekmek zorundaydım.

Herhalde bu işinde bir sonu gelecekti, ama nasıl bir son, düşündükçe beynim zonkluyordu. Onlar gözden kayboldular. Beklemeye başladım. İşte, tam o sırada Naz'ın jeepini gördüm. Yirmi metre kadar arkamda duruyordu ve içinde iki koruma vardı.

Hiç şaşırmadım. Oralı da olmadım...

Bir süre sonra arabaya döndüler. Annem hâlâ içinden dualar

310

mırıldanıyordu. Arabaya girince sordum. "Allah kabul etsin," dedim. "Nasıl bir duada bulundunuz?" Hafifçe sırıtıyordum. Anam bütün safiyetiyle, "Nasıl olacak?" dedi. "Rabbimden tez zamanda evliliğinizin tahakkukunu niyaz ettim. Başka ne isteyebilirim ki?"

İçim burkuldu. Olmayacak duaya amin demek gibi bir şeydi bu... Göz ucuyla Naz'a baktım, düzenbaz tatlı tatlı gülüyordu.

ﻪ

Ziyaret sonrası gezintiyi Naz ayarlıyordu. Boğaz'a gidelim, balık yiyelim dedi. Bana göre hava hoştu. Cebimde para da boldu. Ama anacığım ikimizin de zar zor geçinen insanlar olduğumuzu sanarak, "Dışarıda yemeğe hiç gerek yok, beni Emirgan'a götürün bir çay içirin, o bana yeter," dedi.

Naz ısrar etti, "Olur mu hiç? Hazır gelmişken size burada bir balık ziyafeti çekmeden göndermem. Bu kez benim misafirim olacaksınız."

Annem hâlâ direniyordu. "Ne gereği var, kızım. Çok teşekkür ederim, sen zaten bana gösterdiğin yakınlıkla en büyük hediyeyi verdin. Üç kişinin balık yemesi kim bilir kaça mal olur, yazık, günah, siz o parayı ihtiyaçlarınız için kullanırsınız," diye bizi vazgeçirmeye çalışıyordu.

Kadıncağızın iyi niyetini istismar ediyorduk. Yine kendimi tutamayarak ters ters Naz'a baktım. Kolunu arkaya uzatıp annemin ellini kavrayarak okşadı. "Üzülmeyin, pahalı bir restorana gitmeyiz olur biter. Takmayın kafanıza. Sonra anneme bir balık yediremedim diye üzülürüm."

Bizim Fahriye Hanım susmak zorunda kaldı. Gelinin alınacağını sanmıştı zahir...

Sarıyer'e kadar uzandık. Bir ara dikiz aynasından arkaya

311

baktım, jeep peşimizdeydi hâlâ. Sarıyer'de ünlü bir balık restoranına girdik. Tam denize bakan cam kenarındaki bir masaya ilerlerken yan tarafta oturan üç erkek birden ayağa kalktılar. Göz ucuyla baktım. En sağdakini hemen tanıdım, İstanbul'a münteşir bir gazetenin sahibiydi. "Ooo, hanımefendi... Bu ne güzel bir sürpriz," dedi. Ben adamı tanıyordum. Nurettin Varol... Kibar, çelebi, monden bir zattı. Naz'ın tokalaşmak için uzattığı elini almış kibar bir jestle dudaklarına götürmüştü.

Tabii, annem de görmüştü manzarayı. İrkildiğini hissettim. Bir yabancının Naz'a, ona göre abartılı selamını yadırgayacaktı tabii. Aynı anda Naz'a bir göz attım. O da biraz şaşırmıştı. İçimden oh olsun, diyecektim ama annemi düşündüm. Hemen kolundan çekiştirerek boş masaya doğru sürükledim. Yanlarında kalırsak iş iyice içinden çıkılmaz hale dönüşebilirdi. Annem çekiştirmeme önce sesini çıkarmadı ama iskemlelere otururken, "Kim o adamlar?" diye sordu.

"Bilmiyorum, herhalde Naz'ın tanıdıklarıdır," dedim.

Rahatlamamış, hatta kaşları çatılmıştı. Naz hâlâ onlarla ayaküstü konuşuyordu. "Ne biçim adamsın sen?" diye çıkıştı. "Evleneceğin kadının tanımadığın adamlar elini öpüyor, sen yanında bile durmuyorsun."

Durumu tevil etmeye çalıştım. "Ne var ki bunda, anne? Genç bir kadının karşılaşma sırasında elini öpmek modern adabı muaşerette yeri olan bir şeydir. Buna kızılır mı?"

"Ben anlamam öyle şeyi... Görmedin mi rakı içiyorlardı. Belli ki hepsi sarhoş... Herif kart bir çapkına benziyor, Naz ise çok güzel bir kız... Nasıl bu kadar ilgisiz olunur anlamıyorum. Sen, çok değişmişsin Haldun. Vallahi, seni tanıyamıyorum."

Anam da haklıydı, ne diyebilirdim ki sustum...

Az sonra Naz masaya geldi. Hafifçe rengi kızarmıştı. Kendiliğinden bir açıklama yapmak mecburiyeti duydu. "Eski çalıştığım gazetenin patronuydu," dedi.

312

Gülmemek için kendimi zor tuttum. Aksi gibi annem yüzümdeki komik ifadeyi yakalamıştı. Ters ters yüzüme bakınca makaraları koyuverdim.

"Biliyor musun, Naz," dedim. "Annem o herifin senin elini öpmesine bozuldu. Hatta bana çattı. Sözlünü o kart zamparanın yanında niye yalnız bıraktın dedi."

Müthiş oyuncuydu sevgilim. "Yalan mı, doğru söylemiş. Neden hemen yanımdan uzaklaşıp gittin. Yanımda kalsaydın, sözlüm, evleneceğim erkek diye seni tanırdım, o da böyle bir şeye kalkışmazdı."

Yavaş yavaş bu oyundan zevk almaya başlamıştım. Annemin sayesinde ya da Naz'ın onu da oyunun içine sokmuş olmasından... Sanki evli bir çifttik ve bir pazar gezmesindeydik. Tabii türbe ziyaretinden dönen hanımlar içki içmediler, ama ben afiyetle bir duble rakımı yudumladım. Annemin kötü süzmeleri olmasa, ikinciyi, üçüncüyü de yuvarlardım ama dönüşte araba kullanacağım için bir kadehle idare etmek zorunda kaldım.

Yine atışıyor, didişiyor, içimizden birbirimize söylenip duruyorduk ama Naz'la yaşamak harika bir duyguydu, gözlerimin önündeki varlığı bile bana yetiyordu. Restorandan çıktıktan sonra bir süre arabanın içinde oturup denizi seyrettik. Tam fırsattı, Naz'ın elini tutup avuçlarımın içine aldım. Önce kaçırmak istedi; belli ki oyununda bugün böyle yaklaşımlar yoktu. Fakat kaçıramadı da, kaşla gözle annenin yanında böyle oturmamız ayıp olur gibi işaretler yaptı. Umursamadım tabii, annem bir Anadolu kadınıydı ama alt tarafı bir öğretmendi, iki sevgilinin yakınlaşmalarını doğal karşılardı.

Bu defa Naz'a bir oyun oynamak da benim aklıma geldi.

Dönerken birden anneme dönüp mırıldandım. "Ne dersin anne; hazır sen İstanbul'dayken artık ilişkimizi resmiyete döküp Naz'ın ailesine bir ziyaret yapalım mı? Babam hayatta olmadığına göre bu iş sana düşüyor, Naz bir tarih ayarlasın, gidip ailesinden resmen isteyelim."

Benim valide daha cümlemi tamamlar tamamlamaz, "Ah ne iyi olur?" dedi.

Naz'ı göz ucuyla süzdüm. Birden beti benzi sapsarı kesildi tabii. Hemen kekelemeye başladı.

"Şey... Henüz erken sayılmaz mı? Yani... Demek istiyorum ki..." "Niye erken sayılsın, sevgilim. Bence bu işi uzatmanın hiç anlamı yok. Hazır annem de burada, yarın akşam sizinkilere bir ziyaret yapalım, ne dersin ha?"

Naz açmazda kalmıştı.

"Önce ben konuyu bizimkilere açayım da, en müsait zamanda sizi çağırırız," dedi.

Zevkten bayılacaktım neredeyse...

Bu sefer fena sıkışmıştı...

۞

Bir hafta annemin bekleyişleriyle geçti. İlk bir iki gün ümitle Naz'dan haber bekledi, tabii ses seda çıkmayınca üzüntüsünü içine atmaya başladı; daha da kötüsü ben üzülmeyim diye konuyu bana da açmaz oldu. Bazı akşamlar eve geldiğimde bir köşeye çekilmiş, düşüncelere dalmış olarak buluyordum onu. Asıl o zaman üzülüyor, Naz'ın iğrenç oyunundan dolayı ondan nefret ediyordum.

Yalnız yaşamaya alışmış her insan gibi ikinci haftanın sonunda Bursa'daki evine dönmek istediğini söyledi. Biraz daha kal diye rica ettim, ama kendi evini, alışkanlıklarını, oradaki çevresini özleyişine de hak veriyordum. Kuşkusuz Naz'ın hain oyununu hiç anlamadı, tahmin dahi edemedi; sadece son gece konuya kısaca değinip, "Anlaşılan kısmet değilmiş, evladım," dedi. "Herhalde ailesi evliliğinize karşı çıkmış olmalı. Yazık, çok yazık... Halbuki kendisini ne çok beğenmiştim."

İçimden, *Ah, sen bir de onu gerçek çehresiyle tanısaydın,* diye geçirdim ama söyleyemedim tabii. "Hayırlısı neyse o olur, anacığım," diye geçiştirdim. Bir açıdan Bursa'ya dönmesini de istiyordum; Naz'ın sağı solu belli olmazdı, yeni bir oyun kurgular, tekrar sahneye çıkardı, oysa annemin daha fazla üzülmesini istemiyordum.

Annemi Bursa'ya selametleyince rahat bir nefes aldım. O bir hafta içinde de Naz'la hiç temasımız olmadı, gazetede de hiç karşılaşmadık. Benim için en hayırlı olanı ise, ondan yavaş yavaş koptuğumu hissetmemdi. Galiba yaşadığımız son gelişmeler, onun ne kadar hain, kaprisli ve zevkleri için İnsanları ne kolaylıkla harcadığını bana göstermişti.

Sıtkım sıyrılmıştı.

Kolay mı oldu? Kuşkusuz, evet diyemem. Köklü sevgi bir çırpıda insanın içinden silinmiyordu. Zaman zaman yine müthiş özlediğim, varlığını aradığım oluyordu. Fakat bunun benim için bir kurtuluş olduğuna inanmaya başlamıştım artık.

Aradan yirmi gün daha geçti. Bir ara Naz'ın üç dört gün kadar Paris'e gittiğini gazetedeki dedikodulardan öğrendim. Benim hiç haberim olmamıştı. Eski tempodaki ilişkimiz devam etse, niye haber vermeden gitti diye belki hayıflanırdım.

Neyse ki iyi çalışıyordum ve başarımın devamı için bütün dikkatimi işime yoğunlaştırmıştım. Bu arada Turgut vasıtasıyla yeni bir kızla tanıştım...

Cidden cici bir kızdı. Adı da Feyman'dı...

3

Onlarla bir alışveriş merkezinin sinema gişelerinin önünde karşılaştım. Önce Feyman'ı, Turgut'un birlikte çıktığı kız sandım; uzun zamandır biriyle ciddi bir ilişkisi olduğunu biliyordum ama kızı görmemiştim. Meğer o değilmiş, sadece arkadaşmışlar ve onlar da alışveriş merkezinde karşılaşmışlar. Aynı filmi görmek istiyorlardı, Turgut, "Hadi, sen de bize katıl," dedi. Uzun zamandır sinemaya gitmemiştim, isteklerini kırmadım.

Feyman'la böyle tanıştım. Sarı saçlıydı, gözleri yeşile çalıyordu ama en önemlisi, hanım hanımcık, dürüst bir kıza benziyordu. Renkli görünümüne rağmen sade, mütevazı, kendi halinde bir kızdı. Bir şirkette halkla ilişkiler bölümünde çalıştığını söyledi. Matine saatinin gelmesini beklerken AVM'de oturup çay içip pasta yedik. Tam o sırada Turgut'a bir telefon geldi, sanırım önemliydi ve gazeteden aramışlardı. Suratı asılı homurdandı, ama ben de aynı kökenli olduğum için bu vakitsiz aramanın anlamını bilirdim, bahane uydurup atlatamazdın. "Kusura bakmayın, ben gazeteye dönmek zorundayım," dedi. Üzüldük, fakat yapılacak bir şey yoktu. Turgut veda edip gitti. Kızla baş başa kalmıştım.

Kıza yabancı sayılırdım, az önce tanışmıştık. Kadın, kız tecrübemin fazla olmadığını söylemiştim ama gazeteciliğin verdiği bir nitelikle girgin ve konuşkandım. Onu oyalamaya çalıştım; havadan sudan, onu rahatsız etmeyecek konularda sohbete daldık.

Genel kültürü hiç de fena değildi. Hangi konuyu açsam, pek boş olmadığını görüyordum.

Hatta önce sevinir gibi oldum, sarı saçlarına, yeşil gözlerine rağmen pek güzel bir kız sayılmazdı ya da ben öylesine muhteşem bir yaratığa âşık olmuştum ki ister istemez şuur altım anlamsız bazı mukayeselere kalkışıyordu.

Çok anlamsızdı bu...

Naz'la hiçbir kadın karşılaştırılamazdı. Onun güzelliğini, yaratıcı zekâsını, kendine özgü fettanlığını, daha ilk bakışta insanı etkileyen cinselliğini başka kadınlarla mukayese etmek hataydı. Ama onun tesirinden kurtulmak için yeni birine ihtiyacım vardı.

Hayatta her şey unutulurdu. Eskilerin veciz sözlerinde bir hikmet olduğuna inanırdım. Rahmetli pederin sık sık kullandığı bir söz vardı, "hafıza-ı beşer nisyan ile malûldür," derdi. Ben de Naz'ı unutabilirdim, yeter ki unutmak isteyeyim.

Bu defa Feyman'ı daha farklı nazarlarla incelemeye başladım. Fazla seçiciliğe kalkmazsam, pekâlâ benim için bir kurtarıcı olabilirdi. Bir an aklımdan geçenler için utanç duydum. Sanki şimdi de ben kıza karşı oyun oynuyormuşum gibi bir hisse kapıldım. Fakat galiba tabiatın düzeni buydu, hayat böyle bir akışı gerektiriyordu. Kafayı takmamak gerekirdi.

Ama asıl sorun şuydu: Naz'ı unutabilir miydim?

Şimdilik bunun cevabını vermek adeta imkânsızdı. Naz ile ilişkilerimde bir durgunluk devresine girmiştim. Birbirimizi aramıyor ve görmüyorduk. Ayrıca içimdeki öfke ve kırgınlık ilgisizliğe dönüşmüştü. Lakin bu daha ne kadar devam ederdi? Ani bir karşılaşma, beklenmedik bir kıvılcım içimdeki ateşi yeniden tutuşturur muydu?

Belki de, diye düşündüm. Diğer yandan Naz'ın da heyecanı körlenmiş, kendisine yeni eğlenceler aramaya başlamış olabilirdi. Ayrıca annemle olan münasebetini birden derinleştirince kendi kazdığı kuyuya düşmüştü Naz. İstemek için ailesiyle görüşmek fikri ortaya çıkınca, apışıp kalmıştı. Yapacak bir şeyi kalmamış ve ister istemez oyununu sonlandırmıştı.

Feyman'la konuşurken kendi kendime gülümsedim.

Aslında oynadığı iğrenç oyunu ben durdurmayı başarmıştım. Çünkü Naz'ı resmen ailesinden istemek fikri Boğaz'daki gezi sırasında benim aklıma gelmişti. Biliyordum, o istek Naz için tam bir açmazdı ve fena sıkışmıştı. Yapabileceği hiçbir şey yoktu. Dudaklarımdaki tebessüm daha da genişledi. Emekli ilkokul öğretmeni Fahriye Hanım'la çulsuz oğlunun, Reşit-Ülker Akyol çiftinin malikânesine gidip biz sizin biricik kızınıza talibiz demesini düşünebiliyor musunuz? Kim bilir, nasıl bir şoka girerlerdi. Belki de, şu densizlerin küstahlığına bakın diye kovalarlardı ya da korumalarıyla palas pandıras bizi kapının önüne koyarlardı.

Birden Feyman'ın garipseyerek bana baktığını fark ettim.

"Neden gülüyorsunuz?" diye sordu.

Allah'tan pratik gazeteci zekâm imdada yetişmişti. Gülümsemeye devam ederek, "Konuştuklarımızla ilgili komik bir şey hatırladım da, ona güldüm," dedim. Aslında o an düşüncelere daldığımdan konuştuğumuz son konuyu bile hatırlamıyordum. Abuk subuk bir şeyler söyledim. Tabii kız söylediğimi gülünecek bir şey gibi görmemişti ama incelikle o da gülümsemeye çalıştı. Sonra sinemaya girdik. Tamamen yeni tanışmış iki arkadaş gibi film seyrettik...

Ne aşırı bir samimiyet gösterdim ne de laubalilikte bulundum. Feyman'la ilk tanışmam böyle oldu...

ఇ

Ayrılırken birbirimizin telefon numaralarını aldık, yeniden görüşelim filan tarzında isteklerde bulunduk. Bu ilişkinin devamı konusunda kararsızdım. Hani, çivi çiviyi söker derlerdi ama Feyman kesinlikle bana Naz'ı unutturacak birine benzemiyordu.

Hatta daha komiğini söyleyeyim; Feyman'la arkadaşlığı iler-
letmem bana, Naz'a olan büyük aşkıma ihanet gibi geliyordu. O
aşk hâlâ üzerimdeki bir karabasandı ve bütün ağırlığını omuzla-
rımda hissetmeye devam ediyordum.

Önce bir hafta Feyman'dan ses seda çıkmadı. Ben ise kızı
çoktan unutmuştum. Cuma günü öğleden sonra cep telefonum
çaldı. Ekranda görünen numarayı anımsamadım doğal olarak ve
telefonu açtım.

"Merhaba, ben Feyman," dedi.

Çaresiz, "Merhaba, ne haber?" diye karşılık verdim. Ne bi-
leyim belki hafta boyunca benden telefon beklemiş, sonunda o
aramak zorunda kalmıştı.

Yekten sordu: "Bu hafta buluşalım mı?"

Bir an düşündüm. Buluşmamam için bir sebep var mıydı? Ot
gibi yaşamaya devam mı edecektim, tabiatın amir hükmü yaşım
itibariyle benim de kanımı kaynatıyordu. Naz'ı o Boğaz gezisin-
den sonra bir kerecik olsun görmemiştim, hem de aynı çatı al-
tında çalışmamıza rağmen. Odası benim bir kat üstümdeydi ve
hiç karşılaşmıyorduk. Belli ki benimle olan ilişkisini bitirmişti. Ne
yani, ömrüm onu beklemekle mi geçecekti...

"Tabii, buluşalım," dedim. Sevindi...

Cumartesi akşamı Feyman'ı Nişantaşı'nda yeni açılan bir res-
torana götürdüm; ben de ilk defa görüyordum. Havalı bir yerdi,
müdavimleri sosyetikti, elit ve kaliteli bir müşteri kalabalığı vardı.
Pahalı da olsa aldırmıyordum, artık çok kazandığım için ödeye-
ceğim para umurumda değildi. Arada sırada bu tür yemeklere,
gezip tozmaya benim de ihtiyacım vardı.

Feyman'ın ağzı kulaklarındaydı, böyle bir yere götüreceğimi
belli ki tahmin etmemişti; aldığım yüksek maaştan da haberi yok-
tu tabii. Hayranlıkla çevreyi, müşterileri seyrediyordu.

Benim de eğlenmem, neşelenmem gerekirdi, değil mi?

Ne gezer?

Yavaş yavaş sıkılmaya, içime kasvet basmaya başladı. Naz'ı arıyordum... Şu an karşımda oturan kızın Feyman, değil Naz olmasını istiyordum.

Lakin Naz'ı bundan sonra göremeyeceğimi hissediyorum. Naz'ı görememekten fenası göremeyeceğime emin olmak... Koptu, bitti artık ilişkimiz. Beni öfkelendiren, kızdıran, hatta çılgına çeviren oyunlarını özlüyorum. Yeniden yapmaya kalkışsa, hiç şikâyetim olmayacak; aksine huzur ve zevk duyacağım, neredeyse, "Devam et, sevgilim," diye yalvaracağım...

Demek aşkın esareti böyle bir şey, diye düşündüm. Acıdan, azaptan bile zevk alabilmek. Şaşkın nazarlarla masalarda oturan erkeklere baktım. Acaba bu devirde aralarında kaçı aklımdan geçenleri normal kabul ederdi. Eminim, hiçbiri... Acırlardı bana... Hasta ruhlu derlerdi.

Feyman'a baktım yine.

Aklımdan geçenlerden habersiz, mutlu ve mütebessim görünüyordu. Evet, gençti ama beni oyalamaktan, derdime deva olmaktan çok uzak bir kızdı. Naz'ın diriliği, cevvaliyeti, zekâ zenginliğinden onda eser yoktu. Şu an karşımda oturan Naz olsa, çoktan zehrini akıtmaya başlamış, beni çileden çıkartmış olurdu. Ama onun yanında mutlaka kendisine daha şiddetle bağlanmama neden olacak bir jest yapar ya da bir kelime kullanır, kölesini mutlu da kılardı.

Umitsizliğim daha da arttı.

Öyle birine bir daha hayatım boyunca rastlayamayacaktım...

&

Levent'te oturuyordu Feyman. Restorandan çıkıp onu evine bırakmaya hazırlanırken bir ara arabada bana yaslanıp dudağıma bir öpücük kondurdu. O zaman anladım ki her türlü gelecek teklifime açıktı. Gel, benim evime gidelim desem, itiraz etmeyecekti. Yerimde bir başkası olsa kesinlikle bu durumdan istifadeye kalkışırdı. Fakat yapamazdım, beynimdeki Naz'ın hayali buna maniydi. Sanki ona sadık bir kocaydım.

Acı gerçek buydu işte...

Onu beynimden silip atamadıkça hiçbir kadına yaklaşamayacaktım. O, tanıdıklarımın en müstesnasıydı ve ona sırılsıklam âşıktım. Cinselliğin ulaşılmaz hazzını da ancak onunla kaimdi. Sırf behimi hislerimin tatmini için başka bir kadına yaklaşamayacağımı da o zaman anladım.

Feyman'ı kırmak istemiyordum. Hatta onda biraz da kendi çaresizliğimi görmeye başlamıştım. Bilmiyordum ama yavaş yavaş bana âşık olmaya başlaması da mümkündü. Çektiğim acıların benzerlerini onun da yaşamasını istemezdim. Kesinlikle insani değildi bu.

Sonra bir kuşkuya kapıldım; acaba her âşık olan benim gibi mi severdi? Hiç sanmıyordum, ben bir istisna olmalıydım. Benim ki karasevdaydı... Mecnun, Tahir filan gibi... Hikâyeleri asırlardır, sonraki nesillere masal gibi aktarılan cinsten bir aşk...

Kızı evine bıraktım ve hızla evime dönmek için Mazda'yı gazladım.

Ama o gecenin en ilginç olayını da işte tam o sırada yaşadım. Arabamı hızla gazlayınca arkamdan fırlayan jeepi gördüm. Naz'ın arabasıydı. Gerçi içinde kendisi yoktu ama çok önemli bir şeyi öğrenmiştim.

Beni izletiyordu...

❧

Bu bir tesadüf olamazdı. Naz beni takip ettiriyordu... Ama neden?

Yatağa uzanmış bu sorunun cevabını arıyorum... Çok basit değil mi? O da beni seviyor, unutamıyor bir türlü, diye yorumluyorum, daha doğrusu cevabın böyle olmasını istiyorum. Hem de bütün kalbimle... Ama benimki bir istek, dilek, temenni... Gerçeğin böyle olmadığını biliyorum. Seven insan, birden hayatımdan uzaklaşır, adeta yokmuşum gibi davranır mı hiç? Unuttu beni... Tamamıyla...

Yatağın içinde ateş basıyor. Bir tekmeyle yorganı açıyorum üstümden. Pijama kullanmadığım için atletle yatıyorum ama yine de ter içindeyim.

Artık onsuz yaşamak zorundayım. *Olsun*, diyorum içimden. En azından aynı gazete binasında olacağız diye teselli buluyorum. Uzaktan da olsa, yüzünü göreceğim, sesini işitmesem de endamını seyredebileceğim. Bu kadarı bile kâr...

Naz! Naz! diye inliyorum.

Neden sonra gözkapaklarım ağırlaştı. Sızıp kalmışım...

Pazar sabahı yatağın içinde uyandığımda aynı soru yine beynime takıldı. *Bana ilgisini kaybetse takip ettirir mi hiç*, diye düşündüm. Umutsuzluk beni yanlış düşünmeye sevk ediyordu. Sonra birden kafama dank etti; Feyman'ın varlığını öğrenmiş olmalıydı... Kıskanmış olmalıydı; daha önce de bigünah bir sekreteri gazeteden kovamaya kalkışmamış mıydı? Benim başka kadınlarla ilgilenmeme tahammül edemiyordu. Belki uzun zamandan beri beni izletiyordu da ben farkına varmamıştım.

Sevinmeye başladım.

Yatağın içinde kendi kendime konuşuyordum şimdi. *Ah güzelim, ah bir taneciğim, sen üzülme. Feyman'ı sevdiğim filan yok. Zinhar âşık değilim ona... Sırf teselli bulmak, kendimi avutmak için sarıldığım bir fırsattı o. Olmadı, tabii... Hiç senin yerini doldurabilir mi? Hayatta hiçbir kadın senin yerini alamaz. Benimki dangalaklık... Başka hiçbir şey değil...*

Kıskanmana neden olduysam, bağışla beni. Ama bu gerçeği senin de bilmen gerekir, âciz kulun kölen, senden başka kimi sevebilir ki?

Sanki Naz söylediklerimi işitiyormuş gibi mırıldanıyorum. Eksik olan vereceği cevap...

Yataktan keyifle fırladım. Yarın sabah ilk işim gazeteye gittiğimde odasına çıkmak. Ona her şeyi bütün çıplaklığıyla anlatmalıyım. Kıskanmasına, üzülmesine dayanamam.

Keyfim yerine geldi. Kendime çay pişirdim, iştahla kahvaltı edeceğim...

4

örüşme isteğime hiç itiraz etmedi Gönül Hanım. "Hemen, sizi odasına alayım," dedi.

Nihayet günler sonra Naz'la baş başa, yüz yüzeyiz. Aradan seneler geçmiş gibi hissediyorum. Özlemi içimi kavuruyor. Gözlerinin içine bakarak onu inceliyorum. Suratı asık; belli ki beni izleyen adamlarından aldığı rapor kıskançlık hislerini artırmış. Ona hemen gerçeği anlatmalıyım.

"Konuşmamız lazım, Naz," dedim.

"Hangi konuda, Haldun Bey?"

Mesafeli... Haldun Bey, diye hitap ediyor bana... Özlemiş de olsa, kıskançlığından bunu belli etmeyecek, soğuk duracak. İşim kolay değil... Onu ikna etmek zor olacak... Yine de hemen konuya girmeliyim, ağzımda eveleyip gevelemenin hiç anlamı yok.

"Ben Feyman'ı sevmiyorum," dedim. Tek bir cümleyle...

Hayretle yüzüme baktı. "Anlamadım, ne dediniz?"

Tekrar ettim, söylediğimi... Kaşları çatıldı, dudakları büzüldü. Anneme, Rumeli muhaciri olduklarını söylemişti, gerçekten de onda Rumeli ırkının özellikleri galip, hem de oynak, yaman bir Latin zekâsıyla karışmış halde. Güzelliğini artıran da bu... Zaten zekâ yalnız gözlerinde okunmuyor, bütün yüz hatlarında, vücut hareketlerinde kendini gösteriyor, sihirli bir şua gibi etrafında dalgalanıyor.

Sinirden titreyerek bağırdı. "Bu ne küstahlık! Ne terbiyesizlik!

Siz ne sıfatla patronunuza gönül maceralarınızı anlatmaya kalkışıyorsunuz? Beni ne ilgilendirir. Çabuk odayı terk edin. Tek kelime daha duymak istemiyorum."

Belli ki çok kızgındı.

Ama her şeyi bilmesini istiyordum. Bu sefer kaçmayacak, esir olmayacak, gerekirse direnecektim. Gerçekleri anlatmadan çıkmayacaktım bu odadan. Feyman için özür dilemeye de hazırdım. "Bak, Naz," dedim. "Artık bu oyunlardan vazgeçelim. İkimiz de çok yıprandık. Lütfen biraz anlayışlı ol. Amacın nedir, açıkla. Dayanamıyorum artık."

"Neler saçmalıyorsunuz siz? Ne oyunu, ne amacı? Söylediklerinizden bir şey anlamıyorum. Hasta mısınız?"

"Evet, hastayım," diye homurdandım. "Sonunda beni hasta ettin. Bu tempo biraz daha devam ederse aklımı oynatmam işten bile değil. Hangi erkek dayanır bu kadar oyuna. Hadi, ben katlanırım, çünkü seni çok seviyorum, ama zavallı annem, onu hiç düşünmedin mi? Zavallı kadının ne kadar üzüldüğünü hiç hissetmedin mi? Seni çok sevmiş, adeta tapmıştı. Gittiğinden beri bana kızgın ve kırık, sanki bütün hadiseler benim yüzümden olmuş gibi düşünüyor. Beni ne arıyor ne soruyor. Onun için çok üzülüyorum. Nasıl bitecek bu oyunun sonu? En azından bunu bana söyle. Sanırım bilmek hakkım, değil mi?"

Naz şaşkın şaşkın yüzüme baktı. "Allah, Allah," dedi sonra.

"Çok mu şaşırdın?"

"Evet, şaşırdım. Çünkü Fahriye Hanım'la her gün telefonlaşıyorum. Ama bana kırgınlığından hiç bahsetmedi."

Gözlerim iri iri açılmıştı. "Ne?" diye kekeledim. "Her gün telefonlaşıyor musun?"

"Gayet tabii... Onu çok sevdim. Çok muhterem bir insan... Hatta telefon saatim biraz gecikse, hemen o beni arar."

Yine yalan söylüyordu tabii. Öfkeden kurdurdum. Sözde beni

affetmesi için özür dilemeye gelmiştim, ama sinirlerimi altüst etmeyi hemen başarmıştı.

"Kes artık, şu palavraları!" diye çıkıştım. "Canıma tak dedi. Neden benimle böyle oynuyorsun, hiç anlamıyorum. Annemi arasan, haberim olmaz mıydı sanıyorsun. Hemen beni arar haber verirdi."

"Acaba mı?"

Bu da ne demekti? Bir kere daha hayretle onu süzdüm. Şimdi yüzünde alaycı bir ifade oluşmuştu. "Bana inanmıyorsan, sen anneni arada sor," dedi.

Lanet olsun, diye homurdandım içimden. Bu da bir oyun, hazırladığı yeni bir tuzak olmalıydı. Her zaman böyle oyunlar oynamıyor muydu? Aklınca bana telefon ettirecek, beni de anamı da hayal kırıklığına uğratacaktı. Annemin üzüntüsü yalanı karşısında daha artacaktı tabii...

Bu tuzağa düşmeyecektim.

Feyman'ın intikamını böyle alacaktı benden. Asla anneme telefon edip, Naz seni her gün arıyor mu, diye sormayacaktım.

"Sormam," dedim.

"Canın nasıl isterse... Şimdi odamdan çıkın. Böyle saçma sapan işlerle uğraşacak vaktim yok. Yapacağım bir yığın iş var."

"Naz!" diye inledim.

"Çıkın dışarıya dedim size. Korumalarımı çağırıp onlarla attırmamı mı istiyorsunuz?"

Yapar mı, yapardı... Meseleyi daha fazla uzatmanın anlamı yoktu. Meydan okurmuş gibi yüzüne hışımla baktım. Hiç oralı olmadı, hatta aynı tehditkâr bakışlarla beni süzmeye devam etti. Kızgınım, ama her seferinde beni öyle ince yerlerimden vurmaya alışmış ki yine dengelerimi altüst etmeyi başarmıştı. Biliyordum, yalan söylüyordu; her gün annemle nasıl telefonlaşırdı, ben kız istemek fikrini ortaya atınca, şaşırmış, ilişkileri bıçak gibi kesmişti.

Böyle bir ortamda annemle konuşacak nesi kalmış olabilirdi. Karnım toktu bu yalanlara. Anlaşılan huylu huyundan vazgeçmiyordu, benim için sorun hiç değişmiyordu, artık bunu anlamıştım. Mesele Naz'dan nasıl yakamı sıyıracağımdı. İşin özü buydu lakin en çözümsüz yan da oydu. Kaç defa ayrılmaya, bir daha onu hiç görmemeye karar vermiş ama becerememiştim. Kapıyı hızla vurup odasından çıktım...

&

Kendi odama döndüğümde, *Allahım sen aklıma mukayyet ol*, diye mırıldanıyordum. Olmuyor, yürümüyordu bu sevgi. Daha fazla ısrarın anlamı yoktu. Yalan, oyun, numara gına getirmişti artık. Bu defa gerçekten bezmiş, bunalmıştım. Her şeyin bir haddi hududu olmalıydı. Naz çizmeyi çoktan aşmıştı. *Eksik olsun*, diye homurdandım içimden. Tahammül edemeyecektim artık...

Ama bu verdiğim kaçıncı ayrılık kararıydı. Sayısını unutmuştum...

Öfkem biraz geçince, yine yenik düşüyor, özlemeye, onu görmek için can atmaya başlıyordum. Asıl kendime güvenemiyordum. Elimden bir kaza bile çıkabilirdi. Damarıma öyle basıyordu ki bir an kendimi kaybedip boğazına bile sarılabilirdim. Aşk cinayetleri böyle işlenmiyor muydu?

Rezilin küstahlığına bak, diye söyleniyordum. Yüzüme baka baka yalan söylüyordu. Hani, yalanın da bir şekli, kulpu olmalıydı... Yok, neymiş, her gün annemi arıyor, görüşüyorlarmış... Pes doğrusu, bu kadar da sunturlu yalan olmazdı...

Ama iflah olmayacak adam, asıl bendim. Bir süre sonra, acaba mı diye düşünmeye başladım. Sahiden her gün Bursa'ya telefon ediyor olabilir miydi? Olamazdı, tabii... Öyle olsa annem, hemen beni arayıp bildirmez miydi hiç? Sevinir, heyecanlanır,

327

oğlum sakın bu kızı üzme filan diye tembihlerde bulunurdu. Tanımaz mıydım annemi?

Çatlayacaktım meraktan.

Annemle konuşmalıydım. Sunturlu yalan olduğunu bilmeme rağmen konuşmadan rahatlayamayacaktım. Sonunda aradım annemi. Hemen telefonu açtı. Sesinin tonu biraz tuhaftı. Sanki bana kırgın, gücenik gibi. Anlam veremiyordum. Hal hatır sordum, bir emrin var mı dedim. "Sağ ol oğlum, yok," dedi. Ama konuşmamızda ters giden bir şey vardı, sezinliyordum.

Israr ettim. Anne bir sıkıntın mı var dedim. "Hayır, oğlum, hiçbir şeyim yok," dedi.

Sonra birden sordum: "Naz, seni her gün arıyor mu?"

Durakladı, birden cevap veremedi. Sessizlik biraz uzayınca işin içinde bir şey olduğunu çaktım. Arıyor olmasa, hemen karşılık verir, niye arasın oğlum derdi. Önce kekeledi. Aklınca benim ağzımı aramaya çalıştı.

"Neden soruyorsun, oğlum?"

Korkarım sesimin tonu bu defa biraz sertçe çıkmıştı.

"Cevap ver, anne... Arıyor mu, aramıyor mu?"

Annemin hattın öbür ucunda yutkunduğunu hissediyordum. Neden sonra, "Nereden öğrendin aradığını, yoksa Naz mı söyledi?" deyiverdi.

Kulaklarıma inanamıyordum; bu ne işti... Benimle konuşmuyor ama annemle her gün telefonlaşıyordu demek... Naz'ın söylediği doğruydu...

Aramızdaki sessizlik uzadı.

"Sık mı arıyor seni?" diye sordum.

"Evet... Biz onla her gün telefonlaşırız."

Şaşkınlıktan konuşamıyordum. Annem boğuk bir şekilde mırıldandı. "Hatta bir gün, Bursa'ya, benim evime de geldi... Burada kaldı."

"Ne? Bizim evde mi kaldı?"

"Evet, oğlum."

"Niye bunları bana anlatmadın, niye tek kelime bahsetmedin?"

"Söylemememi Naz istedi."

Öfkeyle, "İstemez tabii, o düzenbaz," diye homurdandım yeniden.

"Haldun... Sinirlenme oğlum... Ben her şeyi biliyorum," dedi annem çekinerek.

"Neyi biliyorsun, anne?"

"Naz'ın çalıştığın gazetenin sahibi olduğunu..."

Hiddetimden sinir krizi geçirecektim. "Başka ne anlattı?" diyebildim ancak.

"Seni çok sevdiğini de söyledi."

"Ve sen de ona inandın, öyle mi?"

Annemin vereceği cevabı beklemeden telefonu kapattım. Artık sinirden yerimde duramıyordum, daha fazlasını dinleyemezdim. Bu meseleyi hemen şimdi noktalayacaktım. Nasıl mı? Bu kızı eşek sudan gelinceye kadar dövüp hırpalamak istiyordum, öfkem ancak öyle dinebilirdi. Sonuç ne mi olurdu; zerrece umurumda değildi. İster karakolluk olayım, ister hapis yatayım... Tek istediğim yanağına okkalı iki şamar indirmek, saçlarından tutup yerlerde sürüklemekti. Genel olarak kavgacı mizaçlı bir adam da değildim, ama Naz ancak böyle yola gelir, dayakla teskin olur ve bu rezil oyunlarından vazgeçerdi.

Deli gibi yerimden fırlayıp onun katına gittim. Artık ok yaydan çıkmıştı; odasına dalar dalmaz o güzel yanaklarına iki tokat yapıştırmadan rahat edemeyecektim. Yerlerde süründürüp inletecektim de. Korumalarını çağırsın, isterse engellemeye çalışsın, umurumda değildi. Direnme noktasını çoktan geçmiştim.

Önce pür hışım Gönül Hanım'ın odasına daldım. Gözlerim öfkeden yuvalarından fırlamış gibi olmalıydı. Ama nedense bu seferki gelişimde hiç telaş göstermedi. Zaten ben de ona bir şey söylemeden Naz'ın odasına giden koridora dalmıştım. Ancak kadıncağızın arkamdan seslenmesiyle kendime gelir gibi oldum. "Haldun Bey, boşuna telaş etmeyin, hanımefendi gittiler," dedi. Adeta kükredim: "Hangi cehennemin dibine gitti?" Gönül Hanım gayet sakin bir sesle karşılık verdi: "Sizin tekrar odasına geleceğinizi tahmin etmişti. Bana bir talimat verdi. Bu akşam sekizde sizi yalısında bekleyecek."

"Yok!" diye bağırdım. "O numarayı bir defa yutarım. Onu hemen şimdi bulmalıyım. Hıncımı almanın tam zamanı… Akşam sekizde yalıda kimse olmayacaktır."

Gönül Hanım yüzüme bakıp manidar bir şekilde gülümsedi.

"Bence hata edersiniz," diye fısıldadı.

"Ne demek istiyorsunuz?"

"Kanımca bu gece aranızdaki pek çok sorun halledilecek. Ama sabırlı ve sakin olun. Her şeyi anlayış ve sükûnetle çözebilirsiniz."

Kadının yüzüne baktım gözlerimden ateş saçarak. Öfkemi ve Naz'ı incitme duygumu hiçbir şey önleyemezdi artık. Bu meseleyi bitirmiştim beynimde, geriye tek bir sorunum kalmıştı, Naz'ı bir güzel dövmek… Şımarık, soysuz, ruh hastası diye söyleniyordum hâlâ. Şimdiye kadar hiçbir erkek onun karşısına çıkıp haddini bildirememiş olmalıydı. Kim bilir, bu oyunları benden önce de kaç erkeğe denemişti Ama ben, farklıydım. Her tuşun elinin yenilmeyeceğini ona ispatlayacaktım…

❧

Odama döndüm. Lakin henüz sakinleşmiş değildim. Aldığım karar biraz beni rahatlatmış gibiydi. Önce dövecek, sonra terk edecektim. Amacım buydu; ancak öyle rahatlayacağımı hissediyordum. Düşünmeye başladım, gazeteden çıkıp gitmişti. Adeta kaçar gibi... Belki de başına neler geleceğini anlamıştı... Bugün bir daha döneceğini sanmıyordum. Küstah şımarık, bir de sekreterine akşam yalıya gelsin, onu orada bekleyeceğim diye not bırakmıştı. Hâlâ oyun oynuyordu benimle.

Kendimi zorladım, gün boyu onu başka yerde bulamayacağıma göre tek çarem yalıya gitmekti. Belki yine atlatacak, yalıda olmayacaktı... Ama ne zamana kadar? Sabaha karşı bile olsa sonunda dönecekti evine. Bekleyecektim. Bu gece çıngar çıkarmaya kararlıydım, ne olursa olsun. Mutlaka yanında korumaları olacaktı, beni engellerler, sonuçta dayağı yiyen ben olabilirdim. Ama kimin umurunda; aldırdığım yoktu. Bir ara yanına yaklaşıp iki tokat atabilirdim yüzüne, ondan sonra korumaları kemiklerimi bile kırsalar, göze almıştım bir kere. Başka türlü rahatlamamın imkânı yoktu. En iyi çare yalıya gitmekti. Şayet sabaha kadar gelmezse, o zaman işi gazetede noktalayacaktım. Önünde sonunda gazeteye gelmek zorundaydı. Devamlı kaçamazdı ya... Akşamın olmasını beklemeye başladım. Çalışamıyordum, tabii... Kafam sadece alacağım intikamla meşguldü. Hayret, annem de beni bir daha telefonla aramamıştı. Onun durumu merak etmemesine de bir anlam veremiyordum. Aklım ermiyordu, Naz'ın yalancılığını nasıl da rahatlıkla kabul etmişti. Oysa anacığım yalandan nefret eden biriydi. Şaşmamak gerekirdi; herhalde bana yaptığı gibi onu da yalanlarıyla kendine bağlamış, aramızda gerçek bir sevgi olduğuna inandırmıştı.

Akşamı güç ettim.

Mazda'mı yalının demir parmaklıklarının önüne bıraktığımda saat sekize beş vardı. Sabahtan beri bir lokma bir şey yememiştim ve hâlâ öfkeden titriyordum. Bu akşam çok kötü şeyler olacağı kesindi. Belki de yarın doğacak günün ilk ışıklarını bir nezarethanenin demir parmaklarının içinde görecektim. Katil olma ihtimalim bile vardı. Buna hiç şaşmazdım; şuursuz öfkenin sonunun nereye varacağı belli olmazdı.

Bu arada Naz'ı yalısında bulacağımdan da hâlâ şüphem vardı; benim tanıdığım Naz, olacakları sezinlemiş ve mutlaka kaçmıştır diye düşünüyordum. Omuz silktim; nereye kadar kaçacaktı, önünde sonunda onu bir yerde kıstıracak ve muradıma erecektim. Daha kapıya geldiğim anda bir koruma karşıma dikiliverdi. Şimdi her şey belli olacaktı. Bu yalıda bir haftaya yakın kaldığımdan, koruma beni hemen tanımıştı. Saygılı bir şekilde, "Hanımefendi sizi bekliyorlar," dedi.

Vay canına! Demek Naz kaçmamıştı... Evdeydi ve beni bekliyordu...

O lanet ruhumda yine bir fırtına esti. Gönül Hanım'ın uyarısını hatırladım birden. *Yoksa... yoksa,* diye geçirdim içimden, *acaba Naz bana bütün bu yaptıklarının nedenini makul bir açıklamayla anlatacak mıydı? Acaba mı?*

Bu düşünceyi hemen beynimden silmeye çalıştım. Bu beni zaafa götürecek, tasavvurlarımı gerçekleştirmekten ala koyacak bir neden olabilirdi. Güçlü ve kararlı olmalıydım.

Hizmetçi beni salona götürdü.

Naz tek başına oturmuş beni bekliyordu. Yanında kimsecikler yoktu. Sakin olmaya çalıştım, önce ona bir savunma hakkı tanıyabilirdim. Bakıştık... Ne denli öfkeli olduğumu hemen anlamıştı gözlerimin neşrettiği hiddet parıltılardan.

"Konuş," dedim "Ne anlatacaksan, anlat. Şu kadarını bil ki bu son görüşmemiz olacak."

Hiç endişelenmeden, sakin sakin yüzüme baktı. Sırtında rahat giysiler vardı. Pembe renkli ipek bir bluz, dar bir etek... Yine her zamanki gibi nefis görünüyordu.

Gülümsedi. "Bu kadar emin konuşma," dedi. "Son görüşmemiz olacakmış, ha? Gerçeği ne zaman anlayacaksın, çok merak ediyorum. Sen yaşadığın sürece beni terk edemeyeceksin. Bu hakikati göremiyor musun hâlâ? Ama o kadar düşünme, kafanı yorma, zira düşünmekle işin içinden çıkamazsın. Zihnindeki bilmeceyi, benim nasıl bir insan olduğumu ancak benim anlatacaklarım aydınlatacaktır."

Sırıttım pis pis...

"Doğru söyleyeceğine emin değilim; hiçbir zaman doğru konuşmadın, Naz! Başkalarına olduğun gibi göründün; benimle daima oynadın, hâlâ oynuyorsun. Şu anda aklımdan geçeni söyleyeyim mi? Buraya neden geldiğimi anlatayım mı? Bilmek ister misin? Bu defa çok kararlı ve ne istediğimi çok iyi bilen biriyim." Naz'ın gözlerinde hafif bir ürperti hissettim. Anlık bir korku... Hışımla devam ettim.

"O güzel yanaklarına iki okkalı şamar patlatacağım, sonra da o ukalalığını kırmak ve ibreti âlem niteliğine seni saçlarından kavrayarak yerlerde sürükleyeceğim. Anladın mı? Hazır ol..."

Yanıma yaklaştı. İkimizin de boyu uzun olduğundan gözlerimiz hemen hemen aynı hizadaydı. Şimdi de gözlerimin içine şefkat ve muhabbetle bakmaya başlamıştı. Dudakları aralandı.

"Bu kadar mı? Hepsi bu kadar mı? Tek istediğin beni hırpalamak mı?"

"Evet!" diye bağırdım.

"Hadi, öyleyse... Vur bakalım... Tam karşındayım. Yak canımı. Tek istediğin buysa..."

Elimi kaldırdım... Ama kolum bir türlü yanağına ulaşamadı. Donup kalmıştım. Öylece bekledim. Yapamayacaktım, yapamazdım... Her şeye rağmen, Naz'a vuramazdım. O korkunç öfkemin peyderpey azaldığını, hissediyordum.

Birbirimize çok yakındık. Nefis ten kokusu, pahalı bir parfümün rayihasıyla birlikte genzime doluyordu.

"Hadi, bekliyorum. Vur, incit sevgilini," dedi.

Kolum yanıma düştü. Karşısında bir kere daha yenilmiştim. Kaçmak istedim. Bu değişmeyen mukadder akıbet gibiydi. Daha fazla karşısında durmak istemiyordum. Bakışlarımı kaçırmak istedim. O an eliyle çenemden tuttu, yüzümü kendine doğru çevirdi; neşeli bir şefkatle seyretti ve yumuşacık bir sesle fısıldadı: "Şapşal! Kendisini çok zeki sanan benim sevgili şapşalım! Huyumu bildiği halde, her sözüme inanmaktan vazgeçmeyen safdilli sevgilim! Neler hissettiğini, ne acılar çektiğini bilmediğimi mi sanıyorsun? Buraya gelmen bile büyük cesaret. Bana vurmaya kalkışsan adamlarım senin kemiklerini kırarlardı. Tabii, buna izin vermezdim ama bu yaptığın cinnetti."

Başım önüme düştü. Tek kelime çıkmadı ağzımdan... Hemen buradan uzaklaşmalıydım, duramazdım yanında. Naz bu; niyetimi, aklımdan geçenleri hemen anlamıştı. "Dur," dedi. "Kaçıp gitmek yok... Konuşup, anlaşacağız... Herkes bu akşamki konuşmamızın neticesini bekliyor."

Yine aptallaşmıştım. Saf saf yüzüne baktım. "Herkes mi? Kim onlar?"

"Oh, ooo," dedi. "Kim aklına gelirse... Yani ilişkimizi bilen insanları kastediyorum..."

"Nasıl yani? Annemden başka durumumuzu bilen var mı?"

"Var tabii. Annem babam, senin annen ve sekreterim Gönül."

Kıpkırmızı kesildim. "Seninkiler de biliyor mu?" diye fısıldadım.

"Bilmez olurlar mı? Onlara her şeyi anlattım. Hem de en başından beri biliyorlar. Annem kurt gibi bir kadındır. Galiba zekâmı, güzelliğimi, oyunbazlığımı ondan almış olmalıyım. Daha seni ilk gördüğünde sen bu delikanlıya âşıksın kızım dedi. Ben de rahatlıkla itiraf ettim. Evet anne, onu çok seviyorum dedim. Önce biraz yadırgadı, tereddütlere düştü. Emin misin, diye üstüme vardı. Kısacası bana pek güvenmedi."

"Ya sonra?"

"Sonra durumu kabul etmek zorunda kaldı."

Ben yine bön bön, "Hangi durumu?" diye sordum.

Naz bir kahkaha attı. "Hangi durumu olacak, şapşalım, evlenmemizi tabii..."

"Evlenmek mi? Ne evlenmesi, Naz? Bunu aklımın köşesinden bile geçirmiyorum. O konuşmalar sadece anneme oynadığın oyunun diyaloglarıydı. Senle evlenmem olacak şey değil. Allah yazdıysa bozsun. Hıh, seninle bir hayatı birlikte geçirmek ha... Ben o erkeğe sadece acırım. Zavallı derim. Kimse sana tahammül edemez."

"Ama sen edeceksin. Mecbursun. Sana çok önceden söyledim. Sen benim kölemsin."

Aslında zevkten dört köşeydim ama çok incinen gururumu kurtarmaya çalışıyordum. "Yanılıyorsun," diye homurdandım. "Ben senin kölen filan değilim. Unut bu düşünceleri."

Yeniden kaşlarını çatıp ters ters süzdü beni.

"Bak, kulağını iyi aç ve dinle beni. Seni buraya boşuna çağırmadım. Bu gece bu meseleyi bir karara ve kesin bir sonuca bağlamalıyız. Ne Naci Koyuncu ve ne de Yalçın umurumda değil, ben seni istiyorum ve seninle evleneceğim. Kimse bunu engelleyemez..."

Az kaldı ona inanıyordum.

Yüreğim inanmak istiyordu. Beni bundan daha fazla mutlu edecek ne olabilirdi ki? Ama son anda o aktör bozuntusunun adını ağzına almasaydı...

Birden beynimdeki ampuller ışıldadı. Yalçın dayısının oğluydu ve onunla arasında hiçbir gönül bağı yoktu. Niyetini anlamıştım; beni kahretmek için yeni bir oyun sergiliyordu. Kaç kere düştüğüm tuzağa bu kez yakalanmayacaktım. Öfkeden kızaran yüzümle tebessüm ettim. "Bu kez yaya kaldın, sevgilim. Zira seninle asla evlenmeyi düşünmüyorum."

"Dedim ya, zekâmı ve güzelliğimi annemden tevarüs etmişim, istediğim her şeyi elde etmeyi de ticari dehası olan babamdan kapmışım. Ben bir şeye sahip olmak isteyince hiçbir güç buna engel olamaz. Seni kendime koca olarak uygun gördüm ve sen benim olacaksın. Mesele bu kadar basit... Onun için hiç nefesini yorma ve itirazsız teslim ol. Senin için tek çıkar yol bu..."

"Yanılıyorsun, Naz."

"Hiç yanılmıyorum. Beni çılgınlar gibi sevdiğini öyle iyi biliyorum ki... Hem bu afra tafra da niye? Hâlâ incinen gururunu düşünüyorsun? Boş ver böyle anlamsız şeyleri ve bana inan. Ben ne istersem o olacak. Senin iraden bunu değiştiremez. Bana karşı gelecek gücü nasıl buluyorsun? Anlamadın mı, her zaman ben ne istersem o oluyor, bundan sonra da öyle olacak."

"Hayır, Naz... Olmayacak... Oyunlarından gına geldi bana. Artık yeter. Şimdi çıkıp gideceğim ve bir daha beni hiç göremeyeceksin."

Omuz silkti. "Boş lafa karnım tok... Hep böyle söylersin, sonra tıpış tıpış yine yanıma dönersin, yüzümü görmek, ayaklarıma kapanmak, özür dilemek için can atarsın."

Öfke yeniden basmak üzereydi beni. Gerçekten de kendini beğenmiş bu kıza tahammülüm kalmamıştı artık. Feyman bundan bin defa daha iyi biriydi, o saf kızı üzdüğüm için kendime bozuluyordum.

Ama Naz aklımdan geçenleri yine okumuş gibi söylendi:

"Bir daha o Feyman denilen kaltakda da yemeğe fılan çıkmanı istemiyorum. Onu asla görmeyeceksin, anladın mı? Yoksa bacaklarını kırdırırım."

Yüzüne iğrenerek baktım. Cevap vermek bile anlamsızdı. Arkamı dönerek salondan çıkmaya hazırlandım. Naz defteri sonsuza kadar kapanmıştı benim için. Şu an yüreğim nefretle doluydu ve bu nefret onu unutmam için iyi bir vesile olacaktı.

"Dur!" diye seslendi arkamdan.

Dönüp bakmadım bile. Ama aynı anda ateşlenen bir silahın

derin gürültülerini işittim bir anda. Kurşun az ilerimden geçmiş kapıya saplanmıştı. Dehşete kapılarak başımı çevirdim. Naz elinde otomatik bir tabancayla az gerimde duruyordu. "Bu bir uyarıydı," dedi. "Emrime karşı gelirsen ikinci kurşunu sırtına yersin." Gerçekten deliydi. Bu kadarına inanamıyordum. "Çıldırdın mı sen?" diye kekeledim. "Ne yaptığının farkında mısın? Beni vururursan hapislerde çürürsün. Yazık değil mi gençliğine." Güldü. "Kendini değil, beni düşünüyorsun, değil mi sevgilim. Asıl yalan söyleyen sensin. Bak şu anda bile sevdiğin kadını düşünüyorsun. Benim hapislerde çürümemi istemiyorsun."

Sustum, bir şey söyleyemedim.

Fakat o bütün domuzluğuyla devam etti: "Endişelenme, bana bir şey olmaz. Bu kadar korumayı burada niye besliyorum sanıyorsun. İçlerinden biri suçu üstlenir, mesele kapanır gider. Senin için de tecavüze kalktı diye bir yalan kıvırırım."

Doğru mu söylüyordu acaba? Gitmeye kalkışırsam belimin ortasına bir kurşun daha sıkar mıydı? "Sen gerçekten delisin!" dedim.

"İftihar et öyleyse... Beni bu hale sen soktun."

Yine yalan, yine oyun da olsa, bunu duymak ne hoştu. İşin garibi patlayan silah sesine rağmen kimse salona üşüşmemişti. Bu kadar iyi korunan bir evde mümkün müydü bu. Rahat anlamıştım; bu da oyunun bir parçası olmalıydı. Mizansen evvelden hazırlanmış ve personele tembih edilmiş olmalıydı ki kimse gelmemişti. Çaresiz kalarak Naz'a yaklaştım. "Ver o silahı bana," dedim. İtirazsız kabul etti. Tabancayı bana uzattı.

Derin bir nefes aldım. Çılgının ne yapacağı belli olmazdı. Artık ne yapacağımı, ne düşüneceğimi bilmiyordum; buradan çekip gitmek de çözüm değildi, bu Allah'ın delisi beni her yerde bulurdu. Birden yanıma gelip boynuma sarıldı. "Ne nankörsün, sen!" diye fısıldadı. "Hiç benim gibi bir kızı bulabilir misin? Dizlerime kapanıp özür dileyeceğine, utanmadan başka karılarla fingirdeşiyorsun."

Bununla da yetinmedi, büyük bir istekle yüzümün gözümün her yanını öpmeye başladı. Sersemlemiştim. Dedim ya, ne yapacağı hiç belli olmuyordu. Başım dönmeye başlamıştı, ama yaşadığım anın zevkinden değildi bu. Naz bir sinir törpüsüydü ve geçirdiğim bir travmaydı. Kimsenin altından kalkamayacağı bir buhran... Gözlerim kararıyordu. Açlıktan da olabilirdi, dün geceden beri ağzıma bir lokma girmemişti. Beynimde Naz'la yaptığım mücadeleden yorgun düşmüştüm; üstüne üstlük bir de bu akşam başıma gelenler...

Naz'a sarılan kollarımın iki yana düştüğünü hissettim.

Son hatırladığım şey, sevgilimin "Haldun!" diye attığı çığlıktı...

5

Kendimden geçmiştim. Gözlerimi açtığımda kendimi yalıda kalırken Naz'ın bana tahsis ettiği yatak odasında bulmuştum. Yatakta kalıp gibi uzanmış yatıyordum. Dizlerimin üzerine Naz'ın başı dayalı; sevgilim orada ağlıyor. Bir hizmetçi de elinde kolonya şişesi, alnıma ve bileklerime friksiyon yapıyor.

Hizmetçi, "Beyefendi kendine geliyor," diye mırıldandı. Naz lop gibi yere çömeldiği yatağın ucundan fırlamış bana eğilmişti. Gözleri kan çanağı gibiydi ağlamaktan.

"Bu sefer çok ileri gittim, değil mi sevgilim?" diye fısıldadı. "Beni affedecek misin?"

Sesim çıkmadı. Bitkinliğim devam ediyordu. Ama artık bu oyun değildi, en azından geç de olsa bunu anlamıştım. Bu gözyaşları Naz'ın aşkının samimi ifadesiydi. Beni gerçekten seviyordu.

"Karnım aç," diyebildim güçlükle.

Naz hayretle bana baktı. "Karnın mı aç? Onun için mi kendinden geçtin?"

Göz kapaklarımı açıp kapattım. "Dün geceden beri hiçbir şey yemedim?"

"Yani bu baygınlık üzüntüden kaynaklanmıyor mu?"

O an münakaşa edecek halde değildim. Ama göz pınarlarındaki yaş birden kurudu. Baş ucumdaki hizmetçiye dönüp, "Çabuk yiyecek bir şeyler getirin buraya," diye emretti. Başıma kolonya süren kız apar topar odadan fırladı. Naz da biraz bozulmuş gibi

339

koltuklardan birine oturdu. Fakat beni süzen bakışları değişmişti. Çocuk gibiydi, geçirdiğim sarsıntının açlık ve sinir yorgunluğundan değil de üzüntüden olmasını istiyormuş gibi bir hali vardı. Kendimi tutamayıp gülümsedim; bu kız, bu kafayla koca bir gazeteyi nasıl idare ediyordu, şaşılacak şeydi doğrusu...

"Ne gülüyorsun?" dedi.

"Sana gülüyorum."

"Neden? Halimde komik bir şey mi var?"

Naz böyledir, işte! Hayal genişliği ve işlekliğiyle, acayip görüş ve düşünceleriyle, en ciddi zamanda yaptığı çocukluklarla daima canlı, daima değişken.

Gülmeye devam ettiğimi görünce homurdandı: "Kes şu sırıtmayı."

Ciddi bir tavır takınmaya çalışarak, "Emredersiniz, efendim," dedim. Ama henüz rahatlamamıştı, odanın içinde dolaşmaya başladı.

"Şimdi de benle alaya mı başladın?"

"Aman, efendim! Ne münasebet! Haddime mi?"

Tam o sırada hizmetçi büyük bir tepsi içinde yiyecek bir şeyler getirmişti. Yatağın içinde doğruldum, hizmetkâr sırtımı yastıklarla destekledi. Tepsiyi dizlerimin üzerine yerleştirdi. Naz karşıma oturmuş, konuşmayı kesmiş, dikkatle beni seyrediyordu. Kararsız olduğunu anlamıştım, kendimden geçmenin de benim yaptığım bir numara olup olmadığını düşünüyordu sanırım. Gelen yiyecekleri afiyetle yerken bir yandan da durumumuzu tahlile çalışıyordum.

Bu işin sonu olmayacaktı.

Naz hâlâ kımıldamadan duruyordu. Utancımdan kızarmaya başlamıştım. Yaptıklarımı gözümün önüne getirdikçe içimden kendime çıkışıyordum. *Zırtapoz herif! Allah'ın ahmağı!* diye. Buraya ne amaçla gelmiştim halbuki... Oysa şimdi yalıdaki odamda keyifle uzanmış karnımı doyuruyordum. Karşımda da sevgilim duruyordu.

Memnundum halimden... İnanmıyorum ama her şeyi kabullenmiş görünüyorum. Gerçek kafama dank ediyor. Ne yaparsa yapsın, bu kızdan kopma şansım yok. Daha bir saat evvel bana ateş etmesine rağmen... Biliyorum, o da yaptığı oyunların bir parçası ama çok tehlikeliydi. Çılgınlık, ama vazgeçemiyorum ondan. Öfke, hiddet, kıskançlık kalmadı bende... Aniden değişen rüzgâr gibi etkisine kapılıp dönüyorum etrafında. Onunla mücadele imkânsız...,

Yemeğim bitince, Naz hizmetçiye tepsiyi al çık odadan dercesine bir işaret veriyor başıyla. Kız anında kucağımdaki tepsiyi alıp kayboluyor. Şimdi yeniden yalnızız.

Sessizlik bir süre devam ediyor.

Ben alttan alıyorum. "Eee, niye çağırdın bu gece beni buraya, ne söyleyecektin?" diye soruyorum. Öfkelenme sırası şimdi onda. Güzel burnunun kanatları kıpırdıyor.

"Aşağıdaki salonda anlattım ya, anlamadın mı?"

Hafif alaycı bir şekilde mırıldanıyorum. "Korkarım, unuttum. Ne söylemiştin?"

"Son kez söylüyorum, kulaklarını iyi aç ve dinle... Benim kocam olacaksın."

Küçümser bir edayla başımı sallıyorum. "Ha, hatırladım söylediklerini. Ama biliyorsun ki bu imkânsız. Mümkünü yok... Seninle evlenemem."

Şeytan dürtüyor beni. Naz'a hiç söylenir mi böyle bir laf? Muhakkak benim de şuurum tam yerinde değil. Saçmalıyorum. Bir başka ahvalde duysam, takla atacağım bu isteğe, şimdi ağırdan alıyor, hevessiz gibi davranıyorum. Aklımca Naz'a ben de oyun yapıyorum; boşuna dememişler körle yatan şaşı kalkar diye... Oyun isteği sevgilimden sirayet etmiş olmalı...

Naz birden ayağa fırladı. "Paralarım seni!" diye bağırdı.

Öfkesi beni mest ediyor. Allahım o kadar güzel ki hırçınlığı, yırtıcı bir kaplan gibi karşıma dikilmesi ruhuma siniyor. Son bir gayretle, "Üzgünüm, ama geç kaldın," diyorum. O nefis gözlerinde sanki şimşekler çakıyor. "Ne demek o?" "Ben artık başka bir kadına âşığım," diyorum. Deli gibi üstüme saldırıyor. Gibisi zaten fazla... Hiç kuşkum yok, o bir çılgın. İyi ki o tabancayı bu sefer yatak odasına getirmemiş; zira hiç kuşkum yok ki kurşunu bu defa benden birkaç metre öteye değil tam kalbime sıkardı. Üzerime çullanıyor, yatağın içinde alt alta, üst üste boğuşmaya başlıyoruz. Bunu benim evimde bir kere daha yaptığımız için tecrübeliyim. Ellerini zapt etmeye çalışıyorum, zira uzun tırnakları yanaklarımı parçalayacak. Diğer yandan da canını yakmamaya çalışıyor, ölçülü bir kuvvet kullanıyorum. Ne de olsa bir erkekle mücadele gücü daha zayıf. Aslında her kadın gibi o da bu boğuşmadan memnun, bir türlü cinsel haz duyuyor. Erkeğin gücünün kendinden baskın olması onu heyecanlandırıyor.

Yatakta onu altıma alıyorum. Bileklerinden kavramış durumdayım. Dolgun memeleri göğsümün altında eziliyor ama hırçınlığı durmuyor bir türlü. Israrla direniyor. Genç ve sağlıklı, direniyor... Aslında söylediklerime inanmadığını da biliyorum fakat didişmek hoşuna gittiğinden boğuşmayı sürdürüyor. Bır ara nefes nefese soruyor, "Kim o âşık olduğun şıllık? Yoksa Feyman denilen o cüce mi?"

Hâkim durumda olan benim. "Evet, o," diyorum.

"Öldürürüm onu... Sen yalnız beni seveceksin, anlıyor musun?"

"Geç kaldın, Tatar Ağası..."

Bu sefer kollarını kurtaramayınca beni ısırmaya kalkışıyor. Neredeyse kolumun üst kısmını koparacak... Canım yanıyor, ama direniyorum. Pes etmiyorum. Şimdi sıra benim... Bir kolumu bileğinin üstüne bastırıp parmaklarımla pembe bluzunun düğmelerini açmaya çalışıyorum. Beceremeyince hızla çekiyorum. Düğmeler yerinden kopup etrafa saçılıyor. Göğüsleri meydana çıkıyor. Sutyeninin açıkta bıraktığı yerleri öpmeye başlıyorum. "Irz düşmanı... Bırak beni, öpme," diyor... Aldıran kim! Oynaşmanın şehevi yanı yavaş yavaş ağır basmaya başlıyor. İkimiz de heyecanlanıyoruz. Ağır ağır şiddet kaybolup sevişmenin uhrevî ahengine kapılıyoruz. Az önce her yanımı tırmıklamaya hazır olan parmakları şimdi saçlarımda dolaşıyor. Kesik kesik inliyor. Fakat devamına da o mani oluyor. İniler gibi, "Duralım artık, Haldun," diyor.

Güçlükle fısıldıyorum: "Neden?"

"Böyle olmasını istemiyorum... Kendimizi daha fazla tutamayacağımız açık. İşin sonunun nereye varacağını ikimiz de biliyoruz."

Her şeye rağmen durup sevgi dolu gözlerinin içine bakıyorum anlayışla. Kollarımın arasından sıyrılıp yanıma oturuyor. "Teşekkür ederim," diye mırıldanıyor.

"Ama neden?" diye sorumu tekrarlıyorum.

Uslu bir çocuk gibi gözlerini benden kaçırıyor. "Ben aslında muhafazakâr bir aileden geliyorum, belki inanmayacaksın ama bakireyim. Sana teslim olmak için can atıyorum fakat her şeyin usulünce olmasını istiyorum. Lütfen biraz daha bekleyelim."

Can çıkar huy çıkmaz derler ya, Naz'a cuk oturuyor. Belli ki yine oyunları başlıyor. Bakireymiş, külahıma anlatsın... Naz bakire ha? Asla inanmam... Bu yaştaki kız bakire olacak! İşte yine başladı numaralarına. O safhayı kim bilir kaç sene evvel atlatmıştır. Yutacağımı sanıyor... Ben kaçın gözüyüm, yer miyim bu numaraları. Ama ses çıkarmıyorum. "Nasıl istersen?" diye mırıldanıyorum.

Gözlerini bana çevirip soruyor: "Gücenmedin, değil mi?"

"Yok, canım!" diyorum. "Neden güceneyim? Nasıl olsa her

şey senin istediğin gibi şekillenecek, değil mi? Bunda gücenecek ne var?"

Dikkatle yüzüme baktı.

İsteğini bu kadar rahat kabullenmemden kuşkuya düşmüştü. Gözbebeğindeki harelerden anlıyordum. Rahatlamamıştı henüz.

"Nikâhtan sonra... Balayımızda..."

"Tabii," dedim.

"Balayımızı nerede geçirmek istersin? Bahama, Antiller veya Mayorka... Sıcak bir yer olsun sevgilim, değil mi? Denize de gireriz."

Hiç bozuntuya vermedim. Sadece, "Benim fikrim de söz konusu olacak mı?" diye sordum.

"Gayet tabii, sevgilim... Sen hangisini seçersen..."

"Öyleyse Bursa olsun... Annemi de yanımıza alırız. Hiç fena fikir değil, değil mi? Sanırım sen çok mutlu olursun..."

Alay ettiğimi anlamıştı. Uzun süre beni süzdü. Yeniden saldırıya geçeceğini sanmıştım, ama hiç öyle olmadı. Yerinden kalktı, düğmeleri kopmuş ipek bluzunun önünü örtmeye çalışarak usulca odadan çıkıp gitti.

Oyuncağı elinden alınmış bebek gibi ortada kalmıştım....

&

Yapılacak bir şey yoktu. Naz yanıma dönmezdi artık. Durumu muhakeme etmeye çalıştım, ne yapabilirdim, koca bir hiç... O zaman haddimi bilip tam bir teslimiyetle hareket etmeliydim. Yakınmak, şikâyet etmek anlamsızdı. Oysa, bunca tecrübeye rağmen, her seferinde kızıp sinirleniyor, lanetler yağdırıyor, akabinde de onu özleyip aramaya başlıyordum.

Sesim çıkmayacaktı bu sefer...

Onu kızdırmaya kalkışmam anlamsızdı. Elimden gelen tek şey

oyunu kurallarına göre oynamaktı ve anladığım kadarıyla bu oyunun tek bir kuralı vardı: Naz'a itaat etmek.

Kolay mıydı?

Hayır, kesinlikle kolay değildi. Hatta çok zordu. Bazen sinirden çıldıracak raddelere geliyordum. Mesela en son bu akşamki halim gibi... Fakat elimden bir şey gelmiyordu; her seferinde mağlubiyeti kabul ettiğime göre, bu çırpınmalar niye idi? En iyisi işi oluruna bırakmaktı. Katlanmak zorundaydım... Katlanmak da doğru bir kelime seçimi değildi galiba; katlanmak bir mecburiyetti, bir zarureti ifade ediyordu; oysa kabul etmeliydim ki ben bundan zevk bile alıyordum. Yaşadığımız olayları, bana çektirdiği acıları sonradan hayal edince hoşuma gidiyor, *kimse böyle aşk acıları çekmemiştir,* diye düşünüyordum. Yalan da değildi yani... Mesela az önceki sevişme sahnemiz.. Kolay kolay hafızamdan silinecek bir an mıydı? Hoyratça davranışlarımız, öpüşüp koklaşmalarımız, yakınlaşıp uzaklaşmamız ve sonundaki bekâret iddiası... Tam Naz'a göre bir buluştu... İnsanı çileden çıkaracak bir icat...

Gülümsedim.

Yapacak bir şey yoktu. Az önceki saldırıları, çırpınışları yeniden aklıma geliyor. Ne kadar mutluydum o sırada... Hayatın özü de bu değil mi zaten? Hırçın, dalgalı gelgitler? Monoton, yeknesak bir huzur galiba artık beni de tatmin etmeyecek... Bu deli kız beni de kendine benzetti, hır gürden, her an patlayacak bir fırtınadan hoşlanmaya başladım; hatta bekliyorum, sade, düpedüz bir hayattan zevk almaz oldum.

Şayet böyle bir hayat istiyorsan, onun meşakkatlerine de katlanmak zorundasın diye mırıldanıyorum. Adeta morali yerine geldi. Ben de iliştiğim yatağın kenarından ayağa kalkıyorum. Aşağıda salonda kendimden geçtiğim sırada beni ayıltmaya çalışırlarken sırtımdan ceketimi çıkarmışlar, gömleğimin kollarını sıvamışlardı. Gömleğimin kollarını indirip ilikliyorum. Sonra ceketimi giyiyorum. Gitmeye hazırım artık.

Bu gece burada kalmayacağım. Artık ben de Naz'ın oyunlarına katılmaya kararlıyım. Gideceğimi hiç düşünmemiştir tabii. Belli olmaz, belki gecenin ilerleyen bir saatinde fikir değiştirir, yeniden odama dahi gelebilir. Ama odayı boş bulacak, bu husus kesin.

Zevkleniyorum...

Usulca oda kapısını aralayıp koridora çıkıyorum. Merdivenin başına gelip aşağıya bakıyorum. Etrafta hizmetçi, uşak görünmüyor. Sinsi sinsi sırıtarak basamakları iniyorum. Benim çılgın güzelim, kimseye haber vermeden kaçtığımı öğrenince kim bilir nasıl küplere binecek. Daha şimdiden memnuniyetin hazzı içimi kaplıyor.

Antreye geliyorum. Hâlâ sessizlik... Kimsecikler firarımı görmüyor. Dış kapıya açıp bahçeye çıkıyorum. Artık serbestim. Parmaklıkların önündeki koruma beni saygıyla selamlıyor, ben de mukabele ediyorum. Arabamın yanındayım. Elimi cebime sokup arabanın anahtarını arıyorum.

Yok ama... Bütün ceplerime bakıyorum. Bulamıyorum.

Yalıda mı düşürdüm yoksa? Fakat evimin anahtarı yerli yerinde... O avucuma geliyor, arabanınki ise yok... O zaman uyanıyorum, bu mutlaka Naz'ın işi olmalı

Hain, diye homurdanıyorum. Mutlaka gizlice kaçacağımı düşünmüştür. Aklınca tedbir almış. Umursamıyorum. Arabanın anahtarı yerine cüzdanımı alsaydı o zaman apışır kalırdım. Daha da keyifleniyorum, çünkü kurduğu tuzak beni evinde tutmaya yetmiyor...

6

Tuttuğum taksi beni evime bıraktığında rahatım artık. Hatta Naz'la tanıştığımdan bu yana en doyumlu günü geçiriyorum. Ringe çıkmış iki boksör gibiyiz; düşürücü darbe arıyoruz ama son raund kesinlikle benim, kazanan ben oldum. Yalıda beni göremeyince ifrit olacaktır. Hâlâ kıs kıs gülüyorum. Diğer yandan da içimden homurdanıyorum, "Merak etme, bundan böyle oyununa oyunla karşılık vereceğim, gör bakalım, el mi yaman bey mi yaman?"

Ama çılgın olduğu muhakkak...

Aklıma geldikçe tüylerim ürperiyor. Havsalam almıyor bir türlü, *düpedüz tabancayla ateş etti yahu*, diye homurdanıyorum. Yapılacak şey mi bu? Zır deli vallahi! Hastaneye gitse rapor verirler. Kanımca üstüne fazla gitmeye de gelmez. Daha şedit numaralara kalkışırsa hiç şaşmamalı...

Böyle diyorum ama bir yandan da huylanıyorum. *Tanıdığım Naz, bu yenilgiyi kabul etmez; mutlaka bir yolunu bulur, daha beteriyle mukabeleye kalkışır*, diye düşünüyorum. *Yapar mı, yapar...*

Ama akşam yatağa girdiğimde bugün başıma gelenleri birer birer yeniden yaşıyorum. Özellikle yatakta yaşadıklarımızı... Tadına doyulmaz anlardı. Akıllı uslu biri olsa onunla bütün bir hayatı paylaşmak kim bilir ne güzel olurdu. Annem buradayken geçirdiğimiz günler aklıma geliyor; annemi ilk ziyareti, sonra Eyüp

347

Sultan'a gidişimiz. Yine gülümsemeye başlıyorum; çıtı pıtı, saygılı ve ürkek, tam bir ev kızı... Nasıl da o görüntüsüyle annemi aldattı. Kadıncağız onu halim selim, kendi halinde biri sandı. Oysa onun ne düzenbaz olduğunu bir ben bilirim...

Yine de mutluyum.

Sonuçta aklım kesti, ondan kopamayacağım; iyi veya kötü, bu tempo devam edecek, zira başka çarem yok. Bu gerçeği kabul etmek bile beni rahatlattı. Hiç olmazsa bundan sonra ölüm yok ya ucunda, bırakırım, unutmaya çalışırım filan gibi yerine getiremeyeceğim laflarla kendimi kandırmaya çalışmayacağım. Naz haklı çıktı; ben onun esiri, tutkunu, kölesiyim. Bu mantıkla teslim olan bir adama ne yapsa yeridir. Onu suçlamıyorum artık.

Yorgunluğuma rağmen uyuyamıyorum da. Pembe bluzun düğmelerini kopararak açışım, duru beyazlıktaki, göğüslerini öpüşüm, hasret kaldığım ten kokusuna kavuşmanın heyecanı yeniden gözlerimin önüne geliyor. Fakat o zaman daha iyi anlıyorum; sorunum salt cinsellik değil, bundan çok ötede... Ben onun varlığına, hayatımdaki yerine âşığım, ancak onunla yaşadığımı hissediyorum. Yanında olduğum zaman mutluluğumu anlıyorum.

Işığı söndürdüm, yorganı başıma çektim fakat uyuyamıyorum, dalamıyorum bir türlü. Aklıma hep aynı sual takılıyor... Neden acaba bana bu kadar eziyet etmekten hoşlanıyor, hiç seven biri âşığını bu kadar üzer mi? Kafa patlatıyorum ama bir türlü makul bir cevap bulamıyorum. Oysa mutlaka mantıklı bir nedeni olmalı. Kabul etmek istemiyorum ama belki de gerçekten bir ruh bozukluğu, marazi bir hal, olamaz mı? Gerçek nedeni keşfetsem, ikimiz de rahatlayacağız. *Bir hastalık ise mutlaka bir tedavi yöntemi de olmalı*, diye düşünüyorum. Aksi gibi bu konularda uzman hekim arkadaşım da yok, olsa başvuracağım gizlice, Naz'a söylemeden. Önce ona yaşadıklarımızı anlatır, sonra gerekiyorsa bir pundunu bulup Naz'ı da götürürdüm.

Bunları düşünürken uyuyakalmıştım...

ॐ

Ertesi sabah gazetedeki odama girdikten on dakika sonra Gönül Hanım geldi. Daha o an günün sürprizlere ve yeni olaylara gebe olduğunu anladım. Sabahın bu saatinde Gönül Hanım'ın ziyareti hayra alamet değildi. Yüzünde hafif bir tebessüm vardı sekreterin.

"Dün gece yalıda arabanızın anahtarını düşürmüşsünüz. Hanımefendi getirdi ve size vermemi söyledi." İnanmadığımı belli edercesine sırıttım. "Düşürmüş müyüm? Yoksa Naz onu cebimden mi almış, ne dersiniz?" diye mırıldandım.

"O kadarını bilemem." Bu cümlesinde bile fikrimi kabul eden bir hava vardı.

"Hepsi o kadar mı?" diye sordum. "Sayın Patroniçemizin bana iletilmesini istediği başka bir mesajı yok mu?"

"Sanmıyorum. Bana başka bir şey söylemedi."

Gönül Hanım arabanın anahtarını masamın üzerine bıraktıktan sonra gitmeye hazırlanıyordu ki onu durdurdum. "Gönül Hanım, size bir sual sorabilir miyim?" dedim. Hafif alaycı bir şekilde yüzüne bakıyordum.

"Gayet, tabii. Ne isterseniz, sorabilirsiniz."

"Sanırım, Naz'ı çok eskiden beri tanıyorsunuz, öyle değil mi?"

"Doğru, çocukluğundan beri... Yirmi yıl önce, buraya Reşit Bey'in sekreteri olarak girmiştim, o tarihlerde ufacık bir kızdı. Şimdi benim patronum oldu."

"Bu durumda onu gayet iyi tanıyor olmanız gerekir."

"Haklısınız, tanırım. Zaten benim mevkiimdeki sekreterler, genelde böyle insanların sır ortağı sayılırlar."

"Öyleyse Naz'la aramızda garip bir hissi bağ olduğunu da biliyorsunuz."

"Evet, biliyorum."

"Şimdi bana söyler misiniz; Naz daha önceki yıllarda ruhsal bir hastalık geçirdi mi?"

Gönül Hanım gülümsedi, sonra ağır ağır tombul vücuduyla masama yaklaştı ve ellerini masaya dayayarak gözlerimin içine baktı. "Büyük bir gaflet içindesiniz, Haldun Bey," dedi. "Ayağınıza gelen büyük bir fırsatı tepmek üzeresiniz. Kaç erkeğin başına Naz gibi bir talih kuşu konar. Onu neden anlamak istemiyorsunuz? Onun size âşık olması büyük bir nimet, neden bu fırsatı tepmeye çalışıyorsunuz, sizi hiç anlamıyorum. Yaptığınız kaprislerin bedelini sonra çok ağır ödemek zorunda kalacaksınız. Her şeyi biliyorum. Bunca zamandır, Naz'ın ilgisini çeken ilk erkek siz oldunuz. İnanın nedenini ben de bilmiyorum. Oysa ona âşık olup etrafında pervane gibi dönen o kadar çok erkek var ki, ama o hiçbirine yüz vermiyor."

Kaşlarımı çattım. "Sualime cevap vermediniz," dedim.

"Çünkü bu çok abes ve çocukça bir sualdi. Hiç ruh hastası bir insan, hele daha onun kadar gençken, böyle bir gazeteyi yönetebilir mi?"

Oldukça mantıklı bir cevaptı. Ama Naz'ın davranışlarını açıklamaya yetmiyordu.

"Bana ne oyunlar oynadığını biliyor musunuz?" diye kekeledim.

"Tabii, biliyorum," diye söylendi. "Aslında bundan mutluluk duymanız gerekmez mi?"

Yüzüne bakakaldım...

Galiba özel sekreteri de Naz gibi kafayı üşütmüştü...

Ama günün asıl sürprizi yaklaşık bir saat sonra patlak verdi. Dalgın bir şekilde Gönül Hanım'ın söylediklerini kafamda tahlil etmeye çalışırken masamın üzerindeki telefon çalmaya başladı. yazıişlerinden arandığımı düşündüm önce, günlük makalemi ne zaman teslim edeceğimi soracaklarını sandım. Oysa arayan hiç ummadığım bir kişiydi. Telefonu açtım. "Buyurun, efendim?" İnce bir kadın sesi, "Günaydın, Haldun Bey," dedi. "Ben Ülker Akyol."

Birden nefesim kesilir gibi oldu. Ülker Hanım'ın sabahın bu saatinde beni hiç mi hiç arayacağına ihtimal vermemiştim. Sanki odama girmiş gibi toparlandım.

"Buyurun, hanımefendi. Bir emriniz mi var?" diye kekeledim.

"Estağfurullah... Ama sizden bir ricam olacak."

"Buyurun efendim, sizi dinliyorum."

Heyecanım enikonu artmıştı. Birincisi Ülker Hanım'ın beni aramasıydı; benden hoşlandığını pek sanmıyordum, bu durumda ne için aradığını anlamak istiyordum. İkincisi ise telefonda *ricam diye bahsettiği şeyin,* ne olabileceğiydi... İçimi ani bir karamsarlık kapladı.

"Yalnız bu ricam tamamen aramızda kalacak, tamam mı?"

"Gayet, tabii." Öyle dedim ama kafam hızla çalışmaya başlamıştı. Ülker Hanım benimle ne konuşabilirdi; aslında bu konuda fazla düşünmeye, neden aramaya mahal yoktu. Kuşkusuz o da kızıyla aramızdaki ilişkiyi biliyordu ve amacı bunu engellemekti. Kadına hak vermemek elde değildi; Naz, Naci Koyuncu gibi bir damat adayını geri çevirmişti ama Naci Koyuncu tam Akyol ailesinin istediği ve aradığı evsafta biriydi. Zenginliği ölçüsüzdü... Haliyle kızlarının benim gibi meteliksiz, adı sanı duyulmamış bir gazeteciyle vakit geçirmesini ya da hissi bir ilişkiye girmesini istemezlerdi. Bunu anlayışla karşılamak zorundaydım. Lakin mesele bu kadar basit miydi? Ne yazık ki gönül ferman dinlemiyordu. Ne yazık ki bu parasız gazeteci de onların kızına âşıktı.

Ülker Hanım devam etti:

"Bugün sizi öğle yemeğine davet ediyorum. Anlatacaklarım olacak..."

Yutkundum. "Tabii, efendim," diye fısıldadım. "Nereye gelmemi istersiniz?"

Bana ünlü bir otelin adını vermişti...

જ્

Ülker Hanım'ın karşısına oturduğumda heyecandan kalbim duracak gibiydi. Otele gidinceye kadar karşılaşacağım olumsuz beyanlara nasıl bir cevap vermem gerekeceğini düşünmüş fakat uygun bir karşılığı beynimde bulup çıkaramamıştım. Galiba en iyisi işi oluruna bırakmak, hadiselerin tabii seyriyle o an gerekeni yapmak en iyisi olacaktı.

Cidden güzel bir kadındı Ülker Hanım. Demiştim ya, Naz'ın ilerlemiş yaşlardaki modeli. Birden Reşit Bey'e acıdım, emin oldum, zira bu kadında gençliğinde herhalde ona kök söktürmüştü; tıpkı Naz'ın bana yaptığı gibi. Ne de olsa ana kız aynı hamurdan yapılmışlardı, bendeki intiba oydu...

Ülker Hanım'ın beni âşık yüzle karşılayacağını sanmıştım ama çehresinde sıcak bir ifade, yumuşak bir hava vardı. *Sakın kanma*, diye mırıldandım içimden. Herhalde bu da kızı gibi taktisyendi, gülerek zehrini akıtacak cinsten.

Tedbirli olmalıydım.

Nedense aklıma gelen ilk şey, gazeteden rızanla ayrıl, sana açıktan tazminat verelim fikri oldu. Makul bir düşünce gibi geldi önce bana. Yüklü bir tazminata hayır diyemeyeceğimi düşünmüş olabilirdi. Bekledim... Bakalım derdi ne çıkacaktı.

Sessiz sakin fakat içimde fırtınalar eserek beklemeye başladım. Yemek siparişlerimizi verir vermez Ülker Hanım atağa geçti. Ağzından çıkan her kelimeyi tartarak dinliyordum. Ağır ağır ve durarak konuşuyordu. İlk cümlesi aynen şöyle olmuştu: "Kızımla birbirinizi sevdiğinizi biliyorum." Adeta benden tasdik bekleyen bir havadaydı. Aslında bu cümle beni biraz şaşırttı, zira içinde Naz'ın da beni sevdiğinin itirafı yatıyordu. Biraz aklım karışır gibi oldu. Sabahleyin sekreter Gönül Hanım, şimdi de annesi, Naz'ın bana olan aşkından bahsediyorlardı...

Yani Naz, gerçekten beni seviyor muydu?

İrkildim. Yoksa bu gerçeği görmeyen tek kişi ben miydim? Aşk beni serseme mi çevirmişti, kör mü olmuştum? Neden benden başka herkes bunu hissediyordu da bir tek ben Naz'ın duygularından şüpheleniyordum. Gözlerimin içine bakmaya devam etti. Hatta benden ses çıkmayınca bakışları ruhumu okumak istercesine içimin derinliklerine dalmıştı. Galiba bir şeyler söylemek zorundaydım. Sadece başımı salladım. Yeniden sordu: "Haldun Bey, kızıma âşık mısınız? Bunun cevabını sizden almak istiyorum." Kısa bir an düşündüm. Şayet ilişkiler vereceğim cevaba göre şekillenecekse buna hazır olmalıydım.

"Evet. Siz onaylamasanız da Naz'ı seviyorum," dedim.

Güldü... "Onaylamadığım hükmüne nasıl vardınız?" diye sordu.

Bunu anlamak zor olmadı dercesine dudaklarımı büzdüm, burun kıvırdım. "Kuşkusuz, kızınız benden daha iyilerine layık," dedim.

"Ne demek istediğinizi anlıyorum," diye fısıldadı. "Para her zaman güçtür, kuvvettir ama Naz'ın buna gereksinimi yok, o zaten zengin. Varlığımız torunlarımızın çocuklarına bile yeter."

Hafif hafif sinirlenmeye başladım. Bu konuşmanın sonu neye varacaktı. Yoksa beni zengin kız peşinde koşan bir avcı mı sanmıştı. Bunu kabul edemezdim. "Bana ne söylemek istiyorsunuz?" dedim.

Arkasına yaslandı.

Sesini biraz daha kıstı. Gözlerinde yadırgadığım ifadeler belirdi. Asıl vurucu darbeyi indirmeye hazırlanıyordu galiba. Ondan atik davrandım.

"Benden hoşlanmadığınızı biliyorum," dedim. "Bunu anlayışla karşılayabilirim ama Naz'dan ayrılmamı istiyorsanız, bu kararı ancak o verebilir."

Yeniden gülümsedi.

"Yanılıyorsunuz. İlk karşılaşmamızda sizden hoşlanmadığım hususu doğru, bunu inkâr etmeyeceğim. Ama bizim çiftliğe geldiğiniz günü hatırlıyor musunuz?"

"Evet, hatırlıyorum."

"Öyleyse, çiftlikten erken ayrılmamanız için size ısrar eden yine bendim. Onu da hatırlıyor musunuz?"

Düşündüm bir an. Ülker Hanım'ın dediği doğruydu. O gün biraz daha oyalanmam için ısrar etmiş, ben de nedenini anlamamıştım. Naz orada yoktu ve o topluluk beni hiç açmamıştı. Sessiz kalarak devam etmesini bekledim.

"Naz'ı orada bulamayınca sıkılmıştınız. Oysa Naz çiftliğe bir gün önce gelmişti ve ana kız o gece derin bir sohbete daldık."

Merakım artmıştı birden. Sesimi çıkarmadan dinlemeye devam ettim.

"Naz o gece bana sizi sevdiğini itiraf etti. Bu konuşma size ana-kız arasında geçen normal bir dertleşme, sıradan bir itiraf gibi gelebilir. Ama pek öyle değildi. Naz'ı yeterince tanıdığınızı pek sanmıyorum. Kızım değişik biridir. Onun değişik olan kimliğini, ancak çok iyi ve yakından tanıyabilirseniz anlarsınız ancak. Dışa karşı, mağrur, kibirli, acımasız görünebilir; gerçekte ise son derece mütevazı, anlayışlı ve merhamet doludur yüreği. Naz şimdiye

354

kadar kimseye gerçek anlamıyla âşık olmadı. Siz sevdiği ilk ve tek erkeksiniz. Ama kızımın da ufak bir kusuru vardır. Belki tek evlat olarak yetişmesinden, belki biraz da şımartılmış olmasından kaynaklanan bir husus. İnandığı konularda fikirlerine karşı çıkılmasından asla hoşlanmaz, hatta buna tahammülü bile yoktur. O nedenle de daha ilk karşılaşmanızda ihtilafa düşmüşsünüz."

Ülker Hanım'ın yüzüne yine şaşırarak baktım. "Ne ihtilafı?" diye sordum. "Ben böyle bir şey hatırlamıyorum."

"İyi düşünün," dedi.

Aklıma bir şey gelmiyordu. Dayanamayıp sordum: "Nerede?"

"Gazetede sizi odasına çağırdığı ilk gün; Nacı Koyuncu ile yapılacak röportajın hazırlanması konusunda... Hatırladınız mı şimdi?"

"Ha, evet," diye mırıldandım. "Sanırım hatırladım. Ama ne var ki bunda? Röportajı yapacak olan bendim, patronumdan ancak o röportajın yapılması yolunda emir alabilirdim ama şekli ve muhtevasını ben tayin etmeliydim. Oysa Naz beni çok farklı bir amaç için seçmiş. Doğrudur, bunu anlayınca aramızda ufak bir sürtüşme çıkmıştı. Hatta ilk münakaşamız diyebilirim."

"Mesele de bu zaten."

"Hâlâ anlamış değilim, bu konuyu aştığımızı sanıyordum."

Ülker Hanım keyifle gülümsedi. "Hayır, Haldun Bey... Aşamadınız... Çünkü kızımı yeterince tanımıyorsunuz..."

"Ne anlatmaya çalışıyorsunuz?"

"Siz o gün kızımı sindirmeyi becermişsiniz. Birçok kalburüstü yazarın barındığı gazetede kızım itirazlarınız karşısında yenik düşmüş. Kısacası hiçbir yazarın beceremediği işi yapmışsınız. O andan itibaren de sizinle uğraşmaya ve sizi yeninceye kadar da mücadeleye karar vermiş. Kadınları anlamak zor bir iştir, Haldun Bey. Biz genelde kaprisli yaratıklarızdır. Hele buna bir de aşk ilave olursa, bize katlanmak cidden zordur. Allah yardımcınız olsun."

Çünkü bana öyle geliyor ki önünüzde Naz'la çekişeceğiniz uzun yıllar olacak…"

Ülker Hanım susmuştu.

Ama bana verilen gizli mesaj o kadar netti ki yüreğim çoktan gümbürdemeye başlamıştı…

7

Yemekten ayrılırken Ülker Hanım sırtımı okşamış, "Hadi bakalım, delikanlı! Şimdi doğruca kızımın yanına git, onu kucakla, artık aranızdaki tatsız münakaşa ve oyunların bittiğini bildir ve onu sonsuza kadar seveceğini söyle," dedi. "Ama onu bir daha mutsuz görürsem, bu defa karşında onu değil, beni bulursun, anladın mı?" Körün istediği bir gözdü, ama Tanrı bu defa bana ikisini birden ihsan etmişti. Yıldırım gibi gazeteye döndüm. Artık Naz'la gürültüsüz patırtısız bir bulaşma ayarlamalıydım.

Ama nasıl? diye düşündüm.

Sonra birden aklıma geldi. Mazda'm hâlâ yalının kapısı önünde duruyordu, henüz onu alacak zamanım olmamıştı. Naz'ı görmek için en güzel bahaneydi. Mutlaka o da gelip arabayı alacağımı düşünürdü, bu gece evine erken dönerse hiç şaşmazdım.

Yine küstük birbirimize. Artık birbirimizin huyunu suyunu tanır olmuştuk, dün geceki olaylardan sonra Naz hemen teslim olmaz, inatçılığını sürdürürdü bir süre. Yemekte annesi kızına övgüler yağdırmış, göklere çıkarmıştı; ne de olsa anneydi, aksini söyleyemezdi ya. Tamam, ona âşıktım, çok seviyordum ve onsuz duramıyordum ama bu zaafım onun niteliklerini pek değiştirmiyordu. Aslında, kalpsiz mahlûkmuş... Hissiz bir kız... Başka türlü olsaydı sevdiği erkekten kendini bu kadar esirger miydi? Onunki sadece hercailik... Fındıkçının teki... Bitirdi beni... Evlensek bile iflah olacağı ne malum?

Kendi kendime böyle söyleniyordum.

Ama asıl kararsız benim. Hatta kaçığın tekiyim... Daha ne bekliyorum bilmiyorum. Dün beni yanına çağıran o! Seni seviyorum diye itirafta bulunan o! Gece kendimden geçince beni odama taşıyan dizlerime kapanıp ağlayan da o... Daha ne bekleyebilir, ne isteyebilirim ki? Bu sefer gidip ayaklarına kapanan ben olacağım, affımı isteyeceğim. Bu anlamsız çekişmenin sonu yok. Hayatı kendimize zehir ediyoruz. Çok anlamsız. Hem zaten ne oyun yaparsa yapsın katlanmaya hazır değil miydim? Daha ne bekleyeceğim ki? Gazeteden erken çıkıp yalının yolunu tutuyorum. Bu defa her seferinden daha heyecanlıyım. Yol boyunca bir sürü kararlar alıyorum. Sabırlı olacağım, hiçbir lafına itiraz etmeyeceğim, hatta yeni bir oyun olduğuna inandığım bir davranışıyla karşılaşırsam da aldırmazlığa geleceğim. Yani tabla teslim olacağım.

Onun da istediği bu değil mi?

Bırakayım, bu çekişmelerden o galip çıktığını sansın... Aslında kazanan ben olacağım. Yalıya yaklaşırken kalbim duracak gibi. Bu heyecanı her seferinde yenemiyorum bir türlü. İlerde çocuklarımıza anlatacağımız engin bir aşk macerası bu. Naz'ı bilmem ama ben gururla evlatlarımıza anlatabilirim. Çok romantik görülen bu duygular ve düşünceler aşkın hammaddesi, nesci, boyası, süsü, bence aşkın ta kendisi. Aşk duygusallığın, hayal gücünün ve yaşanan guyri tabiliğin muhakemeye galebe çalması değil mi? Bir şey düşünmek istemiyorum artık... Tek amacım sevdiğim kadınla yüzleşmek. Belki büyük bir fırtına daha koparacak Naz ama o kadar sakinim ki kesinlikle karşı koymayacağım, kılım bile kıpırdamayacak.

Bindiğim taksi yalının kapısı önünde duruyor. Az ilerde duran Mazda'ma bir göz atıyorum. İçimden de, *iyi ki Naz dün akşam cebimden anahtarlarımı almış,* diye geçiriyorum. Böylece yeniden buluşmamız için sebep çıkmış oluyor.

Ne de olsa, içi içine sığmayan, erken gelen benim... Naz henüz yalıya dönmemiş olabilir. Önemli değil, gelişini bekleyeceğim, bu gece mutlaka onu görmeliyim. Ülker Hanım'ın tavsiyelerini uygulamaya kararlıyım.

Kapıyı açan hizmetçiye, hanımefendinin gelip gelmediğini soruyorum. Aldığım cevap menfi... Naz henüz dönmemiş... Hiç oralı olmadan tam bir kararlılıkla, "Bekleyeceğim," diyorum. Tabii beni tanıyan hizmetkâr hiç itiraz etmeden salona alıyor.

Yalıya ruh veren sahibesi...

O yokken bina çok yavan ve sevimsiz geliyor gözüme. Lakin dakikalar, saatler geçiyor Naz hâlâ ortalarda yok. İçimdeki sevinç ve heyecan yavaş yavaş kaybolmaya başlıyor. Şimdiye kadar çoktan dönmüş olması gerekmez miydi? Saat gece yarısına yaklaşıyor, Naz hâlâ ortalarda yok... Halbuki arabamı alacağımı düşünüp erken gelmesi icap etmez miydi?

Gazeteden fırlayıp koşa koşa buraya geldiğime pişman olmaya başlıyorum. Kan başıma çıkıyor... Hatta bir ara düşünmeye başlıyorum; yoksa Ülker Hanım da mı bu oyun şebekesinin içinde diye. Olamaz mı? Pekâlâ da olurdu... Anasına bak, kızını al...

Öfkem gittikçe artmaya başlıyor. Sözde sinirlenmeyecek, kendime hâkim olacaktım. Mümkünü mü var? Dudaklarımı dişlemeye başlıyorum.

Gelmemeliydim, diye homurdanıyorum.

Buraya geleceğimi mutlaka hesaplamış olmalı, intikam almaya kalkışıyor benden. Bekletecek... Amacı o... Burnumu sürtmek niyetinde. Sonra yine kendimle mücadeleye başlıyorum; niye sinirleniyorum ki, her şartı, her oyunu kabullenen ben değil miyim? O halde, sakin sakin bekle, hatta gerekirse sabaha kadar, ne kaybedersin ki?

Tam bu kararsızlık içinde boğuşurken antreden gelen sesleri duyuyorum. Nihayet geldiğini anlıyorum. Teslimiyet kararım yine öne çıkıyor. Direnmeye, enerjiye ihtiyacım var. Aksi gibi ruhum da, bedenim de pelte gibi... Direncim tükenmiş halde.

Kapıyı açan hizmetkâr hâlâ kendisini beklediğimi söylemiş olmalı ki doğru salona giriyor. Karşımda soğuk ve ilgisiz bir yüz bekliyorum fakat Naz beni bir kere daha şaşırtıyor. Yüzünde mütebessim bir çehre var, gözleri ışıldıyor. "Merhaba," diyen ılık, tatlı, mülayim bir sesle. Sanki dün gece aramızda cereyan eden olaylar hiç yaşanmamış gibi. Normal mi bu davranışı? Hayır, bana göre hiç değil. İçgüdülerim alarm veriyor. Hazırlıklı olmalıyım. Bu fırtına öncesi sessizliği... Yanıma yaklaşıp her iki yanağıma birer öpücük konduruyor. Şaşkınlığım daha da artıyor. "Geleceğini bilseydim, erken dönerdim," diye mırıldanıyor. Bu da yalan... Mutlaka biliyordu; en azından arabamı almak için geleceğimi düşünürdü.

Bozuntuya vermiyorum, alttan alıp fısıldıyorum.

"Önemli değil, gelmişken seni de görmeden gitmek istemedim." Cümlemin hiç de inandırıcı olmadığını biliyorum. O da yutmuyor tabii. Yanıma yaklaşıp sarılıyor, her iki yanağıma birer öpücük konduruyor. Ama yapay, iğreti bir sarılış... Dün geceki coşkusundan eser yok. Her zaman özlediğim tatlı rayihası genzime doluyor. Anlıyorum, bana sardığı kollarını hemen çözmek istiyor. Bu defa onu ben bırakmıyorum, kendime çekip ince belinden kavrıyorum. Mesele çıkarmıyor ama bu beklenmedik yakınlaşma da nereden çıktı der gibi yüzüme bakıyor. Hazırım artık, Ülker Hanım'ın uyarısını harfiyen yerine getireceğim ve bu çılgın kıza teslimiyetimi, mücadeleyi onun kazandığını itiraf edeceğim. Aslında gerçekte bu; az önceki beklemekten kaynaklanan sinirim tamamen kaybolmuş, onu görür görmez yelkenleri suya indirmişim. Naz çok haklı; ruhuma öylesine işlemiş ki onsuz yaşamam mümkün değil.

Bakışlarımı iri siyah gözlerinden alamıyorum. Bedenini biraz daha kendime çekip yakınlaştırıyorum. Hâlâ bir tereddüt var yüzünde, konuşmamı, açıklama yapmamı bekler gibi.

"Naz!" diye inler gibi söze giriyorum. "Bana kırgın ve kızgınsın. Dün gece yaşadıklarımızdan sonra gelip af dilemekte, ayaklarına kapanmakta geç bile kaldım. Seni deliler gibi seviyorum ve bu sevgim asla bitmeyecek, sonsuza kadar devam edecek. Beni gerçekten aşkının esiri ettin. Kulun kölen olduğumu kabul ediyorum. Her şeye razıyım, yeter ki beni bağışla..."

Gevelediğim bu kelimelerin çoğunda hakikat payı var.

Oyun oynamıyorum...

Teslimiyetimin hazzını yaşıyor. O nefis kara gözleri zaferle ışıldıyor. Her kadın gibi zafer sarhoşluğunu yudumladığını hissediyorum. Fakat biraz daha dikkat edince, onda eksik, yarım kalmış bir tatminsizliğin alametlerini sezinler gibi oluyorum.

Susuyor, konuşmuyor... Hatta kollarını göğsüme dayamış onu canı gönülden sarmalayıp öpmeme izin vermiyor. Dikkat ediyorum, şakalaşmaları ve iğnelemeleri ile beraber sokulganlığını da bırakmış halde. Belli ki teslimiyet beyanım yetersiz...

Onu tatmin etmiyor.

Bu itiraf karşısında seven bir kadının coşup duygularını açıklaması, hatta sarılıp öpmesi gerekmez mi? Oysa Naz gittikçe durgunlaşıyor. Sanki belini sarmalayan kollarımdan da kurtulmak ister gibi. Bunu söylemese bile hissettirmeye çalışıyor.

Aldırmıyorum. Belli ki, yeni bir oyun tezgâhlama peşinde... Artık buna alıştım. Canımı yakmak için fırsat geçti eline... Beklemediğim bir hamle ile beni üzmeye kalkışacak... Ülker Hanım'ın ikazlarını hatırlıyorum. Öpmek için dudaklarına uzanıyorum.

"Ciddi ol, Haldun!" diyor. Bir Haldun Bey demediği eksik...

Toparlanıp, hareketsiz kalıyorum. Kımıldamadan bekliyorum bu sefer. *Ah, Allahım, ne sevimli bir oyuncu bu Naz... İnsanın canına sokacağı geliyor.* Bir şeyler düşünüyor... Anlar gibi oluyorum; benden böyle bir itiraf ve teslimiyet beklemediği için biraz şaşırdı, sanırım hemen uygulayacağı yeni bir oyun yok, şimdi onu düşünüyor, acaba ne yapabilirim, onu nasıl üzebilirim diye çırpınıyor...

"Haldun!" dedi nihayet.

"Evet, Naz?"

"Dün sen gittikten sonra aramızdaki ilişkiyi çok düşündüm..."

Tamam, dedim içimden. Yeni oyunu buldu, şimdi patlatacak, az sonra bomba düşecek... Hazırlıklı olmalıyım. Bu sefer onu müthiş şaşırtacağım...

"Dinliyorum, Naz," dedim.

"Bu ilişki yürümeyecek. Kedi köpek gibiyiz, daima birbirimizi yiyoruz. Böyle sevgi olmaz. En iyisi biz ayrılalım. Ama arkadaşlığımız, işyerindeki mesaimiz devam etsin. Ben böylesinin daha uygun olduğunu düşünüyorum."

Hiç duraklamadan karşılık verdim. Çünkü her ihtimale hazırlıklıydım.

"Sen nasıl istiyorsan öyle olsun, Naz. Önemli olan senin isteğin... Gerekirse kalbime taş basar, içimdeki ateşi söndürürüm. Yeter ki sen huzurlu ol."

"Teşekkür ederim, Haldun. Anlayış göstereceğine emindim. Hem bu ikimiz için de daha hayırlı olacak."

Mükemmel bir oyuncu... On numara... Tam Oscar'lık... Onlara bile taş çıkartır. Ama ben onun gibi değilim, teslimiyetimden şüphelenmemeli. Biraz daha dikkatli rol yapmalıyım.

"Tamam, Naz," diyorum. "Ama benim de senden bir ricam olacak."

"Tabii... Yapabileceğim bir şey ise seve seve yerine getiririm. Neden olmasın? Biz bundan sonra da dost kalacağız."

"Evet, öyle olacak," diye fısıldıyorum.

Bana soruyor: "Nedir isteğin?"

"Bu son geceyi yatak odanda, yatağının başında sabaha kadar seni seyrederek geçirmek istiyorum. Umarım beni kırmazsın..."

Gözleri irileşerek bana bakıyor.

"Olmaz öyle şey... Çok saçma..."

"Neden Naz? Seni çok seviyorum. Deli gibi âşığım, bunu sen de biliyorsun. Tek ve son geceyi bu çılgın sevgiline çok mu görüyorsun?"

"Sorun da bu ya... Uslu durmazsın. Yanlış bir şey bu..."

"Söz veriyorum. Sana elimi bile sürmeyeceğim."

"Hayır, kabul edemem bu isteğini."

Yıkılmış gibi kendimi bırakıyorum. Sanki bir tiyatro sahnesi... Rolümü fena oynadığım söylenemez. Özellikle gözlerinin içine bakmamaya çalışıyorum. Kurt gibi zekidir, kafamdan geçenleri hemen çakabilir. Kaybetmiş, çökük bir sevgili gibiyim. Yavaşça beline doladığım kollarımı çözüyorum. Artık yanında daha fazla durmamın bir şey ifade etmediğini vurgulamak istiyorum.

"Pekâlâ," diyorum tam bir mağlubiyet edası içinde. "Zaten daima beni ezdin, her istediğini kabul ettirdin. Senin karşında hep silindim."

Görüyorum, zafer sarhoşluğu dalga dalga benliğini kaplıyor.

"Yazık!" diyor. "Hep böyle mi hissettin?"

"Evet... Her zaman..."

"Yanılmışsın, oysa böyle bir niyetim yoktu..."

İçimden, *palavracı*, diye geçiriyorum. Annen her şeyi anlattı. Ama onu kazanmak için yüzüne karşı söyleyemiyorum. Ülker Hanım'ın itirafını asla öğrenmemeli, aksi halde her şey mahvolabilir.

"Öyleyse, artık gideyim. Burada durmamın bir anlamı yok," diye mırıldanıyorum. Gerçekten gideceğimi zannediyor; tutuşuyor birden, ama bunu belli etmemesi lazım.

Belli ki beni yalıda tutmak için hınzır beyni bir sebep arıyor. Bulur da o... Ne cindir...

Ümitle yüzüne bakıyorum.

O da acımış gibi beni süzüyor. Fettan! Mutlaka bir çözüm bulmuştur bile...

"Gücendin mi bana?"

"Hayır, ne münasebet!" diye kekeliyorum. "En başından beri sen haklıydın. Sana âşık olmamam gerekirdi, aramızdaki eşitsizlik dağ gibi... Bu gerçeği bir türlü göremedim, sana olan tutkum beni esir etti. Zaafımın kurbanı oldum. Beni affet. Bundan böyle haddimi ve yerimi bilerek karşına çıkacağım, o da sen ne zaman istersen..."

Sesi biraz daha yumuşuyor...

"Dur, canım... Meseleyi o kadar da trajik hale sokma... Bu durum herkesin başına gelebilir. Sevmek suç değil... Anlayışlı olabilirim, neler hissettiğini de tahmin edebiliyorum."

"Teşekkür ederim, Naz," dedim ama hâlâ bekliyorum. Son bombayı patlatmadı henüz. Sadece zaferinin zevkini sürüyor. Yoksa ben mi yanıldım? Gitmemi engellemeyecek mi? İçim bulgur savuruyor, bir şeyler yapmam lazım, Ülker Hanım yeniden ararsa ona ne derim? Bir şey değil, kadın benim gerçekten pısırık ve sünepenin biri olduğumu düşünebilir.

Yanıldım galiba. Naz'da beni durdurmak için yeni bir hareket yok. Artık salondan çıkmak zorundayım. Kendime bozulmaya başladım; anlaşılan rolümü iyi oynayamadım ya da Naz bu kadar teslimiyeti yeterli görmedi. Biraz daha açık çekmemi bekliyor. Hepsi mümkün.

Veda sahnesini kısa kesiyorum.

Kapıya doğru yürüyorum. Son anda sesi kulaklarımda yankılanıyor.

"Uslu duracağına söz veriyor musun?" diyor...

Hızla geri dönüp gözlerim ışıldayarak, "Evet!" diye haykırıyorum...

8

Naz'ın yatak odasında olacağım yirmi dakika sonra... Bana verdiği talimat öyle... Aynı anda çıkmayacağız yukarıya. Soyunurken kendisini seyretmemi istemiyormuş. Laf, palavra... Utanırmış. Oysa benim evimde, her yerini, en mahrem yerlerine kadar gördüğümü sanki hatırlamıyor. Ben de üstelemiyorum, suyuna gidiyorum. Çünkü bu gece yılan hikâyesine dönen çekişmelerimizi nihayetlendirmeye kararlıyım artık...

Hayatımın en zor bekleyişi başlıyor.

Eminim, yukarıda bana yine bir oyun tezgâhlamayı kafasına koymuştur. Ama fazla ağır ve sinirlendirici bir şey olacağını da tahmin etmiyorum; çünkü mutlu, istediğine erişmenin, beni yendiğinin farkında. Ufak tefek oyunlar kurgulayacak, tam adıyla müsemma naz yapacak bana...

Razıyım, itirazım yok... Bu kadarı hakkı artık... Zaten ne yapsa katlanmaya da hazırım. Dakikalar bir türlü geçmek bilmiyor. Nihayet yirmi dakika doluyor, salonun ışıklarını söndürüp dışarı çıkıyorum. Ortada hiçbir hizmetkâr yok. Belki de hizmetkârlarla yüz göz olmamak için hepsini kaldıkları bahçedeki müştemilata göndermiş olabilir. Ama Naz bu, aldırmayabilir de. Zaten hizmetçiler, uşaklar, bahçedeki korumalar yavaş yavaş bana alıştılar. Yadırgamıyorlar artık, eminim ki beni bir sevgili gibi görüyorlar.

Evin içi sessiz... Çıt çıkmıyor. Duvardaki apliklerin ışığında üst kata çıkan basamakları tırmanıyorum. Yüreğim güm güm atıyor.

Kapıyı tıklatıyorum, Naz'dan ses gelmiyor. Bir daha vuruyorum, yine ses yok. *Yoksa bu sefer de o mu kaçıp gitti,* diye düşünüyorum. Yapar mı, yapar... Kanımdaki adrenalin yükseliyor. Yeni bir öfke krizinin eşiğindeyim. Daha fazla beklemeden yatak odasının kapısını aralıyorum. Tam kapatılmamış perdelerden içeriye hafif bir aydınlık sızıyor. Elim elektrik düğmesine gidiyor. Odada olup olmadığını anlamak istiyorum. O anda Naz'ın sesi odada yankılanıyor.

"Işığı yakma!"

Önce derin bir nefes alıp sakinleşmeye çalışıyorum. Naz burada... Kaçmamış... Gözlerimle karanlık odayı araştırıp nerede olduğunu anlamaya çalışıyorum.

"Buradayım, yatakta..."

Yatağın içinde kımıldamadan öylece yatıyor. Hızla yanına yaklaşıp eğiliyorum.

"Bak," diyor. "Tam yatağın karşısına rahat bir koltuk koydum. Geceyi onun üstünde geçireceksin. Unutma, bana söz verdin."

"Ama, Naz," diye inliyorum. "Işığı yakalım, ben seni görmek istiyorum."

"Olmaz... Geceliğim dekolte... Oramı buramı görürsün, ayrıca insan hali bu, uykuda yorgan kayar bacaklarım, o çok sevdiğin ayaklarım filan görünür. Seni zor duruma, nefsinle mücadeleye sokmak istemem... Hiç doğru olmaz. Şayet henüz uykun yolısa biraz çene çalabiliriz. Ama bana dokunmayacaksın... Uzaktan konuşacağız. Hadi o koltuğa otur, durma yanımda. İtiraza da kalkışma, zira bu kadar yanımda durursan, az sonra, 'Naz, Naz' diye inleme sahnelerine başlayacaksın."

Oyunu kavramıştım. Bu gece beni karşısında kıvrandıracaktı.

Bir tür Çin işkencesi...

Seviş, sevişemezsin, okşa, okşayamazsın, inle inleyemezsin! Her şeyin önüne set çekiyor. Ama aldırmıyorum, içimden bir his bunun son dayanılmaz işkence olduğunu söylüyor. Katlanacağım, gerekirse sabaha kadar o koltuğun üstünde oturup bu azabı da çekeceğim. Ama bu arada boş da durmayacağım tabii. Karanlıkta ilk hamlemi yaptım.

"Bırakıp gideceğimden korktun, değil mi Naz?" dedim.

Sesi hemen tizleşti. "Yoo... Neden korkayım ki?"

"Çünkü sen de beni seviyorsun. Bana âşıksın, hem de çok."

"Evet, seviyorum. Ama senin düşündüğün veya istediğin gibi değil. Sadece bir arkadaş olarak, artık bunu anla ve kabul et."

O an yatağın üstüne atlayıp üstündeki geceliği de çıkarıp ona sahip olmak iştiyakı ile yanıp tutuşmaya başlamıştım. "Naz," diye söylendim. "Niçin inat ediyorsun hâlâ? Bırak, izin ver, birbirimizin olalım. Bu şartlarda beni kahrettiğinin farkında mısın?"

O da homurdandı: "Seni odama kabul ettiğim için beni pişman etme. Rica ettin, yalvardın yakardın, ben de seni kıramadım. Türkçe anlamıyor musun sen? Dokunmak yok diyorum, sen nelerden bahsediyorsun... Başka bir dil de mi anlatayım, o işin olmayacağını... Unut, çıkar onu aklından."

Israrı kestim. Nasıl olsa daha önümüzde uzun bir gece vardı. İkimiz de çocuklar gibi oyuna devam ediyorduk. "Ama ben karanlıkta uyuyamam. Işığı yakacağım," dedim.

"Hayır. Olmaz dedim ya..."

"Neden ama?"

"Öf... Ne anlayışsızsın... Hiç düşünmedin mi seni neden yirmi dakika sonra odaya çağırdığı mı?"

"Yanımda soyunmak istemediğini söylemiştin."

"Evet, doğru... Bilmiyor musun, geceleri yatarken üstüme hiçbir şey giymem ben."

Nutkum tutulur gibi oldu. "Yani gecelikte mi?" diye kekeledim.

"Tabii, çırılçıplak yatarım... Alışkanlık, işte."

Eee, her şeyin bir sınırı vardı. Hem nalına hem mıhına

oynuyordu Naz. Tek kelime etmeden yerimden fırlayıp ok gibi üstüne çullandım. Bana çektirdiği bu kadar acıyı artık ödeme zamanı gelmişti. Sert bir hareketle üstündeki yorganı ardına kadar açtım. Sonra da komodinin üstündeki gece lambasını... Yine oyun oynamıştı tabii. Sırtında dantel bir gecelik vardı. Ama beni zapt etmesi mümkün değildi. Şu farkla ki, bu defa ağzından tek bir itiraz kelimesi, bağırma çağırma, tehdit çıkmamıştı. Bedenine sarılmama aynı şiddetle mukabele ediyordu. Çılgınlar gibi sevişmeye başlamıştık, önüne geçilmez bir arzu ve coşkuyla birbirimizin olduk...

🙙

Göz kapaklarım aralandı. Naz'ın yatağındayım. Vuslata erdik nihayet... Mutluluktan uçuyorum. Yorgun ve uykumu alamamıştım henüz. Dünyalar güzeli, büyük aşkım, yanımda yüzü koyun yatmış, bir bacağını bedenime sarmış derin bir uykuda.

Yorgun vücudum uyumak istedi ama bu anın hazzını kaçıramazdım. Gün çoktan doğmuş, yarı aralık perdelerin arasından kış sabahının ilk ışıkları odaya dolmuştu. Gece sevişmeye başlarken yaktığım komodinin üzerindeki gece lambası hâlâ açıktı. Onu söndürmeden önce Naz'ın uykudaki yüzüne içim titreyerek baktım.

Mutluluğun bir ölçüsü olmadığını anlıyordum. İçimdeki engin sevincin derinliğini hangi miyarla değerlendirebilirdim ki İçimde açıklanamayacak bir mutluluk seli akıyordu. Naz öyle bir kadındı ki, daha bir iki saat önce bedenlerimiz alabildiğine bir coşkuyla birleşmesine rağmen ona hasretim sanki daha da artmıştı. O an anlar gibi oldum; aşkın büyüğü, yükseği, gerçeği devamlı oluyormuş. Uzak kalsam, kavuşsam, yahut hasret çeksem de ona hep bağlı kalacağımı, ömür boyu onun aşkını yaşayacağımı hissediyorum. Cinsi arzu ve ihtiras duygularımın sadece bir parçası ama bu kış sabahı ruhuma dolan asıl şeyin şefkat ve muhabbet olduğunu daha yeni yeni anlıyorum. Yüzüne ve açıkta kalan omuzlarının parlak ve cilalı mermer gibi parıldayan tenine bakıyorum. İçimden dokunma arzusu yükseliyor.

Parmağımın ucunu o muhteşem cilt üzerinde dolaştırıyorum, bir yandan da uyandırmaktan korkuyorum. Yorgun... Uyuyup dinlenmesini, visalden sonraki ilk yeni gününe her zamanki canlılığı ile girmesini istiyorum. Ama diğer yandan da onu kucaklamak, kollarımın arasına alarak bana yaşattığı inanılmaz zevkleri bir daha yudumlamak istiyorum. Hani, neredeyse sarılıp uyandıracağım... Güçbela kendimi frenliyorum.

Artık o benim, sakin olmalıyım. Bu mutlu visaller sonsuza kadar sürecek. Oyun ve numara faslı kapandı. Rahatım... Mutluluğumu biraz da tek başıma yaşamalı, sindirmeli, mas etmeliyim. Bedenime sardığı bacağından usulca sıyrılıp yataktan kalkıyorum. Naz, kedi gibi uykusunda mırıldanıyor, sarıldığı sıcak bedenimi arıyor ama gözlerini açamıyor. Birkaç dakika daha karyolanın başında durarak onu seyrediyorum. Yeni bir şey daha keşfediyorum; uykudayken sevgilimi seyretmenin tam bedii bir zevk olduğunu anlıyorum. Bir resim ve heykel meraklısı galeride yahut şehrin herhangi bir yerinde hayran olduğu sanat eserlerine nasıl bakarsa, ben de uyuyan Naz'ı öyle inceliyorum, huşu ve hayranlıkla. O da bir sanat eseri; Yüce Tanrımın yarattığı en güzel varlık...

Dizlerimin üzerine çöküyor ibadet edercesine onu seyrediyorum. Asıl şimdi ona sahip olmanın ne denli bir mazhariyet olduğunun idraki içindeyim. Usulca uzanıp yastığın üzerine yasladığı elini avuçlarımın içerisine alıyorum. Hayatta çok az şey beni ağlatmıştır ama bu defa kendimi tutamıyorum, iki damla gözyaşı yanaklarıma süzülüveriyor. Mutluluktan ağlıyorum... Sessiz ve için için. Avucumun içindeki eline dudaklarımı değdiriyorum. Bir ara nazarlarım yüzüne takılıyor. Uyanmış. Hiç sesini çıkarmadan o da beni seyrediyor. İri, kara gözlerinde huzur ve saadetin somut ifadesini yakalıyorum.

Konuşmaya ihtiyaç duyulmayan bir an, bakışlarımızla anlaşıyoruz. Neden sonra yatağın içinde biraz kayarak bana yaklaşıyor.

"Bitti, değil mi?" diye soruyorum. "Bütün oyunlar, şovlar, kaprisler, seni çılgınca seven bu adamı kahreden numaralar sona erdi, değil mi, söyle bana," diye fısıldıyorum... Yaramaz bir çocuk gibi gülüyor. Bitti, hepsi sona erdi diyeceğini sanıyorum.

"Hayır!" diye karşılık veriyor. "Asıl şimdi başlıyor."

"Ama... Neden, neden?" diye mırıldanıyorum.

"Hoşuma gidiyor da ondan sevgilim." Sesine daha tatlılık vererek ilave ediyor. "Aşkımızın sonsuza kadar devam etmesi, seni her dem elimde tutmak, yeknesaklığı hiç yaşamamak, her gün birbirimize biraz daha özlem ve ihtiyaçla yaklaşmak için böyle ufak tefek yaramazlıklara ihtiyacımız olduğunu düşünüyorum da ondan," diyor.

Sesim çıkmıyor, düşünüyorum...

Belki de haklı. Ne diyebilirim ki?

৯৯

Hikâyemizin bu kadar çabuk bittiğini sanmayın. Naz bu, daha beni ne kadar üzdü, bilemezsiniz. Oyunları hiç bitmedi... Beni üzdü, sevindirdi, heyecanlandırdı. Ama her zaman mutlu etmeyi başardı.

Ben mi ne yaptım?

Her zaman taptım ona... Naz gibi bir kadın, kaç erkeğe nasip olmuştur ki? Belki sonrasını merak ediyorsunuzdur; evlendik, hem de masallardaki düğünler gibi. Naz, annemi, ben de Ülker Hanım'ı hep sevdik. Naz'ın bütün ısrarlarına rağmen, annem yalıya, bizim yanımıza yerleşmedi. Doğup büyüdüğü, evlendiği, babamı kaybettiği ama hâlâ onun anılarıyla yaşadığı Bursa'daki evini bırakmadı. Yaz aylarında gelip beş on gün kalmayı tercih etti.

Ben de Ülker Hanım'a her geçen gün saygı ve sevgiyle

yaklaştım. Beni oteldeki o tarihi konuşmamıza çağırması ise, hep aramızda bir sır olarak kaldı. Beni uyarmasaydı Naz ile ilişkilerimiz belki asla evliliğe kadar ilerlemeyecekti.

Reşit Bey'le yakınlığım hiçbir zaman baba-oğul rabıtasına dönüşmedi. Yetenekli bir gazeteci olduğumu ve gazetesinin ilerde emin ve güvenilir ellere kalacağını kabul etti ama züğürtlüğüm her zaman içinde ukde olarak kaldı.

Evliliğimizin ilk üç ayı harika geçti. Mutlu, huzurlu ve sakin geçti. İnanılmaz bir mükemmeliyette, her şey dört dörtlüktü. Tek yadırgadığım şey, Naz'ın gazetedeki Patroniçe edasındaki davranışlarıydı. Gazeteye gittiğimizde onun büründüğü kişiliği müthiş yadırgıyordum; evdeki o munis, sıcak, sokulgan kadın birden değişiyor, soğuk, kibirli, asık yüzlü ve otoriter bir hale dönüşüyordu.

Bir anlamda ona hak vermek zorundaydım, zira büyük bir sorumluluk altındaydı ve o kadar insanı idare etmek, yönlendirmek cidden zordu. Bazı akşamlar eve döndüğümüzde ona takılır, bugün gazetede tavırlarınla beni bile korkuttun diye şakalaşırdım. Hiç bozuntuya vermez, tabii korkacaksın, ne de olsa sen de o gazetede benim emrim altında çalışan birisin diye mukabele ederdi.

Ama evliliğimizin dördüncü ayının sonuna doğru bir gün gazetede birden beni yanına çağırdı. Odasına girdiğimde, yüzü asık, gergin ve sinirli buldum onu.

Heyecanla, "Ne var, ne oldu, Naz?" diye sordum.

Gözlerini bir noktaya dikmiş, sabit ve boş nazarlarla bakıyordu. Dalgınlığı uzayınca, "Anlatsana sevgilim, ne oldu?" diye sorumu yineledim.

"Seninle konuşmamız lazım, konu çok ciddi," dedi.

"Tamam, dinliyorum seni. Anlat, bakalım."

"Hamileyim."

Bir sevinç dalgası, yavaş yavaş benliğimi sarmaya başladı. Harika bir haberdi bu. Yüzümün sevinçten pençe pençe kızardığını hissettim. Baba olacaktım... Hiç tatmadığım bir duyguydu bu. Bir an ne diyeceğimi şaşırdım. Karıma yaklaşıp onu kucaklamak istedim. Bu müthiş haberi kutlamak istedim. Ancak ona sarılmaya koşarken, birden Naz'ın yüzündeki durgunluk ve dalgınlık dikkatimi çekti.

"Neden?" diye fısıldadım. "Neden sevinçli değilsin? Bundan daha güzel bir haber olabilir mi? İkimizin meyvesi dünyaya geliyor."

İlk defa durgun bakışlarını yüzüme çevirdi. Sonra kısık sesle mırıldandı:

"Çünkü çocuğun babası sen değilsin..."

Kaskatı kesildim birden. Acaba yanlış mı duydum diye dehşet içinde kaldım.

"Ne? Ne dedin? Ben değil miyim?"

"Üzgünüm, Haldun... Ama bunu bilmek hakkın... Söylemek zorundaydım."

İnanamıyordum. Olamazdı böyle bir şey. Önce öfkeden kanım beynime sıçradı. O an rahatlıkla elimden bir kaza çıkabilirdi. Naz'ı öldürebilirdim. Neyse ki soğukkanlılığımı çabuk toparladım. Anlamıştım meselenin ne olduğunu; Naz'ın uzun zamandır vazgeçtiği oyun damarı yeniden tutmuştu, duramıyordu. Zaten ilk gecemizde itiraf da etmişti bu huyundan vazgeçemeyeceğini.

Yine de öfkelendim. Oyunun da, şakanın da bir ölçüsü olurdu. Buna avam arasında, eşek şakası derlerdi. İnsan hiç kocasına böyle bir şaka yapmaya kalkışır mıydı? Hiddetim arasında gülümsemeye çalıştım.

"Böyle şaka olmaz, Naz. Yüreğime mi indireceksin benim? Seni tanımasam kafana bir şey indirirdim şimdi?"

Kahkaha atacağını sanmıştım. Ama birden ağlamaya başladı. Yüzündeki ifade gayet ciddiydi. Neredeyse hıçkıracaktı. Omuzları sarsılıyordu. Güçlükle konuşuyordu artık. Sarsılarak, "Seni seviyorum, Haldun. Sensiz olamam... Ama bir hata yaptım... Affedilmez bir hata... Bir an şeytana uydum. Nasıl olduğunu bile bilmiyorum, fakat oldu işte. Lütfen, beni anla Haldun. Bana anlayış göster, ruhum her zaman seninle olacaktır. Çünkü seni seviyorum."

Bana çok oyun oynamıştı şimdiye kadar. Bu da onlardan biri olmalıydı. Hem de en aptalcası... Aklınca şimdi de sadakatimi mi deniyordu. *Feverana kapılma, sakin ol Haldun*, diye telkinde bulunmaya kalkıştım kendime. Vazgeçemiyordu, bu saçma sapan zevkinden.

Ona inanmadım tabii...

Eh, bu konuda ben de tecrübeli sayılırdım, evlenmeden önce nelerine katlanmıştım. En iyi çare inanmış görünmekti ama belirli bir tepki vererek. Hiç reaksiyon vermezsem, inanmadığını anlar, mutlu olmazdı. Sesimin tonunu değiştirmeye kalkıştım.

"Demek beni aldattın, öyle mi?"

"Hayır... İşte ben de sana bunu anlatmaya çalışıyorum. Buna aldatma denemez; bir anlık buhran, iradenin yenik düşmesi. Lütfen beni anlamaya çalış. Ben hâlâ seni seviyorum."

Rolüme devam etmeliydim. "Yazıklar olsun sana," dedim. "Karşıma geçmiş başka bir erkekten gebe kaldığını itiraf ediyor ve de utanmadan, beni sevdiğini söylüyorsun. Ben bu sevgiye nasıl inanırım."

Ağlamaya devam ediyordu.

Oyunculuğu her zamanki gibi mükemmeldi.

"Kim bu adam?" diye kükredim.

"Sorma... Lütfen, sorma..."

"Bilmek zorundayım."

"Hiçbir yararı olmaz öğrenmenin. Sana bu konuyu açmadan evvel çok düşündüm. Ya bu gerçeği kabul edip aramızda halledeceğiz ya da beni boşayacaksın. Ben her iki sonuca da katlanmaya hazırım. Kararı sana bırakıyorum."

"Öyleyse boşanıyoruz," diye kükredim. Sesimin tonu yeterince gürdü.

"Lütfen... Lütfen, hemen karar verme. Konuyu akşam evde daha rahat bir ortamda düşünelim. Şu an konuşamıyorum. Çok utanıyorum."

Kapıyı vurup dışarı çıktım. Gönül Hanım, gülmemi görmesin diye de suratıma sinirli bir ifade vermeye özen gösterdim. Ne de olsa sırdaşıydı, belki hâlâ ona bir şeyler söylemiş olabilirdi. Çılgındı bu kız... Evlenmeden önce yaptığı oyunları bir sebebe bağlamıştık ama artık bunlara ne gerek vardı. Hâlâ beni tanımıyor muydu? Ayrıca bu insanı katil olmaya bile götürürdü; son derece tehlikeli ve anlamsız bir oyundu. Naz bu huyundan kesinlikle vazgeçmeliydi; evliliği canlı ve hareketli tutmak değil, bence müesseseyi kökünden dinamitlemekti bu. Odama dönerken dudaklarımdaki tebessüm ciddi bir endişeye dönüşmeye başlamıştı. Bu gece onu karşıma alıp, mutlaka bu tür oyunlara artık bir son vermesi için çıkışmalıydım. Hatta o nefis kalçalarına bir iki şamar da atabilirdim, zira oyunun dozunu kaçırmıştı. Neler de uyduruyordu, ya Rabbim? Nereden aklına gelmişti durup dururken bu oyun. İnsan sevdiği kocasının gururuyla böyle oynar mıydı? Huyunu suyunu bilmesem az önce odasında boğazına bile sarılabilirdim.

Koltuğuma oturdum.

Lakin asıl sinirlenmeye şimdi başlamıştım. Rahat bu kadının bir yerine batıyordu galiba, tamamen düzgün giden bir evliliği böyle tehlikeli bir oyunla sarsmaya kalkışmanın mantığı olabilir miydi? Sınıfına has bir eğlence olmalıydı. Öyle ya, sıradan, orta halli bir ailenin hayatında böyle şeyler yaşanmazdı; bu sadece varlığın, bol paranın yarattığı bir şımarıklıktı. Mizaçla da pek alakası yoktu, Naz kendisine eğlence arıyordu.

Haklı olarak sinirlendim. Ben böyle şeyleri pek kaldıramazdım. Gösterecektim ona gününü; bu kez öyle bir karşılık verecektim ki bir daha asla böyle oyunlara tevessül edemeyecekti.

Erkenden yalıya döndüm...

❧

Sigara alışkanlığım yoktu, nadiren, o da bir içki meclisinde bana da ikram ederlerse bir tane tüttürürdüm; fakat kayınpederimin bana hediye ettiği purolara enikonu alışmıştım. Halis Havana purolarıydı. Bir süre kendimi alaya almıştım; işte, sınıf atlamanın bedeli diye. Alt tarafı, nikotin bir alışkanlıktı ve her akşam eve dönünce bir tane yakıyordum.

Puroyu dişlerimin arasına sıkıştırırken, bir yandan da düşünüyordum. Bu yaptığı cidden çocukça bir davranıştı; üstelik pek zekice bir oyun da değildi. Çok uyumlu bir cinsel hayatımız vardı, her gün sevişiyorduk, daha çok yeni evli sayılırdık; bir başkasıyla ilişkiye girmiş olsa bile, bu safhada çocuğun benden olmadığı henüz anlaşılamazdı. Naz gibi zeki bir kadının bunu düşünmesi gerekmez miydi? *Bence daha mantıklı bir oyun sergilemesi icap ederdi*, diye homurdandım. Ama kabul etmeliydim ki yarattığı mizansen harikaydı; oyunculuğu ile kocayı çıldırtabilirdi...

O da erken döndü eve.

Doğru yanıma geldi. "Ne karar verdin, Haldun?" diye sordu.

"Boşanacağım," dedim.

Hüzünlendi, gidip koltuklardan birine oturdu. "Kararın, kat'i mi?" diye mırıldandı.

"Gayet tabii, başka ne olabilir ki?"

Bir süre düşünür gibi yaptı. "Haklısın. Galiba, en iyi çözüm bu."

"Evet," dedim. "Yarın bir avukat tutup dava açacağım."

Birden panikler gibi oldu. Ama belli etmemeye çalıştı. "O kadar acele etme. İstersen bir kere daha düşünelim. Hatalı olduğumu biliyorum ama bu bir kaza, bir anlık gafletimin sonucu oldu. Ben hâlâ seni çok seviyorum. Hatayı ikinci bir hata ile pekiştirmeyelim."

"Saçmalama," dedim. "Hangi sevgiden bahsediyorsun sen? Ben senden iğreniyorum artık. Karnındaki piçinle bu evliliği sürdüreceğimi mi sandın? Birazdan yukarı çıkıp şahsi eşyalarımı toplayıp yalıyı terk edeceğim. Bu evlilik bitmiştir artık. Meselenin bundan sonrasını avukatlarımız bir araya gelir hallederler." Naz telaşlanmaya başlamıştı. "Nereye gideceksin?" diye homurdandı. "Birkaç gün bir otelde kalırım. Sonra da kendime uygun bir ev ararım. Bu kadar basit."

Devamlı gözlerimin içine bakıyordu. *Ah Naz, ah sevgilim! Sen ne zaman büyüyeceksin, ne zaman akıllanıp bu saçma sapan oyunlardan vazgeçeceksin*, diye geçirdim içimden. Biliyordum, biraz sonra ayaklanıp bana sarılacak, sana yine oyun yaptım diye beni öpücüklere boğarak özür dileyecekti.

Yo, bu sefer yağma yoktu!

Yeterdi artık... Yaptığını fitil fitil burnundan getirecektim. Olgunlaşacağına, evlilik sorumluluğuyla hiç bağdaşmayan çılgınlıklarına tahammül edemezdim. Bu kez ona öyle bir ders verecektim ki yemin edip bir daha asla böyle şeylere kalkışmayacaktı...

Puroyu sigara tablasına bırakıp ayağa kalktım.

"Peşimden gelme, yukarıya çıkıp eşyalarımı toplayacağım," dedim ve salondan çıktım. Naz yerinden kımıldamadı. Ama emindim, az sonra yatak odasına yanıma gelecek ve o çocuksu haliyle benden özür dilemeye kaklaşacaktı.

Gelmedi ama... Boşuna bekledim.

Daha ne kadar sürdürecekti bu oyunu? Daha da kötüsü eşyalarımı toplayıp evden gideceğim demiştim; ciddiyetimi göstermek ve onu korkutmak için bunu gerçekleştirmek zorundaydım. İçimden homurdanmaya başladım; güllük gülistanlık giden yaşantımızı yine çocuksu garipleriyle bozuyordu. Ne anlamı vardı şimdi bir otel odasına tıkılmanın ve gecemi zehir etmenin.

Hâlâ geleceğini umuyordum.

Ayak seslerini duymayı, birden kapıyı açarak boynuma sarılmasını bekledim. Tık yoktu...

Öfkem gittikçe artıyordu. Ne yapıyordu acaba aşağıda? Oturmuş oynadığı oyunun zevkini mi çıkarıyordu? Merak etmeye başladım; evlenmeden önce olsa, ağırdan almasını anlardım ama evliyken bu oyunu sürdürmesi çok ciddi bir hata değil miydi? Sonra beynime bir kurt düştü? Söylediği gerçek olabilir miydi? *Hadi canım, sen de*, diye söylendim. Olacak şey değildi. Beni bu denli seven kadın neden ihanet ederdi? İhtimal vermek bile hata olurdu...

Acaba mı?

Birden iliklerime kadar titredim. İlk defa bunun bir oyun değil, gerçek olma ihtimali beynime saplandı. Olamaz mıydı? Bir hata, bir kaza oldu, çok üzgünüm diyen yakarışlarını anımsadım. İnanmak istemiyordum ama şimdiye kadar çoktan yukarı çıkıp özür dilemesi gerekmez miydi? Olayın gittikçe zor bir mecraya kaydığını görmüyor muydu? Şüphe beynimi kemirmeye başlamıştı ama hâlâ inanmak istemiyordum. *Acaba aşağıda ne yapıyor?* diye düşünmeye başladım. Yoksa hiçbir şey olmamış gibi yemeğe mi oturmuştu? Aniden gidip Naz'ı kontrol etmek istedim. Uydurma bir şey sorabilirdim, hızla yatak odasından çıkıp merdiveni indim. Yemek odasının ışıkları sönüktü; demek hâlâ salondaydı. Sakin bir şekilde salonun kapısını açıp baktım. Aynı koltuğun üzerinde oturmuş ağlıyordu. Ağlaması suçluluğunun işareti değil miydi? O an cidden yüreğim burkuldu ve kadın denen yaratığın ne denli zayıf, iğrenç ve korkutucu olduğunu düşündüm. Demek her vesile ile bana âşık olduğunu söyleyen karım bile daha evliliğimizin dördüncü ayı dolmadan ihanet edebiliyordu.

İçimi tiksinti kapladı.

"Bilgisayarımı bulamıyorum," diye homurdandım. Bir yalan

uydurmak zorundaydım, aksi halde aşağıda ne durumda olduğunu anlamak için indiğimi düşünebilirdi.

İlgisiz bir şekilde mırıldandı. "Çalışma odasına baktın mı?" Sanki yeni hatırlamış gibi yapıp, kapıyı kapattım. Tam anlamıyla yıkılmıştım. Gerçek ortadaydı, Naz üzgündü ve üzüntüsü ihanetini doğruluyordu. Artık içimdeki öfke, teessüre dönüşmüştü, bundan sonra hiçbir kadına inanamazdım...

Naz'ı son görüşüm oldu, birkaç parça eşyamı bir bavula tıkarak yalıdan ayrıldım. Eşyalarımın geride kalanlarını kendime bir ev ayarladıktan sonra aldırtabilirdim. Mazda'ma atladım, otele gitmek için yola koyuldum...

9

Dalgın bir şekilde, beynimdeki düşüncelerle boğuşarak arabayı sürerken arkamdan bir aracın hızla yaklaştığını ve devamlı klakson çaldığını geç fark ettim. Dikiz aynasına göz attığımda yaklaşan arabanın Naz'ın jeepi olduğunu geç fark ettim. Bir yandan da durmam için selektör yapıyordu.

Önce aldırmadım, durmayacaktım.

Ama Naz hızla yaklaşıp önümü kesti. Son anda frenlere asılmasam çarpışmamız kaçınılmazdı. Karımın çılgın gibi arabadan fırlayıp bana doğru koştuğunu gördüm. Yalıdan öyle çıkmış olmalı ki sırtında paltosu bile yoktu. Öfkem ise bütün şiddetiyle devam ediyordu; peşimden gelip af dileyeceğini sandım önce. Mazda'nın kapısını açıp içeriye daldı. Ateş püskürüyordu. Ancak o zaman farkına vardım, sağ elinde yine o tabanca vardı.

"Seni gidi arlanmaz, utanmaz adam!" diye bağırdı. "Sen hakikaten öldürülmeyi hak ettin."

Gözlerim fal taşı gibi açıldı. Bu ne cüretti. Hem suçlu hem de güçlüydü Naz. Üstelik utanmadan bir de beni suçlamaya kalkışıyordu.

"Dur bakalım, ağır ol biraz!" diye bağırdım. Ama biraz ürktüm de. Sağı solu belli olmazdı Naz'ın; böyle kriz hallerinde her şeyi yapabilirdi. Nitekim o silahı daha önce de ateşlemişti. Gerçi o defa hedef olarak beni seçmemişti, lakin bu defa ufacık bir arabanın içindeydik, tetiği çekerse namlunun ufacık bir kayması vurulmama yeterliydi.

"Ağır mı olayım? Utanmadan bir de ağır mı ol diyorsun! Sana

379

bir başka erkekten gebeyim diyorum, sırtını dönüp basıp gidiyorsun... Seven, âşık olan bir koca böyle mi davranır?"

"Ne yapma mı bekliyordun ki? Çocuğun gerçek babasının kim olduğunu sormamı mı?"

Öfkeden kudurmuş haldeydi ama ben biraz rahatlar gibi olmuş, yine bir oyun oynadığını geç de olsa anlamıştım. Gerçekten suçlu olsa peşimden böyle koşturmazdı. Durakladı bir an. Ne cevap vereceğini kestiremedi.

"En azından kim olduğunu sorabilirdin?" dedi.

"Hiç merak etmiyorum. Dünyalar güzeli karım Naz, artık benim için ölmüştür. Söylediklerinin tümü yalan bile olsa, bundan sonra seninle birlikte olamam. Ben sakin, aklı başında bir adamım bu zırzopluklarına tahammül edemiyorum, yetti artık. Bundan sonra avukatlarımız konuşur."

"Vururum seni," dedi.

"Saçmalamayı bırak da, kaldır şu silahı aramızdan," dedim. "Bir kaza çıkacak."

Bir süre gözlerimin içine baktı, sonra tabancayı arabanın konsolunun üzerine bıraktı.

"Boş zaten... İçinde mermi yok," dedi.

Rahat bir nefes aldım. "Nedir bu yaptığın kepazelikler, utanmıyor musun? Yakışıyor mu sana?" diye söylendim. "Ne zaman akıllanıp uslanacaksın?" Gözlerinde aşina olduğum parıltılar yanıp sönmeye başlamıştı. Hiç umursamadan, "Evet, çok yakışıyor ve de hoşuma gidiyor. Yaşadığımı, var olduğumu ancak böyle hissediyorum," dedi. "Anlaşılan hiç uslanmayacaksın," diye homurdandım. Elimi tutmaya kalkıştı, kaçırdım.

"İyi numaraydı ama, değil mi? Kabul et, aklım gitti, korktum de."

"Yaptığın sadece iğrenç bir şeydi ve bunun cezasını ödeyeceksin."

"Nasıl?"

"Boşanma konusunda kararlıyım, Naz. Yarın ilk işim bir avukatla görüşmek olacak."

"Eee, yeter artık... Aptalca konuşma... Şapşalım benim... Çocuğumuzu babasız mı büyüteceğiz? Karnımdaki çocuğun bir başka erkekten olduğunu nasıl düşünebilirsin, seni delice seven karın nasıl böyle bir şey yapabilir? Tabii ki o çocuğun babası sensin."

Birden elim ayağım titremeye başladı.

"Naz!" diye inledim...

Böyle fırsatları hiç kaçırmazdı. Hemen boynuma sarılıp beni öpmeye başladı...

#

O gece yatağa girdiğimizde hâlâ şaşkın ve sersemlemiş haldeydim. Naz'da da bir durgunluk vardı. Onu kollarımın arasına alıp kulağına fısıldadım.

"Ne düşünüyorsun?"

Hemen cevap vermedi. Sonra ağır ağır, "İnsanoğlunun öfkesinin sınırını," dedi.

"Ne demek o?"

"Beni bırakıp gitmene çok sinirlenmiştim. Biliyorsun, peşinden gelip seni kıstırdım. Silah da yanımdaydı, *acaba o an seni vurabilir miydim*, diye düşünüyordum."

Güldüm. "Ama silahın boş olduğunu söylemiştin," dedim.

"O da yalandı. Silah doluydu. Bir an korktum. O an öfkeme yenik düşüp tetiği çekmekten korktum. Demek insanlar böyle cinayet işliyorlar. Ne kadar kötü... Bir anlık iradeyi kontrol edememek istenilmeyen sonuçlara yol açabiliyor."

"Neyse," diye homurdandım. "Ama bir daha o tabancaya elini sürme."

Başını göğsüme dayadı, uslu uslu yatmaya devam etti. Fakat hâlâ durulmadığını, zihninin meşgul olduğunu hissettim.

"Yine ne var?" diye sordum.

"Düşünüyorum."

"Yeni bir hınzırlık mı?"

"Hayır... Oyun faslı bitti artık. Bugün korktum ve bir daha bunu denememeye karar verdim."

"İyi, buna sevindim."

"Ama tatlı, sevimli, benim özelliklerimi taşıyan bir kızımın olmasını istiyorum."

"Bakalım, yakında test sırasında anlarız. Belki de karnındaki bebek kızdır."

Başını kaldırıp gözlerimin içine baktı.

"Gebe değilim ki... O da yalandı, bugünkü oyunun bir parçası... Ama şimdi onu düşünüyorum işte. Ne dersin, artık bir yavrumuzun olmasının zamanı gelmedi mi?"

Hayretle sevgili karıma bakakaldım. Naz hiç değişmeyecekti galiba.

Ama ben onu her türlü çılgınlığıyla seviyordum...